Salamitaktik

Ralf H. Dorweiler, geboren 1973 in Nastätten im Taunus, wuchs in der Nähe der Loreley auf und studierte in Köln Theater-, Film- und Fernsehwissenschaft. Seit zwölf Jahren lebt er mit seiner Familie und dem »echten« Basset Dr. Watson im Wiesental. Er arbeitet für eine badische Tageszeitung.
www.dorweiler.de

RALF H. DORWEILER

Salamitaktik

DER BADISCHE KRIMI

emons:

Bibliografische Information der Deutschen Bibliothek
Die Deutsche Bibliothek verzeichnet diese Publikation
in der Deutschen Nationalbibliografie; detaillierte bibliografische
Daten sind im Internet über http://dnb.d-nb.de abrufbar.

© Hermann-Josef Emons Verlag
Alle Rechte vorbehalten
Umschlagmotiv: fotolia.com/ksuksa
Umschlaggestaltung: Tobias Doetsch
Gestaltung Innenteil: César Satz & Grafik GmbH, Köln
Druck und Bindung: CPI – Clausen & Bosse, Leck
Printed in Germany 2013
ISBN 978-3-95451-138-9
Der Badische Krimi
Originalausgabe

Unser Newsletter informiert Sie
regelmäßig über Neues von emons:
Kostenlos bestellen unter
www.emons-verlag.de

Für Inge, die durch meine Bücher zur Leseratte geworden ist

»Auch das schönste Grün wird einmal Heu.«
Deutsches Sprichwort

1

»Hey, Mann. Sei gefälligst vorsichtig mit dem Koffer! Was da drin ist, kannst du nicht bezahlen.« Der in einen grellgrünen Anzug mit Firmenlogo gezwängte Steward des Fernbusses ignorierte den Ton seines jungen Kunden. Mario Merzoni überwachte noch einen Moment, wie der Sechzigjährige das Gepäck der Mitreisenden verstaute, bis er sicher sein konnte, dass sein Koffer rutsch- und stoßfest zwischen den anderen verkeilt war, und zwinkerte einem ziemlich hübschen Mädchen zu, das seinen rosafarbenen Koffer abgab. Leider war es mit seinem Freund da, wie er schnell erkannte. Mario ging ein paar Schritte zur Seite, weg vom Gedränge der Wartenden. Hier konnte er sogar die Spitzen des Kölner Doms sehen. Er holte einen vorgedrehten Joint aus der Tasche, zündete ihn mit seinem goldfarbenen Zippo an und inhalierte kräftig. Das Gras war einfach phänomenal. Es verschaffte ihm sofort ein beruhigendes Kribbeln in der Bauchgegend, sorgte für einen sanften Druck im Kopf und zauberte ein leichtes Lächeln in sein Gesicht. Und das Coolste daran war, dass es nicht nur Marke Eigenanbau, sondern sogar eine eigene Züchtung war. »Sense of Heaven« hatte er es genannt. Schnellwüchsig, voller fetter Blüten und mit absolut krasser Wirkung. Neben ordentlich viel Eigenspaß würde es ihm einen gehörigen Batzen Geld einbringen, wenn die Infrastruktur erst einmal stand.

Minuten später sank er benebelt auf einen freien Zweierplatz des Fernbusses. Außer ihm wollten heute, an einem Mittwoch, wohl hauptsächlich Studenten von Köln nach Frankfurt reisen. Mario war nicht an der Uni, sah aber genauso aus wie die Jungakademiker: khakifarbene Chinos, ein einfaches graues T-Shirt, kurze schwarze Haare und eine Brille mit dicker dunkler Fassung. Kaum dass sie ihre Plätze eingenommen hatten, holten die meisten von ihnen ihre Smartphones, Tablets oder Computer heraus und interessierten sich bald darauf nicht mehr für ihre Umgebung. Mario sah selig lächelnd aus dem Fenster. Der Bus fuhr los.

Mario hörte dem Getratsche der beiden jungen Frauen hinter sich zu. Die eine hatte Probleme mit ihrem Freund, der sich nicht genug um sie kümmerte, die andere mit ihrem Germanistikprofessor, der sie angeblich immer mit Blicken auszog und sie um jeden Preis ins Bett bekommen wollte. Mario drehte sich um und starrte die Mädels an. Für das Verhalten der beiden Typen konnte er kein Verständnis aufbringen. Die mit dem Professor war potthässlich, die mit dem lahmen Freund hingegen ziemlich süß. Um die würde er sich gern mal intensiv kümmern.

»Hast du ein Problem?«, blaffte die »Süße« ihn aggressiv an. Mario drehte sich achselzuckend zurück, die Frauen unterhielten sich jetzt leiser. Er schloss die Augen, um etwas zu schlafen.

Mario erwachte vom immer lauter werdenden Klingelton seines Handys, der Melodie von »Mr. Saxobeat«.

»Ja?«

»Mario, bisch du's?«

Es dauerte eine Sekunde, bis er die Stimme seinem Großvater zuordnen konnte. »Ja, genau«, brachte er benommen heraus.

»Mr said g'fälligschd si Name, wenn mr ans Delifon gohd.«

»Ja, genau, tut mir leid. Was gibt's Wichtiges?«

»S'Wädder wär gued zum Maaje. Wenn chunnsch z'rugg?«

Mario hatte das Gefühl, als müsse alles, was sein Großvater sagte, erst einmal eine dicke Schicht Watte durchdringen, bevor er es richtig verstand.

»Morgen, Opa, ich mäh dann am Abend.«

»Wenn numme s'Wädder do au no gued isch. As miesst mr uusgerechnet jetz in Urlaub goo. Das will dr Oma au nid in Chopf goo.«

»Grüß sie und Onkel Michael schön. Ich muss jetzt auflegen.«

Den Großeltern hatte er gesagt, dass er Freunde besuchte. Mario belog die beiden nicht gern, aber sie mussten nicht alles wissen. Schon gar nicht, dass Mario zur Begleichung der aufgelaufenen Rechnungen einen lukrativen Nebenjob angenommen hatte. Noch ein paar Touren, dann würde er genug Kohle zusammen haben, um sein Gras richtig professionell zu züchten und an den Mann zu bringen. Dann wäre er bald ein gemachter Mann. Nach dem geschäftlichen Teil des Tages wollte er sich in ein nobles Hotel einquartieren und das leicht verdiente Geld feiern. Einen dicken Joint, ein dekadentes Essen auf dem Zimmer, ein cooler Film und danach noch ein bisschen das Frankfurter Nachtleben austesten, wenn er noch wach genug war. Er schlief wieder ein.

Als er diesmal wieder aufwachte, schmerzte sein Nacken. Irgendetwas war anders. Der Bus fuhr nicht mehr. Die Stimmen der Frauen hinter ihm waren lauthals lachenden Männern gewichen. Neue Fahrgäste drängten herein. Mario rieb sich die Augen und schaute nach draußen. Auf dem Schild an der Haltestelle stand »Frankfurt am Main«. Er sprang erschrocken auf und drückte sich gehetzt an den noch im Gang befindlichen Passagieren vorbei.

»Hey, ich muss noch raus!«, rief er, als er bemerkte, dass auch der letzte Wartende bereits einstieg. Der Busfahrer schaute nur gelangweilt zu ihm und winkte bestätigend. Mario sprang die drei Stufen herunter, wo zum Glück noch der Steward des Fernbusunternehmens stand und gerade die Ladeluke schloss. »Stopp, bitte, ich brauche meinen Koffer.«

»Der so Wertvolle?«

Mario nickte gequält.

»Dann aber schnell. Wir müssen weiter.« Der Mann öffnete die Luke erneut. Mario schaute hinein. Natürlich lag sein Koffer jetzt ganz unten unter denen der zugestiegenen Fahrgäste. Er zeigte darauf, und der Mann zog mit einem kurzen, kräftigen Ruck Marios Koffer aus der Lücke. Die beiden anderen, die auf ihm lagerten, fielen gerade herunter, wie wenn man ein Tischtuch wegzieht und alle Gläser stehen bleiben. Es sah aus wie frisch eingeladen.

»Hey, Mann, mit der Nummer könnten Sie im Zirkus auftreten. Also echt, ich würde kommen, um mir das anzuschauen«, meinte Mario bewundernd. »Genau. Danke, Mann. Sie glauben es mir vielleicht nicht, aber Sie haben mir mit diesem Supertrick wahrscheinlich das Leben gerettet.«

Der Steward lachte, schlug ihm kumpelhaft auf die Schulter

und stieg in den Bus, dessen Motor neben Mario laut dröhnend zum Leben erwachte.

Mario stand etwas benommen da und hielt den wertvollen Koffer fest. Er hatte noch eine knappe Stunde Zeit, bis er seine Fracht abliefern musste.

Langsam zog er den Koffer hinter sich her. Die Rollen gaben lustige Geräusche von sich, wenn sie über Kanten sprangen. Er war kurz versucht, sich eine stille Ecke zu suchen, um noch einen Joint zu drehen, aber auf der anderen Seite würde es sicher nicht schaden, einen zumindest etwas klaren Kopf zu bewahren. Er überquerte die breite Straße vor dem Hauptbahnhof und fand sich sogleich in einer Menschenmenge auf der Kaiserstraße wieder. Männer in feinen Anzügen und Frauen in schicken Kostümen hetzten achtlos zwischen heruntergekommenen Gestalten und ganz normal aussehenden Leuten hindurch. Ein besonders schäbig aussehender Penner saß mit seinem aus drei übervollen Plastiktüten bestehenden Besitz auf dem Boden, den Rücken an eine Hauswand gelehnt. Auf dem Stück Pappe, das er hochhielt, stand »Hunger«. Mario legte ihm einen Euro in eine wahrscheinlich sauber geleckte ovale Fischkonservendose und hielt auf die linke Straßenseite zu, weil er gleich abbiegen musste.

Er war schon einmal hier gewesen. Seine Premiere als Kurier hatte ihm genug Geld eingebracht, um die dringlichsten Rechnungen zu bezahlen und sich endlich ein paar neue Tageslichtlampen anzuschaffen. Natürlich waren seine Auftraggeber keine Samariter, sondern eher ziemlich krasse Türken, die mit ihren »Geschäften« so wenig auf der Seite des Gesetzes standen wie die italienische oder jede andere Mafia. Aber Mario hatte sich schließlich selbst entschieden, ein Gesetzloser zu werden. Allerdings war er derzeit nur ein kleines Tier, Jussefs Verein hingegen groß genug, um auch die saftigen Früchte ganz oben an den Bäumen abpflücken zu können. Auf jeden Fall war zu vermuten, dass seine Transportware nicht das war, wonach sie aussah. Und dass man damit besser nicht von der Polizei erwischt wurde. Noch ein Grund, nicht am helllichten Tag mitten in Frankfurt einen Joint durchzuziehen. Er konnte um den Bahnhof herum gleich mehrere Streifen ausmachen. Wahrscheinlich waren außerdem einige Bullen in Zivil unterwegs.

Mario bog in die Moselstraße, um gleich darauf an einem mit zahlreichen, nach drinnen zeigenden Pfeilen verzierten Sexclub rechts in die Taunusstraße abzubiegen. Zwischen zwei anderen Nachtclubs befand sich dort der winzige, wenig einladend aussehende »Istanbul-Grill«, der laut der von Abgasen geschwärzten Anzeigetafel grammatisch ziemlich unkorrekt »Döner und Türkischen Spezialitäten« anbot.

Im Laden stand ein Mann von der Statur eines Riesendöners hinter der Theke, der Mario gelangweilt anschaute. Der sich automatisch drehende Fleischspieß sah schon fast zu knusprig aus, in der gläsernen Vitrine hatte man Edelstahlbehälter mit Salat, Rotkohl, Zwiebeln und Tomaten nebeneinander aufgereiht. Plastikfigürchen auf der Ablage, grünstichige Fotos der Gerichte und ein paar wackelige Plastikstehtische komplettierten das Bild.

»Döner?«

»Äh, nein. Ich bin mit Jussef verabredet. Genau.«

Der Mann musterte Mario von oben bis unten und zurück, nickte und zeigte schläfrig auf eine unscheinbare Tür, die weiter nach hinten führte. Der dahinterliegende, nur zwei Meter lange Flur wurde von einer nackten Neonröhre bestrahlt. Zwei Türen gingen davon ab. An der einen war ein Toilettensymbol angenagelt, auf der anderen stand »Privat«. Letztere hatte statt eines Türgriffes nur einen Knauf. Mario klopfte und blickte auf den Türspion, damit ihn Jussef auch gut sehen konnte. Bei seinem letzten Besuch hatte er sich fast in die Hose gemacht. Dieses Mal war er viel cooler und wartete, bis er den Riegel hörte und die Tür nach innen aufschwang.

Alles sah noch aus wie neulich. Die Hälfte des hell gefliesten Bodens war mit einem großen, orientalischen Fransenteppich ausgelegt. Links stand ein Schreibtisch, rechts ein niedriges Sofa vor einem noch flacheren Tisch. Zwei junge Männer blieben bei seinem Eintreten ungerührt dort sitzen und zogen an einer bunten Wasserpfeife. Der nach Vanille riechende Rauch zog durch ein gekipptes Gitterfenster auf den Hinterhof ab.

Jussef hatte persönlich geöffnet. Seine untersetzte Gestalt

bewegte sich langsamer, als ein Mann um die fünfzig es normalerweise tat. Er verschloss die Tür hinter Mario und schlurfte
zurück zum Schreibtisch. Ein kleiner Laptop und ein Telefon
mit speckig glänzendem Hörer standen darauf. Außerdem diente
die Arbeitsplatte als Ablage für türkische Zeitungen, einen Stapel
Papiere, ein paar Stifte und einen goldfarbenen Plastik-Bilder-
rahmen. Jussef blieb am Rand des Tischs stehen und schaute
Mario prüfend an. Sein Blick aus dunklen Augen hatte durch
die tiefgrauen Augenringe etwas Bedrohliches an sich.

»Alles in Ordnung oder was?«, fragte er mit einer für seine
Statur zu hell wirkenden Stimme, die sich unter dem dichten
schwarzen Schnurrbart hervorquälte.

»Ja, alles bestens. Genau«, erwiderte Mario und stellte den
Koffer zwischen ihnen beiden ab. Jussef nahm ihn hoch und
wuchtete ihn auf die Zeitungen auf dem Tisch. Er betätigte die
Drücker am Schloss, aber nichts tat sich.

»Die Kombination«, forderte Jussef.

»123456«, antwortete Mario.

»So bekommt doch jeder das Ding auf. Bist du dumm oder
was?«

Mario reagierte nicht darauf, sondern wartete ab, bis Jussef
die Zahlenkombination eingestellt hatte. Nichts passierte.

»Was soll das?« Die helle Stimme hätte sich lustig angehört,
wenn nicht eine unterschwellige Drohung in der Frage gesteckt
hätte.

»Moment, lass mich mal.« Mario überprüfte die Ziffern. Sie
stimmten. »Genau.« Er betätigte die Schlösser, aber auch er hatte
keinen Erfolg. »Äh …«

»Willst du Jussef verarschen oder was?«

Mario wunderte sich, wie die beiden anderen so schnell vom
Sofa an seine Seite gekommen waren. Einer von ihnen hielt ein
Springmesser in der Hand, wie Mario aus dem Augenwinkel
sah.

»Hey, nein. Da hat sich wohl irgendetwas verhakt. Ich versuche es noch mal.«

Jussefs Blick durchbohrte ihn fast. Es war heiß im Zimmer.
Mario spürte seine Hände zittern, als er erneut die Schlösser

betätigte. Als das Klicken ausblieb, trat ihm jemand in die Knie-kehlen. Mario sackte nach vorn, und noch bevor er mit den Knien schmerzhaft auf dem Boden auftraf, hielt ihn einer der beiden jungen Typen mit dem Arm um seinen Hals fest. Der mit dem Messer fuchtelte damit vor seinem Gesicht herum. Mario starrte ungläubig auf die Klinge.

»Gibt es hier ein Problem?«, fragte eine Männerstimme.

Das Messer verharrte von einem Moment auf den anderen regungslos vor Marios rechtem Auge.

»*Babacığım*«, hörte er Jussef unterwürfig sagen. Es folgte ein bedrohlich klingendes Gespräch auf Türkisch. Mario verstand kein Wort. Dafür verschwand zu seiner großen Erleichterung das Messer. Doch die war sehr schnell wieder passé, als er auf die Beine gehoben wurde und drei weiteren Männern gegenüber-stand. Auch wenn ein absoluter Riese dabei war, der aussah, als könnte er Marios Genick mit einer Hand brechen, war es doch der Älteste der drei, der das Sagen hatte, das war Mario auf den ersten Blick klar. Von ihm ging eine stille, aber viel eindrückli-chere Gefahr aus. Der Mann war geradezu winzig im Vergleich zu dem Riesen und dem anderen, mit einem sehr schicken Anzug bekleideten Mann. Er trug eine einfache Stoffhose und ein Hemd, darüber einen dünnen, braungestreiften Pullover. Mit seinem ordentlich rasierten grauen Schnurrbart sah der Alte aus wie das Klischee eines türkischen Arbeiters, der das Rentenalter erreicht hatte, aber Mario konnte sehen, dass hinter der unscheinbaren Fassade weitaus mehr steckte. Jetzt bemerkte er auch die dezente Tür hinter dem Schreibtisch, durch die die Männer hereingekommen sein mussten. Am liebsten hätte er jetzt seine rutschende Hose hochgezogen, aber Mario wagte nicht, sich zu bewegen.

Jussef sagte wieder etwas auf Türkisch, der Alte antwortete und wandte sich dann an den Riesen. Der ging zum Koffer, schaute ihn sich kurz an, legte seine Pranken an die Hartschalen und drückte. Es dauerte keine drei Sekunden, bis die Schale mit einem lauten Knacken brach. Der Riese grinste, griff durch den Riss in die Hartschale und zerrte daran, bis ein breites Stück absplitterte.

»Du brauchst einen neuen Koffer, Junge«, sagte der Alte ruhig.
Mario konnte als Antwort nur nicken.

Der Riese schüttete den Inhalt des Koffers auf den Schreibtisch. Als Mario die herauspurzelnde Kleidung sah und mit dumpfen Geräuschen ein graublauer Krug aus Steingut und eine Flasche Apfelwein auf die Tischplatte aufschlugen, war ihm mit einem Schlag klar, dass er den nächsten Tag nicht mehr erleben würde.

Es war der falsche Koffer.

»Wo sind meine Sucuk?«, fragte der Alte. Er klang dabei fast nett.

»Das … das muss eine Verwechslung sein«, brachte Mario stotternd hervor. »Ich meine, der Koffer. Das ist … nicht meiner.«

»Wo sind meine Sucuk?«, wiederholte der Mann.

Mario sah, wie der schick aussehende Türke sich genervt hinter den Schreibtisch setzte und mit spitzen Fingern die Klamotten durchging.

»Ich weiß es nicht. Ich kann nichts dafür. Das ist … Jemand muss den gleichen Koffer gehabt haben. Genau.«

»Du hast meine Sucuk nicht«, stellte der Alte jetzt fest.

»Das ist offensichtlich, Onkel Umut«, sagte der in feinen Zwirn gekleidete Mann. »Die Frage ist, ob der Junge uns verarschen will.«

»Nein, nein, nein, ich will niemanden verarschen. Denkt doch mal nach, dann wäre ich doch jetzt gar nicht hier. Ich meine, wie dumm wäre das denn?«

»Sehr dumm«, antwortete der Alte. In seinen Worten schwangen so deutlich unterschwellige Drohungen mit, dass es Mario ganz schlecht wurde. Als der Riese auch noch zu lachen begann, drehte sich alles, und eine Sekunde später übergab sich Mario explosionsartig auf den Perserteppich. Der heftige Schwall Erbrochenes, begleitet von einem sauren, durchdringenden Geruch, sorgte für augenblickliche Stille im Raum, die allerdings nur kurz anhielt. Mario brauchte kein Türkisch zu verstehen, um mitzubekommen, dass er mit wüsten Flüchen und Beschimpfungen bombardiert wurde. Der Alte verschwand durch die Tür nach hinten. Sein schicker Neffe schaute den noch immer vorgebeugt dastehenden Mario kopfschüttelnd und naserümpfend an und folgte Umut dann ins Nebenzimmer.

Jussefs Aufgabe war es, die Situation schnell wieder in den Griff zu bekommen. Ein paar gebellte Befehle, und die beiden jungen Türken griffen fluchend Marios Arme. Sie zerrten ihn auf die Toilette.

»Du Arsch«, sagte der, der vorhin das Messer geführt hatte. »Niemand kotzt auf unsere Familie.«

»Scheiße. Es tut mir leid.«

Mario erhielt einen heftigen Schlag mit der flachen Hand auf den Hinterkopf.

»Mach dich sauber, weißt du?«

Die beiden verschwanden aus der Toilette. Mario drehte den Wasserhahn auf und wusch sich das Gesicht, nahm einen großen Schluck Wasser und spuckte es wieder aus. Als er in den Spiegel sah und sein blasses Gesicht betrachtete, aus dem gerötete Augen hervorstachen, wurde ihm klar, dass dies seine wahrscheinlich einzige Chance war, diese verdammte Geschichte zu überleben: Er war allein, er musste zum Fenster raus. Er ließ das Wasser laufen und öffnete die kleine, schmale Luke. Fluchend schloss er sie wieder. Wegen des Milchglases hatte er nicht erkannt, dass das Fenster von außen vergittert war. Darum hatten ihn die beiden also überhaupt allein gelassen.

Marios Schädel war kurz davor zu explodieren. Er hatte nicht nur diese verdammten Würste verloren, sondern sich auch noch auf den Teppich erbrochen. Wahrscheinlich würde schon ein einziges der beiden Vergehen ausreichen, um auf irgendeine traditionelle türkische Foltermethode langsam und qualvoll um die Ecke gebracht zu werden. Vielleicht würden sie es auch ganz schlicht machen: eine Kugel durch den Kopf. Oder ihn einfach totprügeln. Oder der Riese würde das mit seinem Schädel machen, was er vorhin an dem Koffer demonstriert hatte.

Die Tür schlug auf, und der Messertyp fragte: »Bist du fertig?«

Mario nahm noch mal eine Handvoll Wasser in den Mund und spuckte es aus. Mit grauen Papiertüchern aus einem Handtuchspender wischte er sich Lippen und Kinn notdürftig trocken.

In dem ersten Raum roch es noch deutlich sauer, obwohl gelüftet wurde. Der Teppich war weg. Mario war höchstens drei Minuten auf der Toilette gewesen, trotzdem hatten sie den Teppich schon entsorgt. Oder in die Reinigung gebracht, was auch immer. Mario überkam das Verlangen nach einem ordentlichen, fetten Joint. Man führte ihn ins Hinterzimmer, das deutlich gemütlicher eingerichtet war. Ein paar Polsterstühle mit hässlichen Bezügen standen um einen schlichten Tisch. In einer Ecke des Raums lief auf einem winzigen Fernseher ein türkischer Sender, ein dichter roter Vorhang hielt das Tageslicht draußen. Auf den Bildern an der Wand waren türkische Landschaften gemalt. Der Künstler hatte einen Hang zum Naiven, so, wie die Bauern mit ihren Eseln aussahen.

Umut saß auf einem der Stühle am Tisch und hatte ein mit einem Goldrand verziertes Teeglas vor sich stehen, ebenso wie der schicke Mann, den Mario auf etwa vierzig schätzte. Der Riese stand hinter Umut und betrachtete Mario abschätzend. An einem freien Platz stand ein weiteres Teeglas. Die Sachen aus dem falschen Koffer lagen ausgebreitet auf der anderen Hälfte der Tischplatte.

»Setz dich. Trink.«

Die Pause dauerte, bis Mario den ersten Schluck getrunken und das Glas wieder auf den Untersetzer gestellt hatte.

»Vergessen wir das, was gerade passiert ist«, sagte Umut generös und machte eine wegwischende Handbewegung.

»Es tut mir so leid …«

»Du sagst keinen Ton, wenn du nicht gefragt wirst«, fiel ihm der Neffe scharf ins Wort. Mario schwieg sofort.

»Der Teppich war nicht viel wert. Ein modernes Ding. Nicht so wie der hier.« Umut zeigte auf den Boden. »Ein Geschenk von meinem Lehrer, der ihn mir gab, als ich nach Deutschland ging. Er ist sehr alt. Ich hoffe, der Tee tut deinem Magen gut. Trink.«

War das Zeug vergiftet? Mario blieb nichts anderes übrig, als das Beste zu hoffen und noch einen vorsichtigen Schluck zu nehmen. Er schmeckte jedenfalls nicht auffällig. Das und Umuts verhältnismäßige Freundlichkeit beruhigten ihn etwas.

»Wir beide befinden uns in einer schwierigen Lage«, erklärte Umut nun mit staatstragender Stimme. Dass seine weitere Ansprache sich hauptsächlich auf Würste bezog, gab dem Ganzen eine unfreiwillig komische Note.

Mario war plötzlich froh, dass er vorher auf den Joint verzichtet hatte. Sonst hätte er jetzt wahrscheinlich lauthals losgelacht.

»Ich möchte meine Sucuk zurück«, sagte Umut gedehnt und schaute Mario tief in die Augen.

Der räusperte sich und versuchte, aus den Augenwinkeln einen Blick auf den Neffen zu werfen, um einzuschätzen, ob er jetzt sprechen durfte. »Vielleicht gibt es in den Sachen irgendwelche Hinweise, wem der Koffer gehört. Dann könnte man ihn zurücktauschen. Genau.«

Umut nickte bedächtig. »Gibt es in dem *richtigen* Koffer irgendwelche Hinweise?«

»Nein. Ich habe alles doppelt überprüft. Gar nichts. Genau, wie Jussef es mir eingebläut hat.«

»Jussef ist ein guter Mann. Ich kenne ihn, seit er zehn Jahre alt war. Du solltest immer auf das hören, was Jussef dir sagt. Keine Hinweise heißt«, folgerte Umut, »dass egal, wer den Koffer jetzt hat, derjenige keine Ahnung hat, wem er gehört. Das ist gut.«

»Das ist gut und schlecht, Onkel«, sagte der Typ im Anzug, dessen Gesicht als einziges im Raum absolut glatt rasiert war. Mario vermutete, dass er sich auch die Augenbrauen zupfte, die schmal wie die eines Mädchens waren, während man die seines Onkels einem Bartlosen als Schnurrbart hätte implantieren können.

»Gut und schlecht? Warum, Irfan?«

»Wenn der falsche Besitzer die Sucuk probiert, gibt es keinen Hinweis auf uns. Das ist gut. Schlecht ist, dass er *ihn* nicht kontaktieren kann, um die Koffer zurückzutauschen.« Er sagte das mit einem abfälligen Tonfall und zeigte dabei auf Mario. Der kam sich vor wie ein Hund, der gerade auf den Teppich gemacht hat. Im selben Moment ging ihm auf, dass das in gewisser Weise ja auch stimmte.

»Irfan, aus dir spricht wie immer die Weisheit deines Vaters. Ich möchte, dass du zusammen mit dem Jungen meine Sucuk findest.« Mario sah ein leichtes Zucken im Augenwinkel des schicken Irfan. Umut nahm das entweder nicht wahr, oder es war ihm egal. Er sagte:»Du, Junge.« Sein Blick fixierte Mario, und aus seinem Tonfall wich jegliche Freundlichkeit.»Ich glaube dir, dass du nicht so dumm bist, mir absichtlich einen falschen Koffer zu bringen. Darum gebe ich dir drei Tage Zeit, um den richtigen zu beschaffen. Dann will ich hier meine Sucuk liegen haben.« Er sah seinen Neffen an.»Irfan, mein Neffe, Blut meines Blutes. Ich weiß, dass es dir nicht recht ist, aber ich bitte dich als Onkel. Wenn der Kleine Ärger macht, leg ihn um.«

Mario spürte, wie sein Blut den Kopf verließ.

Umut legte eine abgestempelte Wochenkarte des Rhein-Main-Verkehrsverbundes und einen zerknitterten Zettel neben Marios Teeglas.»Hier. Den Fahrschein haben wir in einer Seitentasche des Koffers gefunden. Der Zettel steckte in einer der Hosentaschen.«

Mario nahm zuerst das Ticket, das bis zum heutigen Mittwoch gültig war. Nach dem kurzen Blick legte er es zurück. Dann entfaltete er den Zettel und las. Dort stand:»Karten an Harry Mbene, Schönauer Straße 8, 79669 Zell im Wiesental, Hilde Wiesenkamp und Alfons Mezger, Seniorenoase, 79650 Schopfheim, Hanspeter Schlageter, Hermann-Albrecht-Straße 12, 79540 Lörrach«.

Der nächste Name war nur angefangen, dann aber durchgestrichen worden:»Mart«.

»Das ist ja alles bei mir in der Nähe«, sagte Mario überrascht.

★★★

Dr. Watson sprang an seinem Herrchen hoch und warf ihn mit seinem Gewicht fast um. Rainer Maria Schlaicher stellte den Koffer auf den Boden, setzte den kleinen Rucksack ab und kniete sich neben den laut bellenden Basset Hound, der wedelte, als hinge sein Leben davon ab. Schnell fand Schlaicher die Stelle an Dr. Watsons labberigem Hals und kraulte den Hund so, dass er vor Vergnügen still wurde, sich setzte und sein linkes Hinterbein in schnellem Takt auf den Boden schlug.

»Ja, do ischer jo«, sagte die ebenfalls erfreut klingende Stimme von Erwin Trefzer, Schlaichers Nachbarn, der die vergangenen Tage auf den Basset aufgepasst und ihn gemeinsam mit Dr. Watson in Schlaichers Wohnung erwartet hatte.

»Hallo, Erwin, na, alles klar?«

»Un, wiä isch d'Reis gsii? Gohd's gued?«

Dr. Watson bellte wieder, um weitere Streicheleinheiten einzufordern. Schlaicher blieb also auf dem Boden hocken und setzte die Begrüßung fort, wobei er zu Trefzer hochschaute.

»Bestens. Und hier?«

»He jo. Mainsch, mir chömme die baar Daag ohni dii nidd us?«

Schlaicher stellte verwundert fest, dass Trefzer richtiggehend seriös aussah. Die Jeans, die um seine dürren Beine schlackerte, schien neu zu sein. Dazu trug er ein schwarzes Hemd über seiner Wampe, das ausnahmsweise in der richtigen Größe gekauft worden war und ordentlich in der Hose steckte. Nur die Schuhe passten nicht ganz in das Bild. Rote Sportschuhe, auf denen in weißen Lettern der Schriftzug »Puhma« prangte. Über all dem schwebte zudem eine Neuerung, an die sich Schlaicher gar nicht richtig gewöhnen konnte: der mittlerweile einige Zentimeter lange dichte graue Vollbart, der das Gesicht seines Nachbarn umrahmte.

»Das hädd i im Lääbe nidd dänggd, dass soone Bus in dr Zidd chunnd«, meinte Trefzer.

»Doch, doch, alles super gelaufen. Diese Fernbusse sind echt eine gute Alternative. So günstig kannst du mit dem Auto gar nicht nach Frankfurt und zurück kommen«, befand Schlaicher, als er aufstand und sich in Richtung Badezimmer wandte, um sich nach dem Kraulen erst einmal die Hände zu waschen.

Als er danach wieder aus dem Bad kam, versuchte Trefzer gerade unter Auferbringung all seiner Kräfte, Dr. Watson von dem Koffer fernzuhalten. Offenbar dachte der Basset, Schlaicher hätte ihm etwas mitgebracht. Der Hund roch aufgeregt an den Ritzen des schwarzen Koffers und kratzte sogar mit der Pfote über dessen Hartschale.

»Watson, da ist nichts für dich drin«, meinte Schlaicher. »Nur ein Geschenk für den Erwin.«

Gemeinsam konnten sie den Basset zur Seite drängen. Schlaicher griff sich kurzerhand den Koffer und brachte ihn in die Küche, gefolgt von dem überraschend agilen Dr. Watson und seinem auf Alemannisch vor sich hin plappernden Nachbarn, der es kaum abwarten konnte herauszufinden, was Schlaicher ihm wohl mitgebracht hatte. Der Koffer landete mit einem dumpfen Geräusch auf dem leeren Küchentisch.

Schlaicher stellte die Zahlenschlösser ein, betätigte den Mechanismus, der die beiden Verschlüsse aufschnappen lassen sollte, und schaute verwirrt, als diese zublieben. Er justierte die Zahlen nach: 080 auf der einen und 582 auf der anderen Seite. Der Koffer blieb aber geschlossen.

»Hesch d'Kombination vergässe, hä?«, bemerkte Trefzer etwas schadenfroh.

»Nein. Das ist hundertprozentig die richtige.« 080582, Martinas Geburtstag.

»Vilichd isch öbbis bim Transboord aabekhaid.«

»Aabekhaid?«, fragte Schlaicher.

»Abengegangen«, wiederholte Trefzer nach einer Sekunde des Nachdenkens in sehr bemüht klingendem Hochdeutsch.

»Abengegangen?«, fragte Schlaicher erneut nach.

»Verreggd isches hald.« Erst als er merkte, dass Schlaicher immer noch nicht verstand, spuckte er fast verächtlich ein hochdeutsch klingendes Wort nach: »Kaputt!«

Schlaicher machte ein skeptisches Gesicht und rüttelte an dem Koffer. Das war seltsam, es gab dumpfe Schläge gegen die Kofferinnenseite, obwohl er den Bembel und den Äbbelwoi doch ziemlich gut gepolstert in der Mitte verstaut hatte.

»Vilichd hesch dr lädz Chuffer verwüdschd? Also, de falsche Chuffer erwischd, uff Hochdüütsch.«

»Nein …« Schlaicher stockte. Er rüttelte noch einmal, und wieder kamen diese dumpfen Geräusche. Jetzt schaute er sich den Koffer genauer an. Er sah aus wie seiner. Aber das war letztlich keine große Kunst, denn von der Sorte waren vor zwei Wochen bundesweit Tausende bei einem Discounter verkauft worden.

»Do, brobier's doch emol middem Messer«, riet Trefzer und hielt Schlaicher ein Brotmesser hin.

»Das hilft doch auch nichts«, gab der gereizt zurück. Er stellte beide Schlösser auf 000. Nichts.

»Do muesch du alles duuredeschde. Das chaa dr scho e Wiili duure«, meinte Trefzer. Da klingelte es an der Haustür.

Schlaicher ließ sofort vom Koffer ab und sagte: »Hätt ich fast vergessen. Das ist der Typ, den das Arbeitsamt schickt.«

»Also gued, no brobier i so lang, di Chuffer uff'z'chriege. Es neusd mi scho ziemlich, was i do für e G'schänkli chrieg.«

»Danke, Erwin. Aber geh dafür bitte nach oben.«

Der Mann, dem Schlaicher die Tür öffnete, hatte braunes, wild zottiges Haar, das ihm über die Augen bis auf eine sehr runde Nase fiel, die in sein schwammig aussehendes Gesicht geklebt zu sein schien. Dem lichten Dreitagebart an Hals, Wangen und Kinn hätte etwas Pflege gut gestanden.

»Guten Tag«, grüßte Schlaicher. »Sie müssen Lutz Vollmer sein.«

»Guten Taco«, erwiderte der Mann mit einem breiten Grinsen. Er behielt die Hände in den Taschen seiner viel zu weiten Jeans, die offenbar nur von einem sehr eng geschnallten Gürtel auf den Hüften gehalten wurde.

Schlaicher war etwas verwirrt.

»Guten Taco«, wiederholte der Typ und nickte eifrig, während sein Grinsen noch breiter wurde.

»Guten Taco?« Schlaicher bemerkte, dass Lutz Vollmers dünne Jeansjacke, die bis zum Hals zugeknöpft war, mehr Flecken als saubere Stellen hatte.

»Das sagt ein Deutschmexikaner zur Begrüßung!«, platzte es aus Lutz Vollmer heraus, und er klopfte sich im Stehen demonstrativ auf den Oberschenkel, obwohl keiner lachte. Immerhin hatte er jetzt die Hände aus den Hosentaschen genommen.

»Sie sind Deutschmexikaner?« Schlaicher zog zweifelnd die Oberlippe etwas nach oben.

»Nein, nein. Ich bin Lutz Vollmer. Vom Arbeitsamt.«

»Sie meinen, das Arbeitsamt hat Sie geschickt.«

»Ja, sag ich doch. Ich brauche von Ihnen die Bestätigung, dass ich da war.« Lutz Vollmer begann, in einer Kunstledertasche zu kramen, die um seine Schulter hing, und zog ein an den Kanten stark abgestoßenes Formular heraus.

»Vielleicht sollten Sie erst einmal hereinkommen«, schlug Schlaicher vor.

Mit Lutz Vollmer betrat ein Duft die Wohnung, der Schlaicher klarmachte, dass Hose und Jacke genau wie der Mann darin eine Wäsche ziemlich dringend nötig hatten. Dr. Watson blickte schläfrig aus seinem Körbchen auf, als sie an ihm vorbeigingen.

»Ah, Sie haben einen Hund«, sagte Lutz Vollmer und folgte Schlaicher weiter in die Küche. »Wissen Sie, was für eine Rasse ein Deutschmexikaner züchtet, der bei der Bergwacht arbeitet?«

»Hä?«

»Einen Ski-Wauwau.«

Als Schlaicher keine Reaktion zeigte, schob Lutz Vollmer nach: »Chihuahua, Sie verstehen? Ein Deutschmexikaner? Bei der Bergwacht? Mexikanische Hunderasse? Ski-Wauwau. Ist doch zum Brüllen, oder nicht?« Statt zu brüllen, brachte der Mann ein heftiges, nasal klingendes Kichern zustande.

Schlaicher lächelte nur aus Gastfreundschaft. Wen hatte ihm sein Ansprechpartner vom Arbeitsamt da bloß geschickt?

»Setzen Sie sich«, forderte er den immer noch kichernden Mann auf. Der war den Unterlagen zufolge dreiunddreißig Jahre alt, wirkte, am Standard seiner Witze gemessen, aber eher wie sechzehn.

»Sie haben wohl keinen Humor, was?«, fragte Lutz Vollmer frech, als er sich auf die Bank setzte.

»Und Sie haben es nicht so mit dezentem Verhalten, was?«, äffte Schlaicher ihn genervt nach.

»Ach, ich bin so, wie ich bin. Sein oder Nichtsein, das ist keine Frage.« Er kicherte wieder. »Apropos Frage: Das hier ist Ihr Büro?«

»Sozusagen. Warum interessieren Sie sich für eine Stelle als Testdieb?«

Lutz Vollmer entdeckte bei seinem Rundblick durch die Küche Schlaichers Cafetière, die auf der Arbeitsplatte stand. »Oh, was ist das denn für eine Kaffeemaschine? Ach so, zum Runterdrücken. Ist so was teuer?«

»Nein. Aber ich habe Ihnen eben eine Frage gestellt«, erinnerte Schlaicher ihn.

»Ach so. Ja, sagen wir mal: Ich komme mit meinem Leben ziemlich gut zurecht. Jeden Monat bekomme ich pünktlich mein Hartz IV, und große Ansprüche habe ich nicht.«

»Sie wollen also gar keinen Job«, bemerkte Schlaicher. »Sehe ich das richtig?«

Lutz Vollmer nickte ihm anerkennend zu und sagte: »Zu leben ist Arbeit genug, sage ich immer. Ich bin Verfechter der Theorie des bedingungslosen Grundeinkommens.« Damit kramte er erneut das Formular hervor, auf dem Schlaicher bestätigen sollte, dass er zum Vorstellungsgespräch gekommen war.

»Ist eine reine Formalität. Ich muss nachweisen, dass ich meiner Mitwirkungspflicht nachkomme.«

Schlaicher ließ den Zettel vor sich auf dem Tisch liegen. Dieser Typ war unter normalen Umständen so ziemlich der Letzte, dem er einen Job geben würde, selbst wenn er ihn auf Knien darum anflehen würde. Allerdings hatte Schlaicher den Auftrag erhalten, mit zwei Personen die »Ladies Night« bei Karstadt zu betreuen. Der ausschließlich Frauen vorbehaltene Abend im Lörracher Kaufhaus fand blöderweise schon morgen statt – und Schlaicher hatte noch nicht die dringend benötigte zweite Person, die Voraussetzung dafür gewesen war, den Auftrag zu ergattern.

Eigentlich beschäftigte sich Schlaichers kleine Agentur mit Testdiebstählen. Im Auftrag der Geschäftsführung klaute er alles, was nicht niet- und nagelfest war, und zeigte im Anschluss Wege auf, solche Verluste zu minimieren. Diesmal jedoch ging es um viel mehr. Schlaichers Besuch in Frankfurt hatte neben dem väterlichen Drang, am Leben seines dort wohnenden Sohnes Lars teilzunehmen, auch eine geschäftliche Komponente gehabt. Zusammen mit ein paar Freunden entwickelte Lars neben der Schule Computerprogramme. Sie hatten eine alte Idee von Schlaicher aufgegriffen und die Software für ein automatisiertes Videoüberwachungssystem geschrieben, das er konzipiert hatte. Die Ladies Night war für Schlaicher die ideale Gelegenheit, die Funktionsweise des Systems in der Praxis zu überprüfen. Manuel

Gampp, der Geschäftsführer des Lörracher Karstadt, hatte sich von der Idee fasziniert gezeigt, als er damit auf ihn zugekommen war, und in der Konzernspitze gegen einigen Widerstand durchgeboxt, dass es zur Ladies Night einen Testlauf geben würde. Er hatte Schlaicher außerdem in seiner ihm eigenen, sehr überzeugenden Art klargemacht, dass der Testlauf besser ein Erfolg würde. Nicht dass Schlaicher nicht dasselbe Ziel verfolgte. Von Beginn an hatten alle eine Menge Arbeit in das Projekt gesteckt. Die vergangene Woche hatte Schlaicher in einem miefigen Jugendzimmer mit drei halb erwachsenen Computer-Nerds verbracht, um die letzten Tests für die Kamerasteuerung zu begleiten. Natürlich war alles erst auf die letzte Minute fertig geworden. Da Gampp jedoch ein gewiefter Geschäftsmann war, hatte er Schlaicher gleich noch dazu verpflichtet, nebenbei ein paar Testdiebstähle durchzuführen und während der beliebten Abendveranstaltung das Sicherheitsteam zu verstärken. Allein konnte Schlaicher das nicht stemmen. Daher hatte er sich verpflichtet, den zweiten Mann beizubringen.

Dieser Auftrag war äußerst wichtig für ihn. Das Projekt mit den Kameras könnte der Startschuss eines finanziell äußerst lukrativen Geschäfts werden. In den bisherigen Tests hatten die Kameras und die Computer Erstaunliches geleistet. Wenn das System nun auch unter Realbedingungen funktionierte, könnte es das Sicherheitswesen in Kaufhäusern revolutionieren. Aber es gab noch einen zweiten Grund, wieso Schlaicher so scharf auf den Job war: Er hatte sein Konto mit der Investition in die technische Ausrüstung ziemlich weit ins Minus gebracht. Jetzt konnte er das Geld mehr als nur gut gebrauchen.

Zuerst hatte er Erwin engagieren wollen, doch der war verplant. Er hatte seiner Frau schon vor längerer Zeit Karten für ein Musical geschenkt. Ausgerechnet morgen. Eigentlich konnte Schlaicher sich, wenn er ehrlich war, auch nur schwer vorstellen, dass es Trefzer ohne Probleme gelänge, den Computer zu bedienen. Und sowieso brauchte er jemanden, der ihn regelmäßig unterstützen konnte. Nachdem seine frühere Assistentin und Lebensgefährtin Martina ihn und die Firma verlassen hatte, konnte Schlaicher manche Aufträge gar nicht mehr annehmen. Vor seiner Abreise hatte er daher noch eine Anfrage beim Arbeitsamt gestartet und vom Sachbearbeiter die Mitteilung erhalten, es gebe da jemanden, der sich mit Computern und mit Ladendiebstahl auskennen würde.

Selbst beim Klauen erwischt worden zu sein, schien neben einer Leidenschaft für Computerspiele aber Lutz Vollmers einzige Qualifikation zu sein. Und jetzt tat dieser Typ auch noch alles, um nicht eingestellt zu werden. Eine nennenswerte Alternative hatte Schlaicher allerdings nicht.

Er war selbst erstaunt, als er sagte: »Sie haben den Job.«

Lutz Vollmer zuckte erschrocken zusammen. Sein Lächeln war schlagartig verschwunden. Der Mund stand offen. »Wie?«

»Sie haben den Job«, wiederholte Schlaicher.

Lutz Vollmer stand auf, öffnete seine Jeansjacke und zog sie aus. Er trug ein T-Shirt, auf dem stand: »Faul, fett und trotzdem scharf.« Die daneben aufgedruckte dicke rote Chilischote konnte man auch als erigierten Penis deuten. Lutz Vollmer zeigte entgeistert auf den Aufdruck, anscheinend stumm vor Entsetzen.

Schlaicher hatte nicht vor, sich von dem sicherlich als Höhepunkt der Mitwirkungspflicht konzipierten T-Shirt beeindrucken oder abschrecken zu lassen. »Setzen Sie sich wieder«, sagte er knapp.

»Aber ... Sie wissen ja noch gar nicht, dass ich vorbestraft bin.«

»Wegen wiederholten Kaufhausdiebstahls. Ist mir bekannt.«

»Das muss Ihnen aber doch etwas ausmachen.«

»Tut es. Andererseits brauche ich jemanden, der sich in eben dieser Hinsicht ein bisschen auskennt. Auch wenn Sie sich als mein Assistent nicht erwischen lassen sollten. Als Testdieb habe ich einen guten Ruf zu verlieren. Sie haben einen Monat Probezeit, dann sehen wir weiter.«

Von oben war plötzlich Triumphgebrüll zu hören: »Er isch uff! Was hesch du mit deene ganze Salami vor? Sin die alli für mii?«

»Salami?« Schlaicher stand auf und ging die Stufen zur Galerie hinauf.

»Wenn die Salami nidd dii sin, no isches definidiv dr falsch Chuffer.«

Er sah sieben unterarmdicke und ebenso lange dunkelrote Würste, die einzeln in feste Plastikfolie eingeschweißt waren. Ansonsten lagen verschiedene Kleidungsstücke im Koffer, die auf keinen Fall ihm gehörten.

»So ein Mist«, schimpfte Schlaicher.

»Hesch usser miinem G'schenk suschd no öbbis Wertvolls in diinem Chuffer g'haa?«

»Nein, die Kameras habe ich Gott sei Dank im Rucksack bei mir getragen. Im Koffer waren nur Klamotten drin. Und für dich ein Bembel und Äbbelwoi. Trotzdem ...«

Erwin grinste, als hätte er das Geschenk in Händen, das ein kleines Dankeschön fürs Aufpassen auf Dr. Watson sein sollte. Er sagte:»Jo, das wär öbbis für mi gsii.« Dass er kein Mann war, der sich lange an Verlusten aufhielt, bewiesen die folgenden Sätze:»Entweder du bringsch mr s neggschd Mool noonemool e Heinz-Schenk-Gedeck mid, oder mr finde dr richdige B'sitzer vom Chuffer und chönne'n'en z'ruggdusche. D'Kombination isch übrigens niddemool so schwer gsii.«

»Ja, dann schau doch mal nach, ob du irgendwo eine Adresse findest«, sagte Schlaicher und ging wieder nach unten.

Lutz Vollmer war am Tisch sitzen geblieben. Nachdem er eben noch sichtlich geschockt gewesen war, machte er jetzt wieder einen selbstsicheren Eindruck.

»Ich will dreitausend plus Sonderzulagen«, sagte er cool.

»Sie bekommen in der Probezeit eintausendzweihundert Euro brutto. Danach können wir weiterverhandeln.«

Lutz Vollmer veränderte seinen Gesichtsausdruck. Er sah jetzt aus wie eine fette, bettelnde Katze.»Können Sie mir nicht doch einfach den Zettel unterschreiben?«

»Keine Diskussion. Sie fangen morgen mit einer Doppelschicht an. Acht Uhr dreißig hier bei mir, gewaschen und mit ordentlichen Klamotten. Und eins können Sie mir glauben: Wenn Sie sich doof anstellen, sich vor der Arbeit drücken oder irgendeinen Mist bauen, werde ich sie definitiv *nie mehr* feuern! Sie brauchen es also gar nicht erst zu probieren. Willkommen in der Arbeitswelt.«

Trefzer kam die Treppe runter, die Würste in seinen Armen.

Er legte sie auf der Arbeitsplatte ab und holte ein langes Messer aus der Schublade.

»Hey, lass das«, rief Schlaicher.

»Warum? Es isch jo gar kai Adress dinne. Oder hesch duu e Adress in diinem Chuffer g'haa?«

Schlaicher dachte kurz nach. Nein, hatte er nicht. Nur die Klamotten und einige Toilettenartikel.

»Siehsch jedze? No chaa'n'i doch emol brobiere. Wänn'dr au öbbis?« Schon senkte sich das Messer in die Wurst.

»Ist mir Wurst«, sagte Lutz Vollmer und lachte laut. Trefzer fiel mit ein.

»Schmegge dued si abber nidd normal, oder?«, meinte Trefzer, nachdem er das erste Stück abgebissen hatte.

»Also ich find sie gut«, widersprach Lutz Vollmer. »Es ist halt recht viel Knoblauch drin.«

Schlaicher aß als Einziger nichts von der Wurst. Er war gerade ziemlich unzufrieden. Wenn er sich seinen neuen Mitarbeiter so anschaute, fragte er sich, ob es nicht ein Fehler war, diesen Typen anzustellen. Außerdem fragte er sich, wer wohl gerade mit seiner schmutzigen Unterwäsche unterwegs war.

2

Schlaicher wartete schon seit einer geschlagenen Viertelstunde am Auto. Um acht Uhr dreißig hätte Lutz Vollmer da sein sollen, aber es war noch immer niemand zu sehen. Schlaicher fluchte, dass er sich gestern nicht einmal seine Telefonnummer aufgeschrieben hatte. Irgendwie war alles anders gelaufen, als er sich das gedacht hatte. Und jetzt stand er da wie ein Depp, starrte die Straße in beide Richtungen entlang und immer wieder auf die Uhr seines Handys. Er musste los und stellte sich darauf ein, von Gampp den Kopf abgerissen zu bekommen. Schlaicher hatte ihm garantiert, dass sie zu zweit sein würden, und jetzt musste er solo auflaufen.

In Gampps Büro bot ihm der Geschäftsführer der Filiale wortlos an, Platz zu nehmen. Den Telefonhörer zwischen Schulter und Ohr geklemmt, lauschte er konzentriert den Ausführungen seines Gesprächspartners am anderen Ende der Leitung. Das Büro war bis auf ein paar Karstadt-Werbeplakate schmucklos gehalten. Offenbar sah Gampp seine Aufgabe eher darin, hier für Umsatz zu sorgen, als sich wohlzufühlen.

»Genau so machen wir das, meine liebe Frau Lefèvre. Ich freue mich jetzt schon darauf, Sie nachher in unserem Haus begrüßen zu dürfen. Es ist mir wirklich eine Ehre.« Ein paar Sekunden später war das Gespräch beendet.

Schlaicher hatte Gampp selten so leutselig erlebt. Der Mann war sonst eher ein Ausbund der Sachlichkeit und der klaren Worte. Und genau die fand er auch, als er auflegte, aufstand und Schlaicher mit einem kurzen Händedruck über den Schreibtisch hinweg begrüßte.

»Ich habe nicht erwartet, Sie heute allein zu sehen«, sagte er kühl.

»Ja, ich weiß.« Schlaicher hatte sich auf der Fahrt verschiedene Ausreden durch den Kopf gehen lassen. Irgendwie fiel ihm jetzt aber nur eine einzige ein: »Mein Mitarbeiter hat sich leider gestern beim Joggen ein Bein gebrochen. Er liegt im Krankenhaus.«

Schlaicher sah Gampp an, dass der ihm das nicht abnahm. Aber jetzt war es gesagt, und Gampp blieb sachlich genug, um seine Zweifel nicht offen auszusprechen.

»Ich suche bereits nach einem Ersatz«, legte Schlaicher nach, »und hoffe, bis heute Abend jemanden gefunden zu haben, der mich unterstützt. Es tut mir leid, aber mit einem gebrochenen Bein kann ich meinen Mitarbeiter nicht herbeordern. Sie haben dafür sicher Verständnis.«

In dem Moment klopfte es an der Tür, die sich direkt danach öffnete. Schlaicher drehte sich geschockt um, als er die Stimme erkannte.

»Guten Tag. Mein Name ist Lutz Vollmer. Ah, hallo, Chef. Tut mir leid, dass ich zu spät bin.«

Gampps Blick musterte Lutz Vollmer, suchte wohl vergeblich nach einem Gips und verfinsterte sich. »Ich dachte, sie hätten mir gerade eben erzählt, er habe sich ein Bein gebrochen«, sagte er lauernd zu Schlaicher.

Alles drehte sich. Schlaichers Magen verkrampfte, und ihm war klar, dass der peinlichste Moment seines Lebens bevorstand. Hinzu kam, dass Lutz Vollmer zwar andere Kleidung trug als gestern, auf dem T-Shirt aber auch heute einen Spruch stehen hatte, den weder er noch Gampp gutheißen konnte: »Mach dich nacho!«

Er wollte gerade den Mund öffnen, um etwas zu sagen, als Lutz Vollmer schon losredete: »Chef, da müssen Sie am Telefon etwas falsch verstanden haben. Ich habe nie gesagt, dass ich mir ein *Bein gebrochen* habe, sondern ich habe gestern Abend zu viel am *Wein gerochen*. Mit anderen Worten: zu tief ins Glas geschaut, einen über den Durst getrunken, mir die Kante gegeben … Sie verstehen schon. Darum habe ich heute etwas verschlafen und bin zu spät. Ich garantiere Ihnen, dass das nicht noch einmal vorkommt, und es tut mir sehr leid. Wirklich.«

Schlaicher hielt vor Scham beide Hände vors Gesicht. Lutz Vollmer setzte sich unterdessen ohne Aufforderung auf den Platz neben ihm. Schlaicher schaute hoch und konnte sehen, wie die Wut in Gampp hochkochte. »Ich dachte, es wäre beim Joggen passiert, Schlaicher?«, fragte er aggressiv.

Lutz Vollmer legte sofort nach. »Nein, nicht beim *Joggen*. Äh …« Er überlegte eine halbe Sekunde und rief: »Beim *Rocken*!« Er grinste frech. »Ich spiele in einer Rockband, und da haben wir gestern zu viel …«

»Still«, fauchte Schlaicher.

Gampp stand fast bedächtig auf. Umso heftiger kam ein einziges Wort aus seinem Mund: »Raus!« Dabei warf er seinen Arm mit solcher Wucht in Richtung Tür, dass Schlaicher befürchtete, er könnte vom vor Wut bebenden Körper abreißen.

Lutz Vollmer und er standen beide innerhalb von Sekundenbruchteilen stramm.

»Sie nicht, Schlaicher. Sie bleiben hier. Aber *Sie* verschwinden umgehend aus meinem Büro!«

Lutz Vollmer trabte hinaus, und Schlaicher ließ sich erschöpft in den Stuhl fallen.

»Es tut mir leid«, sagte er, als die Tür wieder zu war.

Gampp nahm das kaum wahr, geschweige denn als Anlass zur Beruhigung. Er stapfte aufgebracht von einer Seite des Büros zur anderen. Schließlich umrundete er den Schreibtisch und baute sich vor Schlaicher auf.

»Was würden Sie an meiner Stelle machen?«

Schlaicher schluckte nur.

»Richtig«, brüllte Gampp. »Feuern sollte ich Sie. Was fällt Ihnen ein, mich so dermaßen anzulügen, und dann auch noch diese blöden Kommentare von Ihrem, Ihrem …«

»… Mitarbeiter«, vervollständigte Schlaicher kleinlaut.

»Unterbrechen Sie mich nicht. Ich bin stinksauer. Sie haben mir gesagt, dass der Testlauf mit den Kameras kein Reinfall wird. Dass sie uns unterstützen heute Abend und einen zweiten Mann haben, der den Rest professionell übernehmen kann. Und was ist jetzt?« Schlaicher wusste nicht, was er sagen konnte, aber Gampp war auch noch nicht fertig: »Wie soll ich jemandem vertrauen, der mich so anlügt? Ich habe mich ganz oben, ja ganz oben stark gemacht für Sie. Aber Sie haben sich disqualifiziert, Schlaicher. Sich und Ihre Agentur.«

»Moment«, ging Schlaicher dazwischen. »Ich bin immer vollkommen ehrlich ge…«

»Ach ja?«

»Doch. Jetzt lassen Sie es mich bitte erklären. Es war wirklich dumm von mir, Ihnen nicht die Wahrheit zu sagen. Ich habe den Herrn gestern erst angestellt und dachte, dass er seine Meinung geändert hat, als er nicht pünktlich am Treffpunkt erschien.«

»Gestern angestellt? Sie hatten mir gesagt, dass sie schon länger mit dem Mann zusammenarbeiten.«

»Das war eine Notlüge. Genauso wie das eben. Ich wollte nicht riskieren, den Auftrag zu verlieren.« Schlaicher stand auf. »Dann gehe ich jetzt wohl besser.«

»Das hätten Sie wohl gern«, brüllte Gampp. »Sie bleiben hier, verdammt noch mal. Wie sieht das denn aus, wenn ich beim nächsten Leiter-Meeting sagen muss, dass ich einem verlogenen Idioten aufgesessen bin?«

»Sie meinen …«

»Ich meine, dass ich genauso Ergebnisse brauche wie Sie. Ich habe gar keine andere Möglichkeit, als Ihnen noch eine letzte Chance zu geben, ob ich das will oder nicht.« Langsam schien sich Gampp ein wenig zu beruhigen. Zumindest spuckte er nicht mehr, wenn er sprach. »Bisher waren wir ja auch zufrieden mit Ihrer Arbeit. Aber denken Sie nicht, dass mich das irgendwie milde stimmen würde. Ich behalte Sie im Auge, Schlaicher. Nur der kleinste Ärger, und Sie können sich darauf gefasst machen, dass Sie in der Region das letzte Mal als Testdieb gearbeitet haben. Ganz abgesehen davon, dass kein Karstadt jemals Ihre Kameras aufhängen wird. Nehmen Sie sich in Acht.«

Die folgenden fünfzehn Minuten wurden zu den längsten in Schlaichers Leben. Gampp händigte ihm Pläne des Kaufhauses aus, auf denen die für die Ladies Night geplanten Sonderattraktionen eingezeichnet waren. Und egal, was er Schlaicher zeigte oder auftrug, in jedem seiner extrem sachlich formulierten Sätze schwang unterschwellig die Drohung mit, die Zusammenarbeit mit Schlaicher sofort zu beenden, sollte dieser sich noch mal irgendwas erlauben. Gampp war kalt wie ein toter Fisch, und als er Schlaicher schließlich aus dem Briefing entließ, starrte er voller Grimm durch das Fenster auf einen Hinterhof und wandte ihm den Rücken zu.

»Herr Gampp, ich möchte mich noch einmal entschuldigen. Sie werden sehen, wir tun unser Bestes.«

Gampp drehte sich nicht zu ihm um. »Tun Sie das. Und denken Sie daran: Ich behalte Sie im Auge.«

Beim Verlassen von Gampps Büro und dem Anblick von Lutz Vollmers nur sehr wenig betroffen wirkendem Gesichtsausdruck verquirlten sich die Gefühle in Schlaicher zu einer explosiven Mischung. Die abgrundtiefe Scham, beim Lügen erwischt worden zu sein, die Erleichterung, das Büro verlassen zu haben, die Wut auf sich selbst und vor allem der Ärger über seinen zu spät gekommenen Mitarbeiter, der mit seinen Ausreden alles noch schlimmer gemacht hatte. Alles zusammen ergab einen wilden, zehrenden Zorn, der nach draußen drängte. Doch nicht hier im Vorzimmer. Schlaicher zerrte Lutz Vollmer am Arm hinaus in den Flur und noch ein paar Meter weiter in eine stille Ecke, die gleich darauf gar nicht mehr so still war.

»Bin ich gefeuert?«, fragte Lutz Vollmer entspannt.

Schlaicher war so aufgebracht, dass er kaum etwas sagen konnte. Stattdessen packte er seinen Mitarbeiter an den Schultern und schüttelte ihn. Erst als der ihn zurückstieß, brüllte Schlaicher los: »Gefeuert? Verdammt noch mal, nein! Wenn ich dich feuere, dann freust du dich ja sogar noch. Aber ich nehme deine scheiß Kündigung an.«

Lutz Vollmer wirkte nun wirklich etwas eingeschüchtert, als er antwortete: »Aber dann bekomme ich drei Monate kein Geld.«

»Meinst du etwa, dass mich das auch nur im Geringsten interessiert? Weißt du, in was für eine Situation du mich gerade gebracht hast?«

»Aber ich wollte doch nur …«

»Ist mir ganz egal, was du wolltest. Ich stehe vor Gampp da wie ein absoluter Depp.«

»Tut mir leid«, sagte Lutz Vollmer ganz leise.

»Was?«, schrie Schlaicher.

»Tut mir leid«, wiederholte er kaum lauter.

Schlaicher drehte sich um und ging hastig fünf Schritte von Lutz Vollmer weg, bevor er sich wieder zu ihm hindrehte und

ebenso schnellen Schrittes zurückkam. »Gampp hat mich den Job
Gott sei Dank behalten lassen. Das heißt, dass ich dich brauche.
Du wirst machen, was ich dir sage, sonst kannst du dich darauf
verlassen, dass du vom Amt bald keinen scheiß Cent mehr bekommst. Haben wir uns verstanden?«

Lutz Vollmer schaute zu Boden und nickte.

»Ob wir uns verstanden haben?«, brüllte Schlaicher.

»Ja.«

»Dann komm jetzt.« Ohne darauf zu achten, ob Lutz ihm
folgte, wandte er sich mit schnellen Schritten der Treppe zu,
um im Erdgeschoss die erste Besprechung mit den Detektiven
vorzunehmen. Hinter sich hörte er in einigem Abstand Lutz
Vollmers Schritte. Ob er das Gemurmel des Mannes richtig
verstand, wusste er nicht. Er hörte so etwas wie: »Ich habe ja
wohl nicht zuerst gelogen«, und war kurz davor, wieder zu explodieren, riss sich dann aber zusammen. Jetzt musste er zuerst
diesen Job so gut über die Bühne bringen, dass Gampp vielleicht
ein Auge zudrücken konnte.

★★★

Nichts als alte Akten. Hanspeter Schlageter hatte eigentlich schon
wieder genug von diesem Tag, der gerade erst angefangen hatte.

»Chef, brauchen Sie die noch?« Helbach, Schlageters Mitarbeiter, hatte die wahrscheinlich tiefste Stimme, die man sich
vorstellen konnte. Dabei war er schmächtig wie ein Hemd, genau das Gegenteil von Schlageter selbst, der heute eine schicke
karierte Hose und ein dünnes, blaues Hemd trug.

Das war das Praktische an den karierten Hosen – eine der
Farben passte immer irgendwie zum Oberteil. Jacqueline Ribeau, die Frau, die Schlageters Herz höher schlagen ließ, hatte
zwar mit ihm gemeinsam andere Hosen gekauft, aber sollte er
seine Karohosen deshalb verrotten lassen? Immer, wenn er sie
nicht traf, zog er sie an.

Er hatte Jacqueline Ribeau vor knapp einem Jahr kennengelernt. Eine Frau, so spröde, wie es nur eine kettenrauchende
Schweizerin sein konnte, die mindestens ebenso konzentriert

und mit Leidenschaft ihrer Polizeiarbeit nachging wie Schlageter der seinen. Beide hatten sie lange Jahre einen Solopart gespielt, und entsprechend schwer fiel ihnen nun das Duett. Jacqueline war darum in Basel wohnen geblieben und Schlageter in seiner kleinen Wohnung in Lörrach. Es sprach einfach zu viel dagegen zusammenzuziehen, auch wenn Jacqueline ihn vor einem Monat vorsichtig darauf angesprochen hatte. Schlageter gefiel sie, vielleicht war da sogar mehr als nur Gefallen. Aber es sagte ihm auch zu, sich gelegentlich in eine rauchfreie Wohnung zurückziehen zu können. Mit dem, was sie jeden Tag an Nikotin durch ihre Glimmstängel zog, könnte man wahrscheinlich das ganze St.-Jakob-Stadion innerhalb einer Woche eingilben.

Auch wenn sie im Grunde nicht viel auf Äußerlichkeiten gab, war Jacqueline doch eine angemessen schicke Garderobe wichtig. Schlageters Freude an den praktischen Karos verstand sie nicht, sie wünschte sich, dass er modernere Kleidung trug – ohne Muster. Und meistens tat Schlageter ihr den Gefallen. Helbach war sehr verwundert gewesen, als er seinen Chef das erste Mal in nicht karierten Hosen gesehen hatte. Helbach – hatte der nicht eben etwas gesagt?

»Was meinen Sie?«, brummte Schlageter.

»Ich habe gefragt, ob Sie die noch brauchen.« Helbach zeigte auf einen Berg von ungespülten Tassen, die fast die Hälfte von Schlageters Schreibtisch einnahmen, und sagte dann: »Ich meine, vielleicht sollten wir die langsam aufräumen. Dann haben Sie mehr Platz für die Planung der Feier.«

»Meine Tassen bleiben da, wo sie sind. Noch sind Sie mich nicht los, Helbach, auch wenn Sie sich bestimmt schon diebisch darauf freuen. Haben Sie eigentlich nichts Besseres zu tun, als sich Gedanken über meinen Schreibtisch zu machen?«

Helbach atmete genervt aus. Schlageter sah das als Zeichen, dass seine baldige Pensionierung Helbach nun auch noch den letzten Rest Respekt vor ihm als seinem Vorgesetzten nahm. Und tatsächlich: Normalerweise hätte sich Helbach auf eine solche Bemerkung Schlageters hin irgendeine sinnvolle Beschäftigung gesucht, doch heute setzte er seine Widerworte fort: »Ich mache mir keine Gedanken über Ihren Schreibtisch, sondern darüber, dass es schon übermorgen so weit ist. Ihr definitiv letzter Tag im Dienst.«

»Das brauchen Sie mir aber nicht ständig aufs Butterbrot zu schmieren«, schimpfte Schlageter erregt.

»Ich möchte doch nur, dass Ihre Abschiedsfeier dem Anlass entsprechend abläuft«, schnauzte Helbach zurück. »So etwas plant sich nicht von allein, und das Datum lässt sich auch nicht mehr verschieben.«

Er hatte recht. Es fiel Schlageter schwer, sich das einzugestehen, aber letzten Endes versuchte er wohl immer noch, den Abschied von seinem Schreibtisch, seiner Stellung als Kommissar und seinem geschäftigen Lebensalltag aufzuschieben. Er hatte die Zeit schon gestreckt, so weit es nur ging, doch inzwischen war sein letzter Tag besiegelte Sache.

Der Leiter der Polizeidirektion hatte ursprünglich vorgeschlagen, die Party eigenhändig zu planen, aber Schlageter hatte das weit von sich gewiesen. Wenn er wirklich gezwungen war, die Polizeidirektion zu verlassen, wollte er das auf seine Art tun. Allerdings hatte er wirklich noch nichts erledigt, außer sich einmal den großen Kellerraum anzuschauen, den er aber ohnehin zur Genüge kannte. Die von Helbach vorbereitete Einladungsmail hatte er zuerst vernichtend kritisiert, dann aber doch sein Placet gegeben. Und das war es gewesen. Dabei kam es ihm so vor, als würde er seit zwei Wochen nichts anderes tun, als sich um seinen Abschied zu kümmern. Dieses Frühjahr war gar nichts los: Kein Mord, kein ungeklärter Todesfall, keine Banden, die einen Einbruch nach dem anderen ausführten und von ihm erwischt werden wollten. Es kam Schlageter vor, als hätten sich alle Verbrecher gegen ihn verschworen, um ihm die letzten Wochen so langweilig und eintönig wie möglich zu machen. Dabei sehnte er sich doch so nach einem hübschen Mordfall, dessen Aufklärung er den Kollegen beim Abschiedsfest als seine Visitenkarte überreichen konnte. Alle sollten sagen: Der Schlageter, so einen gibt es nie wieder. Der klärt noch am letzten Tag im Dienst einen Mordfall auf. Ja, das wäre was!

»Chef?«

Schlageter schaute auf.

»Ich habe eben gesagt, wie sehr ich mir wünsche, dass Ihre Abschiedsfeier gut wird«, wiederholte Helbach. »Ich kann Ihnen gern helfen, aber Sie müssen jetzt wirklich mal loslegen, sonst klappt nichts mehr. Dabei sollen die Kollegen Sie doch als den in Erinnerung behalten, der Sie sind: ein Macher und absolut herausragender Polizist.«

Natürlich merkte Schlageter, dass Helbach ihm schmeicheln wollte. Gleichzeitig konnte er aber gar nicht anders als anerkennen, dass sein Mitarbeiter mit dem »herausragenden Polizisten« definitiv recht hatte.

»Danke, Helbach. Aber ich brauche Ihre Hilfe nicht. Ich habe alles im Griff.«

»Sie haben bis jetzt nur die Musiker gebucht. Was gibt es zu essen und zu trinken? Gibt es eine Rede? Was ist mit der Dekoration? Wer räumt auf?«

»Jetzt hören Sie aber auf, Helbach!«

»Nein, höre ich nicht. Antworten Sie mir.«

»Das wird schon alles werden.«

»Nein. Sie müssen sich *jetzt* darum kümmern.«

Schlageter warf Helbach einen vernichtenden Blick zu, doch der redete bereits weiter: »Ich kann mir ja vorstellen, dass es Ihnen nicht leichtfällt. Aber ich kann Ihnen doch helfen. Immerhin haben wir im Moment sowieso nichts Wichtiges zu tun.«

Schlageter war ganz kurz davor gewesen, Helbach zuzustimmen, doch dieser letzte Satz machte das wieder zunichte. »Nichts Wichtiges zu tun?«, blaffte er. »Nichts Wichtiges zu tun?« Dann wusste er nicht weiter. »Wie, nichts Wichtiges zu tun?«, fragte er schließlich, weil ihm selbst nichts einfiel, was es zu tun geben könnte. Im nächsten Moment hatte er einen Geistesblitz. »Was ist mit den ungelösten Fällen? Davon gibt es weiß Gott genug.«

Helbach ließ sich ausgelaugt in seinem Bürostuhl zurückfallen.

»Holen Sie mir die Akte Wellenbrink«, befahl Schlageter. An diesem Fall hatte er sich vor langer Zeit sämtliche Zähne ausgebissen.

»Die ist fast zwanzig Jahre alt«, gab Helbach mürrisch zurück.

»Seit fast zwanzig Jahren läuft ein Mörder frei herum, und Sie wollen eine Party planen?«, brüllte Schlageter.

Helbach stand gefrustet auf und verließ den Raum.

Dem Kommissar war klar, dass ihm das Studium der Akte Wellenbrink keine neuen Erkenntnisse bringen würde. Dafür hatte er sie damals viel zu lange und zu ausführlich durchgearbeitet. Bei dem Fall ging es um den Banker Ernst Wellenbrink, der in seinem Garten aus einer Entfernung von knapp einem Kilometer mit einem Präzisionsgewehr aus dem Zweiten Weltkrieg erschossen worden war. Die Waffe war nirgends gemeldet, alle Menschen im Umfeld des Opfers, denen man ein Motiv nachweisen konnte, hatten ein hieb- und stichfestes Alibi, es gab keine Zeugen. Schlageter hatte im Zuge der Ermittlungen jeden noch so brüchigen Strohhalm ergriffen, um wenigstens *eine* Spur zu finden, aber keine seiner Anstrengungen war von Erfolg gekrönt gewesen, weder die Ermittlungen im privaten Bereich noch die im geschäftlichen Umfeld. Vor zwanzig Jahren war Ernst Wellenbrink in Lörrach das gewesen, was man eine bekannte Persönlichkeit nannte. Als Vorstandsmitglied der Volksbank war er in zahlreichen Gremien vertreten, unter anderem auch im Gemeinderat für die CDU, bekleidete zahlreiche Ehrenämter, war Mitglied in allen wichtigen Vereinen und im Vorstand der Narrenzunft. Er hinterließ eine Frau und drei Kinder. Die Familienangehörigen waren von Beileidsbezeugungen nur so überflutet worden. Die über die Presse öffentlich gemachte Kritik an der unfähigen Polizei, die in dem Fall nicht weiterkam, hatte dazu geführt, dass das Thema lange Zeit aktuell geblieben war. Ein Jahr nach der Tat war die Witwe mit den Kindern nach Berlin umgezogen, um dort ein neues Leben zu beginnen und nicht ständig an den Schmerz erinnert zu werden.

Schlageter hatte den Fall Wellenbrink irgendwann persönlich genommen und wieder und wieder mit allen möglichen Bekannten des Opfers gesprochen, bis er schließlich, nachdem er nahezu alle Fraktionen des Gemeinderats verärgert hatte, an die Leine gelegt worden war.

Die Akte erneut zur Hand zu nehmen, würde ihn nicht einen

Deut weiterbringen, dessen war er sich sicher. Aber er musste irgendwie diesen nervigen Helbach loswerden. Er wollte sich nicht reinreden lassen. Dabei stimmte, was er sagte. Die Party stand nicht nur unmittelbar bevor, sie war tatsächlich so etwas von ungeplant, dass sich am Schluss wahrscheinlich jeder eine Flasche Cola aus dem Getränkeautomaten ziehen musste. Tschüss, Herr Kommissar. Man würde ihn als geizigen alten Sack in Erinnerung behalten. Vielleicht könnte er eine Schale mit Ein-Euro-Münzen aufstellen, sodass sich jeder nach seinem Gusto aus dem Automaten bedienen konnte? Dazu ein paar Flaschen Wein …

Nein. Das würde ihn auch nicht in einem besseren Licht erscheinen lassen. Es blieb ihm nichts anderes übrig, er musste aktiv werden. Die Einladungen waren raus, jetzt musste er seinen Gästen etwas zu essen und zu trinken bieten.

Schlageter stand auf und begann, die schmutzigen Tassen in die Küche zu tragen. Teilweise waren die Kaffeereste darin zu längst vertrockneten Schimmelkuchen geworden. Als er zurückkehrte, war Helbach noch nicht wieder da. Schlageter kramte das alte Telefonbuch heraus und suchte in den Gelben Seiten den Buchstaben P wie Partyservice.

★★★

Mario hatte die Nacht auf einer durchgesessenen Couch in dem Hinterzimmer in Frankfurt verbracht. Jussef hatte ihn eingeschlossen, immerhin gab es aber eine Toilette im offenen Nebenraum. Ihm waren tausend quälende Gedanken durch den Kopf gegangen, und nicht einmal ein ordentlich gefüllter Joint hatte Abhilfe schaffen können. Seine Lage war ernst, so ernst, dass ihm dieses Mal sogar beim Kiffen schlecht geworden war. Immer wenn er Angst hatte, kam es ihm einfach hoch, das war so, seit Mario ein Kind gewesen war. Mit der beruhigenden Wirkung von Gras konnte er es abschwächen, aber in einer dermaßen lebensbedrohlichen Situation wie dieser hätte selbst ein ganzer Haschischkuchen nichts ausrichten können. Er *konnte* gar nicht so viel kiffen, dass er vor Umut und seinem Riesen keine Angst hatte.

Er hatte überlegt, was er seinen Großeltern erzählen sollte, wenn er mit diesem Irfan zu Hause auftauchte. Onkel Michael würde kein Problem sein, aber Oma und Opa ganz bestimmt. Nach einer Weile hatte er sich einen Plan zurechtgelegt und hoffte nun, dass Irfan mitspielen würde. Ob sie diesen Koffer wiederbeschaffen konnten? Und was es wohl mit den Sucuk auf sich hatte? Viel wichtiger noch: Was würden sie mit ihm machen, wenn Irfan und er den Koffer nicht wiederfanden? Der Alte hatte gesagt, Irfan solle Mario umlegen, wenn er Ärger machte. Es hatte sich nicht nach einem Scherz angehört.

Ein Türke, den er hier zuvor noch nicht gesehen hatte, hatte ihm einen Döner und eine Flasche Cola gebracht. Nach dem Essen war Mario eingeschlafen. Um acht Uhr hatte ihn Irfan mit einem Schlag gegen den Kopf unsanft wieder geweckt. Er trug heute einen anderen Anzug, der aber genauso maßgeschneidert aussah wie der vom Vortag. Kurz darauf waren sie ohne Frühstück mit einem dunkelgraumetallicfarbenen 5er BMW losgefahren.

Der schicke Irfan schwieg nahezu die gesamte Fahrt über. Als Mario ihn fragte, was denn eigentlich so besonders an den Würsten sei, antwortete er kalt: »Wir verarbeiten darin die Leute, die uns verarschen wollten.« Dann grinste er, aber Mario war gar nicht nach Lachen zumute. Er fragte sich insgeheim, ob Irfan vielleicht die Wahrheit gesagt hatte. Waren es Würste aus Menschenfleisch? Würde er eines viel zu nahen Tages vielleicht sogar selbst durch einen Fleischwolf gedreht, um in so einer Wurst zu landen? Er zwang seine Gedanken in andere Bahnen, um die aufkommende Übelkeit wegzudrücken.

Ansonsten blieb die lange Fahrt eintönig. Sie hörten ununterbrochen traditionelle türkische Musik, die Mario spätestens ab Karlsruhe gehörig auf die Nerven ging. Aber er hütete sich, etwas dazu zu sagen. Bei den meisten Stücken trommelten Irfans Finger im Takt auf dem Lenkrad, bei einigen sang er sogar leise mit. Schließlich verließen sie die Autobahn und näherten sich über kurvige und Mario wohlbekannte Straßen mit vielen Steigungen dem kleinen Ort Raich, in dem er mit seinen Großeltern und seinem Onkel lebte. Irfan stellte die Musik ab, als sie auf die Zufahrt zum Birktalerhof fuhren, an dessen Fahnenmast Großvaters alte, über die Jahre ausgeblichene badische Fahne im späten Maiwind wehte. Mario fragte sich erneut, wie seine Oma und sein Opa wohl auf den schicken Irfan reagieren würden. »Ich wohne bei meinen Großeltern«, sagte er vorsichtig. Irfan nickte. Mario beschloss, ihn etwas genauer über sein Vorhaben zu informieren. »Ich werde ihnen sagen, dass Sie ein Freund von mir sind.«

»Du.«

»Äh, was?«

»Wenn ich ein Freund sein soll, musst du mich duzen«, sagte Irfan emotionslos.

»Ja, genau. Also, ich werde ihnen sagen, dass ich *dich* besucht habe und *du* ein paar Tage frei hast. Genau. Ich will dir ein bisschen die Gegend zeigen. Dann können wir rumfahren, ohne dass sie Verdacht schöpfen.«

»Wenn du meinst.«

Der Birktalerhof lag auf der Gemarkung Raich am Ortsausgang Richtung Ried. Vor ein paar Jahren war Raich noch ein eigenständiger Ort gewesen, mittlerweile gehörte er zu einer neu gegründeten Gemeinde, die den Namen »Kleines Wiesental« bekommen hatte. Die Zusammenlegung war notwendig geworden, weil sich die Gemeinden allein nicht mehr lange hätten halten können. Aber dass niemand einen besseren Einfall als die reine Landschaftsbezeichnung gehabt hatte, leuchtete ihm immer noch nicht ein. Er fand Alemannistan eigentlich ganz cool.

Der Hof war gut zweihundertvierzig Jahre alt, und die braungelbe Fassade unter dem hölzernen Dach gehörte längst saniert, aber dafür fehlte das Geld. Das Unkraut war während der paar Tage, die Mario nicht da gewesen war, regelrecht in die Höhe geschossen, und der Fensterladen am Esszimmer sah aus, als hätte er sich noch etwas mehr aus seiner Verankerung gelöst. Seit Marios Eltern bei einem Unfall ums Leben gekommen waren, lebte er hier mit seinen Großeltern. Er war erst sechs gewesen, als sie zum Einkaufen gefahren, aber nie mehr zurückgekehrt waren. Nur wenige Erinnerungsfetzen waren ihm geblieben. Mama, wie sie ihm erklärte, dass er den Herd nicht anfassen durfte. Papa, wie er ihn auf seinem ersten Fahrrad anschob. Der Geruch, wenn Mario nachts in ihr Bett gehuscht war, wenn sie schon schliefen. Später hatte er oft bei Oma und Opa im Bett gelegen, auch dazu gab es eine Erinnerung an das Gefühl von Wärme und Liebe – und doch war es anders als das bei seinen Eltern.

Die Großeltern hatten sich gut um ihn gekümmert, was nicht immer einfach gewesen war. Jetzt sah die Situation anders aus. Er war erwachsen und sie beide alt. Es war nun seine Pflicht, für sie zu sorgen. Und er tat es gern. Marios Oma konnte kaum noch gehen und lag meist in ihrem Zimmer. Sein Opa war zwar körperlich und geistig noch richtig fit, hatte aber seine frühere Tatkraft verloren. Eigentlich bereits seit dem Tag, an dem seine Tochter zwei Kilometer von hier entfernt am Hang vor dem Ort gestorben war. Er schien jeden Tag ein bisschen mehr zu schrumpfen, obwohl er beileibe kein kleiner Mann war.

Vieh hatten sie kaum noch. Es gab Frau Schneider, die alte grau getigerte Hauskatze, Gustav, einen schwerhörigen Berner Sennenhund, der auf seinem Platz vor der Haustür lag und schlief, zwölf Hühner und einen Hahn, um die sich Onkel Michael kümmerte, sowie Großvaters Kaninchen. Die Deutschen Riesen waren sein ganzer Stolz. Er züchtete sie erfolgreich in großer Zahl. Wann immer jemand in der Gegend einen Kaninchen-braten machen wollte, kam er auf den Birktalerhof. Ansonsten lebten noch Enten und Gänse auf dem Hof – und natürlich die Mäuse in der Gerätescheune, mit denen Frau Schneider einen Nichtangriffspakt geschlossen zu haben schien.

Die Rinder hatte Marios Vater, Enrico Merzoni, damals verkauft, weil sie kaum noch das Geld für das Futter und den Tierarzt brachten. Drei Stück Vieh hatte der Großvater spä-ter wieder angeschafft, Mario konnte sie am Hang hinter dem Hof wiederkäuen sehen. Der sowieso viel zu große Stall bot dadurch genug Platz für seine Zwecke. Mario hatte ein paar grundlegende Änderungen darin vorgenommen. Hinter einer Trennwand wuchs nun sein Gras, das er seit zwei Jahren an Bekannte verkaufte und von dem er eigentlich gehofft hatte, dass er es bald in größeren Mengen auch an Jussef liefern konnte.

»Stellen Sie den Wagen da hin.« Mario wies auf den freien Platz auf dem Hof, direkt neben einem glanzlosen, mattroten Opel Ascona.

»Du«, korrigierte Irfan, tat aber, wie ihm geheißen. Er stellte den Motor ab und atmete aus wie jemand, der feststellte, dass das versprochene Vier-Sterne-Hotel mit Meerblick direkt neben einer lärmenden Baustelle lag. Mario allerdings war erleichtert. Gestern noch hatte er gezweifelt, ob er den Hof, sein Zuhause, jemals wiedersehen würde.

Die Haustür wurde geöffnet, und Georg Birktaler lugte den Ankömmlingen neugierig entgegen.

»Opa«, rief Mario erfreut und lief zu ihm. »Und? Alles klar hier?«

»He jo.« Marios Opa nickte und blickte fragend auf den vierzigjährigen Mann mit den schwarzen Glanzlederschuhen, der beim Aussteigen aus dem Wagen versuchte, die schmutzigsten Stellen am Boden zu vermeiden, und sich danach erleichtert den Anzug gerade zog.

»Ein Freund«, sagte Mario, und sein Großvater schien damit zufrieden zu sein. Er ging zurück ins Haus und ließ die Tür offen stehen.

»Redet nicht viel, dein Großvater, was?«, fragte Irfan.

»Nein, kann man wohl so sagen.«

»Gut.« Irfan trug seinen Koffer zur Tür.

Leise sagte Mario: »Du aber auch nicht.«

Irfan antwortete nicht darauf.

In der holzvertäfelten Stube roch es nach gebratenem Speck. Auf dem Tisch mit der langen Eckbank stand an Großvaters Platz ein Teller mit den Resten seines Mittagessens: ein halbes Spiegelei auf einer halben Scheibe Bauernbrot. Den Speck hatte er schon gegessen. Großvater stand in der Küche und schlug neue Eier auf. Irfan schaute sich wie ein Fremdkörper in Stube und Küche um, betrachtete den reich geschmückten Kachelofen, der in den kalten Raicher Wintern schon vielen Generationen von Bauern wohlige Wärme gespendet hatte, die niedrige Decke und die alten Fotografien an den holzgetäfelten Wänden. Gustav, der

Sennenhund, war ihnen nach drinnen gefolgt und lag nun auf seiner Decke. Er schaffte nur ein müdes Wedeln, als Mario ihn hinter den Ohren kraulte. Frau Schneider war nirgends zu sehen.

»Setzen Sie, äh, setz dich doch«, schlug Mario Irfan vor. Der blieb stehen. »Wie geht es Oma?«, rief Mario in die Küche.

»Gued.«

Mario ging rüber, und Irfan folgte ihm.

»Hast du die Pflanzen gegossen?«

»Jo. Hüdd chaasch nümme maije. S'isch z'schbood. S'chunnd go rägne.«

Wenn Marios Großvater sagte, dass es regnen würde, konnte man sich darauf zu hundert Prozent verlassen. Einen Wetterbericht brauchte er für seine Vorhersagen nicht. Er lebte einfach schon zu lange hier, um die Anzeichen nicht deuten zu können.

»Tut mir leid. Es ging nicht früher. Ich mähe, sobald es wieder geht. Genau.«

»Hmm.« Sein Großvater legte ein paar Scheiben Speck in die große gusseiserne Pfanne. Er begann sofort zu zischen und sich zu wellen. »Un wäär isch daas?«, fragte er und wies auf Irfan.

»Ein Freund, Opa. Er heißt Irfan. Er bleibt ein paar Tage. Das ist doch in Ordnung?«

»Vrgiss aaber d'Singschdund nidd …«

»Ja, klar.«

Marios Großvater rührte ein letztes Mal durch die gestockte Eimasse und schnitt vier Scheiben vom Bauernbrot ab. Je zwei packte er auf die Teller, die er schon bereitgestellt hatte, und griff nach dem Speck.

»Ich esse kein Schweinefleisch«, sagte Irfan schnell.

Georg Birktaler schüttelte verständnislos den Kopf.

»Ischer en Islamischd?«

»Moslem«, korrigierte Irfan, und seine Augenbrauen rückten etwas näher aneinander. Mario sah gespannt, wie er die weitere Reaktion des alten Mannes abwartete. Dem schien das aber einerlei zu sein. Er legte die beiden überzähligen Speckstreifen zusammen mit den anderen auf Marios Brot, dann gab es Rührei satt.

»Wo ist Onkel Michael?«, fragte Mario.

»Dää hedd scho frieh z'Middaag g'haa un isch bi siine Hiehner«, antwortete der Großvater. »Ich gang uffe zue dr Oma. Chunnsch nochher au go Solli sage?«

»Ich komme gleich nach dem Essen zu euch rauf. Genau«, sagte Mario.

»Wir haben nicht viel Zeit«, mahnte Irfan, dem das Rührei auf dem saftigen Bauernbrot sichtlich schmeckte.

»Ja, aber zuerst muss ich hier ein paar Sachen erledigen. Ich geh gleich kurz zu meiner Oma, dann werd ich dir Onkel Michael vorstellen und dann geht's zu den Pflanzen.«

»Was ist mit deinen Eltern?«

Es war Jahre her, aber Mario fiel es noch immer schwer, über sie zu sprechen. Er betrachtete Irfan, verwundert, dass dieser überhaupt eine so private Frage gestellt hatte. Dass der Türke sechzehn Jahre älter war als Mario, erkannte man höchstens an seinen Krähenfüßen und den Falten um die scharfe Mundpartie herum. Ein Erol-Sander-Typ, männlich und markant. Man sah deutlich, dass die Bartstoppeln schon wieder durch die Gesichtshaut schossen. Bei Mario wuchs der Bart nur spärlich. Dabei war er schon vierundzwanzig Jahre alt.

»Du redest wohl nicht gern darüber?«, tippte Irfan, weil die Pause andauerte.

»Nein. Tue ich nicht. Sie sind vor achtzehn Jahren bei einem Unfall gestorben.«

»Das tut mir leid.«

»Echt?«

Irfan nahm den letzten Rest Ei auf seine Gabel und sagte nichts, sondern kaute ausgiebig.

»Und? Hast du Familie?«, erkundigte sich Mario.

»Ich möchte, dass wir in einer halben Stunde losfahren zu der ersten Adresse.«

Mario bat Irfan nach dem Essen, kurz mit in das Tageszimmer seiner Großmutter zu kommen. Sie lag dort in einem Metallbett auf Rollen, das so aufgestellt war, dass sie sowohl zum Fernseher schauen, als auch den Blick über die saftig werdenden Weiden des Hofes schweifen lassen konnte. Allerdings war der Fernseher meistens aus. Marios Oma war der Meinung, dass den lieben heiligen Tag viel zu viel Unanständiges gezeigt würde. Meistens schaute sie darum zum Fenster hinaus oder unterhielt sich mit Marios Opa, Michael oder Mario, je nachdem, wer gerade Zeit hatte, sich zu ihr zu setzen.

Der Großvater saß im Sessel neben ihr und las Zeitung. Er schaute nur kurz auf, als sie eintraten.

Mario stellte verwundert fest, dass sich Oma Helenes Stimmung bei Irfans Anblick schlagartig aufhellte. Von ihrem hochgestellten Kopfteil des Bettes aus musterte sie ihn und setzte ihr verschmitztes Lächeln auf, das Mario schon lange nicht mehr an ihr gesehen hatte. Nachdem Mario seiner Oma einen Kuss gegeben hatte, reichte Irfan ihr die Hand, die sie mit ihren beiden zerbrechlich wirkenden Händen umfasste und für die nächsten zwei Minuten nicht mehr losließ.

»Irfan. Das ist ein schöner Name. Was sind Sie für ein Landsmann? Ein Türke? Araber?«

»Eigentlich bin ich Deutscher«, antwortete Irfan. »Meine Eltern kamen aus der Türkei. Ich bin hier geboren.«

Oma Helene lächelte weiter, und Mario registrierte erstaunt, dass Irfan die Hand nicht zurückzog, sondern selbst zu lächeln begann.

»Sie sind also ein Freund von unserem Mario? Woher kennt ihr euch denn?«

»Freund ist wohl etwas zu viel gesagt«, gab Irfan zurück.

Marios Großvater schaute kurz auf. Mario wusste, dass er sich definitiv nicht auf den Artikel konzentrierte, den er zu lesen vorgab. Und auch er selbst war beunruhigt, weil er fürchtete, dass Irfan vielleicht etwas über den Grund seiner Anwesenheit verraten könnte. Seine Großeltern wussten, dass Marios Geschäfte nicht alle im Rahmen der Legalität verliefen. Der Großvater war wütend gewesen, als er mitbekam, dass sein Enkel in der alten Scheune Drogen herstellte. Aber als er gesehen hatte, dass es sich um Hanf handelte, hatte er zugegeben, in seiner eigenen Jugend selbst welches geraucht zu haben. »Und nichts geht über ein gutes Hanfseil«, sagte er immer. Zudem war ihnen bewusst, dass Großvaters Rente bei Weitem nicht ausreiche, um den Hof halten zu können. Oma Helene wünschte sich jedoch nichts mehr, als ihre Augen irgendwann einmal hier, wo sie die glücklichsten Zeiten ihres Lebens verbracht hatte, für immer zu schließen. Marios Großeltern wussten allerdings nicht, dass Mario neben der Hanfzucht auch noch ein paar andere Geschäfte am Laufen hatte. Die Kurierdienste würden sie ihm niemals durchgehen lassen.

Aber Irfan ließ diesbezüglich nichts durchsickern. Er erklärte nur kurz, dass sie sich in Frankfurt kennengelernt und beschlossen hatten, sich gemeinsam die Gegend anzuschauen. Zum Glück hakte Oma Helene nicht weiter nach. Ihre Neugierde über den ungewöhnlichen Besucher war dennoch geweckt. Sie wollte gleich noch mehr Fragen loswerden, was Irfan aber freundlich und bestimmt zugleich auf »ein anderes Mal« verschob.

»Wir schauen noch kurz bei Onkel Michael vorbei«, sagte Mario zum Abschied.

»Nimm die Sonnencreme mit. Ich weiß nicht, ob er an seine Kappe gedacht hat«, sagte Oma Helene. Dass der nächste Satz noch für sie gedacht war, bezweifelte Mario, denn er hatte die Tür schon fast geschlossen, als er sie sagen hörte: »Ein angenehmer Mann von Welt, dieser Herr Irfan.«

Links hinter dem Stall lag der kleine, vom Bach angestaute Teich, in dem ein paar Karpfen dicht unter der Wasseroberfläche die warme Sonne genossen. Marios Großvater schien wieder einmal recht zu behalten, denn ein Wind kam auf, der dunstige Wolken über den bisher noch fleckenlos blauen Himmel trieb. Ein Teil des Weihers war mit einem Jägerzaun eingefasst, hinter dem die Hühner auf lehmigem Boden nach Körnern pickend umherstakten. Der Hahn saß auf einem mannshohen Stapel Holzpaletten neben dem Hühnerschlag und beobachtete streng seinen Harem, nur unterbrochen von der gelegentlichen Pflege seines Gefieders. Die Hortensien, die zum Hang hin wuchsen, blühten in einem sanften Rotblau, und rechts vom Teich konnte man die Augen kaum von den gewaltigen Blüten des Kürbisses lassen, den Michael dort seit Jahren immer wieder anpflanzte.

»Onkel Michael«, rief Mario.

»Jaaa?«, tönte eine nasale Stimme aus dem Hühnerschlag.

»Ich bin's, Mario.«

Es verging keine Sekunde, da tauchte Onkel Michael in der Tür des Hühnerschlags auf. Er trug seine blaue Latzhose und ein kariertes Hemd, das an der Seite herausstand. Während er lachend auf das Törchen zugelaufen kam, dachte Mario, dass er Irfan vielleicht vorher hätte erklären sollen, dass sein Onkel Michael nicht ganz so war wie anderer Leute Onkel.

»Maaariooo!«, rief Michael und öffnete das Tor. Er war recht dick, hatte weit auseinanderstehende, schmale Augen und schien über gar keinen Hals zu verfügen. Ein »Downie«, wie Mario ihn manchmal nannte. Ohne das Tor hinter sich zu schließen, rannte er ihm entgegen und fiel ihm glücklich in die Arme. Mario drückte ihn ganz fest.

»Na, wie geht's dir?«

»Guut. Und dir?«

»Super. Ich freu mich, wieder bei dir zu sein, mein Freund.«

»Ich freu mich auch, mein Freund.«

Sie ließen einander wieder los. Michael entdeckte jetzt Irfan und umarmte ihn ebenfalls. So war er einfach. Mario merkte Irfan an, dass er von der Situation überfordert war, und sagte: »Michi, lass ihn mal lieber.«

Michael ließ sofort los. »Hallo«, sagte er jetzt zu Irfan und hielt ihm die Hand hin, die Irfan aber nicht ergriff.

»Du hast ja deine Mütze an, dann brauchen wir die Creme gar nicht«, sagte Mario schnell, um Michael abzulenken, und hielt die Tube hoch. Wenn er eines nicht leiden konnte, war das, wenn jemand seinen Onkel nicht ordentlich behandelte.

»Nein, ich habe die Mütze an. Keine Creme!« Michael klatschte fröhlich in die Hände. Dann erinnerte er sich an seine Hühner und lief zum Tor, um es schnell zu schließen, bevor eine der Hennen ausbüxen konnte.

»Er hat das Downsyndrom. Kein Grund, sich ihm gegenüber blöde anzustellen«, sagte Mario leise, aber bestimmt. Michael stand mit dem Rücken zu ihnen am Zaun und rief: »Putt, putt, putt!«

»Okay. Dann können wir jetzt vielleicht fahren?«
»Ich wollte eigentlich noch zu meinen Pflanzen.«
»Wir fahren jetzt.«

Der Erste auf der Hosentaschen-Liste war ein gewisser Harry Mbene aus Zell im Wiesental. Mario wies Irfan schlechtgelaunt den Weg.
»Wie wollen wir wissen, wer den Koffer hat?«, fragte er.
»Von der Kleidung her suchen wir einen Mann«, begann Irfan. »Das Wochenticket hat er letzten Donnerstag gekauft, es war gültig für Frankfurt und die Strecke nach Offenbach. Seinen Koffer hast du aus dem Gepäckteil des Fernbusses geholt. Also: Wie ist die Geschichte?«
Mario war von der Frage überrascht. Er fühlte sich, als habe ihn in der Schule überraschend der Lehrer aufgerufen.
»Äh«, begann er, genau so, wie er es in der Schule gemacht hätte. »Der Mann war eine Woche in Frankfurt und ist dann mit dem Fernbus wieder nach Hause gefahren?«
Irfan nickte unmerklich. »Und?«
»Ähh, er hat Apfelwein mitgenommen. Genau: Und Karten geschrieben, auch an diesen Typen aus Zell.«
»Damit sollte deine Frage beantwortet sein«, sagte Irfan kühl.
Das sah Mario anders, aber er hatte keine Lust, Irfan gegenüber einzugestehen, dass er weiter im Dunkeln tappte. Die Arroganz dieses Typen begann ihn richtig aufzuregen. Er kramte seinen Tabakbeutel hervor, um sich einen Joint zu drehen. Irfan knurrte: »Weg damit.«
»Das ist meine Sache«, erwiderte Mario genervt.
»Ist es nicht. Wahrscheinlich ist dieser Dreck sogar der Grund, warum ich mit dir kleinem Arschloch meine Zeit am Ende der Welt vertun muss. Du solltest nur ein paar Sucuk zu Onkel Umut bringen. Aber selbst das hast du versaut.«
Mario rückte beleidigt auf dem Beifahrersitz nach vorn.
»Meinst du, ich habe das absichtlich gemacht?«
»Es ist mir verdammt egal, warum du tust, was du tust. Oder ob du dir das bisschen Verstand, das noch da ist, auch noch wegkiffst. Aber solange ich, statt mit meiner Frau und meinen

Töchtern zu Hause einen schönen Tag zu verbringen, hier in der Provinz rumkurven muss, um deine Kifferfehler auszubügeln, kannst du *das* vergessen.« Irfan schlug mit der rechten Hand gegen den Tabakbeutel, der Mario prompt aus der Hand rutschte und auf den Boden des BMW fiel.

»Hey, du Arsch!«

Irfan stieg auf die Bremse, als wäre vor ihnen überraschend ein Kleinkind auf die Straße gerannt. Mario wurde unsanft nach vorne geschleudert und stieß heftig mit dem Kopf gegen die Sonnenblende. Als er vor Schmerz wimmernd wieder aufschaute, blickte er zum ersten Mal in seinem Leben in die Mündung einer Pistole. Dahinter fixierten ihn zwei dunkelbraune Augen mit kaltem Blick.

»Ich glaube, du hast keine Ahnung, wie ernst die Sache ist«, sagte Irfan ruhig.

Bis auf ein paar Anweisungen wegen des Weges herrschte die restliche Fahrt über eisiges Schweigen. Die Waffe war so schnell wieder verschwunden, wie sie aufgetaucht war, und Mario hatte den Tabakbeutel aufgehoben und eingesteckt. Dann hatten sie ihren Weg fortgesetzt. Gleichzeitig mit ihrer Ankunft in der Schönauer Straße in Zell setzte ein leichter Nieselregen ein. Marios Großvater hatte also mal wieder recht behalten mit seiner Wettereinschätzung.

»Ich rede, du bist aufmerksam und schaust, ob du irgendwelche Hinweise entdeckst, wo der Koffer ist«, sagte Irfan, während er aus dem Kofferraum einen DIN-A4-Block herausholte. »Ich will von dir kein Wort hören.«

Er klingelte, nach wenigen Sekunden folgte ein Summen, und Irfan stieß die Tür auf.

»Guten Abend. Mein Name ist Omar Gülcek«, log Irfan den Mann an, der im dritten Stock die Tür öffnete. Seine Haut war tiefschwarz, er war etwas mollig und besaß ein breites Grinsen. Durch die dunkle Haut wirkten seine Zähne noch weißer. »Das ist mein Kollege. Im Auftrag der Deutschen Post befragen wir ausgewählte Haushalte. Dürfen wir einen Moment hereinkommen? Für die Teilnahme gibt es auch eine finanzielle Aufwandsentschädigung.«

Harry Mbene wirkte nicht so, als machte er sich irgendwelche Sorgen, Betrügern aufzusitzen. Er grinste weiter und bat sie herein.

Die Einrichtung der Wohnung war zur Hälfte afrikanisch: bunte Tücher, dunkles Holz, Figuren, die sichtlich Fruchtbarkeit in ihrer männlichen und weiblichen Ausprägung zum Thema hatten, ein einfacher, braunroter Webteppich und in einer Ecke mehrere Trommeln und andere Instrumente. Mario erkannte eine Marimba, ein Brett als Resonanzkörper, auf dem verschieden lange Metallzungen so angebracht waren, dass man sie mit den Daumen anschlagen und erklingen lassen konnte. Irfan schien sich von den Instrumenten angezogen zu fühlen, zumindest schaute er sie sich recht lange an.

Die andere Hälfte der Einrichtung war nicht nur europäisch zu nennen, sondern klischeehaft klassisch deutsch: ein breiter, mit dunkelgrünem Stoff bezogener Dreisitzer im Gelsenkirchener Barockstil, eine Eichenschrankwand mit beleuchteten Vitrinenelementen und Platz für den Fernseher, eine fast spacige Lampe, die dem schmutzigen Orange des Lampenschirmes nach aus den siebziger Jahren stammen musste. Das Wohnzimmer machte einen sehr bewohnten Eindruck. Eine Plastikflasche, in der sich noch ein Rest Wasser befand, stand an einem Bein des gläsernen Couchtisches. Die Glasfläche wurde von Zeitschriften und einem Teller, auf dem die Saucenreste bereits angetrocknet waren, allerdings fast komplett verdeckt. Auf dem Boden konnte man ein paar Krümel ausmachen, auf dem Sofa lag eine zerknüllte Wolldecke.

Harry Mbene nahm die Decke und legte sie neben die Couch auf den Boden, um seinen Gästen Platz zu machen. Äußerst zuvorkommend bot er Mario und Irfan an, sich zu setzen, und trug anschließend den Teller in die Küche. Irfan schaute sich mit wachem Blick um, schien aber genauso wenig einen Hinweis auf den Verbleib des Koffers zu finden wie Mario. Der lehnte sich zurück und schlug die Beine übereinander, als Harry Mbene mit zwei grünen Gläsern voller blubberndem Wasser zurückkehrte. Er setzte sich auf einen der Stühle und blickte sie aus großen Augen an.

»Vielen Dank, dass Sie sich Zeit für uns nehmen«, sagte Irfan. »Als Dank für Ihre Teilnahme können Sie bis zu einhundert Euro bekommen, je nachdem, wie lange die Befragung dauert.«

»Das ist eine schöne Überraschung«, sagte Harry Mbene mit dem typischen Akzent eines Schwarzafrikaners aus Ghana.

»Unsere Umfrage behandelt das Postverhalten der Probanden«, begann Irfan mit einem Blick auf seinen leeren Block. »Wie oft bekommen Sie Post? Täglich, mehrmals die Woche, einmal pro Woche oder seltener?«

Harry Mbene blickte angestrengt überlegend über seine beiden Gäste hinweg, bevor er sagte: »Eigentlich jeden Tag. Aber es gibt auch Tage, an denen nichts im Kasten ist.«

»Dann notiere ich als Antwort ›mehrmals pro Woche‹.«

Harry Mbene nickte und sagte: »Ja, ja.«

»Kommen wir zur Art der Sendungen. Ich werde Ihnen verschiedene Kategorien nennen, und Sie sagen mir bitte, wie häufig Sie Sendungen der jeweiligen Kategorie in der letzten Woche per Post erhalten haben. Sie können wählen zwischen mehrfach, einmal und gar nicht.«

»Fast jeden Tag Rechnung!«, griff Harry Mbene vor.

Mario grinste über die Antwort. Ansonsten staunte er über die Souveränität, mit der Irfan die Fragen stellte und Harry Mbene nun auch klarmachte, dass dieser erst die Kategorien abwarten musste, bevor er antworten konnte.

»Als Erstes kommen die Briefsendungen, also alles, was in einem normalen Briefumschlag verpackt ist. Haben Sie Briefsendungen in der letzten Woche bis heute mehrfach, einmal in der Woche oder gar nicht erhalten?«

»Sind Rechnungen Briefsendungen?«

»Ja.«

»Dann schreiben Sie ›jeden Tag‹, Freund. Chips?« Harry Mbene stand auf, um aus einer Schublade der Schrankwand eine halb volle Chipstüte der Geschmacksrichtung »Salt and Vinegar« zu kramen. Mario hätte eher so etwas wie »Das Feuer Afrikas« erwartet.

Harry Mbene schüttete die Chips in eine hölzerne Schale und stellte sie auf den Tisch. Irfan beachtete die Chips nicht, aber

Mario griff beherzt zu, was ihm ein zustimmenden Nicken des Gastgebers und einen eisigen Blick von Irfan einbrachte.

»Haben Sie in der vergangenen Woche bis heute Postkarten bekommen?«, fragte Irfan weiter und wiederholte die drei Antwortkategorien.

»Postkarten? Gar nicht«, antwortete Harry Mbene.

Irfan gab sich mit dieser Antwort nicht zufrieden. Auf dem Zettel, den sie in der Hose aus dem verwechselten Koffer gefunden hatten, stand als Überschrift »Karte an:«, sie mussten also davon ausgehen, dass der Besitzer Harry Mbene eine Karte hatte schicken wollen. Wenn er die nicht erst am letzten Tag der Reise, also gestern, eingeworfen hatte, müsste sie eigentlich inzwischen da sein. Mario ahnte, dass Irfan diese Überlegung bereits gestern angestellt und sich die dazu passende Geschichte zurechtgelegt hatte, und war vom Weitblick des Mannes beeindruckt. Er selbst hätte mit dem netten Schwarzen wahrscheinlich einfach einen Joint geraucht und ihn um Hilfe bei der Suche nach dem Koffer gebeten. Was Irfan hier machte, war zwar kompliziert, aber er verriet mit keinem Wort, worum es ihm wirklich ging.

»Denken Sie noch einmal genau nach. Sie haben doch bestimmt irgendeine Postkarte bekommen. Von einem Freund, der weggefahren ist. In den Urlaub vielleicht oder auf Geschäftsreise.«

»Keine Postkarte«, sagte Harry Mbene im Brustton der Überzeugung.

»Vielleicht aus Hamburg, Berlin oder Frankfurt am Main?«

Harry Mbene schüttelte bestimmt den Kopf.

Irfan schaute auf den Block, um kurz nachdenken zu können, und Mario sah ein Zucken in seinem Mundwinkel, das entweder von einer gewissen Aufregung zeugte oder aber ein Zeichen dafür war, dass er sich gerade seine Niederlage eingestand.

»Dann ist unsere Befragung hier schon zu Ende«, sagte Irfan, ohne die Enttäuschung in seiner Stimme zu verbergen. »Das ist wirklich schade. Bis hierher kann ich Ihnen nur zehn Euro für die Befragung geben. Aber ich lasse Ihnen meine Telefonnummer da, damit Sie mich anrufen können, falls die Tage doch noch eine Postkarte bei Ihnen eintrifft. Wenn Sie sich melden, setzen wir die Befragung fort, und Sie bekommen die restlichen neunzig Euro.«

Mario griff schnell noch einmal in die Schale mit den Chips, steckte alle auf einmal in den Mund und wischte sich anschließend die fettigen Fingerspitzen an seiner Hose ab. Alle drei standen auf. Irfan riss das Blatt aus seinem Block, auf das er seine Handynummer geschrieben hatte. Harry Mbene nahm den Zettel entgegen und legte ihn auf den Glastisch.

»Klar, ich rufe an, wenn ich Postkarte bekomme. Wenn ich hätt gewusst, dass ich dir so viel Ärger mache, wenn ich keine Postkarte habe, hätt ich gesagt, ja, Postkarte bekommen.«

»Das hätte leider nichts genutzt, weil es in der nächsten Frage darum gegangen wäre, wer Ihnen die Postkarte geschickt hat.«

»Mein Onkel aus Ghana«, sagte Harry Mbene und grinste.

Irfan erwiderte das Lächeln nur flüchtig. Er zog sein Portemonnaie aus der hinteren Hosentasche und nahm einen Zehn-Euro-Schein heraus, den er Harry Mbene übergab. »Wie gesagt, den Rest bekommen Sie, wenn Sie mich anrufen wegen der Postkarte.«

Harry Mbene sagte: »Ich habe Paket bekommen. Hilft das vielleicht auch?«

»Nein, nur die Postkarte hilft«, antwortete Irfan. Harry Mbene faltete den Geldschein einmal säuberlich in der Mitte und steckte ihn in seine Hemdtasche.

3

»TF zwo, bitte in 0, die 1«, sagte eine krächzende Männerstimme über die Rufanlage des Kaufhauses. »TF zwo« war das Kürzel, das Gampp Schlaicher und Lutz Vollmer gegeben hatte. TF stand für »Task Force«. Das Problem war nur, dass Schlaicher keine Ahnung hatte, wo sich die unfähige zweite Hälfte dieser Task Force gerade wieder herumtrieb. Er konnte nur hoffen, dass Lutz Vollmer der Aufforderung, ins Erdgeschoss, »0«, zum Haupteingang, »1«, zu gehen, ebenfalls nachkam. Schlaicher hatte die kryptische Ortsangabe selbst erst nach einem Blick auf seinen Spickzettel verstanden. Lutz Vollmer besaß eine Kopie und sollte besser einen Blick darauf werfen, damit er nicht mit seiner Drohung Ernst machte und dafür sorgte, dass der Mann für drei Monate bei allen Sozialleistungen gesperrt würde. Immerhin schien Schlaichers Wutausbruch seine Spuren bei Lutz Vollmer hinterlassen zu haben. Genau wie Gampps wütende Reaktion Schlaicher gegenüber Wirkung zeigte. Lutz hatte sich den Vormittag über einigermaßen eifrig gezeigt und sich in den Besprechungen mit den Detektiven und dem Personal zurückgehalten. Beim Anbringen der beiden Testkameras und vor allem beim Anschließen der Geräte an die Überwachungstechnik im Erdgeschoss hatte er an der Arbeit sogar richtig Gefallen gefunden und sich gar nicht mal so blöde angestellt. Am meisten Spaß hatte er allerdings gehabt, als Schlaicher das Programm zur Darstellung der Aufnahmen nicht auf dem Sicherheitsterminal installiert bekam, und er die Bilder mit ein paar Klicks zum Laufen gebracht hatte. Als sie im Anschluss daran ihre Aufgaben für den Abend festlegten, hatte er sogar ein paar ganz gute Ideen eingebracht und damit Schlaichers Zuversicht, dass doch noch alles funktionieren würde, deutlich erhöht.

Schlaicher ging zur Rolltreppe, um nach unten zu fahren. Obwohl heute Abend die Ladies Night stattfand und dafür noch einiges an Aufbauarbeiten erledigt werden musste, war das Kaufhaus ganz normal geöffnet. Er hatte vorhin einen jungen Kerl beobachtet, der immer wieder um die Bügeleisen herumgeschlichen war – verdächtiger ging es kaum –, doch mit der Durchsage hatte er ihn aus den Augen verloren. Jetzt kam der vielleicht Zwanzigjährige mit einer Verkäuferin zurück und ließ sich tatsächlich beraten. Dabei sah er aus, als sei es ihm hochnotpeinlich, ausgerechnet bei den Bügeleisen zu stehen. Wahrscheinlich ein Kaufauftrag von der Frau Mama. Lieber wäre es ihm wohl gewesen, sich ein Stockwerk tiefer bei der Technik umzuschauen. Beim Runterfahren machte Schlaicher in eben dieser Abteilung Lutz aus, der wie gebannt auf das Regal mit PC-Zubehör starrte. Er verließ die Rolltreppe und schlich sich an.

»Hey!«, rief er aggressiv, und Lutz schreckte heftig zusammen, bevor er ihn anschaute und erleichtert grinste.

»Hey, Chef, was geht, was steht?«

Schlaichers Blick blieb ernst. »Es sieht mir ein bisschen zu sehr danach aus, dass ich gehe und du stehst. Hast du die Durchsage nicht gehört?«

»Durchsage?«

»TF zwo zur 0, die 1?«, wiederholte Schlaicher fragend.

»Äh.« Lutz begann, seinen Zettel aus der Hosentasche zu kramen, um die Codes zu entschlüsseln.

»Dazu haben wir jetzt keine Zeit«, sagte Schlaicher etwas zu laut. Zwei Kunden schauten verwirrt zu ihnen rüber. Leiser ergänzte er: »Komm einfach mit.«

»Okilidokili«, sagte Lutz. »Null Problemo. Aber klar doch, Chef.«

»Da sind Sie ja endlich«, herrschte Gampp sie an, als sie ihn am Haupteingang trafen. Neben den ein- und ausströmenden Kunden befanden sich fünf ausnehmend gut aussehende junge Frauen dort, keine älter als vielleicht dreiundzwanzig Jahre. Sie standen neben einem großen Stapel von Kisten und Kartons, die in der Nähe des Kosmetikbereichs von zwei Lagermitarbeitern aufgetürmt wurden, und packten Waren aus. Bei Gampp stand eine Frau, die die jungen Damen immer wieder mit kurzen, klaren Befehlen anwies, welche Kiste zuerst auszupacken war.

»Schlaicher, das ist Emanuelle Lefèvre. *Die* Emanuelle Lefèvre. Ich denke, ich brauche nicht zu betonen, wie glücklich wir uns schätzen, sie heute Abend bei unserer Ladies Night als Ehrengast begrüßen zu dürfen.« Er verbeugte sich vor der nun gewinnend lächelnden Frau.

Emanuelle Lefèvre sah blendend aus. Weiße Zähne blitzten zwischen vollen, sinnlichen Lippen hervor, die mit einem verführerisch roten Lippenstift bemalt waren. Ihre dunkelbraunen Augen waren groß und von beeindruckend dichten Wimpern umgeben. Schulterlanges Haar umspielte das schlanke Gesicht mit der bezaubernden Stupsnase. Ein beigefarbenes Kostüm, sehr auf ihre genau richtig gerundete Figur geschnitten, vervollständigte das Bild einer Vierzigjährigen, die locker für fünfunddreißig durchging. Da sie hohe Absätze trug, musste sie kaum aufschauen, als ihr Blick auf den von Schlaicher traf.

»Endlich ist jemand da«, sagte sie mit einer tiefen Altstimme und ergänzte befehlsgewohnt: »Sie passen hier auf, bis meine eigene Security da ist.« Ohne Schlaicher und Lutz eines weiteren Blickes zu würdigen, wandte sie sich an Gampp und setzte wieder ihr gewinnendes Strahlen auf.

Die wenigen Worte hatten genügt, um Schlaichers anfängliche Begeisterung ihr gegenüber nachhaltig zu trüben. Ihr Lächeln war nicht echt. Und auch der Rest ihrer Erscheinung verwirrte ihn, je länger er sie anschaute. Erst auf den dritten Blick wurde ihm klar, dass ihr Gesicht so faltenlos wie das einer Zwanzigjährigen war. Die glattgebügelte Stirn verlieh ihr etwas Puppenhaftes und ließ ihn an seiner ersten Alterseinschätzung zweifeln. Vor allem, als er ihre Hände betrachtete, wurde ihm klar, dass Emanuelle Lefèvre ganz sicher nicht fünfunddreißig Jahre alt war und die vierzig bestimmt auch schon seit einem Jahrzehnt überschritten hatte. Fünfzig mochte hinkommen. Eine Fünfzigjährige, die aussah wie fünfundvierzig. Das passte.

Lutz stand bei den jungen Mädchen, die kistenweise Probenkoffer auspackten und am Stand unter der Theke verstauten. Eine von ihnen, sie wirkte am jüngsten, schaute mit einem verwirrten Gesichtsausdruck auf Lutz Vollmers T-Shirt-Spruch. Der lachte und zog den Stoff stramm. Schlaicher hörte nicht, was er ihr

Marcello Simoni

»DER HÄNDLER
DER VERFLUCHTEN
BÜCHER«

emons: verlag
Lütticher Straße 38
50674 Köln

Bitte senden Sie mir das aktuelle Verlagsprogramm zu

Ich möchte den Newsletter von emons: per E-Mail erhalten

Ich habe Interesse an Krimis aus folgender Region:

Besuchen Sie uns auch auf www.facebook.com/EmonsVerlag

Name

Straße

PLZ/Ort

E-Mail

13/07

Auf der Suche
nach dem mächtigsten Buch der Welt:

ISBN 978-3-95451-193-8

zuflüsterte, aber sie wandte sich prompt mit einem angewiderten Blick von ihm ab.

»Lutz. Du gehst zu den anderen Kisten«, sagte Schlaicher streng und zeigte auf einen weiteren Stapel Ware, der direkt bei den Rolltreppen stand. Die Lagerarbeiter brachten immer noch weiteres Material an. Das musste ja eine gewaltige Show werden heute Abend.

Schlaicher blieb bei den Mädchen, die bis auf Lutz' Opfer alle Namen hatten, die mit J anfingen und mit A aufhörten: Jessica, Jasmina, Jana und Julia. Er brachte sie schon durcheinander, als sie sich noch vorstellten. Die fünfte hieß Mathilde, was Schlaicher erstaunlich fand. Die einzige Mathilde, die er kannte, war eine alte Matrone gewesen, die in seiner Kindheit manchmal im Haus seines Vaters beim Kochen ausgeholfen hatte. Sie hatte eine so feuchte Aussprache gehabt, dass er sich immer vor dem Essen ekelte, wenn er wusste, dass sie mitgekocht hatte. Diese Mathilde hingegen war eine richtige kleine Schönheitskönigin und verhielt sich ihm gegenüber im Gegensatz zu den anderen weitaus weniger arrogant. Sie dankte ihm sogar für die Hilfe beim Auspacken. Eine andere – Jessica?, Jana? – scheuchte Schlaicher allerdings sogleich wieder weg, weil er die Sachen wohl an den falschen Stellen verstaute. Mathilde nickte ihm trotzdem freundlich zu.

Schlaicher beließ es nach dieser Erfahrung dabei und beschränkte sich darauf, den Bereich, in dem die Mädchen arbeiteten, im Auge zu behalten. Lutz hockte mehr oder weniger deutlich gelangweilt auf einer der Holzkisten und wartete. Gampp war mit der Lefèvre verschwunden.

Es dauerte ungefähr eine Stunde, bis sich der Stand in ein nahezu luxuriös anmutendes Schönheitsstudio verwandelt hatte. Die lange, hohe Rückwand, auf der in einer eleganten Schreibschrift »Emanuelle Lefèvre« aufgedruckt war, besaß sogar ein Fenster. Allerdings war die »Aussicht« falsch. Man blickte auf den Central Park von Manhattan, im Hintergrund konnte man die Wolkenkratzer sehen. Das Foto war an einem wunderschönen Frühlingstag aufgenommen worden.

Geschlossene Seitenwände gab es nicht, dafür sehr luftig

wirkende Regale, die es den Kundinnen bei Beginn der Show ermöglichen würden, auch von den Seiten her mitzubekommen, was geschah. In die Regale räumten die Mädchen verschiedene Tiegelchen und Flacons, überall prangte das Logo, das aus einem großen E und einem L bestand: Emanuelle Lefèvre. Die Initialen der Dame waren als Goldstickerei auch auf einer roten Samtdecke zu finden, die zwei der J-Mädchen über einer Luxusliege ausbreiteten, auf der sicherlich heute Abend die Behandlungen stattfinden sollten. Gampp schien von dieser Lefèvre und ihren Kosmetik-Shows so begeistert zu sein, dass er sie Schlaicher vorhin als Höhepunkt des Abends angekündigt hatte. Das war auch den neidischen Blicken der Mitarbeiter an den anderen Ständen zu entnehmen. Die waren zwar ebenfalls nicht ohne Marketingbudget angereist, konnten jedoch bei Weitem nicht den gleichen Glamourfaktor bieten wie der Lefèvre-Stand, der eher einem kleinen Palast glich. Ganz anders waren die Blicke zu deuten, die Lutz immer wieder zu ihnen herüberwarf. Sie galten definitiv eher den Mädchen als den ausgestellten Waren. Als sein Blick von etwas angezogen wurde, was sich am Eingang hinter Schlaichers Rücken befinden musste, fielen ihm sogar beinahe die Augen aus dem Kopf. Schlaicher drehte sich unwillkürlich um und wusste sofort, wer für die Lüsternheit in Lutz' Augen verantwortlich war.

Sie sah aus wie eine asiatische Lara Croft. Zwar trug die junge Frau eine lange, weite Hose und hatte keine Pistolen an die Oberschenkel geschnallt, aber mit ihrem dunkelbraunen Haar, das glatt über ihre Schultern fiel und bis zu ihren im Tanktop kaum verborgenen Brüsten reichte, entsprach sie dem Klischee einer Wildkatze. Und so bewegte sie sich auch, fließend und jederzeit bereit, auf ihre Beute zuzuspringen. Ihre Haut war dunkel gebräunt und absolut eben. Sie war muskulös und hatte ein markantes, auf unbestimmte Art wunderschönes Gesicht mit mandelförmigen Augen und hohen Wangenknochen. Und der Hammer war: Sie kam direkt auf Schlaicher zu.

»Haben Sie zwischenzeitlich die Security übernommen?«, fragte sie mit erstaunlich heller, aber fester Stimme.

»Schlaicher, hallo«, antwortete Schlaicher begeistert und

reichte ihr die Hand. Ihr Händedruck war so kraftvoll wie der nur weniger Männer. Sie lächelte nicht.

»Ah, Schlaicher. Weng Kirchhoff«, stellte sie sich kurz angebunden vor.

»Und Lutz Vollmer«, kam eine Stimme von der Seite.

Sie ließ Schlaichers Hand los und wollte die von Lutz ergreifen. Im letzten Moment zog sie sie aber wieder zurück. »Mach Dich nacho«, wiederholte sie laut den Spruch auf Lutz' T-Shirt und schüttelte angewidert den Kopf. »Vielen Dank. Meine Chefin und ich übernehmen dann«, sagte sie und ging an Schlaicher und seinem Assistenten vorbei zum Stand. Beide Männer starrten ihr nach. Während Lutz nur das fast schon zu knackige Hinterteil fixierte, bemerkte Schlaicher darüber hinaus, dass ihr Tanktop auf der Rückseite eine Aufschrift hatte: MH-Security.

»Du?«, ließ eine weitere Stimme verlauten. Schlaicher drehte sich ruckartig um.

»Du?«

Martina trug genau die gleichen Klamotten wie die Asiatin, und mit einem kurzen prüfenden Blick stellte Schlaicher fest, dass sie ihr ebenso gut standen. Allerdings wirkte sie nicht sonderlich erfreut, ihn zu sehen.

»Du machst jetzt in Security?«, fragte er etwas perplex.

»Geht dich nichts an.«

»Steht dir aber, deine Arbeitskleidung.«

»Geht dich noch weniger an.«

»Hi, ich bin Lutz.«

Martina ignorierte Lutz' dargebotene Hand. Stattdessen schaute sie Schlaicher an und sagte leise, aber bestimmt: »Halt dich bloß fern von mir. Ich habe keinen Bock, dass du mir in die Quere kommst.«

Schlaicher wollte etwas erwidern, doch Martina rauschte schon an ihnen vorbei. Sein Blick blieb an dem Aufdruck »MH-Security« auf ihrem Rücken kleben. »MH« wie »Martina Holzhausen«?

»Heiße Schnitte, huhuuuu«, jubilierte Lutz. »Ich glaube, die steht auf mich.«

Schlaicher verdrehte die Augen. »Los, zurück an die Arbeit. Oben gibt es noch eine Menge zu tun. Die Damen übernehmen hier.«

★★★

Um Punkt fünfzehn Uhr parkte Irfan seinen BMW vor einem herrschaftlich wirkenden Gebäude inmitten eines kleinen Parks. An einer Stele vor dem Eingang war der goldfarbene Schriftzug »Seniorenoase Schopfheim« zu lesen. Eine laue Brise hatte die Regenwolken vertrieben und ließ die noch jungen Blätter in den mächtigen Bäumen rascheln. Darüber leuchtete ein wieder strahlend blauer Himmel, an dem sich kleine weiße Wolkensprenkler befanden, die ruhig dahinwanderten. Im Park saßen einige ältere Herrschaften allein oder in kleinen Grüppchen auf den weißen Bänken und unterhielten sich. Eine junge Frau schob eine Bewohnerin im Rollstuhl über die Wege.

»Hast du wieder die Nummer mit der Postumfrage vor?«, fragte Mario.

»Ich denke, das geht hier schlecht. Wir machen das so: Du bist dabei, einen Stammbaum deiner Familie zu erstellen, und bist in einer Quelle auf eine Hilde Wiesenkamp aus der Gegend hier gestoßen.«

»Ich?«

»Bei einem Türken wird wohl keiner eine Hilde Wiesenkamp in der Familie vermuten.«

Mario grinste und nickte.

»Ich begleite dich«, erklärte Irfan weiter, »weil ich dir helfe, den Stammbaum zu erstellen. Ich kann dann auch die weiteren Fragen stellen.«

»Ich weiß nicht …«

»Stell dich nicht so an«, kommandierte Irfan gereizt. »Du musst nur nett zu den alten Leuten sein. Den Rest mache ich dann schon.«

Sie stiegen aus und marschierten auf den Haupteingang zu. Die Tür öffnete sich automatisch, und kurz darauf standen sie an einem Schiebefenster, hinter dem eine Dame telefonierte.

»Ja?«, erkundigte sie sich, nachdem sie aufgelegt hatte.

»Guten Tag.« Irfan strahlte die Frau an, die seinem guten Aussehen auch sogleich zu erliegen schien. Mario war überrascht, wie gut dieser Mann andere beeinflussen konnte. Jetzt blieb nur zu hoffen, dass die beiden Alten etwas über den Koffer wussten, denn so aufregend es auch war, mit Irfan irgendwelche Fremden zu besuchen, Mario wünschte sich doch sein normales, ruhiges Leben zurück. Zwei bis drei Joints am Tag, die Pflege seiner Pflänzchen und seiner Großeltern und ab und zu ein netter Besuch bei Freunden. »Mein Name ist Leo Alasconi, das ist mein Klient Mario Wiesenkamp. Wir würden gerne Frau Hilde Wiesenkamp besuchen. Und den Herrn Mezger.«

»Frau Wiesenkamp und Herr Mezger sind vor einer Viertelstunde in den Park gegangen. Bei gutem Wetter sind sie um diese Zeit meistens im Pavillon und nehmen dort ihren Kaffee zu sich.«

Irfan bedankte sich und schickte einen charmanten Augenaufschlag hinterher, dann gingen beide nach draußen.

»Entschuldigung. Wo geht es zum Pavillon?«, fragte Irfan eine durch ihre hellblau-weiße Kleidung als Mitarbeiterin gekennzeichnete Frau, die sich mit einem gebrechlich aussehenden Mann unterhielt. Sie wies ihnen den Weg, und Mario war froh, dass sich offenbar niemand irgendwelche Sorgen machte, dass sie hier etwas im Schilde führen könnten.

Der kurze Spaziergang gefiel Mario. Als sie auf dem beidseitig mit blühenden Rosen flankierten Weg um eine Ecke bogen, entdeckte er im Schatten zweier alter Eichen den Pavillon, der sicher ein wunderbarer Auftrittsort für Gartenkonzerte wäre. Unter dem runden Dach waren ein paar Tische aufgebaut, von denen zwei besetzt waren. Eine Gruppe von drei Herren spielte Karten, am anderen Tisch saßen eine kleine, zierliche Frau mit tiefdunkler Sonnenbrille und ein stattlich wirkender Mann. Vor ihnen standen eine Thermoskanne und je eine Kaffeetasse. Die Frau, bei der es sich um Hilde Wiesenkamp handeln musste, schrieb gerade etwas in einen Block, was der neben ihr sitzende Mann, demnach also Alfons Mezger, gebannt verfolgte.

»Guten Tag, Frau Wiesenkamp«, sagte Irfan, als würde er sie kennen.

»Ja?«, antwortete eine helle Stimme. Die Frau blickte in ihre Richtung. Mario konnte ihre Augen hinter den dunklen Brillengläsern nicht erkennen. An ihrer Reaktion bemerkte er aber, dass Irfan mit seiner Einschätzung richtig gelegen hatte. Die beiden waren die Gesuchten.

»Guten Tag«, sagte Alfons Mezger ziemlich laut. Mario kannte das von einem Freund seines Großvaters. Der Veihinger Kurt hörte nicht mehr gut und sprach darum selbst auch immer etwas zu laut.

»Mein Name ist Leo Alasconi, das ist Mario. Dürfen wir uns einen Moment zu Ihnen setzen?«

Alfons Mezger blickte zu der Frau, die eine Seite auf ihrem Block umblätterte und zu schreiben begann. Alfons Mezger las mit. Anscheinend war der Alte taub und konnte sie nicht hören. Das erklärte natürlich die Lautstärke.

»Setzen Sie sich doch, Herr Alaski und Herr Mario«, rief der Alte, was ihm einen Rippenstupser der Frau einbrachte. »Oh, zu laut, was?« Er blickte wieder die Frau an, die lächelnd nickte.

Mario und Irfan setzten sich auf zwei der freien Plätze.

»Kennen wir uns?«, fragte die Frau, während Alfons Mezger sie beide neugierig musterte.

»Alasconi«, wiederholte Irfan. »Nicht Alaski. Das ist Mario Wiesenkamp.«

Alfons schaute wieder zu Hilde, die hielt aber ihren Kopf starr auf Irfan gerichtet. Langsam bekam Mario das Gefühl, dass die Frau entweder ziemlich schlecht oder vielleicht gar nicht sehen konnte. Er taub und sie blind?

»Mario Wiesenkamp?«, fragte sie in Irfans Richtung und tastete nach der Kaffeetasse, die sie mit beiden Händen anhob, um vorsichtig daraus zu trinken.

»Ja. Wir sind aus Frankfurt am Main. Ich helfe Herrn Wiesenkamp bei der Erstellung seines Stammbaumes. Und er fragt sich, ob er wohl mit Ihnen verwandt sein könnte. Vielleicht haben Sie Familie in der Frankfurter Gegend?«

»Was ist denn, Hildchen?«, fragte Alfons Mezger, doch sie hielt ihm die flache Hand als Stopp-Zeichen hin.

»Ich nehme an, sie haben mitbekommen, dass Alfons nichts

hört und ich nicht sehen kann«, sagte sie und schien dabei genau zwischen Mario und Irfan hindurchzublicken.

»Ja, das haben wir mitbekommen«, gab Irfan zurück.

»Könnten Sie denn auch einmal etwas sagen, Herr Wiesenkamp?«

»Äh, klar. Also, ich habe gedacht, dass wir vielleicht verwandt sind. Reicht das, oder soll ich sonst noch was sagen?«

»Sie sind ein junger Mann«, stellt sie treffend fest.

»Ja, vierundzwanzig. Äh. Genau.«

»Das finde ich sehr schön, dass Sie sich für die Ahnenforschung interessieren. Wie kommen Sie denn auf mich?«

Mario wollte etwas sagen, doch Irfan kam ihm zuvor: »Ich habe meine Recherchemöglichkeiten. Datenbankabfragen und Sonstiges.«

Hilde begann, etwas auf ihren Block zu schreiben. Mario reckte den Hals, um zu lesen, was sie schrieb, aber außer einer sehr krakeligen Handschrift konnte er nichts erkennen. Die zu entziffern, schien Alfons Mezger hingegen nicht schwerzufallen. Er nickte kurz für sich und sagte dann bestätigend zu Hilde Wiesenkamp: »Das ist interessant.«

»Mir ist etwas frisch. Vielleicht gehen wir besser hinein«, sagte sie und stand auf.

»Dir ist kühl?«

Sie nickte.

Mario und Irfan übernahmen die Tassen und die Kanne, während sich Hilde mit ihrem Block von Alfons am Arm führen ließ. Unterwegs fragte sie nach dem Namen von Marios Eltern. Da Mario auf die Schnelle nichts anderes einfiel, nannte er die Namen seiner Großeltern, Georg und Helene. Hilde Wiesenkamp schüttelte bei beiden Namen den Kopf.

»Wir glauben auch eher«, ging Irfan wieder dazwischen, »dass die Verwandtschaft weitläufiger sein müsste. Haben Sie denn Verwandte in der Frankfurter Region?«

»Nicht dass ich wüsste«, antwortete Hilde.

Mario registrierte, wie gut die beiden Alten miteinander zurechtkamen. Es musste total eigenartig sein, wenn man nicht sehen konnte, was der andere machte, und gleichzeitig wusste, dass derjenige einen selbst nicht hörte. Genauso schwierig musste es für Alfons Mezger sein. Nichts zu hören war ja schlimm genug, aber sich mit einer Dame zu unterhalten, die ihren Gesprächspartner nicht sehen konnte … Trotzdem schienen die beiden einen effizienten Weg der Kommunikation miteinander gefunden zu haben. Mario beobachtete, dass Alfons Hilde kleine Zeichen mit der Hand an ihrem Arm gab. Hilde schien diese zu erwidern, während sie sich dem Haupteingang der Seniorenoase annäherten.

»Darf ich Sie in meine kleine Wohnung bitten?«, fragte Hilde und drückte wieder die Hand von Alfons.

»Zu dir?«, fragte der und fügte nach einem weiteren Zeichen hinzu: »Alles klar, Hildchen.«

»Nenn mich nicht immer Hildchen«, sagte sie, und Mario stellte belustigt fest, dass sie es nur sagte, weil sie wusste, dass Alfons es nicht hören konnte.

»Die Tassen und die Kanne können Sie auf einen der Wagen stellen«, riet ihnen Hilde, was Irfan und Mario auch folgsam umsetzten. Offenbar standen hier unten stets Tablettwagen herum, um das benutzte Geschirr einzusammeln.

Sie nahmen die Treppe in den ersten Stock.

»Kann ich Ihnen etwas anbieten?«, fragte Hilde, als sie in ihrer Wohnung waren. Ein paar alte Möbel befanden sich darin, in der Mitte des Raumes stand ein großer Tisch, teilweise waren die Schränke fest in die Wände eingebaut. Zwei Türen führten in angrenzende Räume.

»Nein danke, wir wollten Ihnen keine Umstände machen«, sagte Mario.

Alfons hatte Hilde in dem Moment losgelassen, in dem sie das Zimmer betraten. Daran, dass die alte Dame die Stühle nun sicher umging, ohne anzustoßen, sah Mario, dass sie schon recht lange hier wohnte und alles seine penible Ordnung hatte, damit sie sich auch ohne zu sehen zurechtfinden konnte.

»Dann setzen Sie sich doch. Wissen Sie, was eigenartig ist? Sie klingen gar nicht so, als würden Sie aus der Frankfurter Ecke kommen. Sie klingen eher wie jemand, der hier unten aufgewachsen ist.«

Vielleicht lag es daran, dass die alte Frau nichts sehen konnte. Auf jeden Fall schien ihr Gehör ziemlich gut zu sein. Mario hatte eigentlich gedacht, unverfälschtes Hochdeutsch gesprochen zu haben.

»Ja, da liegen Sie tatsächlich richtig«, antwortete Irfan für Mario. »Herr Wiesenkamp ist in dieser Region aufgewachsen, lebt aber mittlerweile in Frankfurt.«

»Und Sie helfen anderen Menschen, ihren Stammbaum zu erstellen?«, fragte sie jetzt. Sie lächelte dabei, aber Mario hatte das schlechte Gefühl, dass sie von einer Blinden durchschaut worden waren und das selbst nur noch nicht eingesehen hatten.

Irfan bejahte kurz.

»Und davon kann man leben?«

»Na ja, reich werden kann man davon nicht«, erwiderte Irfan. »Woher aus Italien kommt denn Ihre Familie? Sie können Ihre eigene Ahnenreihe dann sicherlich ganz weit zurückverfolgen, oder?«

»Äh, ja, aus Apulien.«

»Wo genau ist das noch mal?«

Mario spürte, wie seine Hände langsam begannen zu schwitzen. Die Alte führte sie doch vor!

»Jetzt nehmen Sie doch endlich Platz«, forderte Alfons laut und wies auf die Sitzgruppe.

Mario und Irfan rückten sich je einen Stuhl zurecht und setzten sich, worauf Irfan sagte: »Sie haben es sehr schön hier.«

Wenn er gedacht hatte, Hilde Wiesenkamp damit ablenken zu können, lag er falsch. Sie setzte sich ihm gegenüber und hatte den Kopf – immer noch mit der dunklen Brille über den Augen – in seine Richtung gewandt. Auch Alfons Mezger nahm Platz.

»Also, wo war noch einmal Apulien?«

Mario sah Irfan an, dass der keine Ahnung hatte. Wahrscheinlich konnte er froh sein, mit dem Namen der italienischen Region überhaupt richtig zu liegen. Bevor er eine falsche Antwort geben konnte, sagte Mario darum: »Ganz unten im Stiefel.«

»Ja, genau«, bestätigte Irfan. »Aber kommen wir doch wieder zu Ihnen. Frankfurt ist ja weit weg. Vielleicht schickt Ihnen da ab und zu mal jemand eine Postkarte?«

»Eine Postkarte«, wiederholte Hilde.

»Worum geht es denn?«, wollte Alfons Mezger wissen.

Hilde legte den Schreibblock vor sich auf den Tisch und orientierte sich mit einem kurzen Griff an die Ringbindung. Sie notierte ein paar Worte, die sie Alfons zeigte.

»Postkarten aus Frankfurt?« Er lachte. »Eine Blinde bekommt ziemlich selten Postkarten geschickt«, erklärte er.

»Das stimmt nicht ganz«, widersprach Hilde, ohne sich zu bemühen, dass Alfons verstand, was sie sagte. »Auch eine blinde Frau freut sich, wenn sie eine Postkarte bekommt. Man muss sie mir nur vorlesen.«

»Bekommt der Herr Mezger denn vielleicht öfter Postkarten?«, fragte Irfan, weil das Thema gerade gut zu funktionieren schien.

»Worum geht es hier wirklich, meine Herren?« Hilde Wiesenkamp schlug nun einen strengen Ton an.

Mario spürte, wie ihm vor Aufregung fast schon wieder schlecht zu werden drohte. Aber Irfan brachte die Situation zum Glück recht schnell unter Kontrolle, indem er aufstand und sagte: »Ich denke, wir brauchen Ihre und unsere Zeit nicht weiter zu beanspruchen.« Auch Alfons Mezger stand auf. Irfan reichte ihm die Hand und sagte zu Hilde Wiesenkamp: »Es ist schade, dass wir bei Ihnen allem Anschein nach auf einer falschen Spur sind. Aber es gibt ja wirklich eine ganze Reihe von Wiesenkamps. Ich danke Ihnen, auch im Namen meines Klienten.«

Mario stand auch auf. »Ja, adieu.«

Hilde Wiesenkamp sagte nichts, sondern schrieb etwas in ihren Block, doch die Reaktion von Alfons Mezger darauf bekamen sie nicht mehr mit, weil sie zuerst das Zimmer der alten Dame und dann die ganze Seniorenoase eilig verließen.

»Die war uns ja wohl über«, sagte Mario, als sie im Wagen saßen. Das Unwohlsein hatte sich zum Glück wieder gegeben. Irfan war offensichtlich sauer. Er sagte kein Wort, bis sie wieder auf dem Birktalerhof angekommen waren, wo er sich in sein Zimmer verzog.

★★★

Wenn doch nur diese blöde Pensionierung nicht wäre. Nach drei Telefonaten hatte Kommissar Schlageter die Suche nach einem Partyservice genervt aufgegeben. »Zu kurzfristig«, war ihm von allen Seiten geantwortet worden, als er das Datum und die Menge der Portionen meldete. Während er danach die Wellenbrink-Akte wieder und wieder durchgeblättert hatte, ohne zur geringsten Erkenntnis zu kommen, hatte er überlegt, notfalls selbst dafür zu sorgen, dass es bei seinem Abschied etwas zu essen gab. Chili con Carne vielleicht. Eine seiner Spezialitäten. Das schmeckte und machte satt. Extra viel Chili rein – und schon reichte auch eine etwas kleinere Menge pro Person. Bis jetzt war er sich aber immer noch nicht sicher, ob das eine gute Idee war. Helbach scharwenzelte schon den ganzen Tag um ihn herum wie eine Glucke um ihr einziges Küken und ließ sich auch von Schlageters schlechter Stimmung nicht den Mut nehmen. Er war ein guter Mann. Nicht unbedingt ein brillanter Kopf wie er selbst, aber was Helbach an kriminalistischem Gespür, an Instinkt fehlte, machte er durch sein Organisationstalent, seinen Fleiß und sein fotografisches Gedächtnis wett. Zudem hatte sich die Polizeiarbeit in den letzten Jahren massiv verändert. Typen wie Schlageter selbst waren wie Dinosaurier – zum Aussterben verurteilt. Früher hatte es zwar auch ständig Neuerungen gegeben, die die Ermittlungsmethoden der Altvorderen auf den Kopf stellten, aber die gute alte Polizeiarbeit war stets die gleiche geblieben, ob man Telefone überwachen konnte oder nicht, ob mit oder ohne DNA-Analyse. Wichtig waren der Kopf und die Sinne eines Kriminalisten. Wie viele Fälle hatte Schlageter gelöst, indem er einfach genau hingeschaut, alle Verdächtigen und Zeugen angehört und beim Schmecken des einen oder anderen Tröpfchens Wein sein Gehirn angeworfen hatte, um die Zusammenhänge zu begreifen und den Schuldigen hinter Gitter zu bringen? Es musste eine gewaltige Menge gewesen sein. Aber mit dem ganzen neuen technischen Zeugs kam heute keiner mehr mit. Der Polizeialltag eines Ermittlers bestand inzwischen hauptsächlich aus Computerarbeit. Schlageter erinnerte sich noch daran, wie vor fünfzehn Jahren die Schulungen begonnen hatten. Seltsame Typen präsentierten stolz, was man mit den neuen Geräten alles machen konnte. »Vergessen Sie Ihre Kenntnisse über Polizeiarbeit, ignorieren Sie, was Sie bisher wussten«, hatte in einem Anschreiben des Innenministeriums gestanden. Schlageter hatte nie herausgefunden, ob sein flammender Antwortbrief an den Innenminister tatsächlich wie darin von ihm gefordert die Kündigung des für diese Zeilen Verantwortlichen erwirkt hatte. Wahrscheinlich nicht. Heute saßen die jungen Kommissare mehr denn je in ihren Büros vor diesen Kisten und tippten wild auf ihren Tastaturen herum. Früher wäre so jemand von den eigenen Kollegen gesteinigt worden. In der Kürze lag die Würze des Polizeiberichts. Er war nötig, keine Frage, aber in der alten Zeit hielt er die Beamten nur von der echten Arbeit ab. Von der Arbeit draußen. Wo sie mit dem Arsch mitten drin im Schmutz der menschlichen Gelüste, der Habgier und der Perversionen steckten, statt ihn im Bürostuhl platt zu sitzen.

Schlageter schob die Akte zur Seite und befasste sich stattdessen mit dem Erstellen einer großen Einkaufsliste und dem Errechnen der benötigten Mengen für sein Chili con Carne. Zwischendurch tätigte er einen Anruf bei der Badischen Beamten-Band, die sich bereit erklärt hatte, bei seinem Abschied zu spielen. Die einzige Anfrage, die er umgehend gestellt hatte, als der Termin seiner Verabschiedung offiziell geworden war. Wenn es einen Grund gab, sich auf das Fest zu freuen, dann war es die BBB. Seit die Jungs zum ersten Mal locker bei einem Abschiedsfest eines Kollegen zusammengekommen waren, hatten sie – eine Sängerin war auch dabei – regelmäßig zusammen gespielt und waren sogar schon in Stuttgart aufgetreten. Vor allem machten sie echte Musik, nicht dieses neumodische Computergedröhne. Hier wurde noch in die Tasten gehauen, das Schlagzeug zum Beben gebracht und die Saiten von Bass und Gitarre bis zum Reißen strapaziert. Vor allem aber waren die Musiker zum größten Teil Kollegen. Beamte von der Polizei und dem Landratsamt, eine feine Gesellschaft.

Schlageters Festgesellschaft am Samstag würde auch recht fein werden. Insgesamt achtzig Einladungen waren rausgegangen, das hatte er sich von Helbach noch mal bestätigen lassen, als er die Fleischmengen für das Chili ausrechnete. Die Gäste würden

Wein trinken und Bier, dazu brauchte er ein paar nichtalkoholische Getränke. Mit zwei Anrufen bestellte er die Getränke und war ganz stolz, dass er sogar noch einen Kaffeevollautomaten mieten konnte. Damit hatte er doch jetzt wirklich an alles gedacht. Morgen hieß es Einkaufen fürs Chili, und übermorgen konnte das Fest starten.

Irgendwie, Schlageter konnte sich das selbst kaum erklären, war es plötzlich Zeit geworden, den Feierabend anbrechen zu lassen. Helbach ging in letzter Zeit immer recht pünktlich und war wohl auch froh, dass die Zeiten so ruhig waren. Seine Frau hatte sich in der Vergangenheit nicht unbedingt darüber gefreut, dass Schlageter ihn oft auch außerhalb der normalen Dienstzeiten beanspruchte. Jetzt nahm auch Schlageter seine dünne Jacke, die er wegen des guten Wetters allerdings nicht mehr anzog, und machte sich auf den Weg nach Hause.

4

Martina war Schlaicher den Rest des Nachmittags konsequent aus dem Weg gegangen. Wenn er ins Erdgeschoss kam, tat sie immer sehr beschäftigt. Jedes Mal handelte es sich um Tätigkeiten, bei denen sie ihm unbedingt den Rücken zuwenden musste. Schlaicher stellte fest, dass Weng Kirchhoff ihr ein Zeichen gab, wenn sie ihn sah. Offenbar hatte Martina mit ihr über ihn gesprochen. Schlaicher hatte allerdings selbst auch genug zu tun. Nicht nur, dass er beim Aufbau eines Sonderstandes einen Umbau veranlasst hatte, weil die offen zum Probieren ausgestellten Schmuckstücke im Gedränge dazu verführt hätten, etwas mitgehen zu lassen. Er war auch vollauf damit beschäftigt, ein Auge auf Lutz zu werfen, der bei all seinen Tätigkeiten die Nähe der jungen Hostessen suchte, die sich und ihre Präsentationsstände überall im Haus auf den Einsatz am Abend vorbereiteten. Im Moment hielt er sich bei den Mädchen einer Tanzgruppe auf. Sie trugen grellbunte hautenge Kostüme und machten sich für ihre Zumba-Aufführung warm. Schlaicher wollte sie gerade vor den Anzüglichkeiten seines Mitarbeiters retten, da bemerkte er, wie Lutz nach einer neuerlichen Abfuhr im Weggehen nach einer Tasche griff und diese mitnahm. Ihn überkam ein äußerst ungutes Gefühl. Würde Lutz jetzt verschwinden und die Tasche durchsuchen, vielleicht sogar das darin befindliche Geld mitnehmen? Als Rache für die Abfuhr? Tatsächlich machte Lutz sich auf den Weg in den Personalbereich. Da war gerade nicht viel los. Schlaicher ging ihm nach. Er wartete eine Sekunde vor der Tür, die Hand auf dem kalten Griff, dann riss er sie auf. Der Gang war leer.

Einem inneren Impuls folgend, ging Schlaicher nach links und lauschte kurz an jeder Tür, ob dahinter etwas zu hören war. Dann hörte er tatsächlich etwas: »Hey, Chef!« Lutz kam grinsend den Gang entlang und winkte Schlaicher dabei zu. »Ich habe grade eine Tasche mitgehen lassen«, sagte er.

Kaum jemand würde einen solchen Satz als erleichternd

wahrnehmen, doch bei Schlaicher war das so. Er legte Lutz beide Hände auf die Schultern und sagte: »Gut gemacht.«

Es war eine Geste, die das Verhältnis zwischen den beiden änderte. Lutz wirkte auf einmal regelrecht stolz, und Schlaicher gewann langsam so etwas wie Zutrauen.

»Ich habe die Tasche ins Detektivbüro gebracht. Da war ein Mädel bei den Tänzerinnen, ich sage dir, die war so scharf in ihrem Sporthöschen ... Aber total arrogant. Jetzt hat sie einen kleinen Denkzettel bekommen und wird sich zweimal überlegen, ob sie ihre Tasche einfach irgendwo stehen lässt, wo sie nichts zu suchen hat.«

»Und du willst die Tasche nachher zurückbringen und als Held dastehen?«

»Nee, lieber nicht. Sonst denkt die noch, ich hätte sie gestohlen.«

»Hast du doch auch.«

»Ja, aber nicht wirklich. Ich bin doch nur ein Testdieb. Einer von den Kaufhausdetektiven wird sie ihr wiedergeben.«

Der Abend rückte näher und damit der Beginn der Ladies Night. Schlaicher und Lutz waren eingeteilt, während der ersten Stunde die Damen am Eingang mit einem kleinen Geschenk zu begrüßen. Schlaicher hatte Lutz dafür aus der Herrenabteilung ein ordentliches Hemd und ein Sakko besorgt, sodass er die Besucherinnen nicht gleich wieder vergraulte. Kaum dass Türen und Tore des Karstadt wieder geöffnet waren, strömten die Frauen nur so herein, und während Schlaicher die kleinen Präsente verteilte, klickte Lutz jedes Mal mit dem Zählgerät. Eintausendfünfhundert Gäste waren Gampps Ziel für diesen Donnerstagabend. Als die beiden von zwei anderen Mitarbeitern abgelöst wurden, hatte Lutz bereits neunhundertsiebenundachtzig Frauen gezählt. Die Damen waren altersmäßig zwar sehr breit aufgestellt, Schlaicher konnte jedoch eine deutliche Überzahl der Dreißig- bis Fünfzigjährigen feststellen. Die meisten schienen sich für den Abend besonders schick gemacht zu haben. Manche wurden von ihren Männern am Eingang abgesetzt, andere kamen in kleineren oder größeren Gruppen und hatten die dazugehörigen Männer wohl gleich daheim gelassen. Viele Besucherinnen schienen gekommen zu sein, um einen schönen Abend zu erleben. Andere trugen bereits nach einer halben Stunde gleich mehrere Einkaufstüten mit sich herum. Auch draußen in Lörrachs Fußgängerzone war einiges los. Andere Geschäfte hatten sich dem Event angeschlossen und präsentierten ebenfalls besondere Aktionen.

Drinnen im Kaufhaus war es richtig laut geworden. Vielleicht hatte das Gratisglas Sekt, das jede der Frauen zur Begrüßung bekommen hatte, die Zungen gelockert. Oder es war einfach die besondere Situation, dass bis auf wenige Mitarbeiter nur Frauen da waren. Die schienen sich ohne Männer wohlzufühlen, und das wiederum änderte ihr Verhalten, wie Schlaicher feststellte. Als einer der wenigen Männer stand er etwas mehr unter Beobachtung, als ihm lieb war. Klauen konnte er so eigentlich nichts, allerdings sprach er öfter Frauen an, die unvorsichtig mit ihren Geldbörsen, Taschen oder Einkäufen umgingen. Meist schauten ihn die Angesprochenen dann verstört an. Eine sehr hellhäutige Frau, die von ihrer Statur her an die Malereien von Rubens erinnerte, flirtete auf die Ermahnung hin, ihre Tasche nicht unbeaufsichtigt herumstehen zu lassen, ziemlich ungeniert mit Schlaicher, der versuchte, sich ohne unfreiwilligen Körperkontakt aus der Schusslinie zu begeben. Andere Frauen packten ihre Sachen und hielten sie fast zwanghaft an sich gepresst. Allerdings schienen sie eher Sorge zu haben, dass *er*, Schlaicher, dieser seltsame Mann bei der Ladies Night, sie berauben könnte. Wenn er wieder weg war, ließ so manche der Angesprochenen ihre Tasche gleich wieder nachlässig aus den Augen.

Natürlich hatte Schlaicher auch einen Blick auf diejenigen, die die bunte Warenwelt dazu verführte, etwas mitzunehmen, was sie später unbezahlt und versteckt an den Kassen vorbeitragen wollten. Nicht selten waren das Damen, das wusste er aus Erfahrung, die es gar nicht nötig hatten, ein T-Shirt anzuprobieren und damit unter der eigenen Kleidung wieder aus der Umkleidekabine zu kommen. Es gab viele, die stahlen, weil es ihnen einen Kick verpasste. Eine Frau in einer Burberry-Jacke konnte also genauso zur Diebin werden wie eine, die einen Kik-Mantel über dem Arm trug. Heute Abend war dafür allerdings ein denkbar schlechter Zeitpunkt. So etwas machte man besser allein. Sollte man trotz aller Vorsicht nämlich doch erwischt werden, würde man vor den Freundinnen bloßgestellt.

Eine einzige Dame erwischte Schlaicher, als sie am Stand eines Fotografen die Menge der nebenan aufgestellten Strickwaren reduzierte. Ein Schal war plötzlich recht stümperhaft in ihrer Karstadt-Tüte verschwunden, in der sich schon bezahlte Waren befanden. Sie war um die fünfzig Jahre alt. Arm schien sie nicht zu sein, und auch die gleichaltrigen Frauen, mit denen sie gekommen war und die sich gerade nacheinander vom Fotografen ablichten ließen, waren zwar alle spindeldürr, aber eher, weil sie sich ein exklusives Training leisteten, nicht, weil sie etwa an Mangel litten.

Schlaicher ging zu ihr und sagte: »Guten Abend. Mein Name ist Schlaicher. Ich gehöre zum Sicherheitsteam. Ich habe Sie beobachtet.« Sie wurde bleich. »Sie sollten vorsichtiger sein mit Ihren Sachen. Lassen Sie Ihre Tüten am besten nirgends unbeaufsichtigt stehen. Nicht dass ihnen jemand etwas einpackt, was sie gar nicht gekauft haben.«

Sie war weiß wie ein unbeschriebenes Blatt Papier.

»Schönen Abend noch«, verabschiedete sich Schlaicher. Er schaute nicht zurück, war sich aber sicher, dass der Schal innerhalb der nächsten Sekunden wieder an seinem Platz hängen würde. Der Schreck würde außerdem dazu führen, dass diese Frau keine Lust auf ein weiteres Diebstahlabenteuer bekam.

Um Punkt zwanzig Uhr rief eine nasal klingende Stimme die Kundinnen per Durchsage zur Hauptveranstaltung des Abends zusammen: »Sehr verehrte Kundinnen, herzlich willkommen zur Ladies Night in Ihrem Karstadt-Warenhaus, Ihrem Ort zum Wohlfühlen. Wir sind sehr stolz, Ihnen heute Abend eine außergewöhnliche Premiere bieten zu können. Emanuelle Lefèvre, Kosmetik für Frauen, die immer schön bleiben wollen, präsentiert eine Showbehandlung der Extraklasse. Madame Emanuelle Lefèvre, die heute selbst vor Ort ist, freut sich, Ihnen ihre neue Linie ›Jeune‹ vorstellen zu können. Die Vorführung findet im Erdgeschoss statt.«

Schlaicher brauchte ewig, um ins Erdgeschoss zu kommen, weil sich die Damen vor den Rolltreppen drängten wie die geballte Schmelzwasserflut vor der Verengung eines Flusses. Von der letzten Treppe aus sah er, dass die untere Etage schon fast überfüllt war. Die Tausendfünfhundert-Ladies-Marke hatte Gampp auf jeden Fall erreicht.

Emanuelle Lefèvre stand auf einem kleinen Podest, damit die neugierige Frauenhorde sie besser sehen konnte. Sie hatte ein winziges Mikrofon umgeschnallt, um beide Hände für ihre Präsentation frei zu haben. Bombastische Musik ertönte, zum Höhepunkt des kurzen Stückes stiegen zwei Feuersäulen mit Fanfaren und Paukenschlägen auf beiden Seiten der Kosmetikspezialistin in die Höhe. Dies brachte ihr ein erstauntes Raunen des Publikums ein und schließlich einen tosenden Applaus, als die Flammen so schnell erloschen, wie sie in die Höhe geschossen waren, und die Musik mit einem Schlag verstummte. Emanuelle Lefèvre hielt einen goldfarbenen Tiegel wie eine Hostie in die Höhe.

»Bonjour, mesdames.« Mit einem Schlag waren selbst die Frauen still, die vom Feuerwerk unbeeindruckt weitergequatscht hatten. »Ich bin Emanuelle Lefèvre und habe Ihnen etwas mitgebracht.«

Die Pause war gerade lang genug, um wieder etwas Tuscheln aufkommen zu lassen.

»Ewig jung, was für ein Traum! Ein Traum, meine sehr verehrten Damen, der jetzt für Sie Wirklichkeit werden kann. Die Geheimnisse der Pharaonen, in Vergessenheit geratenes Wissen der Perser, rituelle Salbungen der Massai, über Generationen nur an auserlesene Adepten weitergegebene Kenntnisse der Azteken, der Wissensschatz von Frauen, die in den düsteren Zeiten als Hexen verbrannt wurden, und das modernste Know-how der kosmetischen Wissenschaft vereinen sich zu ›Jeune‹ von Emanuelle Lefèvre.«

Wieder reckte sie den Tiegel in die Luft, und die Frauen klatschten begeistert Beifall. Schlaicher hatte bis heute Morgen noch nie etwas von Emanuelle Lefèvre gehört, aber er wurde den Eindruck nicht los, dass diese Frau und ihre Kosmetiklinie dem weiblichen Geschlecht durchaus etwas sagten. Die Frauen um ihn herum waren wie Wachs in Lefèvres Händen, sie folgten ihren schmuckvollen Erläuterungen wie gläubige Katholiken dem Segen des Papstes. Schlaicher musste allerdings zugeben, dass die Show ihrem Namen alle Ehre machte, selbst dann noch, als nach dem pompösen Start etwas mehr Ruhe einkehrte. Wahrscheinlich wollte man den potenziellen Kundinnen das Gefühl geben, ein Teil des Ganzen zu sein. Schlaicher musste sich richtig zwingen, sich auch auf anderes zu konzentrieren. Er zwängte sich durch die Trauben von Frauen, was ihm immer wieder feindselige Blicke einbrachte, und positionierte sich schließlich am Rand des wildesten Geschehens. Vielleicht gab es Frauen, die den Moment ausnutzten, in dem sich alle anderen von der fast schon religiösen Preisung des Konsums hypnotisieren ließen. Aber so intensiv er sich auch umschaute, die Frauen waren von dem Versprechen, ewig jung bleiben zu können, wohl mehr angetan als von dem Drang, mal eben schnell ein Silberkettchen mitgehen zu lassen.

Emanuelle Lefèvre rief gerade das Lefèvre'sche Zeitalter der ewigen Jugend aus, als Schlaicher Martina sah. Sie hatte sich umgezogen, trug nun eine unauffällige Jeans und eine Bluse, die ihr wirklich stand, das musste er zugeben. Die Erinnerung an die Zeit, als er ihre Kurven aus deutlich geringerer Entfernung hatte betrachten können, versetzte ihm einen Stich. Martina drehte sich wachsam um, als hätte sie gespürt, dass sie beobachtet wurde. Ihre Blicke trafen sich für einen kurzen Moment, in dem Schlaicher auch in ihren Augen etwas Wehmut zu erkennen glaubte, dann wandte sie sich ab und ging in eine andere Richtung fort. Er folgte ihr mit seinem Blick, verlor sie in der Menge jedoch schnell aus den Augen.

Emanuelle Lefèvre referierte derweil über die Schönheitsideale der Zukunft und reckte zum Abschluss unter Nennung ihres Top-Produktes erneut beide Arme in die Höhe, was bei ihrem Publikum zu fast reflexartigem Jubel führte. Doch dann sah Schlaicher, dass sie leicht zusammenzuckte. Sie drehte sich kurz weg und griff sich an ihre goldfarbene Jacke.

Schlaicher war nicht der Einzige, dem das auffiel. Auch viele der Frauen fragten sich, ob das eine besonders geschickte Einleitung des nächsten Showteils sein sollte, doch nur die Wenigsten bekamen mit, dass ihre leere Hand kurz in der Jackentasche verschwunden und genauso leer wieder herausgekommen war. Demnach war es doch kein Bestandteil der Show. Emanuelle Lefèvre ließ sich nichts anmerken. Ihre Stimme klang jedenfalls unverändert nach heilbringender Prophetin und liebender Herrscherin zugleich. »Und jetzt ist es gleich so weit. Mesdames, ich möchte Sie alle einladen, sich selbst davon zu überzeugen, dass ›Jeune‹ all das hält, was ich verspreche.« Wieder reckte sie die Arme hoch.

Während das Publikum frenetischen Beifall klatschte, beobachtete Schlaicher, dass Emanuelle Lefèvre sich an Mathilde und die J-Mädchen wandte. Er registrierte überraschte Blicke, dann eine schnelle Geste der Lefèvre und fragte sich, was das zu bedeuten hatte. Schließlich wandte sich Emanuelle Lefèvre wieder an ihr Publikum. Sie ging auf die vorderste Reihe zu. Eine Welle der Unruhe ging durch die Frauenmenge, als witterten Schafe ein Rudel Wölfe. Gelassenen Schrittes machte sie eine Geste wie Moses beim Teilen des Roten Meeres. Tatsächlich wichen die Frauen ehrfürchtig zur Seite und machten der Prophetin der Schönheit Platz, die mit erhobenem Haupt durch die entstandene Gasse stolzierte. Etwa in der Mitte angekommen gar nicht weit von Schlaicher entfernt, blieb sie stehen und zeigte stumm auf eine Frau.

»Ich?«, rief die etwa Fünfzigjährige jubelnd und kämpfte sich an ihren ihr ungläubig und überrascht gratulierenden Freundinnen vorbei zu ihr durch.

»Kommen Sie, meine Liebe, kommen Sie«, sagte Emanuelle Lefèvre ins Mikrofon. Als die Gewinnerin endlich bei ihr ankam, erhielt sie zur Begrüßung von der Kosmetikchefin drei Küsse auf die Wangen.

»Ausgerechnet die Tamara«, hörte Schlaicher eine Frau missmutig sagen. Offenbar freuten sich doch nicht alle ihre Freundinnen so für sie, wie es zuerst den Anschein gehabt hatte. »Als hätte die es nötig«, meinte eine andere.

Schlaicher ging zwischen den Schmuckauslagen hindurch weiter nach hinten und wandte sich dann nach links in Richtung des Haupteingangs, um über diesen Umweg vielleicht etwas näher an die Bühne zu gelangen. Er bekam mit, dass die Frau eine Probebehandlung gewonnen hatte. Sie würde sich gleich auf die Liege legen und in einer halben Stunde fünfzehn Jahre jünger aussehen. Zumindest versprach Emanuelle Lefèvre ihr und dem immer neugieriger werdenden Publikum genau das.

Zwei der J-Mädchen bereiteten die Gewinnerin für die Behandlung vor. Die anderen bewaffneten sich mit vorbereiteten Körbchen und stießen auf Lefèvres Geheiß in die Menschenmenge vor, um winzige Pröbchen unter den Anwesenden zu verteilen. Schlaicher schätzte, dass sich gut achthundert Frauen vor dem Stand drängten und versuchten, ein Tiegelchen der Kosmetik zu erhaschen, die ja wirklich etwas Besonderes zu sein schien, bei dem Umtrieb, der hier herrschte. Ab und zu gab es einen glücklichen Schrei, wenn eine Frau ein Pröbchen »Jeune« ergattert hatte. Ein Milligramm ewiger Jugend.

Als Schlaicher an der Seite der Bühne ankam, von der aus man zwar weniger sehen konnte, an der es dafür aber nicht so ein Gedränge gab, wurde ihm klar, warum die Frauen so verrückt spielten. In einer Auslage, verschlossen unter Glas, standen ein paar Tiegel des Wundermittels, das Lefèvre so anpries. »Die wertvollste Kosmetik der Welt«, stand auf einem Banner, ein etwas kleineres Schild daneben zeigte an, dass es »Jeune« heute zu einem Sonderpreis gab. Statt der normalen fünfhundertneunundachtzig Euro für zwanzig Gramm der Creme – die Zahl war durchgestrichen – wurde heute ein Angebot von vierhundertachtundneunzig Euro beworben. Schlaicher schluckte.

»Ganz schön teuer, was?«, raunte eine sehr helle Stimme in sein Ohr. Sie gehörte Weng Kirchhoff. Auch sie hatte sich umgezogen und trug nun fast die gleiche Kleidung, wie Schlaicher sie vorher an Martina gesehen hatte.

»Nichts für unseren Geldbeutel, würde ich meinen«, antwortete er.

Sie schaute ihn aus ihren tiefdunklen Augen prüfend an und sagte: »Martina hat viel von Ihnen gesprochen.«

Dieser Satz saß wie ein Schlag in die Magengegend.

»Ich bin nicht so schlimm, wie sie erzählt«, gab Schlaicher mit einem Kloß im Hals zurück.

»Ich habe nicht gesagt, dass sie Schlechtes über sie redet«, antwortete Weng Kirchhoff und wandte sich von Schlaicher ab. In Bruchteilen von Sekunden war sie geschmeidig zwischen den umstehenden Frauen verschwunden.

Schlaicher stand fast regungslos da. Was hatte die junge Frau damit gemeint, warum hatte sie ihn angesprochen?

Martina redete also nicht schlecht von ihm. Hieß das, sie redete gut von ihm? Auf jeden Fall hatte sie ihn Weng gegenüber erwähnt. Lag Martina noch etwas an ihm?

Die Gewinnerin der Behandlung hatte sich mittlerweile auf der Liege ausgestreckt und war mit der Samtdecke bis auf das Gesicht zugedeckt worden. Ein warmes Handtuch wurde ihr auf das Antlitz gelegt, und die J-Mädchen beendeten ihre Tour durch das Publikum. Bei denen, die noch nicht mit einer Probe bedacht worden waren, führte das zu einem enttäuschten Raunen, das wie ein entfernter Donner über dem gesamten Erdgeschoss des Kaufhauses lag.

»Keine Sorge, meine Damen, wir kommen noch einmal zu Ihnen«, rief Lefèvre und brachte so wieder Ruhe in die Menge. »Unsere Julia wird Ihnen nun präsentieren, wie man mit ›Jeune‹ dem Altern ein Schnippchen schlägt.«

Sie drehte sich zu Mathilde um, die an der Soundanlage stand, und gab ihr ein Zeichen. Mathilde drückte auf einen Knopf, und lautlos senkte sich im Hintergrund der Liege eine Leinwand, auf der ein stummer Werbefilm startete. Julia übernahm die Sprecherrolle und beschrieb, wie sie mit dem Einmassieren einer minimalen Menge des Wundermittels an einzelnen Gesichts- und Körperpartien den gesamten Alterungsprozess nicht nur verlangsamte, sondern nach ihren Worten gar umdrehte.

Wohin war die Lefèvre verschwunden? Da, Schlaicher sah sie hinter einer Säule, wie sie aufgeregt in ein Handy redete. Gleichzeitig fragte Julia die mittlerweile auch offiziell als Tamara Brockmann vorgestellte Frau auf der Liege nach ihrem Empfinden.

»Es kribbelt ein bisschen«, sagte sie schüchtern in das an ihren

Mund gehaltene Handmikrofon, und Julia nahm das lachend zum Anlass, die verjüngende Wirkung der Creme erneut zu lobpreisen. Schlaicher fand dieses ständige Anbiedern etwas langweilig, doch beim Publikum stellten sich noch keine Ermüdungserscheinungen ein.

Beeindruckende Bilder von seltenen Pflanzen aus aller Welt flimmerten über die Leinwand, von jungen, vor Gesundheit, Glück und Schönheit strotzenden Frauen, immer wieder unterbrochen von den Tiegeln mit »Jeune« und anderen Produkten der Linie Emanuelle Lefèvre.

Von seinem Standort aus konnte Schlaicher sehen, wie Emanuelle Lefèvre das Handy in die Jackentasche schob, in die sie eben während der Show so hektisch gegriffen hatte. Gampp war zu ihr gestoßen und schüttelte ihr mit einem euphorischen Grinsen die Hand. Der Anblick des Kaufhauschefs holte Schlaicher in die Realität zurück. Die Frauen waren von der Show so angetan, dass hier im Moment offenbar niemand daran dachte, etwas mitgehen zu lassen. Aber er wusste, dass es genug Frauen gab, die sich die Präsentation entgehen ließen, weil sie dadurch in den oberen Etagen einfach mehr Platz hätten. Vielleicht sollte er ebenfalls nach oben gehen. Oder aus dem Überwachungsraum heraus über die Kameras einen Blick durch die Abteilungen werfen, um zu sehen, wo sich ein Besuch am ehesten lohnen würde. Er sah auf. Lefèvre, die eben noch an der Säule gestanden hatte, war jetzt verschwunden. Gampp schaute etwas belämmert in Richtung der Personaltür, die in den Lagerbereich und zu den Büros der Detektive führte. Schlaichers Blick folgte dem seinen. Vor der Tür hatte sich wie eine Wachfrau Weng, Martinas Mitarbeiterin, positioniert. Schlaicher beschloss, zu ihr zu gehen. Vielleicht konnte er etwas über Martina in Erfahrung bringen.

Weng stand mit verschränkten Armen da und schien durch Schlaicher hindurchzuschauen, als der sich näherte.

»Was Sie da eben angedeutet haben …«

»Hören Sie, ich hätte meinen Mund halten sollen, das geht mich überhaupt nichts an.«

»Wie geht es Martina?«

Weng blickte ihn erst verärgert, dann etwas sanfter an und

antwortete: »Sie haben ihr wehgetan. Mehr habe ich nicht zu sagen. Wollen Sie hier durch?« Sie ging einen Schritt zur Seite und hielt ihm die Tür auf. »Stören Sie Frau Lefèvre aber bitte nicht.« Schlaicher schüttelte nur den Kopf und ging durch die Tür. Links hörte er Lefèvres Stimme, allerdings leise und unverständlich. Er ging neugierig darauf zu, bis er erste Gesprächsfetzen deutlicher hören konnte.

»... und natürlich wissen sie Bescheid. Es bleibt dabei.« Sie musste im Gang um die Ecke stehen. Schlaicher wusste nicht, ob er einfach an ihr vorbei in Richtung der Detektivbüros gehen oder lieber noch etwas warten sollte. Er ging vorsichtig näher an die Ecke und lauschte weiter. Sie flüsterte jetzt fast, und er war sich nicht sicher, ob er die Worte richtig verstand.

»... Speere ... verhaften ...« Jetzt wurde es interessant. Hatte er richtig gehört? Er schloss die Augen, um sich besser konzentrieren zu können.

»... gibt es keine Alternative ...« Sie war wieder lauter geworden. Ihre Stimme klang eindringlich. »Ich werde Sie in Zukunft nicht weiter beliefern. Es ist aus.«

Den letzten Satz hatte sie mit einem sehr endgültigen Unterton gesprochen. Schlaicher hatte das Gefühl, dass das Gespräch damit beendet war. Wenn sie jetzt um die Ecke kam, um wieder zu ihrer Show zurückzukehren, würde sie bemerken, dass er sie belauschte. Er schlich darum ein paar Meter zurück und ging ganz normal auf die Ecke zu, wo er mit Emanuelle Lefèvre fast zusammenstieß.

»Oh, ich dachte, Ihre Show läuft gerade?«, sagte Schlaicher. Sie schaute ihn mit einer Mischung aus Sorge und Feindseligkeit an. »Ich denke, ich muss Ihnen über das Konzept meiner Shows keine Rechenschaft ablegen«, gab sie nach einer Sekunde Pause zurück.

»Ich wollte nur nett sein«, sagte Schlaicher im Weitergehen. Er spürte ihren Blick in seinem Rücken und ging zielstrebig auf das Büro der Kaufhausdetektive zu.

★★★

Irfan saß in einer Kammer, die vormals wohl einem Knecht als Unterkunft gedient hatte. Sie unterschied sich gar nicht so sehr von dem Gästezimmer bei den Verwandten seiner Frau in der Türkei, nur dass hier ein schmales Einzelbett stand. Die Tapeten waren schlicht, auf dem Boden lag ein abgelaufener Teppich, die beiden Bilder an der Wand zeigten Szenen des Bauernlebens, die Decke war niedrig und das Fenster, das auf die weiten grünen Wiesen und den Wald hinausging, winzig. Es machte ihm nichts aus, in dieser Kammer schlafen zu müssen, die vom langen Nichtgebrauch muffig roch wie eine einstmals verschwitzte Socke, die seit einer Woche ungewaschen herumlag. Es störte ihn auch nicht, dass er hier mit Menschen zusammenlebte, die er weder kannte noch unbedingt kennen wollte. Es war ein Job. Sein letzter, wie er hoffen durfte. Onkel Umut war ein strenger Mann, aber er war auch gütig. Und er hatte Irfans Bitte, sich aus dem Geschäft zurückziehen zu dürfen, zwar keine gesteigerte Freude entgegengebracht, seinem Vorhaben nun aber endlich doch zugestimmt, vorausgesetzt, dass er die Sucuk wiederbeschaffte. *Inschallah.*

Was Irfan störte, war die Einsamkeit, die er empfand. Er hatte seine Frau Gülcan und seine beiden Töchter Tüley und Jasmin, die er vergötterte. Möge Allah den Jungs gnädig sein, die mehr als ein Auge auf sie warfen. Irfan hatte sich geschworen, ein moderner Vater zu sein, seinen Kindern Freiraum zu geben. Aber das hieß nicht, dass es ihm nicht missfiel oder leicht von der Hand ging, seine Töchter so westlich geprägt zu sehen. Am liebsten hätte er sie eingesperrt. Was brauchten die Mädchen Schule und Freizeit, wenn sie es doch zu Hause am besten hatten? Aber er zwang sich immer wieder, seinen Töchtern zu vertrauen und sie ihren eigenen Weg finden zu lassen. Tüley war jetzt fünfzehn Jahre alt, Jasmin dreizehn. Beide interessierten sich noch nicht für Jungs, sondern trafen sich nur mit ihren Freundinnen, um Mädchensachen zu machen. Aber es war Irfan klar, dass das nicht mehr lange so bleiben würde. Er hatte Gülcan geheiratet, als sie gerade achtzehn Jahre alt geworden war. Eine Ehe, die die Familie ausgehandelt hatte. Dabei hatte er großes Glück gehabt. Das Mädchen, das er am Flughafen in Empfang nahm, hatte zwar einen bis zum Boden reichenden Mantel getragen, trotzdem merkte er ihr gleich an, dass sie schön sein musste. Und sie war tatsächlich eine Schönheit. Er trug sie auf Händen, seit sie verheiratet waren.

Irfan nahm sein Handy und rief zu Hause an.

»Hallo?«

»Jasmin, mein *Mücevher*.«

»Baba! Wo bist du?«

Es tat so gut, ihre Stimme zu hören, ihre Freude, den Vater zu sprechen.

»Ich muss arbeiten. Ist *Annen* da?«

»Ja, ich hole sie. Wann kommst du zurück?«

»In ein paar Tagen. Habt ihr die Mathe-Arbeit zurückbekommen?«

Jasmin schwieg einen kleinen Moment, und Irfan sah vor seinem inneren Auge, wie sie da am Telefon stand, dieses leichte Wippen in ihrer Hüfte, wenn Sie etwas nicht sagen wollte.

»Ich habe eine vier.«

Irfan wusste, dass er jetzt streng sein musste, obwohl das Gefühl der Liebe zu seiner Tochter ihn durchflutete. »Das ist nicht gut.«

»Ja, ich weiß.«

»Du hast nicht genug gelernt.«

»Ich kann einfach kein Mathe.«

»Du strengst dich nicht genug an. Ich weiß genau, dass du ein schlaues Mädchen bist. Aber du musst mehr lernen.«

»Ja.«

»Dann hol mir jetzt *Anneni*.«

Es dauerte ein paar Sekunden, bis Irfans Frau den Hörer nahm und ihm die gleichen Fragen stellte, wie zuvor seine Tochter.

»Ich habe Onkel Umut gesagt, dass ich nur noch dieses eine Mal für ihn unterwegs sein werde«, sagte er. Sein Herz schlug schneller. Er hörte, wie Gülcan in einem kurzen Stoß einatmete, wie immer, wenn sie sich freute, sich aber gleichzeitig Sorgen machte.

»Und das hat er akzeptiert?«

Gülcan war besorgt, seit sie vor einem Jahr vom Plan ihres

Mannes erfahren hatte, die Geschäfte der Familie nicht mehr aktiv zu verfolgen, sondern sein eigenes kleines Geschäft, einen Laden für türkische Instrumente und Musik, zu starten. Ihre Sorge war nicht, dass ihr Lebensstil vielleicht darunter leiden könnte. Irfan hatte in den vergangenen Jahren einiges an Geld gespart. Sie würden selbst dann gut über die Runden kommen, wenn er monatelang kein einziges Instrument verkaufte. Nein, ihre Sorge bezog sich auf die Verpflichtungen, die man als Mitglied von Irfans Familie einging. Onkel Umut war ein netter alter Mann, aber weit davon entfernt, weich zu sein oder den anderen zu zeigen, dass er weich werden könnte. Er war der Patriarch, der alles zusammenhielt, auch wenn es andere gab, die ihm das streitig machen wollten. Noch traute sich keiner, sich offen gegen ihn zu stellen, aber Irfan hatte natürlich mitbekommen, dass geflüstert wurde. Umut wusste das selbstverständlich auch. Ein Narr war er nicht. Er regierte darauf mit einer Mischung aus politischer Diplomatie und brutaler Justiz.

Irfan galt als loyaler Unterstützer Umuts, der tatsächlich sein Onkel war, der Bruder seiner Mutter. Damit stand Irfan der Führung der Familie nahe, und Umut hatte vor drei Jahren sogar versucht, Irfan noch mehr einzubinden. Der hatte allerdings schon damals die Nase voll gehabt von den schmutzigen Geschäften, die die Ihren immer wieder im guten Fall ins Gefängnis brachten, im schlechten in ein Krankenhaus und im schlimmsten unter die Erde, das Gesicht gen Mekka gerichtet. Irfan hoffte, dass ein klarer Schnitt seine Alpträume beenden würden, nachdem er mehr als einmal dafür verantwortlich gewesen war, dass für einen von Umuts Gegenspielern ein Grab ausgehoben werden musste.

Er sprach nicht mehr lange mit Gülcan und achtete darauf, keine Namen zu nennen, um einem möglichen Mithörer nicht den geringsten Anhaltspunkt zu geben.

»Küsse unsere Töchter von mir. *Görüşmek üzere.*

Irfan legte sich auf das sehr weiche Bett und schloss die Augen. Nicht weil er müde war, sondern um in Ruhe nachdenken zu können. Er lenkte seine Gedanken wieder auf das Problem mit dem Koffer. Es war klar, dass der derzeitige Besitzer geplant hatte, von Frankfurt aus Postkarten zu verschicken. Anders war die Notiz auf dem Hosentaschenzettel nicht zu verstehen. Aber womöglich hatte er sie erst sehr spät abgeschickt oder die ganze Postkartenschreiberei vielleicht nur als guten Vorsatz gesehen. Im Normalfall schickte man bei einem Urlaub Postkarten an die Familie und an Freunde. Die Adressen der Menschen, die zur Familie gehörten, kannten die meisten Menschen auswendig. Also konnte er wohl davon ausgehen, dass es sich bei den drei Adressen eher um Freunde oder Bekannte des Kofferbesitzers handelte. Der Besuch bei Harry Mbene jedenfalls hatte sie nicht weitergebracht. Der bei den beiden Alten war eine Katastrophe gewesen. Und beides ließ ihn keine allzu große Hoffnung in die dritte Adresse setzen. Irfan konnte nur hoffen, dass der Mann mit dem Sucuk-Koffer die Postkarten erst kurz vor seiner Rückreise in den Briefkasten geworfen hatte. Dann würde er morgen vielleicht einen Anruf von diesem Mbene bekommen.

Das Geräusch eines startenden Motors riss Irfan aus seinen Überlegungen. Er sprang sofort hoch und lief zum Fenster, aber von seinem Zimmer aus konnte er nicht auf den Hof sehen. Er ging zur Tür, schlüpfte schnellstmöglich in seine Schuhe und rannte ins Treppenhaus. Er nahm drei Stufen auf einmal, um möglichst schnell in den Flur im Erdgeschoss zu kommen, aber als er die Eingangstür endlich erreichte, war ihm eigentlich längst klar, was er beim Blick hinaus sehen würde: nichts mehr. Und so war es auch. Der rote Ascona war verschwunden. Ganz schwach lag noch der Dieselgeruch in der Luft.

Irfan verfluchte diesen lästigen deutschen Jungen. Was hatte ihn nur geritten, sich aus dem Staub zu machen? Jetzt hatte Irfan ein verdammtes Problem mehr. Noch dazu eines, dessen schlimmstmögliche Lösung ihm gar nicht gefallen würde. Er schlug wütend mit der flachen Hand gegen die Türzarge. Dann schloss er die Tür wieder. Er musste die Großeltern ausquetschen und herausfinden, wo sich der Kifferknabe vor ihm versteckte. Und dann sollte Allah seinem benebelten Hirn besser gnädig sein.

Voller Wut – über Mario und auch über sich selbst – polterte er die Treppe hinauf und wandte sich dem Zimmer zu, in dem Marios Großmutter lag. Er klopfte nicht, sondern riss die Tür einfach auf und brachte der erschrockenen alten Dame sein Anliegen sogleich unmissverständlich vor: »Wo ist Mario hin?«

»Sie haben mich erschreckt«, beschwerte sich die alte Dame und blickte ihn anklagend an. »In Zukunft sollten Sie anklopfen, bevor Sie in das Zimmer einer Frau eintreten.«

»Mario ist weg.«

»Ja, und?«

»Wo ist er hin?«

Oma Helene schaute Irfan weiterhin streng an. Der Blick einer Frau, die keine Angst vor ihm hatte.

»Sagen Sie mir, wo er hingefahren ist. Das ist das Einfachste und Beste für alle.«

»Ich weiß nicht, wie Mario es wieder geschafft hat, sich so großen Ärger aufzuhalsen«, sagte Oma Helene seufzend und lehnte sich wieder in ihr Kissen zurück. »Glauben Sie mir, er ist ein guter Junge. Warum hat er mit Ihnen zu tun?«

Irfan bemerkte, dass seine Wut kein Sturm mehr war, sondern nur noch ein lauer Wind. Trotzdem bemühte er sich, weiterhin ein unnachgiebiges Gesicht zu machen.

»Ich glaube, dass in Ihnen auch ein guter Junge steckt.«

»Seien Sie da nicht so sicher.« Das klang weniger nach einer Drohung, als vielmehr nach einer Selbsterkenntnis.

»Setzen Sie sich zu mir. Wir schwätzen ein bisschen, und dann sage ich Ihnen, wo der Mario steckt.«

Irfan zögerte, nahm dann aber auf dem Sessel neben dem Bett Platz.

»Sehen Sie. Es geht doch. Hat der Mario große Probleme?«

Irfan blickte in zwei besorgt schauende Augen, in denen noch viel mehr steckte: die Weisheit eines langen Lebens. Oma Helenes Blick erinnerte ihn an den seiner Mutter, wenn er als Jugendlicher mit den »falschen Freunden« unterwegs gewesen war. Falsch waren die aus ihrer Sicht, weil sie damals schon für die Familie gearbeitet hatten. Irfans Vater hingegen hatte es gutgeheißen, dass sein Sohn schon früh Anschluss fand, und Irfans spätere Karriere unter der strengen Hand seines Schwagers unterstützt. Aber der Blick der Mutter hatte ihm manche schlaflose Nacht eingebracht. Heute wusste er, warum sie damals so geschaut hatte.

»Mario hat sogar ziemlich große Probleme, wenn er sich wirklich davongestohlen hat.«

»Davongestohlen?«

»Eben ist der Wagen weggefahren.«

»Und da denken Sie, er wollte sich davonstehlen? Wer sind Sie eigentlich wirklich?«

»Ich bin derjenige, der dafür sorgen soll, dass sich die Probleme Ihres Enkels nicht ausweiten.«

»Sie sollen auf ihn aufpassen? Im Guten oder im Schlechten?«

»Wie meinen Sie das?«

»Ich frage Sie nicht, was der Mario wieder angestellt hat. Ich will es gar nicht wissen. Ich frage Sie auch nicht, was Sie selbst so alles auf dem Kerbholz haben – obwohl ich denke, dass Sie bestimmt eine Menge zu beichten hätten. Ich will von Ihnen nur wissen, ob Sie meinem Enkel helfen wollen, oder ob das Aufpassen, wie Sie es nennen, eher eine Art Bewachung ist, damit Sie ihm irgendwann etwas Schlimmes antun können.«

Irfan war beeindruckt von dem klaren, wachen Geist der alten Frau, die da unbeweglich vor ihm in ihrem Bett lag und eine Situation analysierte, die sie in ihrem eigenen Leben sicherlich nicht oft erlebt hatte.

»Ich möchte ihm nichts tun.«

»Ist denn sonst jemand hinter ihm her?«

Irfan atmete tief durch. »Ich denke, es genügt, wenn Sie wissen, dass Mario etwas verloren hat, was meinem Auftraggeber sehr wichtig ist.«

»Und Sie helfen ihm, das zu suchen?«

»Ja. Man könnte sagen, dass es mein Beruf ist, Dinge und Leute zu finden. Es ist allerdings nicht hilfreich, dass er versucht, vor mir wegzulaufen. Das wirft ein sehr schlechtes Licht auf ihn.«

»Dann wird es Sie bestimmt beruhigen, wenn ich Ihnen sage, dass der Mario nicht weggelaufen ist. Er hat seinen Großvater zur Singstunde gebracht. Am Sonntag ist doch das Jahreskonzert.«

Irfans Stirn kräuselte sich. »Was für ein Jahreskonzert?«

»Na, das vom Gesangsverein!«, sagte sie, als habe er eine denkbar dumme Frage gestellt. Und Irfan kam sich im Moment tatsächlich ziemlich dumm vor. Wahrscheinlich hatte er es einfach schon zu lange mit wirklichen Verbrechern zu tun. »In ungefähr zweieinhalb Stunden sind die beiden zurück«, ergänzte Helene Birktaler.

Auch wenn Irfan nur ungern anzweifeln wollte, was die alte Dame da erzählte, sagte ihm sein professioneller Instinkt, dass es besser wäre, Mario im Fall, dass sie log, keinen allzu großen Vorsprung zu lassen. Zweieinhalb Stunden konnten ein gewaltiger Vorsprung sein. Und auch wenn der Junge nur seinen Großvater weggebracht hatte: Einfach so zu verschwinden, konnte und durfte er ihm nicht durchgehen lassen. Es gab also keine Alternative.

»Und wo probt dieser Gesangsverein?«, fragte er.

★★★

Schlaicher war einige Zeit im Büro geblieben, um sich die Überwachungsmonitore anzuschauen und auch seine eigenen Kameras zu überprüfen, die eine gute Rundumsicht boten. Lutz hatte gute Arbeit geleistet. Die Dinger funktionierten. Aber er selbst funktionierte nicht richtig, denn immer wieder schweiften seine Gedanken zurück zu dem Gespräch, das er mit Weng geführt hatte. »Sie haben ihr wehgetan.« Ja, das wusste er auch. Nach der Trennung hatte er einige Zeit gebraucht, um zu verstehen, dass es nicht der Kuss mit einer anderen Frau allein gewesen war, der Martinas Reaktion endgültig gemacht hatte. Es war seine Sprunghaftigkeit gewesen, sein Versuch, mit einer Lüge die Verfehlung zu verbergen. Einer Lüge, die selbst im Erfolgsfall einen Keil zwischen sie getrieben hätte. Er hatte sich seither oft selbst gehasst für sein Verhalten. Und für seine Angst, sich Martina zu stellen, sie mit seiner Erkenntnis zu konfrontieren und um Verzeihung zu bitten. Unterdessen war mehr und mehr Zeit vergangen, und die Möglichkeit, noch etwas zu sagen oder zu tun, was ihre Meinung ändern könnte, schien irgendwann nicht mehr vorhanden zu sein. Dabei hatte er, das war ihm durch diesen einen Satz von Weng klar geworden, immer noch selbstsüchtig gehandelt. Es war ihm auch noch einige Monate nach der Trennung nur um sich selbst gegangen, um *sein* schlechtes Gefühl, *seine* Schuld, *seine* Angst. Nie hatte er gedacht, dass er sich Martina *um ihretwillen* stellen musste. Sie war ihm immer so stark vorgekommen, dass er gar nicht auf die Idee gekommen war, sie könnte vielleicht ein ehrliches Wort von ihm brauchen. Ein Gespräch, das einmal nicht wie zum Ende ihrer Beziehung einfach nur ein Versuch war, sich aus einer verfahrenen Situation herauszureden.

Schlaicher entdeckte sie schließlich auf einem der Monitore. Sie stand in der Nähe der Auslagen im Erdgeschoss und lächelte eine Frau an, die auf die Lefèvre-Produkte zeigte. Obwohl das Bild nur schwarz-weiß war, bildete Schlaichers Hirn Martina in Farbe ab. Er beschloss, zu ihr zu gehen.

»So, meine Liebe, Sie können aufstehen und werden aussehen wie eine Dreißigjährige«, sagte Emanuelle Lefèvre, die offenbar nach ihrem Telefonat die Sprecherinnenrolle bei der Show übernommen hatte. Schlaicher war auf seinem Weg zu Martina durch die Menge der Frauen jäh gebremst worden und arbeitete sich langsam weiter vor.

Emanuelle Lefèvre zog die Samtdecke mit einem Schwung weg. Gleichzeitig entfernte sie das Handtuch vom Gesicht der Frau. Das Raunen, das durch das Publikum ging, schwoll zu einem Tosen an und erstarb wieder. Alle reckten die Köpfe, um einen Blick auf die Glückliche zu erhaschen, die für die Behandlung auserwählt worden war. Schlaicher konnte sie nicht sehen.

Über die Anlage war ein lautes, hektisches Einatmen von Emanuelle Lefèvre zu hören, und ein spitzer Schrei von einem der J-Mädchen durchdrang den Moment der gespannten Ruhe. Schlaicher sah Ekel und Überraschung in ihrem Gesicht. Die Lefèvre stellte sich blitzschnell um, sodass das Publikum vor der Bühne nicht auf die Liege schauen konnte, doch es war zu spät. Vorne im Publikum ertönten ebenfalls entsetzte Rufe, dann war es auf einmal so laut wie in der Abfertigungshalle am Frankfurter Flughafen zu Beginn der Sommerferien.

Emanuelle Lefèvre hielt die Samtdecke hoch und bildete damit einen Sichtschutz nach vorne. Schlaicher konnte von seiner Position ihren gehetzten Gesichtsausdruck ausmachen und fragte sich, was wohl passiert war. Damit war er offenbar nicht der Einzige, denn von hinten drückten sich die umstehenden Frauen näher heran, strebten neugierig nach vorne. Den ersten Reaktionen nach, kann es nichts Gutes sein, dachte Schlaicher. Auch er drängte sich vorwärts. Ein paar Meter vor ihm hatte Weng bereits jetzt alle Mühe, die neugierigen Frauen davon abzuhalten, zu nahe an die Regale zu kommen, und der Druck von hinten wurde nur noch stärker.

»Meine Damen, es ist alles in bester Ordnung«, dröhnte da die sich überschlagende Stimme von Emanuelle Lefèvre durch die Lautsprecher. »Haben Sie bitte einen Moment Geduld.«

Schlaicher sah ihr die Ratlosigkeit an. Ihre Mädchen hatten sich um die Liege geschart und schnatterten aufgeregt miteinander. Mathilde hielt die Hände vor die Augen und wandte sich ab. Dann war Schlaicher nahe genug herangekommen, um zu sehen, was die Aufregung verursacht hatte. Das Gesicht der Frau auf der Liege hatte sich in eine wulstige rote, wie nach hundert Wespenstichen von Pusteln bedeckte Masse verwandelt. Sie rang mit weit aufgerissenen Augen nach Luft.

Wirklich makaber wurde das Schauspiel, als die vor Schreck bleiche Emanuelle Lefèvre nun mit weit ausholender Bewegung die Decke über der Frau ausbreitete und sie vor allem über deren verunstaltetes Antlitz zog. Obwohl es darunter sichtbare Zuckungen gab, wirkte es doch, als sei das Tuch des Todes über eine Leiche gelegt worden. Tamara Brockmann wurde in diesem Moment sicher von keiner ihrer Freundinnen mehr beneidet.

»Bitte, meine Damen, besuchen Sie doch die Tanzvorführung im Obergeschoss«, hörte Schlaicher Gampps Stimme hinter sich rufen. Er drehte sich zum Leiter des Karstadt um. »Schlaicher! So tun Sie doch was!«, rief Gampp ihm zu und verschwand schon wieder, um einige aufgelöst wirkende Kundinnen zu beruhigen und in andere Stockwerke zu lotsen.

Die Show war spätestens in dem Moment vorbei, als eines der J-Mädchen durch Lefèvres Mikrofon fragte, ob eine Ärztin im Publikum sei. Zwei Frauen meldeten sich und schafften es kaum, durch die neugierige Menge nach vorne zu gelangen. Schlaicher sah auch ihnen den Schreck an, als sie das Gesicht von Tamara Brockmann erblickten. Sie hatten die Frau noch keine Minute behandelt, als eine der beiden auch schon rief, jemand solle einen Krankenwagen anfordern.

»Vermutlich ein allergischer Schock«, hörte Schlaicher sie sagen. Weng hatte inzwischen Verstärkung von Martina bekommen. Gemeinsam hielten sie allzu Neugierige davon ab, sich der Bühne weiter zu nähern.

Die Frauen zerstreuten sich nur langsam. Wer Tamara Brockmann selbst nicht gesehen hatte, erschauerte bei den Beschreibungen derjenigen Damen, die ganz vorne gestanden hatten. Nach und nach wurde allen klar, dass die Kosmetik-Show vorerst beendet war. Einige kamen trotzdem an den Stand, um nach Pröbchen zu fragen, aber irgendwie war das große Interesse an »Jeune« geschwunden. Das Zeug mochte sauteuer sein, aber wenn man danach nahezu im Koma landete, mochte die Verjüngungskur funktionieren oder nicht, das Ergebnis blieb dasselbe: Man hatte nicht viel davon.

★★★

Der »Adler« in Ried war ein schon von außen beeindruckendes Gasthaus, das für Irfan nicht so aussah, als würde es auch Türken zu seinen Gästen zählen. Das lag natürlich unter anderem daran, dass die meisten seiner Landsmänner – selbst wenn sie schon so lange in Deutschland lebten, dass sie kaum noch Türkisch sprechen konnten – kein Schweinefleisch aßen. Er parkte zwei Plätze neben dem alten Ascona und ging auf die Eingangstüre zu. Der Blick auf die Karte an der Außenwand des Gasthofs zeigte die erwartete Konzentration auf Speisen mit Schwein.

Einige der Tische waren besetzt mit essenden Leuten, aber Irfan sah sofort, dass Mario und sein Großvater nicht dazugehörten. Aus einem Nebensaal hörte er Musik. Er wandte sich der Tür zu, wurde aber durch den Ruf einer Frau aufgehalten. »Obachd he! Do isch jetz Broob«, sagte sie bestimmt.

»Ja, ich weiß. Ich gehöre zu Herrn Birktaler.«

Die Dame machte »Ah«, nickte und fragte: »Tannezäpfle?«

Irfan blickte sie verständnislos an. Was sollte er mit einem Tannenzapfen?

»Isch das nüdd für Sie? Wänn Sie öbbis anders?«

Irfan verstand kein Wort.

»Ob Sie öbbis zum Dringge wodde.«

Jetzt machte Irfan »Ah« und nickte. »Cola«, ergänzte er.

Als er die Tür zum Nebenzimmer öffnete, schaute eine Gruppe größtenteils älterer Herren von ihren Noten auf. Der Dirigent, der zuvor noch mit dem Rücken zu Irfan gestanden hatte, schaute sich um und sagte: »Tut mir leid, wir proben hier.«

»Moment, der gehört zu mir«, rief Mario, der hinter einem Schlagzeug saß und nun aufsprang und zu Irfan lief. »Was machen Sie denn hier?«, flüsterte er ihm zu. Irfan sah, dass Mario rot unterlaufene Augen hatte. Aus dem Mund roch er nach Rauch.

»Das machst du nie mehr«, sagte Irfan laut genug, dass alle es hören konnten, wobei einige die kleine Pause nutzten, um sich miteinander zu unterhalten. Marios Großvater kam nun allerdings ebenfalls zur Tür, und auch der Dirigent, der etwas ungehalten über das plötzlich ausgebrochene Tohuwabohu war, stieß dazu.

»Was isch jetz loos? Isch öbbis middem Helen?«, fragte Georg Birktaler.

»Hören Sie, wir müssen jetzt weitermachen«, ging der Dirigent dazwischen.

»Kann er nicht einfach zuhören?«, fragte Mario, während Irfan Birktaler zu verstehen gab, dass es seiner Frau gut ging.

»Mario hat wohl vergessen zu sagen, dass ich vorbeikommen wollte. Ich liebe Musik«, sagte Irfan zum Dirigenten, der beim letzten Satz sofort weicher wurde.

»Ja, die Musik!«, schwärmte er. »Aber es bedarf doch einiger Proben, damit sie so klingt, wie sie klingen soll. Setzen Sie sich einfach dazu, aber seien Sie leise.«

Irfan sah Mario an, dass der gar nicht mitbekommen hatte, wie sauer er auf ihn war. Wie ein kleiner Junge sprang er zurück zu dem Schlagzeug und wirbelte mit den Stöcken herum, als würde er gleich mit einer Rockband in einem Stadion vor zwanzigtausend Leuten spielen. Stattdessen gab es nur Irfan als Publikum – und die Band bestand aus siebzehn älteren Herren. Zudem hatte Mario gerade gar nichts zu spielen. Er lehnte sich mit geschlossenen Augen zurück, als der Chor auf ein Zeichen des Dirigenten melancholisch den »Bajazzo« anstimmte.

»*Warum bist du gekommen, wenn du schon wieder gehst?*
Du hast mein Herz genommen und wirfst es wieder weg.
Ich bin kein Bajazzo, bin auch ein Mensch wie du,
und leise schlägt mein Herz dir zu.«

Irfan kannte weder Melodie noch Text, doch das Lied packte ihn, und bei der vierten Strophe summte er mit und begleitete den Herrenchor sogar bei der Wiederholung des Refrains: »*Erst wenn du dem andern die Hand zum Leben reichst, erst dann sag ich nicht mehr vielleicht.*«

Es blieb danach einen Moment still. Der Dirigent bedankte sich bei seinen Sängern und drehte sich anschließend kurz zu Irfan, um ihm anerkennend zuzunicken.

Die Probe dauerte noch etwa eine Dreiviertelstunde, bis sich der Dirigent vor seinem Chor verbeugte und ihm Applaus spendete, der von den Herren unter wildem Getrommel von Mario am Schlagzeug erwidert wurde. Nur wenige Minuten später fand sich Irfan mit Mario und sieben Herren, einer davon der alte Birktaler, an einem Tisch in der Stube wieder. Die Bedienung, die ihn beim Hereinkommen angesprochen und im Nebenzimmer seine Cola serviert hatte, brachte ihnen ungefragt Bier, was Irfan aber ablehnte und in eine zweite Cola umbestellte.

»Aber e Schnitzeli, das nimmsch drno scho au, oder?«, meinte sie, als sie die Cola brachte. Irfan verstand nur Schnitzel und fragte, ob er etwas mit Rindfleisch haben könnte.

»Dää isch e Islamischd«, erklärte Georg Birktaler den anderen am Tisch.

»Moslem, Opa. Ein Islamist ist jemand, der radikal ist«, erklärte Mario und begann zu lachen, als ein dürrer Alter namens Karlfrieder verschmitzt nachfragte, ob die Radikalen »zu dieser Ida« gehören würden: »Wiä heißd diä nomool middem Noochname?«

Irfan wusste gar nicht, was gemeint war. Erst als Mario die Frage prustend mit: »Alka«, beantwortete, musste auch er lachen.

»Genau«, meinte Karlfrieder mit todernster Miene, »die Alka Ida.«

»Du meinsch selli Al Quaida«, rief ein anderer, der erst verstand, dass Karlfrieder einen Witz gemacht hatte, als nun alle über ihn lachten.

Dass Irfan wenig später einen Rinderbraten statt eines Schweineschnitzels aufgetischt bekam, war bald gar kein Thema mehr. Stattdessen sprach die Herrenrunde über die Irrungen und Wirrungen der christlichen Geschichte, nachdem Georg Birktaler gesagt hatte, dass »auch wir Christen Dreck am Stecken« hätten. Mario schaltete sich ab und zu ein und korrigierte einen falschen Ansatz, etwa dass die Christen vor zweitausend Jahren in Südamerika gewütet hätten. Irfan wunderte sich über das profunde Wissen des jungen Mannes, der irgendwann nach dem Essen aufstand, um vor der Tür eine zu rauchen. Er schloss sich ihm an.

»Du gehörst mit zu dem Verein?«, fragte er, als sie draußen standen.

»Nein, ich habe nur bei zwei Stücken das Schlagzeug fürs Jahreskonzert übernommen.«

»Ich hab gedacht, dass du abhauen willst«, sagte Irfan mit einem warnenden Unterton in der Stimme.

Mario nahm einen tiefen Zug von der Zigarette und sagte: »Und meine Großeltern mit einem Killer allein zurücklassen?«

»Sag das nie wieder!«, herrschte Irfan ihn an.

Mario blickte verunsichert zu Boden. »Bist du das denn nicht?«, brachte er schüchtern hervor.

»Wenn wir diesen blöden Koffer finden, den du verloren hast, muss niemandem etwas passieren.«

Mario schaute ihn wieder an. »Meine Großeltern können nichts dafür. Lass sie in Ruhe.«

Irfan nickte und ließ Mario draußen stehen. Drinnen setzte er sich wieder an seinen Platz und wurde von Karlfrieder nach seiner Heimat gefragt.

»Frankfurt«, antwortete er.

»He nai, nidd, wo du wohnsch, sondern wo de häär bisch«, hakte der dürre Alte nach. »E Düürg, oder?«

»Ich bin in Deutschland geboren, mein Vater ist als junger Mann aus der Türkei hierhergekommen.«

»Jaa. Saag emool, was singd mr eso in dr Dürgei?«

Irfan überlegte eine Sekunde und stimmte ein Lied an, das sein Vater ihm immer vorgesungen hatte. Es fehlte eine Saz, ein Saiteninstrument für den richtigen Klang, aber er schlug den für die Chorsänger ungewohnten Rhythmus mit den Händen auf dem Tisch, dass die Biergläser wackelten. Im Restaurant war es vollkommen still geworden. Die Chormänner, Mario und ein paar jüngere Kerle am Stammtisch waren die letzten Gäste, die alle den fremdartigen Klängen lauschten. Irfan war ein guter Sänger, ein Bariton mit kräftigem, samtigem Timbre, der alle Umspielungen leicht und klar intonieren konnte. Es war ein Lied über die Heimat, und Irfan machte es mit dafür verantwortlich, dass die Musik schon als Kind seine eigentliche Leidenschaft geworden war.

Als das Stück zu Ende war, blieb es noch einen Moment ruhig, dann ertönten Bravo-Rufe, Applaus und dumpfes Schulterklopfen der Männer, die direkt in seiner Nähe saßen.

»Jedz simmiir draa«, sagte Karlfrieder und gab einen tiefen Ton vor, bevor er die ersten Worte sang: »*Das schönste Land in Deutschlands Gau'n*«.

Sofort stimmten alle in das Irfan vollkommen unbekannte Lied mit ein, selbst Mario erhob sich mit den anderen, die ihre Biergläser in die Luft reckten oder die Rechte auf ihr Herz legten.

»Das ist mein Badner Land,
Es ist so herrlich anzuschau'n
Und ruht in Gottes Hand.
Drum grüß ich dich, mein Badner Land,
Du edle Perl im deutschen Land, deutschen Land.
Frisch auf, frisch auf, frisch auf, frisch auf,
frisch auf, frisch auf, mein Badner Land!«

Als das Badner-Lied zu Ende war, stießen alle miteinander an, setzten sich wieder, und bald wurde das nächste Bier gebracht. Für Irfan gab es noch eine Cola.

★★★

Gegen halb neun rief Jacqueline bei Schlageter an. Sie erzählte ihm von ihren heutigen Erlebnissen auf ihrem Seminar in Bern, von dem sie am Samstagabend zurückkommen würde. Sie wollte dann gleich nach Lörrach fahren, um noch etwas von der Party mitzubekommen. Schlageter freute sich, dass sie dabei sein würde, und berichtete auf ihre Nachfrage hin von seinen bisherigen Planungen. Jacqueline war nicht die Frau, die berechtigte Kritik herunterschluckte. So merkte sie an, dass ein Chili zu kochen, vielleicht nicht die beste Idee sei.

»Schmeckt dir mein Chili nicht?«, fragte Schlageter sie.

»Doch, sicher, es ist immer recht fein«, antwortete sie mit ihrem leichten Basler Akzent. »Aber ich frage mich, wo du das alles zubereiten möchtest?«

Schlageter hatte wirklich an alles gedacht und sogar die Zahl der benötigten Chilischoten berechnet, aber dass er gar keinen Topf hatte, um sechzehn Kilo Rinderhack anzubraten, geschweige denn, es mit unzähligen Dosen Tomatenpulp und Bohnen aufzufüllen, war ihm tatsächlich noch nicht in den Sinn gekommen.

»Und jetzt?«, fragte er, nachdem er seinen Fehler eingesehen hatte.

»Da musst du wohl morgen doch noch mal schauen, ob du nicht jemanden für das Catering findest. Oder dir eine richtige Küche anmieten.«

Schlageter beschloss, noch einmal in Ruhe über seinen Plan mit dem Chili nachzudenken. Ein Spaziergang würde ihm guttun. Vorhin hatte es kurz geregnet, jetzt zogen draußen dichte Wolken über den Himmel. Im Westen konnte man allerdings schon wieder ein paar blaue Fetzen sehen, die größer zu werden schienen. Fast automatisch warf er sich eine dünne Jacke über und ließ sich in Richtung Innenstadt treiben, während er sich fragte, wie er die praktische Realisierung seines Kochvorhabens nur so dermaßen außen vor gelassen haben konnte. Wurde er jetzt vielleicht doch alt? Waren das die ersten Anzeichen einer beginnenden Demenz? Nein, es nervte ihn einfach, sich als Kriminalkommissar solche Gedanken machen zu müssen. Er war doch kein Koch!

Er hörte das Martinshorn, als er gerade die Fußgängerzone betrat, lange bevor er den Krankenwagen sehen konnte. Er näherte sich ihm von hinten und bremste deutlich ab, als er die Pflasterung der Fußgängerzone erreichte, wo um diese fortgeschrittene Zeit erstaunlich viel los war.

Schlageter machte es den anderen Passanten nach und stellte sich an die Seite. Alle blickten dem Krankenwagen hinterher, der vor dem Karstadt zu stehen kam. Drei Männer sprangen heraus. Während einer sogleich im Kaufhaus verschwand, holten die beiden anderen eine Trage aus dem Wagen, die sie ebenfalls in den Karstadt brachten. Im Weitergehen fiel Schlageter auf, dass in diesem Teil der Fußgängerzone eine ungewöhnlich große Zahl von Frauen unterwegs war – und viele trugen Einkaufstüten bei sich, auf die das große blaue Quadrat mit dem Schriftzug des Kaufhauses aufgedruckt war. Die Frauen, die den Laden wohl eben erst verlassen hatten, wirkten ziemlich aufgeregt. Schlageter ging zu zweien, die wild gestikulierend in ein Gespräch vertieft waren.

»Entschuldigung. Schlageter ist mein Name«, begann er. Die beiden Frauen waren um die vierzig Jahre alt und schienen sich nicht daran zu stören, dass sie von ihm unterbrochen wurden. »Was ist denn passiert?«

»Das kann man sich gar nicht vorstellen«, begann die größere der beiden. »Kennen Sie Lefèvre?«

»Äh, nein? Müsste ich?«

»Das ist die teuerste Kosmetik der Welt«, warf die andere Frau erklärend ein. Sie trug eine dick umrandete Brille.

»Genau«, sagte wieder die Große.

»Nein, die kenne ich nicht.«

»Ist ja auch egal. Also, die haben da drin bei der Ladies Night die neue Creme vorgestellt, und die Frau, an der sie die Anwendung demonstriert haben, lag plötzlich fast tot da.«

»Es muss sich dabei um eine ganz schön heftige Allergie handeln«, tippte die Brillenfrau.

Vermutlich hatten sich die beiden deswegen eben schon in den Haaren gehabt, denn die Größere sagte schnell: »Bestimmt nicht. Ich denke ja eher, dass Sie von vornherein krank war und hier nur zusammengebrochen ist.«

»Nie im Leben. Du hast sie doch gesehen, als sie nach vorne ging. Sie sah blendend aus.«

»Nein, ich weiß nicht. Ich finde, sie war vorher schon etwas blass.«

»Schönen Abend noch«, sagte Schlageter, was die beiden Damen mit einem Nicken quittierten, ohne ihr Gespräch zu unterbrechen.

Schlageter fand, dass es besser wäre, sich selbst ein Bild von der Sache zu machen.

Der Laden war voll, das sah er auf den ersten Blick. Und überall Frauen. Wie hatte die Größere der beiden das eben genannt, Ladies Night? Ja, er erinnerte sich, dass es hier immer mal wieder eine Abendveranstaltung gab, bei der nur Frauen kommen durften. Und die waren en masse da. Wobei wirklich etwas schiefgelaufen zu sein schien, wie er an dem Trubel bemerkte, der rund um einen Bühnenaufbau herrschte, der aussah wie ein Zimmer für Cremes und Salben. Dorthin kämpften sich gerade die beiden Sanitäter mit der Trage durch, und dort war es auch am lautesten.

Auf dem Weg zu der Bühne bekam er immer wieder Bruchstücke der Unterhaltung mit, die sich um »die arme Frau« drehten. Er war fast ganz vorne angekommen, als er innehielt. Das Gesicht kannte er. Es stach aus mehreren Gründen aus der Menge heraus. Zum einen gehörte es einem der wenigen anwesenden Männer, zum anderen hatte er mit diesem Herrn schon einige Erfahrungen gemacht: Rainer Maria Schlaicher, Testdieb und gleichzeitig eine Art Hobbydetektiv, dem er schon so manches Mal gehörig aus der Patsche hatte helfen müssen, nachdem dieser sich in seine Ermittlungen eingemischt hatte. Durch eine Lücke neben Schlaicher sah er auf der Bühne für einen flüchtigen Moment eine Frau mit rotem Gesicht, die zuckend dalag und von dem Notarzt eine Atemmaske aufgesetzt bekam.

Wenn Schlaicher schon da war – was Schlageter irgendwie beunruhigend fand –, konnte er auch gleich zu ihm gehen und ihn fragen, was hier los war. Von ihm würde er sicher mehr erfahren als von den beiden Frauen. Schlageter schlug also kurzerhand eine andere Richtung ein und drängte sich schräg nach links durch die Menge.

Schlaicher stand mit einem Mann in feinem Anzug, einer hektisch gestikulierenden, sehr hübschen Dame und erstaunlicherweise Martina Holzhausen, Schlaichers früherer Freundin, zusammen.

»Das ist eine Katastrophe für das Haus«, sagte der Herr im Anzug.

»Meinen Sie etwa, dass es für meine Linie nicht katastrophal ist?«, keifte die von Nahem gar nicht mehr so hübsche Dame. »Ich mache diese Show seit einem halben Jahr, und es ist noch nie irgendetwas passiert.«

»Das glaube ich Ihnen ja, Frau Lefèvre, aber was sollen wir machen? Sie sehen ja, dass viele Frauen schon gehen.«

Schlaicher entdeckte Schlageter und löste sich aus der Gruppe, um mit überraschtem Gesichtsausdruck auf ihn zuzukommen.

»Herr Schlageter, was machen Sie hier?«

»Bin zufällig vorbeigekommen. Was ist los?«

»Wer sind denn jetzt Sie?«, fragte der Anzugträger genervt.

»Schlageter. Kripo Lörrach«, stellte er sich vor.

»Die Kripo? Was will die denn hier? Mir den Todesstoß versetzen?«, rief die Frau aufgeregt.

Martina nickte ihm freundlich zu, während die Frau ihn herrisch abzuwimmeln versuchte: »Sie können gleich wieder verschwinden. Ein Verbrechen hat es hier nicht gegeben.«

»Ich bin hier, um zu hören, was überhaupt los ist. Fangen wir doch mit Ihnen an. Wer sind Sie?«

Einen Moment lang schien die Frau zu überlegen, ob es womöglich unter ihrer Würde war, sich diesem hergelaufenen Polizisten vorzustellen. Sie entschied sich aber schnell dagegen und nannte ihren Namen: »Emanuelle Lefèvre.«

»Frau Lefèvre hat heute Abend ihre berühmte Kosmetiklinie bei uns vorgestellt«, erklärte der Mann im Anzug. »Leider ist das nicht so verlaufen, wie wir es uns vorgestellt haben.«

»Und das ist nicht meine Schuld«, stellte die Lefèvre fest.

Schlageter ignorierte sie. »Sie sind Herr …«, fragte er den Anzugträger.

»Manfred Gampp, ich leite den Standort.«

»Herr Gampp, in Ordnung. Was ist stattdessen passiert?«

Einige Sekunden war es ruhig, keiner der beiden wollte damit herausrücken, was vorgefallen war. Schlageter war kurz davor, wütend zu werden. Warum konnte ihm nicht einfach mal jemand eine zufriedenstellende Antwort geben?

Schlaicher räusperte sich. »Frau Lefèvre hat eine der Damen aus dem Publikum ausgewählt, um die Anwendung eines neuen Produktes zu demonstrieren, und die hat bei der Behandlung wohl einen allergischen Schock bekommen.«

»Aber nicht wegen meiner Kosmetik«, sagte Emanuelle Lefèvre sehr bestimmt.

»Da, sie bringen die Frau weg«, sagte Martina und zeigte zur Bühne.

Tatsächlich brachten die beiden Nothelfer sie gerade mit der fahrbaren Trage hinaus. Sie begegneten dabei zwei Polizisten in Uniform, von denen einer den Ärzten zurück nach draußen folgte, während sich der andere auf Schlageters Winken hin durch die Frauen hindurchzwängte und auf sie zukam.

»Oh, die Kripo?«

»Nur zufällig«, entgegnete Schlageter. »Ich bin auch gleich wieder weg. Schaut euch aber mal genau an, was das für eine Creme ist, mit der die Frau behandelt wurde. Schlaicher, kann ich Sie noch kurz sprechen?«

Gampp schaute seltsam berührt auf Schlaicher, gab ihm aber mit einem Nicken zu verstehen, dass es in Ordnung war, bevor er sich dem anderen Beamten zuwandte. Emanuelle Lefèvre war sichtlich genervt von der ganzen Situation.

Schlaicher folgte dem Kommissar in eine etwas ruhigere Ecke. Schlageter setzte sein strenges Gesicht auf. »Egal, was hier los ist, halten Sie sich raus«, sagte er warnend.

»Bitte? Hier ist doch gar nichts los.«

»Wenn Sie in der Nähe sind, ist meistens etwas los. Nicht dass aus einer harmlosen Allergie plötzlich ein Mordversuch wird«, schimpfte Schlageter. Dann senkte er die Stimme und wechselte das Thema: »Es ist trotzdem schön, Sie zu sehen.«

»Ja, das stimmt. Dabei treffen wir uns doch übermorgen schon wieder.«

»Sie kommen zu meinem Abschied?«

»Wenn die Einladung noch steht … Meinen Sie, das lasse ich mir entgehen? Ich hoffe, Sie haben ordentlich was zum Essen da. Ich faste jetzt schon.«

Schlageter grunzte missmutig.

»Die Frau Holzhausen ist ja auch hier«, sagte er. »Arbeiten Sie wieder zusammen? Ich würde mich freuen, wenn Sie sie mitbringen.«

An Schlaichers rotem Kopf merkte er, dass er hier wohl einen wunden Punkt getroffen hatte.

»Ich kann ja mal fragen«, antwortete Schlaicher.

5

Am nächsten Morgen war Schlageter schon sehr früh im Büro. Ob es die Sorge über die immer noch fehlende Grundversorgung seiner Gäste war oder das Erlebnis mit der Frau, die nach ihrem Karstadt-Besuch ins Krankenhaus hatte gebracht werden müssen, er hatte ziemlich schlecht geschlafen und war schon um fünf Uhr von allein wach geworden. Und obwohl er nach dem Aufstehen getrödelt hatte, war es jetzt erst halb sieben.

Jacqueline hatte natürlich recht damit, dass ihm die Kapazitäten fehlten, so viel Chili selbst zuzubereiten. Die Frage war nur, ob er sich einen Ort suchen sollte, wo dies möglich wäre, eine Großküche etwa, die er nutzen konnte. Oder ob er doch lieber weitersuchte – nach einem Profi, der sowohl das Können als auch die Infrastruktur für die Bewirtung einer solchen Gästezahl besaß.

Eine äußerst heftige allergische Reaktion, hatte der Arzt gesagt, mit dem er gestern vor dem Karstadt noch kurz gesprochen hatte. Wenn dieses Mittel der Schminklady daran schuld war, würde es nicht mehr lange auf dem Markt sein. Dafür würde er schon sorgen. Schlageter hatte ohnehin kein Verständnis für die ganze Schminkerei der Frauen. Natürlich störte es ihn nicht, wenn sie einen Pickel übermalten, aber diese Angewohnheit, sich immerzu das Gesicht vollzukleistern, hatte ihn noch nie angemacht. Und er kannte auch keinen Mann, der es wirklich anregend fand, nach einem Kuss mit dem roten Zeugs verschmiert zu sein. Jacqueline übertrieb es zum Glück nicht. Sie war sowieso eine erstaunlich intelligente, selbstbewusste und starke Frau, die vor allem genauso wie er einen Hang zum Praktischen hatte. Ohne Jacqueline hätte er heute Abend in seiner kleinen Küche gestanden und festgestellt, dass er die kiloweisen Zutaten gar nicht verarbeiten konnte.

Schlageter setzte sich aufrecht hin und dehnte seinen schmerzenden Nacken. Vielleicht lag es auch an dieser Verspannung, dass er keinen klaren Gedanken fassen konnte, sondern von einem Thema zum nächsten schweifte. Natürlich, er hatte schlecht geschlafen. Eigentlich sollte man sich in der Nacht regenerieren, entspannen, zur Ruhe kommen. Aber wie sollte das funktionieren, wenn mal wieder urplötzlich dieser Schlaicher auftauchte? Der hatte – das gestand Schlageter sich nur im Stillen und einzig vor sich selbst ein – schließlich schon ein paarmal einen ganz guten Riecher bewiesen, wenn es um einen Kriminalfall ging. Aber er war eben nur ein Testdieb. Und hier gab es keinen Kriminalfall. Oder?

Er spürte, dass ihn die Müdigkeit in den alten Knochen und im nicht jüngeren Kopf beeinträchtigte, also marschierte er in die Küche, um sich einen zweiten Kaffee zu holen. Nachdem die Tassen von seinem Schreibtisch den Weg durch den Geschirrspüler gefunden hatten – oder aber von der Putzfrau weggeworfen worden waren, weil die Henkel fehlten – war der sonst nahezu leere Hängeschrank nun zum Bersten gefüllt. Schlageter griff nach einer Tasse mit Polizeiwerbung aus den frühen neunziger Jahren und bediente sich großzügig aus der Mannschaftskanne. Im Kühlschrank stand seine private Dosenmilch, von der er mehr als nur ein paar Tropfen in die tiefschwarze Brühe goss. Er beobachtete fasziniert, wie die fetten Schwaden der Milch sich langsam mit dem Kaffee zu angenehm braunen Wolken vermischten.

»Ah, der Schlageter.«

Er brauchte sich nicht umzudrehen, um zu wissen, wer da lautlos hinter ihm erschienen war. Wolfgang Danner war seit einem halben Jahr der neue Leiter der Polizeidirektion Lörrach und damit sein Boss, der stetig versuchte, auch noch all das umzukrempeln, was die Sesselfurzer in Stuttgart so gelassen hatten, wie es nach Schlageters Ansicht seine Ordnung hatte.

»Danner«, bemerkte er, ohne die Augen von der wundersamen Farbvermischung zu nehmen.

»Sind Sie fertig mit den Vorbereitungen für Ihren Abschied? Mein Gott, wenn es bei mir nur mal so weit wäre. Aber ich habe ja noch gut zwanzig Jahre vor mir.

Zwanzig Jahre, während der sein sowieso längst platt gesessener Hintern noch breiter werden würde. Schlageter war bewusst, dass er selbst auch nicht gerade zu den sportlichsten Beamten zählte. Das Übergewicht war bei ihm seit vielen Jahren deutlich spürbar, die Atmung rasselnd geworden, und selbst wenige Treppenstufen brachten ihn mittlerweile der Erschöpfung nahe, aber er war wenigstens ein alter Mann. Fünfundsechzig Jahre, da durfte es erste Ausfallerscheinungen geben. Immerhin war er immer selbst unterwegs gewesen, da, wo die Verbrecher ihr Unwesen trieben. Danner hingegen war ein Studierter, der wahrscheinlich nur die allernötigsten Streifendienste absolviert hatte, um sich unterdessen zu überlegen, wie er sich bei den vermeintlich wichtigen Leuten in Stuttgart am besten einschleimen konnte, um später einmal selbst im Innenministerium zu landen.

»Haben Sie's schon gehört? Die Frau aus dem Kaufhaus von gestern ist gestorben«, sagte Danner.

Schlageter drehte sich abrupt zu Danner um. »Wer ermittelt?«

»Faller und Westermann«, antwortete sein Chef beiläufig, während er sich nun auch eine Tasse aus dem Hochschrank nahm.

»Was? Faller? Der erkennt doch nicht einmal dann einen Mord, wenn direkt vor ihm jemand einen Kopfschuss bekommt!«

»Jetzt übertreiben Sie aber. Außerdem geht es ja nicht um Mord.«

Schlageter überlegte nicht lange, sondern reagierte, wie es ihm sein polizeilicher Instinkt gebot: »Ich werde den Fall übernehmen.«

»Nein. Das machen Faller und Westermann«, widersprach Danner. »Sie sind nur noch heute und morgen im Dienst. Daran muss ich Sie doch wohl nicht erinnern.«

»Das macht Helbach schon oft genug«, knurrte Schlageter. »Aber das ist egal. Und wenn ich noch ein paar Tage dranhänge. Woran ist sie gestorben?«

Danner schien zu überlegen, ob er wütend werden oder lachen sollte. Letzteres platzte schließlich aus ihm heraus. »Sie sind wirklich unverbesserlich. Und absolut beratungsresistent«, meinte er und klopfte Schlageter mit der freien Hand belustigt auf die Schulter. »Mein Vorgänger hat mich vor Ihnen gewarnt, wissen Sie das?«

Danners Lachen und joviales Gehabe hätte sich als respektlos interpretieren lassen, doch er schob ein paar klärende Worte sofort nach: »Hören Sie mir gut zu, Schlageter. Sie haben mit der Sache nichts zu tun. Sie haben alle Möglichkeiten ausgeschöpft, so lange wie möglich im Dienst zu bleiben. Jetzt ist Schluss. Sie organisieren noch Ihr Fest, und dann gehen Sie in den wirklich wohlverdienten Ruhestand. Ende der Diskussion. Wenn ich gewusst hätte, dass ich hier noch den Chef raushängen lassen muss, weil Sie so ein Sturkopf sind, hätte ich gar nichts gesagt über die Frau.«

Schlageter nahm seine Tasse und verließ schmollend die Mannschaftsküche.

»Wie läuft's?«, fragte er im Büro von Eduard Faller und Sönke Westermann. Fallers Platz war noch unbesetzt, doch Westermann beschäftigte sich bereits intensiv mit seinem Computer. Er war ein richtiger Sonnyboy, um die fünfundzwanzig Jahre alt, blond, braun gebrannt. Seine hellblauen Augen verliehen ihm einen intensiven Blick, der sein Gesicht schöner wirken ließ, als es wirklich war. Schlageter hatte ihn schon ein paarmal mit wechselnden Frauen in Lörrach und in Basel gesehen. Ein richtiger Frauentyp eben, der sich jetzt in seinen Bürostuhl zurücklehnte und die Muskeln seiner Oberarme spielen ließ, die unter einem eng anliegenden dünnen Pullover eindrucksvoll wippten.

»Gut. Ja, gut, Herr Schlageter. Cool, dass Sie gerade reinkommen, ich wollte noch fragen, ob ich zu Ihrer Party jemanden mitbringen kann.«

Schlageters Knurren ließ offen, ob er die Frage bejahte oder verneinte.

»Cool, dann bringe ich eine Freundin mit.«

»Ich habe gehört, dass die Frau aus dem Karstadt gestorben ist.«

»Ja, übler Shit, was? Damit haben wir heute ziemlichen Stress an der Backe.«

»Jetzt aber mal! Die Frau ist tot«, schimpfte Schlageter. Westermann setzte sich automatisch gerade hin und schaute ihn streitlustig an.

»Ach, und der Herr Schlageter lässt deswegen wohl voller Trauer seine Party ausfallen?«

Schlageter spürte, wie sich in seinem Inneren der Zorn bildete und drohte, den Weg vom Magen die Kehle hinauf zu finden. Er wusste jedoch genau, dass ein Wutausbruch ihn seinem Ziel nicht näher bringen würde, und schluckte die aufsteigende Wut herunter, samt aller möglichen Entgegnungen, die er diesem Schnösel an den Kopf werfen könnte.

»Sie haben ja recht«, sagte er und freute sich über Westermanns verwundertes Gesicht. »Was meinen Sie, wie viele Tote ich in meinem Leben gesehen habe?«

Westermann dachte wohl zuerst, es handele sich um eine rhetorische Frage, aber als Schlageter still blieb, war ihm anzusehen, dass er in Gedanken überschlug, welche Schätzung er anbringen konnte.

»Um die fünfhundert?«, tippte er schließlich.

»Eintausendzweihundertsiebenunddreißig«, gab Schlageter ernst zurück.

»Die haben Sie gezählt?«

»Ich habe für jede einzelne eine Kerbe in meine Haustür gemacht.«

Westermann sah ihn forschend an, unsicher, wie er darauf reagieren sollte. Erst als Schlageter zu grinsen begann, bewegten sich auch seine Mundwinkel nach oben, bis beide laut lachten.

»Mensch, und da sagen alle, Sie hätten keinen Humor«, sagte Westermann mit einem breiten Grinsen im Gesicht, das Schlageter ihm am liebsten sofort ausgetrieben hätte. Stattdessen erwiderte er fast säuselnd: »Ach, wenn man in dem Beruf seinen Humor verliert, wird man nicht so alt wie ich.«

Westermann nickte anerkennend.

»Aber jetzt mal im Ernst«, begann Schlageter. »Was war denn die Todesursache?«

Dass Westermann zuerst in seinen Computer schauen musste, bewies Schlageters Ansicht nach, wie falsch der Fall bei diesem Team aufgehoben war. Und Westermann war noch der gewissenhaftere der beiden. Das sah man nicht zuletzt daran, dass Faller immer noch nicht im Büro aufgetaucht war. Langsam wurde es Zeit dafür.

»Das Krankenhaus hat gemeldet, dass sie wohl an einem allergischen Schock gestorben ist«, antwortete Westermann nach ein paar Sekunden. »Gestern Abend um zweiundzwanzig Uhr zwölf hatte sie während des Krankentransports einen Atemstillstand und wurde noch ungefähr eine halbe Stunde künstlich beatmet, bevor sie gestorben ist. Die anschließende Leichenschau hat das bestätigt. Scheiß Geschichte, was?«

»Was hatte sie denn für eine Allergie?«, fragte Schlageter.

Westermann starrte wieder auf den Schirm und klickte zweimal mit seiner Maus.

»Erdnüsse und Krustentiere.«

»Woher wissen die Ärzte das?«

»Vom Ehemann natürlich. Blöderweise wird wohl einer der Bestandteile dieser Wundercreme aus Shrimps gewonnen. Dann doch lieber Krabben pulen, als sie sich ins Gesicht schmieren, was?«

Westermann grinste wieder, und Schlageter musste zugeben, dass der junge Polizist wirklich ein gewinnendes Lächeln hatte. Aber was nützte selbst das gewinnendste Lächeln, wenn sich im großen Hohlraum über Mund und Nase nichts als Bohnenstroh befand?

»Wer hat die Leichenschau vorgenommen?«, fragte er.

Westermann schaute wieder in seinen Computer und antwortete: »Ein Dr. Schönhorst. Ist das wichtig?«

Schlageter schüttelte den Kopf. Westermann verstand die Geste als Antwort auf seine Frage, aber Schlageter hatte den Kopf aus einem anderen Grund geschüttelt.

»Hat die Staatsanwaltschaft eine Obduktion veranlasst?«

»Was? Nee. Wozu? Auf dem Totenschein steht zwar nicht ›natürliche Todesursache‹, aber was es war, ist ja klar. Also hat der Arzt gemeint, dass eine Obduktion nicht zwingend notwendig ist. Hey, was schauen Sie denn so grimmig?«

Schlageter riss sich zusammen. Dabei stand ihm die Galle schon wieder fast bis zum Kehlkopf. Obduktionen waren teuer und wurden darum leider viel zu selten durchgeführt. Wer mochte ahnen, wie viele Morde nicht als solche erkannt wurden, weil auf die innere Leichenschau verzichtet worden war. Wenn ein Arzt nach der äußeren Leichenschau dem Staatsanwalt mitteilte, dass eine Obduktion nicht zwingend erforderlich war, bedeutete das rausgeschmissenes Geld, falls man sie trotzdem anordnete. Das leuchtete im Grunde auch ein. Das Problem in diesem Fall war nur der Arzt. Schönhorst war wahrscheinlich der unfähigste Mediziner, den Schlageter sich vorstellen konnte. Dass er ein Alkoholproblem hatte, war bei den älteren Kollegen in der Direktion ein offenes Geheimnis. Und das nicht erst seit gestern. Vor zwanzig Jahren hatte Schönhorst, der auch als Rechtsmediziner praktizierte, die Leichenschau im ungelösten Wellenbrink-Fall vorgenommen. Schlageter hatte damals eine volle Stunde neben der Leiche gesessen, bis der Arzt im eigenen Wagen und einem Zustand aufgetaucht war, in dem er längst nicht mehr hätte fahren dürfen. Weil er jedoch ein paar Fürsprecher in den oberen Etagen hatte, war er damals nur zu einer Entziehungskur verdonnert worden. Ein halbes Jahr später war er schon wieder im Dienst gewesen, lange Zeit unauffällig, zugegeben, aber Schlageter hatte des Öfteren gehört, dass jemand eine Fahne an ihm wahrgenommen haben wollte. Ausgerechnet dieser Mann war für die Leichenschau verantwortlich gewesen.

»Hallo? Erde an Schlageter«, sagte Westermann mit sonorer Stimme, um auf sich aufmerksam zu machen.

»Ach, Entschuldigung. Mir ist gerade eingefallen, dass ich was Wichtiges vergessen habe.«

»Okay. Haben Sie vielleicht auch vergessen, was Sie eigentlich hier wollten?«

Schlageters Antwort kam wie aus der Pistole geschossen: »Ihnen sagen, dass Sie ruhig jemanden zur Party mitbringen können.«

»Ja, cool. Mach ich. Wie gesagt, eine Freundin. Wir kennen uns zwar noch nicht lange, aber ich glaube, das könnte was Ernstes werden.«

»Haben Sie sich schon mit dem Ehemann unterhalten?«

»Oh, nein, sie ist nicht verheiratet. Von verheirateten Frauen halte ich mich fern, das bringt nur Ärger, und am Schluss gehen sie zu ihren Typen zurück.«

War Westermann so blöde oder tat er nur so?

»Ich meinte den Ehemann der Toten!«

Westermann schien immer noch nicht mitzubekommen, dass Schlageter keinen Small Talk machte, sondern ihn aushorchte. Das konnte Schlageter nur recht sein. Immerhin erfuhr er so den Grund für Fallers Abwesenheit: Er war beim Ehemann von Tamara Brockmann, einem Peter Brockmann, der auf dem Tüllinger Berg lebte. Westermann wollte gleich mit einem Spezialisten über das Thema »anaphylaktischer Schock« sprechen, danach waren beide um zwölf Uhr mit Emanuelle Lefèvre verabredet. Offenbar hatte sie einen Fehler gemacht, weil Tamara Brockmann vor der Behandlung nicht gefragt worden war, ob sie irgendwelche Allergien hatte. Es ging nur darum, einige letzte Fragen zu klären. Westermann ging davon aus, dass der Todesfall noch heute, spätestens aber am Montag zu den Akten wandern konnte.

Während Schlageter das Büro der beiden Kollegen verließ, fluchte er innerlich darüber, dass der Tod der Frau anscheinend keinen richtigen Anlass bot, um einen handfesten Kriminalfall daraus zu machen. Aus der Traum vom aufgeklärten Mordfall in letzter Sekunde. Dabei hätte er gegen die Luschen Westermann und Faller leichtes Spiel gehabt. Wahrscheinlich hätte jeder Kollege schneller mit einer Lösung des Falles auftrumpfen können als diese beiden.

Schlageter stapfte entmutigt in die Küche, um seine mittlerweile leere Tasse wieder aufzufüllen. War er eigentlich der Einzige, dem es eigenartig vorkam, dass die Frau einfach so gestorben war? »Scheiß Shrimps«, murmelte er leise vor sich hin. So eine blöde Todesursache hatte er in seiner ganzen Laufbahn nicht erlebt. Die Leute starben bei Unfällen, an richtigen Krankheiten, brachten sich selbst um die Ecke oder wurden von jemand anderem ins Jenseits befördert. Das war seine Welt. Ein blöder Shrimp in einer Salbe konnte doch nicht so schlimm sein. Davon musste man höchstens niesen oder bekam ein paar Pickel auf der Haut.

★★★

Um neun Uhr hatte Großvater Georg Birktaler an Marios Tür geklopft und ihm, ohne einzutreten, in seiner knappen Art zu verstehen gegeben, dass er dringend aufstehen müsse. Mario kannte das. Schlief er jetzt noch einmal ein, würde sein Großvater in zehn Minuten in seinem Zimmer stehen und an seiner Schulter rütteln. Das passierte in letzter Zeit seltener, weil Mario sich angewöhnt hatte, sich beim ersten Wecken aus dem Bett zu quälen.

Nach der Dusche traf er in der Stube auf seine Großeltern, Onkel Michael und Irfan, die bereits frühstückten. Irfan trug auch heute einen leger wirkenden Anzug und ein weißes Hemd. Mario fragte sich, wie ein Hemd so strahlend weiß sein und bleiben konnte. Es sah aus wie nagelneu.

»Hallo, Mario!«, begrüßte ihn Onkel Michael laut, der auf dem Platz neben Irfan saß. »Wir haben zusammen die Eier geholt.« Dabei legte er einen Arm um Irfan, was dieser erwiderte. Offenbar hatten die beiden mittlerweile Freundschaft geschlossen. Mario wusste nicht recht, ob er das gut finden sollte.

Er setzte sich auf seinen Platz und köpfte das gekochte Frühstücksei. Irfan lächelte in seine Richtung. Noch etwas Neues. Bislang hatte er ihn zwar stets aufmerksam beobachtet, aber ein freundliches Zeichen hatte es selten von ihm gegeben.

Das Frühstück verlief sehr angenehm, wurde aber jäh von einem sehr türkisch anmutenden Klingelton unterbrochen, worauf Irfan hektisch in seiner Hosentasche nach dem Telefon suchte. Noch bevor er das Gespräch annahm, verließ er den Tisch und ging nach draußen. Bevor er die Tür hinter sich schloss, hörte Mario ihn »*Babacığım*« sagen. Die Familie aus Frankfurt ließ wohl die Familie grüßen und verlangte Fortschritte. Als Irfan nach einer Viertelstunde wieder zurückgekehrt war, wirkten seine Gesichtszüge wieder härter. Auch schien ihm die Lust an einem Gespräch vergangen zu sein. Er drängte Mario dazu, seinen Kaffee schneller auszutrinken, weil er sich noch etwas anschauen wolle. Onkel Michael wollte mit, aber Mario sagte ihm sofort, dass das nicht ging.

»Wir können später Fußball spielen«, schlug Irfan vor, was Michi gleich wieder zum Strahlen brachte.

Auf der Fahrt in Richtung Lörrach hatte Mario Irfan auf den Anruf angesprochen, bekam allerdings keine wirkliche Antwort. Irfan bestätigte seine Vermutung nur insoweit, dass er meinte, sie müssten sich beeilen. Auch in Marios Interesse.

Sie parkten den BMW schräg gegenüber dem Hauseingang. Mario war es mittlerweile gewohnt, dass Irfan ihm erst zu diesem Zeitpunkt mitteilte, was sie jetzt machen würden, doch entweder wusste er es diesmal selbst noch nicht, oder er hatte einen Grund, zu schweigen. Jedenfalls stieg er einfach aus und marschierte auf die Haustür zu.

Vier Namen waren auf dem Klingelschild angebracht. Der unterste lautete Hanspeter Schlageter. Irfan drückte darauf, während Mario ihn unruhig fragte: »Was sagen wir denn?«

»Kommt darauf an. Vielleicht die gleiche Geschichte wie bei Harry Mbene.«

Doch dazu kam es nicht. Niemand antwortete auf das Klingeln. Mario war eine Mischung aus erleichtert, weil ihm die nächste Lügengeschichte erspart blieb, aber auch beunruhigt, weil sie den gesuchten Sucuk so nicht näher kamen.

»Darf i mool duure?«

Sie machten einer älteren Dame Platz, die zwei Einkaufstaschen schleppte. Sie schloss die Tür auf, und Irfan bot ihr an, die Taschen für sie zu tragen. Obwohl sie sicherlich schon müde war vom Weg vom Geschäft hierher, musterte sie Irfan und Mario mit einem Blick, der vermuten ließ, dass sie überlegte, ob sie wohl Verbrecher sein könnten. Offenbar kam sie zum falschen Schluss, denn sie nahm das Angebot dankend an: »Das isch aaber e feine Zuug vo euch!«

Mario folgte den beiden ins Innere des Hauses. Während Irfan mit der Frau nach oben verschwand, fand er im Erdgeschoss eine massive, ungeschmückte Wohnungstür mit Spion, an deren Klingel »Schlageter« stand.

Irfan kam kurz darauf wieder nach unten und betrachtete ebenfalls Tür und Klingel. Er straffte die Schultern und drückte auf den kleinen Knopf. Sie hörten die Schelle, aber sonst passierte nichts weiter. Irfan legte den Kopf mit einem Ohr an die Tür.

»Was machst du?«

»Sei still!«

Also blieb Mario bewegungslos stehen und wartete gefühlt eine ganze Minute, bevor Irfan den Kopf von der Tür wegnahm und flüsterte: »Ich gehe rein. Du wartest vor der Tür und rufst mich an, wenn jemand kommt.«

»Äh, ich habe das Handy nicht dabei«, gab Mario zu.

»Was?«, fauchte Irfan genervt.

»Na ja, wir sind so schnell aufgebrochen. Genau.«

Irfan dachte nach und kam offenbar zu einem Schluss: »Egal. Dann so.«

Er holte sein Portemonnaie hervor und nahm eine Plastikkarte heraus. Mario konnte sich nicht vorstellen, dass das klappen würde, aber Irfan benötigte keine Minute, bis die Wohnungstür plötzlich offen stand.

Spitze, jetzt wurde er auch noch zum Einbrecher.

Der Flur war aufgeräumt und führte links und rechts in ein paar Zimmer. Seit er mit Irfan unterwegs war, hatte Mario seinen Graskonsum deutlich heruntergeschraubt. Jetzt hätte er gern eine große Tüte durchgezogen, um sein vor Aufregung heftig schlagendes Herz zu beruhigen. Es war ja beileibe nicht so, dass er keine illegalen Dinger drehte, aber in eine Wohnung einzubrechen, schien ihm eine Grenze zu überschreiten. Das leichte Unwohlsein in seinem Magen ignorierend, griff er nach einer hölzernen Schildkröte, die neben dem Telefon stand.

»Nichts anfassen«, knurrte Irfan.

Mario stellte die Schildkröte wieder auf die Zettel, die sie offenbar beschweren sollte.

»Wir durchsuchen jetzt den Laden nach Postkarten. Aber zuerst brauchen wir Handschuhe.« Irfan schien nicht zum ersten Mal in seinem Leben auf der Suche nach Handschuhen zu sein, denn er hielt schnurstracks auf die Küche zu, in der auf dem Tisch noch die Reste des Frühstücks standen. Neben der Spüle häuften sich Kaffeetassen, ein paar Teller und zwei Töpfe samt einigem Besteck. Spülen gehörte offenbar nicht zu den Lieblingsbeschäftigungen dieses Schlageter. Irfan hielt auf die Spüle zu und öffnete den Unterschrank. Neben den Putzmitteln fand er eine offene Packung mit Plastikhandschuhen.

»So Dinger liegen in fast jeder Wohnung herum«, sagte er und reichte Mario ein Paar der Handschuhe, die nach Talkumpuder rochen.

»Alles klar?«, fragte Irfan.

Mario nickte, obwohl er gar nicht der Meinung war, dass alles klar sei. Jeden Moment konnte sich die Tür öffnen und der Eigentümer der Wohnung eintreten. Was würde Irfan dann tun? Ihn kaltblütig umlegen? Sosehr er gestern Abend begonnen hatte, den musikalischen und freundlichen privaten Irfan sympathisch zu finden, sosehr fürchtete er sich vor dem, was dessen anderes Ich tun mochte.

»Trödel nicht rum. Ich will hier schnell wieder raus«, zischte Irfan, als er sich nicht rührte, und kramte bereits in einem Zeitungsstapel auf dem Küchentisch herum.

»Was soll ich machen?«, fragte Mario flüsternd.

»Nimm dir ein Zimmer vor.«

Mario ging zum Wohnzimmer. Ein ganz normales Wohnzimmer, mochte man meinen. Ein Sofa, ein Fernseher, eine Schrankwand, zwei Fenster, die auf den Garten hinausgingen, an der Wand hing ein großes Columbo-Poster, auf dem der Darsteller des Polizisten, Peter Falk, freundlich lachend und mysteriös wissend zugleich und mit einer Zigarette in der Hand in den Raum blickte. Auf dem Couchtisch lagen ebenfalls Zeitungen. Die Badische, die Ausgabe von gestern. Da war etwas angestrichen worden. Mario überflog die markierten Texte. Es handelte sich um Polizeimeldungen über zwei Unfallfluchten. Mario fand keine Erklärung, warum jemand so etwas anstreichen sollte. Unter den Zeitungsteilen befand sich ein Zettel, auf dem verschiedene Partyservice-Anbieter standen, die aber alle durchgestrichen worden waren. Beim Letzten konnte man sehen, dass hier richtig wütend und fest mehrfach über den Namen hin- und hergekritzelt worden war. Das Papier war sogar gerissen. Mario wandte sich dem Schrank zu und öffnete die linke Schublade. Chips und Süßigkeiten. Er schloss die Schublade wieder. Doch dann hatte er das Gefühl, dass ihm ein Stück

Schokolade vielleicht guttun würde, und er nahm eine Milkatafel heraus. Er brach sich ein Stück ab, das aber irgendwie nach dem Talkumpuder der Handschuhe schmeckte.

»Verdammt, was machst du da?«, kam überraschend Irfans Stimme von hinten.

»Auch ein Stück?«, bot ihm Mario die Tafel an. Doch Irfan schlug sie ihm aus der Hand.

»Heb das auf und leg es wieder zurück. Ich will möglichst keine Spuren hinterlassen.«

Mario bückte sich nach der gefallenen Schokolade, und plötzlich wieder einmal rebellierte sein Magen. Der Krampf drückte das Frühstück hoch, und nicht einmal das schnelle Aufrichten half. Mario blickte in Irfans entsetzte Augen, und eine halbe Sekunde später war es vorbei mit dem Wunsch, keine Spuren zu hinterlassen.

Irfan sprang gerade noch rechtzeitig zur Seite, was der Teppichboden naturgemäß nicht konnte. Mario presste sich die in den Handschuhen steckenden Hände vor den Mund, doch der Geruch nach dem Talkumpuder machte die Sache nicht besser. Den zweiten Schwall konnte er trotzdem so lange im Mund behalten, bis er das Badezimmer erreicht und die Klobrille hochgeklappt hatte. Er fühlte sich hundeelend, wie er da mit dem Kopf in einer fremden, nicht gerade frisch geputzten Kloschüssel steckte.

Mario wischte die Toilette mit der Bürste nach, bevor er sich selbst reinigte. Irfan war ihm nicht gefolgt, sondern durchsuchte bereits lautstark ein anderes Zimmer. Mario dachte, dass es ihm jetzt wohl nicht mehr darauf ankam, vorsichtig zu sein. – Warum auch? Dafür war es zu spät.

Trotzdem überraschte ihn das Chaos, das Irfan in dem kleinen Büroraum angerichtet hatte. Der Boden war voll mit Papieren und hastig durchgeschauten Ordnern. Gerade brach er mit einem Schraubenzieher und bloßer Gewalt eine Schublade des Holzschreibtisches auf, was ein knackendes Geräusch verursachte, als das Holz um das Schloss herum splitterte.

»Scheiße, jetzt passt alles zusammen«, sagte er. Irfan war stinksaurer, saurer noch als der unangenehme Geruch, der sich langsam, aber sicher in der Wohnung verbreitete.

»Was ist?«

Irfan funkelte ihn böse an, dann nahm er ein Päckchen aus der Schublade, aus dem zwei Patronen auf den Tisch fielen, bevor er die offene Seite mit der Hand schließen konnte. Munition.

»Der Typ ist ein Bulle«, sagte er, legte die Patronenschachtel auf den Tisch und hielt Mario ein Foto aus der Schublade unter die Nase. Darauf waren zwei junge Männer zu sehen, die an einem Polizeiwagen lehnten. Nicht nur, dass das Bild schwarz-weiß war, auch die Tatsache, dass es sich bei dem Streifenwagen um einen Käfer handelte, zeigte Mario, dass es ein altes Bild war.

»Hast du im Wohnzimmer noch was anderes gefunden als diese Schokolade?«, fragte Irfan.

»Nein, aber wahrscheinlich waren deshalb die Polizeinotizen angestrichen.«

Irfan kramte einen Stapel Papier aus der zweiten, offenen Schublade. Es handelte sich um Lohnzettel, die nicht nur bewiesen, dass Polizisten im Gegensatz zu Irfan selbst lächerlich unterbezahlt sein konnten, sondern auch, dass es sich bei diesem Hanspeter Schlageter um einen Kommissar handelte.

Mario wandte sich einem weiteren Büroschrank zu, den Irfan offensichtlich noch nicht ausgeräumt hatte. Direkt in der ersten Schublade fand er ein Fotoalbum und darunter einen Stapel von Briefen und Postkarten sowie noch nicht einsortierte Fotos. Dieser Schlageter schien bei der Polizei ein hohes Tier zu sein. Auf einem Bild nahm er eine Auszeichnung entgegen, auf einem anderen schüttelte er mit unwirschem Gesichtsausdruck dem früheren Ministerpräsidenten Günther Oettinger die Hand.

»Ich habe hier Postkarten gefunden«, sagte Mario, und Irfan war sofort an seiner Seite. Er nahm sich einen Stapel heraus und fing an, ihn durchzublättern:

»Schau bei den anderen nach, ob irgendwas aus der Frankfurter Ecke dabei ist. Scheiße. Warum musst du nur ständig kotzen? Du stinkst erbärmlich.«

Mario schwieg, ging die restlichen Postkarten durch und schaute bei den Briefen auf die Absender. Aus Frankfurt war nichts dabei. Doch da, ein Brief aus der Nähe der Römerstadt. Er sagte: »Offenbach! Das passt zu dem Wochenticket.«

»Gib her!«

Irfan nahm ihm den Brief ab, dessen Umschlag säuberlich mit einem Messer geöffnet worden war. Albert Maria Schlaicher lautete der Absender. Irfan zog den Brief heraus, der vor ein paar Monaten geschickt worden war, und las:

»Sehr geehrter Herr Schlageter,
es ist mir ein dringendes Anliegen, mich nochmals bei Ihnen für Ihre Unterstützung zu bedanken. Wir alle wissen, dass die Geschichte sehr böse hätte ausgehen können. Es war nicht zuletzt Ihrem rechtzeitigen Erscheinen und beherzten Eingreifen zu verdanken, dass die Lage nicht noch weiter eskalierte und es keine weiteren Toten mehr zu beklagen gab. Ich weiß nicht, wie ich Ihnen dafür danken kann, und hoffe, Sie erfreuen sich an der beigefügten Skulptur, einer Schildkröte von Theodor Semmelhag, einem renommierten Bildhauer aus Frankfurt, die ich für Sie als Dank bei einer Auktion ersteigern konnte.
Herzliche Grüße,
Ihr Albert Maria Schlaicher«

»Du hast diese blöde Schildkröte angefasst«, erinnerte sich Irfan nun und warf den Brief auf den Boden. »Wir müssen die Fingerabdrücke wegwischen. Hast du sonst noch etwas ohne Handschuhe angefasst?«

Mario verneinte.

»Dann haben die nur die Spuren, die du auf dem Teppich hinterlassen hast«, meinte Irfan sarkastisch. »Hol dir aus der Küche ein Tuch, mach es feucht und mach viel Spülmittel drauf. Dann wisch die blöde Schildkröte ab.«

Mario tat, wie ihm geheißen. Als er die Schildkröte anhob, fielen ihm die Zettelchen und ein kleines Büchlein auf den Boden. Er putzte die Skulptur gründlich ab und warf das Handtuch auf den Boden neben die Zettel. Die schaute er sich genauer an, fand aber nichts wirklich Interessantes. Aber das Büchlein erwies sich als Volltreffer. Es enthielt – alphabetisch sortiert – Namen, Adressen und Telefonnummern. Beim Durchblättern entdeckte er schnell zwei Einträge unter dem Namen »Schlaicher«. Eben den von Albert Maria, der mit der Absenderadresse auf dem Brief übereinstimmte, und einen zweiten Eintrag eines Rainer Maria Schlaicher, der in Maulburg lebte.

»Ich glaube, ich hab was«, rief er.

Irfan kam sofort und legte warnend einen behandschuhten Finger auf die Lippen. Er schaute sich das Büchlein an und meinte: »Das könnte er sein. Lass uns abziehen.«

Er ging voraus, öffnete vorsichtig die Wohnungstür und spähte hinaus, doch der kleine Flur war leer. Beim Rausgehen zogen sie die Wohnungstür leise hinter sich leise ins Schloss, und Mario ahmte Irfan nach, der seine Handschuhe auszog und sie in seiner Jackentasche verschwinden ließ. Sie verließen das Haus, ohne dass ihnen jemand begegnete, und liefen einmal um den Block, bevor sie von der anderen Seite her wieder zum BMW kamen. Sie stiegen ein und fuhren los.

★★★

»Schönhorst.«

»Emil, grüß dich, hier spricht der Hanspeter.« Schlageter hatte seinen liebenswürdigsten Tonfall aufgesetzt.

»Ah, äh, hallo.« Schönhorst klang nicht begeistert. Schlageter wusste, dass er ihm übel nahm, sich nach dem Wellenbrink-Debakel dafür ausgesprochen zu haben, Schönhorst zu feuern. Ihr Verhältnis war seither nicht das beste.

»Du weißt doch bestimmt, dass ich morgen verabschiedet werde«, sagte Schlageter fröhlich.

»Ja. Und?«

»Ich habe eben die Gästeliste durchgeschaut und gesehen, dass du darauf fehlst. Dabei wollte ich doch alle alten Kameraden am letzten dienstlichen Moment meiner Laufbahn teilhaben lassen«, log Schlageter. In Wirklichkeit hatte er Helbach beim Versenden der Einladungen ermahnt, Schönhorst unbedingt außen vor zu lassen. »Es tut mir wirklich leid. Ich hoffe, es ist jetzt nicht zu kurzfristig. Was ist, kommst du? Du kannst auch gerne jemanden mitbringen.«

»Äh, das ist total nett von dir.« Hörte Schlageter da ein leichtes Lallen heraus? Nein, das bildete er sich wohl ein. Es war ja erst halb neun. »Ich kann aber leider nicht mehr. Zu kurzfristig.« »Mensch, das ist schade«, bedauerte Schlageter mehr mit dem Tonfall, als dass er es meinte. »Aber ich versteh das natürlich. Sag mal, du warst doch gestern bei dieser Allergiesache dabei.« »Im Krankenhaus? Die Frau, die gestorben ist?« »Ja, genau. Also nicht dass ich da irgendwie ermittle, das ist ja nicht mein Fall, aber ich wundere mich, dass so ein bisschen Salbe jemanden umbringen kann.« »Das kann es allerdings«, gab Schönhorst zurück. »Krustentiere und Erdnüsse sind so ziemlich das Gefährlichste für hyperallergische Patienten. Da kann alles passieren. Zweifelst du etwa an meinem Befund?« Den letzten Satz brachte er fast feindselig vor. Schlageter beschloss, weiter ganz freundlich zu bleiben.

»Nein, gar nicht. Wie gesagt, ich habe mich nur gewundert. Weißt du, ich habe ja noch nicht mal Heuschnupfen.«

»Ja, dann kann man sich das vermutlich nur schlecht vorstellen.« Er klang wieder etwas beruhigter.

»Und sonst? Wenn du morgen nicht kannst, können wir uns die Tage ja vielleicht mal treffen und zusammen ein Bierchen trinken.«

»Äh, von mir aus … Äh, ich meine, du weißt aber, dass ich nichts mehr trinke. Das weißt du doch.«

»Nicht mal ein einziges kleines, kühles Bier?«

»Was willst du von mir?«, plärrte Schönhorst ungehalten. »Ich habe hier total viel Arbeit liegen.«

»Nur ein freundschaftlicher Anruf.« Schlageter legte auf.

»Morgen, Chef«, begrüßte ihn Helbach, der jetzt, um Punkt neun Uhr, das Büro betrat. Für den Tag, der warm zu werden versprach, hatte er sich angemessen kurzärmelig gekleidet. Obwohl die Nächte teilweise recht kühl waren, spürte Schlageter bereits feuchte Stellen unter seinen eigenen Armbeugen. Schweiß war der klamme Begleiter der alten Männer. Wahrscheinlich lag das zu einem gewissen Teil auch daran, dass er heute früh beim Lüften gefröstelt und ein zusätzliches baumwollenes Unterhemd angezogen hatte. Mit Sicherheit jedoch war die innerliche Aufregung über das eben geführte Telefonat einer der Gründe für seine Hitzewallung. Schönhorst hatte auf sein Angebot mit dem Bier zuerst Ja gesagt. Erst danach war er eilig zurückgerudert. Ein Zeichen, dass er wieder trank? Hatte Schlageter sich das leichte Lallen vielleicht doch nicht nur eingebildet? Er hasste es, wenn er dermaßen im Dunkeln stocherte. Aber selbst wenn Schönhorst nüchtern gewesen war, blieb er doch ein nicht mal mittelmäßiger Arzt. Es war also nicht unwahrscheinlich, dass er gestern Abend im Krankenhaus etwas übersehen hatte. Man konnte ja nicht mal sicher sein, dass er richtig hingeschaut hatte. Schlageter stellte sich das so vor: Schönhorst wird für eine Leichenschau angefordert, als er sich gerade seinen abendlichen Pegel antrinkt. Klar, dass er keine Lust hat und schnell wieder zur Flasche zurück möchte. Wahrscheinlich putzt er sich vorher die Zähne und nimmt Mundwasser, damit niemand den Alkohol riecht, dann macht er sich auf den Weg. Im Krankenhaus findet er eine tote Frau vor und Ärzte, die ihm sagen, dass sie an den Folgen einer allergischen Reaktion gestorben ist. Er hebt kurz das Leichentuch, schaut sich die Frau an und füllt das Dokument aus. Und schon hat er genug verdient, um auf dem Rückweg an einer Tankstelle noch eine Flasche Schnaps zu besorgen und sich daheim wieder dem Trinken zu widmen.

Natürlich konnte es auch sein, dass es bei der Leichenschau gar nichts zu finden gegeben hatte, musste Schlageter sich eingestehen, aber warum hatte er dann so ein mieses Gefühl? Daran war doch nur wieder dieser vermaledeite Testdieb schuld. Vielleicht wäre alles ganz anders gekommen, wenn nicht ausgerechnet Schlaicher in die Sache involviert gewesen wäre.

Auch wenn es Schlageter gegen den Strich ging, machte er sich auf, um Danner einen Besuch abzustatten. Der Leiter der Polizeidirektion tippte in seinem Büro auf seinem tragbaren Computer herum und schaute erst nach dem Fertigschreiben des Satzes auf.

»Ich arbeite gerade an meiner Rede für morgen Abend«, sagte er.

»Ja, schön. Also, warum ich hier bin ...«

»Ich hoffe, nicht wegen unserer Gesprächs in der Küche.«

»Sie wissen aber schon, dass Schönhorst die Leichenschau gemacht hat? Und auch, dass er der Staatsanwaltschaft mitgeteilt hat, eine Obduktion sei seiner Meinung nach nicht zwingend?«

»Ja, das weiß ich. Aber ich weiß nicht, was Sie mir damit sagen wollen.«

Schlageter ballte die Rechte zur Faust, spreizte seinen Daumen und den kleinen Finger ab, setzte den Daumen am Mund an und legte den Kopf in den Nacken. Dazu machte er Gluck-Geräusche.

Als er die Hand wieder wegnahm und Danner anschaute, merkte er ihm seine Wut schon an.

»Was Sie hier machen, ist üble Nachrede und Mobbing, und beides hat in meiner Direktion keinen Platz.«

»Aber das weiß doch jeder! Rufen Sie den Staatsanwalt an und sagen Sie ihm, dass Sie trotzdem eine Obduktion ansetz...«

»Das werde ich nicht tun«, unterbrach Danner ihn barsch. »Wenn ich darin einen Sinn sehen würde, vielleicht, aber es macht keinen Sinn. Zufällig ist Emil Schönhorst ein guter Bekannter von mir, und ich weiß, dass man seiner Expertise vollstes Vertrauen schenken darf. Sie gehen mir jetzt aus den Augen, sonst setze ich an Ihrem letzten Arbeitstag noch ein Dienstverfahren gegen Sie in Gang.«

»Am vorletzten Tag«, brummte Schlageter beim Rausgehen.

Helbach sagte kein Wort, als Schlageter ins Büro zurückkam und sich brütend auf seinen Stuhl fallen ließ. Er schien seine Stimmung zu erraten.

Die ganze Direktion ist ein Sumpf, dachte Schlageter wütend und ärgerte ich über sich selbst. Eigentlich war es kein Wunder, dass zwei Nullen wie Schönhorst und Danner sich gut kannten. »Kein Grund, an Schönhorsts Expertise zu zweifeln.« So etwas konnte auch nur Danner sagen. Gerade bei Schönhorst gab es massenhaft Gründe zum Zweifeln. Aber auf ihn wollte ja niemand hören.

»Chef? Kann ich die Wellenbrink-Akte wieder ins Archiv bringen?«

»Jesus, Maria und Josef«, brauste Schlageter auf. »Bin ich in dieser Direktion denn nur von Idioten umgeben? Ich denke nach. Und Ihnen würde das ausnahmsweise auch mal ganz gut stehen!«

Das hatte jetzt etwas schärfer geklungen, als Helbach es verdiente. Schlageter bemerkte dessen beleidigten Blick und schob schnell nach: »Es tut mir leid. Ich habe nicht Sie gemeint. Die Anspannung. Ja, die Akte kann weg. Ich habe nichts Neues gefunden.«

Helbach verließ das Büro schweigend. Umso lauter war die hinter ihm zuschlagende Tür.

Nur Idioten, dachte Schlageter. Und er machte sich vielleicht selbst auch zu einem, wenn er die Idee umsetzte, die ihm in diesem Moment kam.

★★★

Obwohl sie die Adresse gefunden hatten, war Irfans Stimmung mies. Zuerst sagte er ein paar Minuten gar nichts, dann begann er, auf Türkisch zu fluchen, und blickte dabei immer wieder mit einem herabwürdigenden Seitenblick auf Mario, der versuchte, sich auf dem Beifahrersitz so klein wie möglich zu machen.

Dieser blöde Junge schien das Unglück nur so anzuziehen. Seine verdammte Kotzerei brachte alles durcheinander. Und blöderweise handelte es sich bei diesem Schlageter auch noch um einen Bullen. Wie es aussah, war er sogar eine Art Held, der Leben rettete und Politikern die Hand schüttelte. Irfan konnte sich kaum vorstellen, dass dieser Typ erfreut wäre, wenn er zurück in seine Wohnung kam. Und die alte Dame hatte sie gesehen …

Sein Handy klingelte. Irfan zog es aus der Hosentasche und schaute aufs Display. Keine ihm bekannte Nummer. Er drückte das grüne Hörersymbol und hielt sich das Gerät ans Ohr. Er hatte mit einigen möglichen Anrufen gerechnet, doch dieser kam für ihn überraschend.

»Hallo, hier Harry Mbene. Ich habe eine Postkarte!« Der Mann hörte sich an, als habe er im Lotto gewonnen.

»Ah, Sie sind es.«

»Wir können weitermachen mit den Fragen. Krieg ich dann die hundert Euro?«

»Wer hat Ihnen denn die Karte geschickt? Und woher kommt sie?«

»Ein Freund. Aus Frankfurt.«

Endlich. Wenn sich der Absender der Karte mit diesem Schlaicher aus dem Notizbuch des Kommissars deckte, waren sie dem Koffer einen guten Schritt näher. Sollte der ominöse Fremde dann noch Onkel Umuts Würste behalten und nicht etwa schon angeschnitten haben, bestand vielleicht die Chance, dass er dem Jungen nichts antun musste und gleichzeitig Umuts Versprechen einfordern konnte, ihn und seine Familie in Zukunft in Ruhe zu lassen.

»Wie heißt denn der Freund?«

»Bekomme ich jetzt die hundert Euro?«

»Wenn Sie mir sagen, von wem die Postkarte ist.«

»Kommen Sie vorbei und bringen Sie das Geld mit«, sagte Harry Mbene. Irfan konnte sein breites Grinsen förmlich hören.

»Alles klar. Wir haben gerade etwas Zeit. Ich denke, wir sind in ungefähr einer halben Stunde bei Ihnen.«

Er schaltete das Handy gerade rechtzeitig wieder ab, bevor sie an eine Polizeikontrolle kamen, und dankte Allah im Stillen dafür, dass Mbene nicht eine halbe Minute später angerufen hatte. Und für das gelangweilte Gesicht des Beamten, der ihn weiterwinkte.

»Ich mag deine Familie«, sagte er zu Mario.

Der versuchte noch immer, so unauffällig wie möglich zu sein, und antwortete nur mit einem lang gezogenen »Hmm«.

»Deine Großeltern erinnern mich an meine Großeltern. Wir haben sie früher immer in der Türkei besucht. Wenn die Sommerferien anfingen, fuhren wir mit einem vollkommen überladenen Auto los und blieben die ganzen sechs Wochen weg. Mein Opa war auch Bauer.«

Mario sah jetzt etwas interessierter zu Irfan, wie der aus den Augenwinkeln bemerkte.

»Er war genau so wie dein Großvater. Still und zurückhaltend, aber wenn man ihn brauchte, dann hat er ohne Zögern angepackt.«

»Ja, das klingt nach Opa Georg«, sagte Mario vorsichtig und lächelte. Er wurde wieder etwas mutiger. »Du kommst also jetzt mit Onkel Michael zurecht?«

»Ich wusste am Anfang nicht, was ich machen sollte«, antwortete Irfan ehrlich. »Er ist sehr nett. Deine Großmutter auch. Ich kann dir sagen, es würde mich im Innersten meines Herzens treffen, wenn ich gezwungen wäre, etwas zu tun, was nicht gut ist für deine Großeltern.«

Irfan sah, wie Mario zusammenzuckte. Irgendwo tat es ihm auch leid, aber er musste diesem Kerl endlich einmal klarmachen, dass es so nicht weiterging. Hätte er eine andere Idee gehabt, wie er ihn dazu bringen konnte, sich zusammenzureißen, hätte er das probiert, aber jetzt musste er es wohl auf die harte Tour lernen.

»Lass bloß meine Familie in Ruhe«, drohte Mario verstockt. »Die haben nichts mit deinen scheiß Würsten zu tun.«

»Wenn es meine wären, sähe die Sache wahrscheinlich anders aus. Aber die Sucuk, die du verloren hast, gehören Onkel Umut. Manche in der Familie sagen, er sei mit dem Alter etwas weich geworden. Man sieht das zum Beispiel daran, dass er dich hat leben lassen. *Aman Allahım!*, du hast ihm sogar auf den Teppich gekotzt! Er ist wirklich ziemlich weich geworden. Aber das heißt nicht, dass man seine Befehle missachten darf.«

»Und was genau sind seine Befehle?«

»Keine Sucuk, kein Mario«, sagte Irfan geradeheraus und fügte mitfühlend hinzu: »Glaub mir, das ist nicht das, was ich möchte. Kein Mario bedeutet leider außerdem auch, dass deine Familie zu viel wissen könnte.«

»Du meinst, du willst uns alle umbringen?« Mario klang fast trotzig.

»Von wollen kann überhaupt keine Rede sein.« Irfan wurde bewusst lauter, als er weitersprach: »Meinst du etwa, mir macht diese ganze Scheiße Spaß? Meinst du, ich wäre nicht lieber bei meiner Familie, statt hier mit einem verdammten Kleinganoven rumzulaufen, um rauszubekommen, wer Onkel Umuts Sucuk hat?«

Mario antwortete nicht. Die Pause zog sich mit fast fünf Minuten gewaltig in die Länge. Dann fragte er: »Hast du schon einmal jemanden umgebracht?«

Irfan wusste, dass diese Frage früher oder später hatte kommen müssen. Er beschloss, ihm die Wahrheit zu sagen: »Ja. Aber ich möchte das nicht mehr machen.«

6

»Ich habe jetzt einen Termin, sagte Schlageter zu Helbach, nachdem er eine knappe halbe Stunde über den Fakten gebrütet hatte. Zwar sprach alles dafür, dass das Ableben der Frau auf einen Unfall oder eine fahrlässige Körperverletzung zurückzuführen war, aber das Kribbeln in seinem Bauch, so, als hätte er zu scharf gegessen – ein untrügliches Anzeichen einer seiner berühmten Ahnungen –, wollte nicht verschwinden. Im Gehen schob er nach: »Vielleicht können Sie in der Zwischenzeit mal recherchieren, wie viele Leute im Schnitt eine Allergie gegen Krustentiere haben.«

»Krustentiere?«

»Krebse, Krabben und alles, was sonst noch so harte Schalen hat.«

»Bei Ihrer Abschiedsparty soll es Krebse geben?«

»Vielleicht bestelle ich neben Schweinebraten welche für die Vegetarier.«

»Vegetarier essen auch keine Krusten…« Schlageter hörte den Rest schon nicht mehr, sondern schloss die Tür und machte sich auf den Weg zum Auto.

Was hatte er sich damals aufgeregt, als diese Handys in Mode kamen und jeder Depp seinem Idiotenkollegen sagen musste, wo er gerade war. Während die meisten Kommissare sich nach und nach so ein Ding anschafften, hatte Schlageter sich lange geweigert – ähnlich wie bei den Computern. Aber irgendwann hatte er sich doch eines zugelegt und fand es mittlerweile ganz praktisch. Zumindest konnte er jetzt während der Fahrt zur Wohnung von Peter Brockmann bei Walter Deininger, einem alten Bekannten, anrufen, der ihm seit vielen, vielen Jahren einen Gefallen schuldig war.

»Hallo, Walter, hier ist Hanspeter.«

»Das ist ja mal eine Überraschung. Wie geht's? Ich habe gehört, dass einige Leute froh sind, dich endlich loszuwerden.«

»Darauf kannst du Gift nehmen.«

»Lieber nicht. Letzten Herbst hatten wir ein paar Fälle von ziemlich übler Pilzvergiftung. Das reicht mir. Und, noch alles fit? Was macht Jacqueline?«

»Sie raucht nach wie vor zu viel, aber ansonsten geht es uns sehr gut. Und euch?«

»Alles bestens. Die Chemo hat bei Babette gut angeschlagen. Aber dass du auf deine alten Tage noch mal ein Abenteuer anfängst ...«

»Was heißt hier alte Tage? Du bist gerade mal zwei Jahre jünger als ich.«

»Und ebenso lange von meiner Pensionierung entfernt. Du kannst mir glauben, ich werde dem Job nicht hinterherweinen.«

»Glaub ich dir nicht«, sagte Schlageter. Er wusste, dass Walter Deininger ebenso an seinem Job hing wie er selbst.

»Du rufst mich eher selten an, um einfach mal ein bisschen zu schwätzen«, stellte Walter fest. Und damit hatte er recht.

»Ja. Ich brauche deine Hilfe.«

»Oh Gott, das höre ich gar nicht gern. Was ist es?«

»Ein Todesfall in Lörrach im KKH. Scheint eine allergische Schockreaktion gewesen zu sein.«

»Und du glaubst nicht daran?«

»Ich weiß es nicht. Nenn es Intuition aus Erfahrung.«

»Bei dir eher Altersstarrsinn, würde ich sagen.«

»Dann nenn es eben, wie du willst. Ich würde nur einfach gerne wissen, ob die Frau wirklich an dem Inhaltsstoff einer Creme gestorben sein kann, oder ob du noch etwas anderes findest.«

»Lörrach, sagst du? Dann schick mir die Anordnung. Ich kümmere mich darum.«

»Das ist das Problem an der Sache«, gab Schlageter zu, wissend, was er da von seinem Freund verlangte. »Ich habe keine Anordnung.«

»Wie bitte?«

»Schönhorst hat die Leichenschau gemacht.«

»Oh je.«

»Ja, genau. Nicht natürliche Todesursache, Obduktion nicht zwingend erforderlich. Ergo: Keine Anordnung.«

»Du weißt aber schon, dass ich ohne nichts für dich machen kann, oder? Was ist mit den Verwandten? Die können eine Obduktion durchsetzen.«

»Ja, ich weiß, und ich werd's versuchen. Aber ich würde das so oder so gern sofort durchziehen.« Schlageter hielt an einer Ampel und schwieg ins Telefon.

»Die Leiche ist beschlagnahmt, nehme ich an«, sagte Walter. »Ist sie in der Leichenhalle oder noch im Krankenhaus?«

»Keine Ahnung«, gestand Schlageter.

»Dir ist klar, dass du mich in Teufels Küche bringst? Damit sind wir aber quitt. Ich rufe gleich mal im Krankenhaus an und frage nach, wo die Leiche ist. Wenn sie noch da liegt, mach ich's vor Ort. Ich habe gerade ein bisschen Luft. Und du schaust zu, dass du mir irgendeinen Zettel beibringst, auf dem steht, dass einer der Verwandten der Obduktion zustimmt. Wenn es Ärger gibt, habe ich nicht gewusst, dass da etwas illegal gelaufen ist. Abgemacht?«

»Abgemacht.« Schlageter fuhr wieder an. »Du weißt von nichts.« Einen Obduktionsantrag durch die Verwandten konnte er schon hinbekommen. Notfalls würde er selbst die Unterschrift daruntersetzen. Wenn sich zeigte, dass Schönhorst recht hatte, konnte ihm das einigen Ärger einbringen, aber immerhin war er bis dahin in Pension. Zumindest hoffte er, dass es vorher nicht rauskommen würde. Wenn sich hingegen zeigen sollte, dass sein Gefühl ihn nicht trog, würden Danner und Schönhorst nur noch mit eingekniffenen Schwänzen rumlaufen. »Wann kannst du dich drum kümmern?«

»Heute Nachmittag.«

»Oh, verdammter Mistdreck!«

»Was ist los?«, fragte Werner.

»Polizeikontrolle. Bis nachher.«

Ein Bußgeld in Höhe von vierzig Euro, einen Punkt in Flensburg, ausgiebige Häme durch die Streifenbeamten und einen gehörigen Wutanfall als Antwort später, erreichte Schlageter den Lettenweg auf dem Tüllinger, wo die Tote in einem hübschen Häuschen gelebt hatte. An der schweren Holztür mit kleinen Scheiben war ein Messingschild angebracht, auf dem der Schriftzug »Dr. Brockmann« eingraviert war. Kurz nach seinem Klingeln öffnete eine Frau indischen Aussehens und mit einem roten Punkt auf der Stirn und schaute ihn fragend an.

»Schlageter mein Name, Kripo Lörrach, guten Tag. Ich möchte zu Herrn Brockmann.«

Schlageter sah der Frau an, dass sie vor nicht allzu langer Zeit geweint haben musste. Trotzdem klang ihre leicht nasale Stimme fast trotzig, als sie sagte: »Es war vorhin schon ein Kollege von Ihnen da.«

»Ja, der Kollege Faller«, bestätigte Schlageter. »Ich müsste ihn aber auch noch mal sprechen.«

»Herr Brockmann ist in der Praxis. Das habe ich auch Ihrem Kollegen gesagt.«

Schlageter hatte bereits zu viele Todesnachrichten überbracht, um überrascht darüber zu sein, dass sich der Ehemann in seine Arbeit flüchtete. Auf der anderen Seite konnte es nie schaden, zu wenig Trauer genauer zu betrachten.

»Sie meinen, er arbeitet heute?«

»Ja.«

Die Frau schien sehr einsilbig zu sein.

»Und Sie sind?«

»Lavali. Die Putzfrau. Haben Sie einen Ausweis?«

Schlageter kramte ihn hervor und fragte: »Standen sich die beiden nahe, Herr und Frau Brockmann?«

Bevor die kleine Frau antwortete, schaute sie intensiv auf Schlageters Dienstausweis. »Kommen Sie herein.«

Er folgte ihr erwartungsvoll. Es schadete nie, sich ein Bild der Lebensumstände des Opfers zu machen.

Das Innere des Hauses schien vornehmlich aus Marmor, Glas und Gold zu bestehen. Dazu standen in den großen Räumen vereinzelt hochmoderne Möbel, von denen mit Sicherheit kein einziges von Ikea oder aus anderen Billighäusern stammte. Das sah selbst Schlageter. Er folgte der Frau bis in einen Salon, in dem ein Eimer mit leicht trübem Wasser neben einer großen Pfütze auf dem Marmorboden stand. Es roch nach einer Mischung aus Chemie und Orange. Die Frau packte den futuristisch wirkenden

Mob und hielt sich daran fest, während sie ihn fragte, ob er etwas trinken wolle. Er verneinte und nahm auch nicht den angebotenen Platz auf einem sehr niedrigen schwarzen Ledersofa an.

»Ich glaube nicht, dass die beiden sich sehr nahe waren«, sagte Lavali. Es fiel Schlageter schwer, ihr Alter einzuschätzen. Sie sah jung aus, hatte glatte, samtig wirkende Haut in einem mittleren Braunton, ganz dunkelbraunes Haar, das sie lang, aber zu einem Zopf gebunden trug. Sie mochte ebenso gut fünfundzwanzig oder vierzig Jahre alt sein. Auffällig fand Schlageter ihre wachen Augen, die selbstbewusst auf ihm ruhten. Ihre Nase war leicht krumm, als sei sie einmal gebrochen und nicht von einem Arzt gerichtet worden.

»Wie meinen Sie das? Haben sie oft gestritten?«

Die Putzfrau schüttelte den Kopf. »Nein, ich habe sie nie streiten gehört. Das ist ja das Komische. Bei meinen anderen Putzstellen gibt es immer mal Streit, aber nicht hier. Bitte, Sie sagen das doch nicht Herrn Brockmann, dass ich so mit Ihnen gesprochen habe?«

»Nein, keine Sorge.«

»Weil, wenn er erfährt, dass ich mit Ihnen über ihn gesprochen habe … Ich brauche diese Arbeit.«

»Ich bin von der Kripo. Sie sind verpflichtet, mir wahrheitsgemäß zu antworten. Aber ich verspreche Ihnen, dass ich niemandem sagen werde, was Sie mir erzählen.«

»Gut. Ich muss jetzt weiterputzen.« Sie wrang den Bodenwischer in einer Kunststoffvorrichtung über dem Eimer aus und widmete sich wieder ihrer Arbeit.

»Wie war Frau Brockmann so?«

Schlageter sah, dass wieder Tränen die dunkelbraunen Augen befeuchteten.

»Kalt. Sie war nicht besonders nett«, antwortete sie und wandte sich von Schlageter ab.

»Er ist netter?«

Die Inderin schüttelte den Kopf.

»Wie lange arbeiten Sie schon für die beiden?«

»Seit drei Jahren. Mein Mann und ich hatten ein Tandoori-Restaurant in Riehen, aber wir mussten schließen. Ich putze seitdem, und mein Mann hilft als Koch aus und hat einen kleinen Catering-Service.«

Schlageter ließ sich die Adresse der Praxis nennen, bedankte sich und hatte plötzlich eine Eingebung. »Ich weiß, dass es ziemlich kurzfristig wäre, aber ich suche noch jemanden, der meine Partygäste morgen mit Essen versorgt. Das würde Ihr Mann nicht zufällig hinbekommen?«

Lavali schaute ihn nachdenklich an. »Morgen ist sehr knapp«, sagte sie. »Wie viel Uhr und wie viele Leute?«

»Also, es dürften so zwischen siebzig und achtzig Personen kommen. Ab neunzehn Uhr im Kanonenkeller in der Polizeidirektion. Was kostet so etwas überhaupt?«

Sie dachte kurz nach. »Ich kann Ihnen noch nicht hundertprozentig sagen, ob es gehen wird. Das sind ziemlich viele Gäste, und mein Mann müsste sich dafür ein paar Sachen leihen. Wenn es klappt, können wir Ihnen die Sachen aber sicher um neunzehn Uhr bringen. Kaltes und warmes Büfett mit Vorspeisen, Hauptgerichten und Dessert liegt bei zwölf Euro pro Person.«

»Also rund achthundert Euro«, überschlug Schlageter.

»Aber das ist ohne Getränke.«

»Kein Problem, die Getränke sind schon geklärt. Wissen Sie was, ich gebe Ihnen meine Karte. Rufen Sie mich bitte so schnell wie möglich an, wenn Sie wissen, ob es klappt. Das ist auch die Adresse der Polizeidirektion«, er zeigte auf die entsprechende Stelle der Karte. »Ihr Mann könnte ab siebzehn Uhr in den Keller rein.«

»Aber wollen Sie nicht besprechen, was Sie haben wollen?«

»Machen Sie einfach. Hauptsache, es schmeckt.«

»Mögen Sie auch scharf?«

»Ja, gerne. Aber keine Shrimps.«

Als Schlageter vor dem Ärztehaus stand, dessen Eingang von der Fußgängerzone aus zu erreichen war, stellte er fest, dass es gar nicht weit vom Karstadt entfernt war. Er war hier wohl schon tausendmal vorbeigegangen, ohne dass ihm der Eingang jemals besonders aufgefallen wäre. Eine etwas zurückgesetzte Glastür, daneben standen auf mehreren großen Schildern die Namen und Fachgebiete der Ärzte, die in den einzelnen Praxen wirkten, darunter »Dr. Peter Brockmann, Facharzt für ästhetische Dermatologie«.

Schlageter fuhr mit dem Aufzug in den dritten Stock und trat durch eine große Glastür in einen sehr ansprechend gestalteten Vorraum, in dessen Mitte eine lebensgroße Kopie der Statue der Venus von Milo stand. Am Kopfende des Raumes ging es auf beiden Seiten tiefer in das Gebäude, rechts befand sich ein Wartezimmer mit einem Flachbildschirm, von dem wunderschöne Frauengesichter die Betrachter anstrahlten. Zwei Frauen, die mit denen auf dem Monitor nur wenig gemein hatten, betrachteten fasziniert die Werbeeinblendungen. Links war eine hohe Theke aufgebaut, hinter der drei junge Frauen in strahlend weißer Praxisuniform Schlageter anschauten.

Er sprach die mittlere der Frauen an, die plötzlich alle wieder etwas zu tun zu haben schienen, als er sich ihnen näherte.

»Schlageter …«

»Haben Sie einen Termin?«, unterbrach ihn die sehr gebräunte Frau sogleich.

»Kripo Lörrach.«

Jetzt schaute sie doch etwas interessierter auf.

»Ich möchte zu Herrn Brockmann.«

»Der ist in einer Untersuchung. Es war aber schon ein Herr da.«

»Jaja, ich weiß. Ich muss auch noch kurz mit ihm sprechen.«

»Wir schauen mal, ob wir Sie zwischendurch reinschieben können«, meinte die Frau nach einem Blick in ihren Computer. »Nehmen Sie kurz im Wartezimmer Platz.«

Eine der jungen Frauen ging von der Theke weg. Schlageter bemerkte, dass sie eine Patientin aufrief, die sich beeilte, ihr zum Behandlungszimmer zu folgen.

»Ich glaube, das ist ein Missverständnis«, sagte Schlageter betont freundlich. »Ich bin von der Kriminalpolizei. Ich werde nicht warten.«

»Und ich denke, Sie verstehen etwas falsch«, meinte die dritte Frau, die die älteste der drei war. Wie alt, das konnte er nicht sagen. Während ihm das bei der Inderin schwergefallen war, weil sie von Natur aus alterslos gewirkt hatte, lag es bei dieser – auf ihrem Namensschild stand F. Richter – eher an dem unnatürlich glatten Gesicht. Schlageter hatte das Gefühl, dass es komplett unter Spannung stand. »Herr Dr. Brockmann wird Sie empfangen, wenn er so weit ist. Sie sehen doch selbst, was hier los ist heute!«

Schlageter schaute sich noch einmal um, ob er vielleicht etwas verpasst hatte. Nein, da war nur noch die eine Frau im Wartezimmer. Viel los war demnach nicht. Die ganze Praxis strahlte eine Atmosphäre gelangweilter Ruhe aus, was durch extrem leise Musik noch unterstützt wurde.

»Wissen Sie was, dafür habe ich keine Zeit«, sagte er und ging auf die Tür zu, hinter der die Frau eben verschwunden war.

»Nein, Sie dürfen das nicht«, rief »F. Richter« ihm nach, doch er machte sich schon großen Schrittes auf den Weg.

Als er die Tür öffnete, sah er gleich, dass er hier richtig war. Ein Mann in einem eleganten schwarzen Dress befühlte gerade den Busen der Frau vor ihm.

»Oh«, sagte Schlageter.

»Was machen Sie denn hier? Franziska!«

»Ich habe ihm gesagt, dass er warten muss. Er ist einfach weitergegangen.«

Die Einzige, die nichts sagte, war die Frau, die nun die Arme vor der Brust verschränkte.

»Bitte entschuldigen Sie«, sagte Schlageter in ihre Richtung. Sie huschte schnell hinter einen gewaltigen Paravent. Währenddessen kam der Arzt mit abwehrenden Händen auf ihn zu und sagte: »Sie verlassen bitte sofort das Behandlungszimmer.«

Schlageter zückte seinen Ausweis und hielt ihn Brockmann vors Gesicht.

»Ach so«, sagte der. »Frau Stücker, bitte entschuldigen Sie mich. Ich bin in zehn Minuten wieder da. Franziska bringt Ihnen einen Espresso.«

Frau Stücker gab ein nicht wirklich glücklich klingendes Geräusch von sich, das Schlageter dazu brachte, sich noch einmal zu entschuldigen. »Und wenn ich das sagen darf: Sie brauchen da gar nichts machen zu lassen«, fügte er noch hinzu.

»Jetzt kommen Sie aber!«, sagte Dr. Brockmann laut.

»Das war eine absolut bodenlose Frechheit! Ich werde mich bei Ihrem Vorgesetzten beschweren«, tobte Brockmann, als er die Tür zu seinem Büro hinter ihnen geschlossen hatte. Er bot Schlageter nicht an, sich zu setzen.

»Entschuldigen Sie bitte, das ist sonst nicht meine Art. Aber die polizeilichen Ermittlungen müssen Vorrang haben. Zunächst mein Beileid. Ich wundere mich, dass Sie heute arbeiten.«

»Wenn ich zu Hause sitze, kommt Tamara auch nicht zurück. Und ich habe eine Menge Termine. Was wollen Sie überhaupt noch?«

Schlageter suchte eine emotionale Reaktion, aber Brockmann hatte sich entweder vollkommen unter Kontrolle, oder er war ein kalter Fisch. Menschen, die erst nach Tagen zu trauern beginnen konnten, hatte er schon oft kennengelernt. Und er hatte auch schon Mörder heulen sehen wie Schlosshunde.

»Im Rahmen unserer Ermittlungen habe ich noch ein paar Fragen an Sie«, sagte er.

Nachdem Brockmann betont hatte, doch schon alles mit dem Kollegen besprochen zu haben, Schlageter aber insistierte, dass es noch Fragen gab, resignierte der Arzt und setzte sich an seinen Schreibtisch, ein Monstrum mit einer gewaltigen Glasplatte, auf der sich ein Computer, eine Reihe von Fachbüchern und anatomische Modelle befanden. Schlageter setzte sich ihm gegenüber und starrte auf das Kunststoffmodell einer weiblichen Brust, dessen einzelne Bestandteile man wie bei einem dreidimensionalen Puzzle herausnehmen konnte.

»Ihre Frau war allergisch auf Krustentiere?«

»Was meinen Sie denn, warum Sie gestorben ist? Ja, sie reagierte sehr stark auf Krustentiere und auch auf Erdnüsse.«

»Warum hat Ihre Frau dann nicht nachgefragt, ob ein entsprechender Inhaltsstoff in dieser Creme ist?«

»Das weiß ich doch nicht. Vielleicht, weil beides normalerweise nicht in Cremes auftaucht. Sie sollten lieber mit dem Hersteller sprechen und da Ihre Fragen loswerden. Auf jeden Fall wird mein Anwalt diese Firma verklagen.«

»Haben Sie Ihre Frau geliebt?«

Brockmann nahm sich das Modell und fingerte daran herum,

während er sagte: »Was meinen Sie? Ist es, weil ich nicht heulend auf dem Boden liege? Weil ich arbeite und versuche, meine Trauer vor den anderen zu verbergen?«

»Reine Routine. Sie haben meine Frage nicht beantwortet«, hakte Schlageter nach.

»Doch. Natürlich habe ich Tamara geliebt. Wir waren seit fünfzehn Jahren verheiratet.«

»Wann haben Sie erfahren, dass etwas passiert ist?«

»Da war sie schon im Krankenhaus. Ich bin gleich hingefahren. Sie lag aber bereits im Koma. Kurz darauf ist sie gestorben.« Seine Stimme klang nun doch etwas brüchig.

»Hatte Ihre Frau Feinde?«

Brockmann verdrehte die Augen. »Hören Sie, das ist mir wirklich zu blöde. Bin ich hier in einem schlechten Krimi?«

Schlageter warf ihm einen nicht gerade freundlichen Blick zu und antwortete: »Nein, das ist leider das echte Leben.«

»Ja, leider. Man mag es kaum fassen. Nein, keine Feinde. Tamara war überall beliebt. Hören Sie, es war ein äußerst fahrlässiger Unfall. Oder haben Sie Gründe, daran zu zweifeln?«

»Alles Routine«, sagte Schlageter schnell. »Wo waren Sie, als Ihre Frau die Schönheitsbehandlung bekam?«

»Ich war hier in der Praxis und habe gearbeitet.«

»Gibt es dafür Zeugen?«

»Franziska, meine *hôtesse d'accueil*.«

»Ihre was?«

»Die *hôtesse d'accueil*, die Empfangsdame«, erklärte Brockmann. Schlageter wusste aus Erfahrung, dass es beim aktuellen Stand der Ermittlungen weniger darauf ankam, was, sondern eher, wie es gesagt wurde. Er hatte Brockmann genau beobachtet, während er ihm Fragen stellte, die eigentlich nur in einer Mordermittlung Sinn machten. Die winzigen Schweißperlen, die sich auf seiner Stirn bildeten, die Art, wie er die Hände hielt, der Blick, der an Schlageter vorbeiging. Am Anfang hatte er noch Widerstand gezeigt, aber die Frage nach dem Alibi hatte er ganz locker beantwortet. Eigentlich hätte Schlageter erwartet, dass Brockmann nun komplett ausflippen würde. Dass er auf die Frage so ruhig blieb, musste nichts, konnte aber etwas bedeuten.

»Bitte entschuldigen Sie die Unannehmlichkeiten. Wir müssen diese Fragen einfach stellen. Ich weiß, dass Ihnen das sehr belastend vorkommen muss.«

Brockmann nickte kurz, stand auf und wandte sich zur Tür, die er für Schlageter aufhielt. »Ihr Kollege hat aber keine solchen Fragen gestellt.«

Schlageter hatte mit diesem Einwand gerechnet. Ihm war klar, dass es bei Faller wohl eher darum gegangen war, wie allergisch die Frau war und ob der Ehemann es plausibel fand, dass es zu einer so starken Reaktion gekommen war. Er antwortete ihm: »Ja, darum bin ich ja noch einmal gekommen.«

Nachdem Brockmann sich von Schlageter mit einem kurzen, weichen Händedruck verabschiedet hatte – seine Hand war feucht, wie Schlageter registrierte –, schloss er die Tür, blieb aber in seinem Büro. Schlageter ging allerdings nicht, sondern zählte langsam bis zehn, bevor er die Tür wieder öffnete. Brockmann saß an seinem Schreibtisch und wählte gerade eine Telefonnummer, legte den Hörer aber wieder auf.

»Ist noch was?«, fragte er unfreundlich.

»Ja, mir ist noch eine Sache eingefallen, die mir einfach keine Ruhe lässt. Sie heißen Peter Brockmann?«

Der Blick des Arztes wurde immer verwirrter. Er sagte vorsichtig: »Ja?«

»Wie der aus dem Fernsehen? Wie hieß die Sendung noch gleich?«

Brockmann atmete hörbar genervt aus. »Sie meinen ›Praxis Bülowbogen‹.«

»Natürlich!«, erinnerte sich Schlageter. »Wer war noch der Schauspieler?«

»Günter Pfitzmann.«

»Ja, genau. Den habe ich immer gemocht. Er ist aber auch schon lange tot, oder?« Ohne auf eine Antwort zu warten fügte er mit betroffenem Tonfall hinzu: »Oh, wie pietätlos. Bitte entschuldigen Sie das. Nochmals: Mein Beileid.«

★★★

»Vielen Dank, dass Sie uns angerufen haben, Herr Mbene«, sagte Irfan freudig und erwiderte Harry Mbenes Grinsen. Der Afrikaner ließ sie herein und bat ihnen den gleichen Platz an wie bei ihrem letzten Besuch.

Mario war immer noch etwas blass im Gesicht. Vielleicht, so hoffte Irfan, würde er sich nach ihrem Gespräch nun ein bisschen mehr anstrengen oder wenigstens mit seinen katastrophalen Einlagen zurückhalten.

»Dann können wir ja mit unserer Befragung fortfahren«, sagte Irfan, der wieder seinen Block dabeihatte und so tat, als würde er irgendetwas notieren.

»Jetzt bekomme ich aber auch mein Geld«, beharrte Harry Mbene. Irfan nahm neunzig Euro aus seinem Geldbeutel und reichte sie ihm. Harry Mbene steckte die Scheine grinsend ein.

»Also, Sie haben ja schon gesagt, dass Sie eine Postkarte bekommen haben. Darf ich sie mir einmal anschauen? Es geht um den Poststempel.«

»Ja, hier ist sie.« Harry Mbene kramte die Karte aus einer Schublade heraus und überließ sie Irfan.

Die Vorderseite zeigte mehrere Stadtansichten Frankfurts. Was Irfan aber interessierte, stand auf der Rückseite. Den Text las er sich nicht durch. Er war mit einem schwarzen Kugelschreiber auf die Karte gedrängt und in einer unsauberen Handschrift verfasst worden. Druckbuchstaben. Ganz unten stand nach den obligatorischen Grüßen ein Name. Als er ihn las, war ihm klar, dass sie auf der richtigen Spur waren: »Rainer Maria«. Das war dieser Schlaicher, der auch im Adressbüchlein des Kommissars auftauchte.

»Ein Freund von Ihnen, dieser Rainer Maria?«, fragte er beiläufig.

»Ja, ein wirklicher Freund«, antwortete Harry Mbene.

»Das ist ja wunderbar«, erwiderte Irfan und stellte eine weitere Frage über Pakete und schließlich darüber, wie viele Briefe Mbene selbst schrieb. Er wollte nicht, dass es so aussah, als würde ihn außer dem Absender nichts weiter interessieren, aber auf der anderen Seite hatte er auch nicht vor, noch besonders lange hierzubleiben. Nach zwei weiteren Fragen sagte er: »Und damit sind wir auch schon am Ende angekommen. Vielen Dank, dass Sie sich Zeit für uns genommen haben.«

»Vielen Dank für das Geld. So viele Rechnungen!«

Irfan und Mario standen auf und reichten Harry Mbene die Hand. An der Tür sagte Mario plötzlich: »Entschuldigung, aber ich kenne auch einen Rainer Maria. Vielleicht ist es ja derselbe.«

Irfan erstarrte. Es war zu vermeiden, dass dieser Mbene einen Bezug zwischen ihnen und Schlaicher herstellte. Er wollte Mario schon stoppen, doch der ergänzte bereits: »Mein Bekannter wohnt in Schönau und ist von Beruf Herrenschneider. Ist er das?«

Irfan atmete beruhigt aus. Er ahnte nun, was Mario vorhatte. Offenbar hatte seine Drohung vorhin im Auto gewirkt. Zum ersten Mal, seit sie den Koffer suchten, dachte der Junge mit.

»Nein, der den ich kenne, wohnt in Maulburg. Und Kleider machen kann er bestimmt nicht. Aber darauf aufpassen. Er ist von Beruf so eine Art Detektiv. Bringt alle Verbrecher ins Gefängnis.«

»Ach so, nein, den kenne ich nicht.«

»Das war gut«, sagte Irfan, als sie wieder im Wagen saßen.

»So wissen wir, dass es wirklich der Gleiche ist, ohne zu viel verraten zu haben«, meinte Mario stolz.

»Wir wissen jetzt aber auch, dass der Typ mit einem Kommissar befreundet ist und selbst wohl als Detektiv arbeitet. Wir sollten uns dieses Mal also gut vorbereiten, bevor wir hinfahren. Ich möchte kein weiteres Risiko eingehen.«

7

Die Ladies Night war trotz des Vorfalls während der Lefèvre-Show weitergegangen und hatte sich zumindest für Gampp nicht zu einer solchen Katastrophe entwickelt, wie dieser zunächst lautstark befürchtet hatte. Zwar waren viele Frauen nach der missglückten Show gegangen, doch mit den Einnahmen hatte sich Gampp am nächsten Morgen insgesamt zufrieden gezeigt. Schlaicher hatte den Vormittag damit verbracht, die relativ vereinzelt aufgetretenen Diebstähle zu dokumentieren. Auf der einen Seite war es natürlich erfreulich, dass offenbar weniger als sonst gestohlen worden war, auf der anderen Seite machte dies Schlaicher möglicherweise irgendwann überflüssig. Umso wichtiger war es, dass die neuen Kameras ordentlich funktionierten. Schlaicher hatte Lutz darauf angesetzt, die noch nicht ausgewerteten Aufnahmen zu sichten.

Wer die Nachricht als Erster in den Laden gebracht hatte, wusste Schlaicher nicht, aber sie sprach sich herum wie ein Lauffeuer: Die Frau, die Emanuelle Lefèvre mit »Jeune« behandelt hatte, war gestern Abend gestorben. Schlaicher hörte es von einer Verkäuferin, die es wiederum von jemandem aus dem Lager erfahren haben wollte. Kurz darauf kam auch Lutz bei Schlaicher vorbei und berichtete ihm dasselbe. Schlaicher wusste, wie schnell sich Gerüchte verbreiteten. Irgendjemand hoffte im Gespräch, die Frau werde nicht sterben. Jemand anderes verstand das falsch und gab der Geschichte noch etwas Würze hinzu, und plötzlich war jemand tot, der sich vielleicht schon längst wieder auf dem Wege der Genesung befand. Wenn es nur ein Gerücht sein sollte, war es jedenfalls ein verdammt hässliches. Schlaicher beschloss, sich Gewissheit über den Wahrheitsgehalt zu verschaffen. Er schickte Lutz zurück in den Videoraum und machte sich auf den Weg zu Gampps Büro.

Der Karstadt-Chef stand an seinem Fenster und schaute regungslos hinaus, als Schlaicher eintrat. Aber Gampp war nicht allein. In dem Sessel, in dem Schlaicher vor zwei Tagen gesessen und Gampp wegen Lutz angelogen hatte, saß eine voluminöse Gestalt. Schlaicher hatte Kommissar Schlageter oft genug gesehen, um ihn allein an seinem handtellergroßen Glatzenstück am Hinterkopf erkennen zu können. Beide Männer drehten sich zu Schlaicher um. Gampps Blick war starr, in dem von Schlageter lag eine Mischung aus Überraschung und Missmut.

»Es geht gerade nicht, Herr Schlaicher«, sagte Gampp, doch Schlageter widersprach: »Entschuldigen Sie bitte, Herr Gampp, aber wenn es Ihnen nichts ausmacht, kann Schlaicher gerne bleiben. Ich hätte ihn ohnehin noch sprechen wollen.«

Gampp zögerte nur einen Moment, dann wies er auf den freien Gästestuhl und blickte über die beiden Besucher in seinem Büro hinweg.

»Im Kaufhaus geht das Gerücht herum, dass die Frau von gestern gestorben sein soll«, brachte Schlaicher hervor und fügte hinzu: »Dass Sie da sind, Herr Kommissar, lässt mich glauben, es sei etwas Wahres an der Sache dran.«

»So ist es«, sagte Schlageter.

»Und Sie ermitteln?«

Schlaicher achtete genau auf Schlageters Reaktion. Der setzte ein gelangweiltes Gesicht auf und sagte sehr ruhig: »Reine Routine bei einem Todesfall, der als nicht natürlich deklariert wurde.«

Er kannte den Kommissar mittlerweile gut genug, um ihn einigermaßen einschätzen zu können. Schlageter war ein im Grunde lieber Kerl, allerdings ein Hitzkopf. Schon ein paarmal hatte er sich bei seinen Ermittlungen auf den falschen Verdächtigen eingeschossen und war erst nach eindeutigen von Schlaicher beigebrachten Beweisen bereit gewesen, sein falsches Bild zu überdenken. Vor allem aber hatte er immer sehr gereizt reagiert, wenn Schlaicher Ermittlungen in einem seiner Fälle angestellt hatte. Gestern Abend war von Schlageter sogar die Warnung gekommen, sich aus der Sache rauszuhalten, bevor er überhaupt Interesse an dem Fall gewonnen – ja, bevor es überhaupt einen Fall gegeben hatte. Und jetzt sollte er auf Schlaichers Frage so gelassen reagieren? Der Kommissar Schlageter, den Schlaicher kannte, hätte eigentlich getobt und geschrien, das ginge ihn gar nichts an, und er solle sich bloß raushalten. Zumindest ein unfreundliches Wort hätte ihm über die Lippen kommen müssen. Wollte er die Sache herunterspielen?

»Wenn Sie schon einmal da sind …«, wechselte Schlageter das Thema. »Wie mir Herr Gampp gesagt hat, waren Sie vor Ort, als die Show lief?«

»Ja, ich habe darauf geachtet, ob vielleicht jemand das Gedränge ausnutzt, um etwas zu stehlen.«

»Und, ist Ihnen etwas aufgefallen?«

»Nichts, was bemerkenswert wäre«, antwortete Schlaicher.

Gampp setzte sich auf seinen Platz. Er hörte dem weiteren Gespräch aufmerksam zu.

»Sie wollen mir weismachen, Sie hätten gar nichts gesehen?« Da war sie wieder, Schlageters Unfreundlichkeit. Schlaicher war trotzdem verwundert, dass er so nachbohrte. Hätte er denn etwas sehen *sollen*?

So viel zur »reinen Routine«. Steckte mehr dahinter? Wenn es sich vielleicht doch nicht um eine Allergie handelte, war die Frau möglicherweise einem Verbrechen zum Opfer gefallen. Dafür sprach, dass die Kripo ermittelte. Und dass ausgerechnet Schlageter geschickt wurde, so kurz vor seiner Pensionierung. Schlaicher beschloss, aus dem Gespräch selbst auch so viele Informationen wie möglich herauszuziehen, und antwortete mit einer Gegenfrage: »Was genau wollen Sie denn wissen?«

Schlageter verdrehte die Augen. An seinem schneller werdenden Rasselatem und dem sich langsam ins Rote verfärbenden Teint merkte Schlaicher, dass Schlageter nun doch etwas wütend wurde. Seine Worte äußerte er dennoch fast bedächtig: »Haben Sie mitbekommen, ob die Kundin von Frau Lefèvre über die Inhaltsstoffe informiert wurde?«

Schlaicher dachte kurz nach. »Nein, habe ich nicht, aber ich war auch nicht die ganze Zeit über da«, antwortete er wahrheitsgemäß.

»Und sonst? Mensch, Schlaicher, Sie lassen sich wieder einmal die Würmer aus der Nase ziehen.«

»Wahrscheinlich deswegen, weil es nicht wirklich etwas zu sagen gibt. Ich meine, es waren ein paar hundert Frauen da, und die haben sicherlich das Gleiche gesehen wie ich. Die Frau hat die Behandlung gewonnen und war danach nicht mehr wiederzuerkennen – nur leider nicht so, wie die Lefèvre es angekündigt hat. Kurz darauf kam der Krankenwagen und dann Sie selbst.«

Schlaicher sah, dass Schlageter zu Gampp blickte und kurz nickte, bevor er sich wieder an ihn wandte: »Na gut. Das wäre es dann. Vielen Dank für Ihre Kooperationsbereitschaft.«

Gampp fügte ein entlassendes »Ja, danke« hinzu.

Schlaicher erhob sich und ging zur Tür. »Und lassen Sie die Hände davon«, sagte Schlageter abschließend – so beiläufig, dass er ihm ebenso gut einen schönen Abend hätte wünschen können.

Schlaicher blieb im Vorzimmer ratlos stehen und kratzte sich am Kopf. Er hatte von Schlageter so gut wie gar nichts darüber erfahren, wie die Polizei auf diesen Gedanken gekommen war, dass es sich um ein Kapitalverbrechen handelte. Hatte Tamara Brockmann Feinde gehabt? Hatte ihr jemand offen gedroht und gestern Abend endlich zugeschlagen? Oder war gar ein Unbekannter im Krankenhaus aufgetaucht und hatte ihr Beatmungsgerät ausgeschaltet? Ein Mord? Schlaicher schluckte. Das Schlimmste für ihn war das Gefühl, dass Schlageter dieses Mal mehr zu wissen schien als er selbst.

Erst auf der Rolltreppe im Verkaufsraum fand Schlaicher wieder in die Realität zurück. Er hatte kein wirkliches Ziel, beschloss dann aber, sich noch einmal den »Tatort« anzuschauen. Vielleicht hatte er ja doch etwas übersehen.

Die Überprüfung des Erdgeschosses erwies sich als vollkommener Reinfall. Noch in der Nacht waren die Stände abgebaut und fortgeschafft worden. Danach waren die fleißigen Helfer der Reinigungsfirma gewissenhaft ihrer Aufgabe nachgegangen. Jede mögliche Spur war von eifrigen Händen entweder weggeräumt oder mit Wasser und scharfem Putzmittel weggeschrubbt worden. Hinzu kam, dass er ja nicht einmal wusste, wonach er überhaupt suchte. Dann wurde ihm klar: Wenn Schlageter glauben würde, hier auch nur den Hauch einer interessanten DNA-Spur finden zu können, hätte er längst den ganzen Laden sperren lassen. War also das Kaufhaus gar nicht der Tatort?

»Herr B. Sahmer, bitte 0 in 5, Herr B. Sahmer«, verlangte eine Lautsprecherdurchsage.

Das war die Stimme von Lutz. Wäre diese Durchsage von irgendjemand anderem gesprochen worden, hätte Schlaicher sich nichts dabei gedacht. Doch angesichts des leicht belustigten Tonfalls in der Stimme seines nichtsnutzigen Mitarbeiters wurde Schlaicher klar, dass es sich um einen dummen Scherz handeln musste. Zumal das »B« besonders betont wurde und der Nachname ohne Sprechpause direkt im Anschluss gesprochen wurde. Welcher normale Mensch mit dem Nachnamen »Sahmer« würde seinem Sohn wohl einen Vornamen geben, der mit »B« begann? Das war also nur wieder einer dieser schmutzigen Witze seines Mitarbeiters. Gampp würde das überhaupt nicht zum Lachen finden, vor allem nicht jetzt, da sein Geschäft gerade die schlimmste Publicity durchmachte, die man sich vorstellen konnte. Morgen würden alle Zeitungen der Region über die Ladies Night berichten. Sicherlich zu Recht machte sich Gampp deswegen Sorgen. Und wenn Schlageter dazu noch in einem Mord ermittelte, würde das nicht dazu beitragen, für bessere PR zu sorgen.

Schlaicher marschierte zur Personaltür, um sich Lutz vorzunehmen. Mit solchen Scherzen, die auch noch öffentlich stattfanden, ging er endgültig zu weit. Hatte der Junge denn gar keinen Anstand von seinen Eltern mitbekommen? Offenbar nicht. Lutz saß mit Philipp, einem nur wenig älteren Kaufhausdetektiv, vor den Monitoren. Beide wirkten durchaus belustigt. Anscheinend hatten sie noch immer ihre Freude an dem Besamer-Kalauer.

»Lutz!«, motzte Schlaicher, als er die Tür mit einem lauten Knall hinter sich ins Schloss fallen ließ. Doch Lutz schien nicht im Geringsten ein schlechtes Gewissen zu haben. Stattdessen grinste er ihn an, als erwartete er Lob. Schlaichers verärgerte Stimmung schien er jedenfalls überhaupt nicht wahrzunehmen. Er zeigte auf den Monitor vor sich, der Bilder der automatischen Kamera im ersten Stock von gestern Abend zeigte. »Ich glaube, wir haben hier etwas Interessantes gefunden.«

In dem Moment klopfte es hinter Schlaicher an die Tür. Ein Mann öffnete sie, schaute vorsichtig durch den Spalt und trat ein. Sein Kopf wirkte etwas zu groß für seinen Körper, der selbst unter der recht weiten Kleidung drahtig wirkte.

»Ich sollte herkommen?«, fragte er unsicher.

Schlaicher machte einen Schritt zur Seite, und Lutz ergriff das Wort: »Sind sie Bernhard Sahmer?«

Das ist ja die Höhe, dachte Schlaicher entrüstet, aber der Mann sagte: »Genau der.«

Mein Gott, es gab ihn also wirklich, und das war kein Scherz gewesen!

»Wir haben hier etwas, das wohl Ihnen gehört«, sagte Lutz grinsend. »Ein fesches Täschchen.« Er nahm eine Herrenhandtasche aus einem Korb mit Fundsachen und reichte sie Bernhard Sahmer, der sie schon vermisst hatte. Philipp verließ mit dem glücklichen Kollegen zusammen den Überwachungsraum.

Schlaicher räusperte sich. »So, was hast du denn Interessantes gefunden?«, fragte er.

Lutz rollte mit seinem Drehstuhl so weit zur Seite, dass Schlaicher sich auf den daneben setzen und den Bildschirm sehen konnte. Er sagte: »Die Kameras sind so eingestellt, dass sie auf Gegenstände reagieren, die in Taschen gesteckt werden, richtig?«

Schlaicher bejahte und fragte sich, worauf Lutz hinauswollte.

»Also, ich habe mir die vom Computer markierten Szenen reingezogen und insgesamt ungefähr hundertmal gesehen, wie eine Frau ihr Handy in die Tasche gepackt hat oder den Lippenstift. Es gibt ein paar absolute Fehlalarme, bei denen sich die Hände den Taschen gar nicht angenähert haben. Ansonsten habe ich zum Beispiel diese Szene hier, bei der eine Frau einen BH verschwinden lässt: ziemlich sexy, das Gerät.«

Zu Beginn der Aufnahme sah man, wie die Kamera sich langsam selbstständig zur Seite drehte. Die Hände und die Taschen verschiedener Personen waren mit roten Punkten markiert. Bei starker Annäherung der Markierungen – die Jungs hatten daran ewig rumprogrammiert, um die Fehlerrate zu reduzieren – zoomte die Kamera blitzartig heran.

Lutz musste mit sexy eher den Spitzen-BH als die Diebin gemeint haben, denn die sah aus, als würde sie den BH für ihre Enkelin einstecken.

»Und schon ist er verschwunden«, meinte Lutz. Die Kamera zeigte weiter, wie die voluminöse Dame sich umdrehte und wie beiläufig durch die Abteilung blickte. Dabei wurden die biometrischen Daten ihres Gesichts erfasst und könnten bei einem erneuten Besuch theoretisch von einer Kamera im Eingangsbereich abgeglichen werden. Ob die Aufnahmen rechtlich Verwendung finden könnten, müsste man noch herausfinden, aber im Falle eines erneuten Besuchs würden die Kaufhausdetektive konkret auf die Frau aufmerksam gemacht werden. Die Daten dienten also als Frühwarnsystem für einen späteren Besuch. Dass noch keiner vor ihm auf die Idee gekommen war, wunderte Schlaicher. Er hatte vor, das System nach den erfolgreichen Tests noch weiter zu optimieren und schließlich zu einem bundesweiten Erfolgsmodell zu machen, zu einer Revolution der Kaufhaussicherung.

Lutz zeigte Schlaicher noch zwei weitere Diebstähle, die von den Kameras festgehalten worden waren. Beide Male war die Diebin gut zu erkennen.

»Sieht wirklich ganz so aus, als würde es funktionieren«, sagte Schlaicher erfreut.

»Na ja, wenn man die hundert Fehlalarme rausnimmt. Hier ist übrigens noch eine Situation, die ich nicht richtig einschätzen kann. Er klickte dreimal mit der Maus, und auf dem Monitor wurde eine andere Szene gezeigt. Diesmal handelte es sich um Aufnahmen der Testkamera, die im Erdgeschoss montiert gewesen war. Sie zeigte eine Szene, die sich während der Lefèvre-Vorführung abgespielt hatte.

Die Rechenleistung des Computers, der die Kameradaten empfing und die automatische Steuerung des Geräts übernahm, hatte bei den extrem vielen Händen und Taschen teilweise kapituliert. Die Bilder ruckelten, und zeitweise gab es sekundenlange Aussetzer, während der man nur noch flackernde rote Punkte erkennen konnte. Einen ganzen Saal voller Kunden würde man sonst aber auch ziemlich selten überwachen müssen. Als es wieder ruckte, befand sich das Bild danach in einer anderen Einstellung. Offenbar hatte der Hand-in-Richtung-Tasche-Algorithmus etwas entdeckt und den Schnellzoom aktiviert. Doch es waren so viele Leute unterwegs, dass die Tasche jetzt nicht mehr sichtbar war. Nur ein blassroter Punkt auf einem Frauenkörper, der zeigte, wo das Gerät die Tasche vermutete. Dafür sah man für einen Moment eine Hand, in der sich etwas Kleines, Längliches befand. Es sah aus wie eine Spritze, doch die Hand verschwand zu schnell wieder hinter dem Rücken einer anderen Frau, als dass man es mit Sicherheit sagen konnte.

»Und?«, fragte Lutz.

»Eine Spritze?«, tippte Schlaicher.

»Ja, würde ich auch sagen.«

»Vielleicht jemand, der Insulin spritzen muss?«

»In der Menge? Warum zeigt die Kamera nicht das Gesicht?«

»Wahrscheinlich konnte sie es nicht zuordnen. Wir können das aber mit den normalen Kameras abgleichen, wenn es wichtig ist.«

»Nein, lass mal. Letztlich ist es egal, ich denke nicht, dass irgendwo im Erdgeschoss Spritzen verkauft werden. Es war also auch kein Diebstahl. Gab es übrigens eine Aufnahme von der Lefèvre? Die hat während der Show auch einmal in ihre Tasche gegriffen.«

Lutz dachte kurz nach, musste dann aber verneinen. Schade, dachte Schlaicher. Er hätte sich das gerne noch einmal aus einem anderen Winkel angeschaut.

Er nahm die Maus und schloss das Fenster mit der Kameraaufzeichnung. Dahinter kam ein anderes Fenster zum Vorschein, das eine Internetseite zeigte. Offenbar handelte es sich um einen Anbieter, der Sprüche auf T-Shirts druckte. Ein Bild zeigte eine Vorschau: Auf einem weißen T-Shirt stand mit blauen Buchstaben »Dieser Körper enthält viele Proteine«.

Lutz grinste Schlaicher an. »Da sollten die Frauen doch drauf stehen, oder? Ich bin durch den Typ mit der Herrenhandtasche darauf gekommen. Cooler Name, was?«

Also doch. »Wie oft soll ich dir noch sagen, dass du arbeiten und nicht irgendwelchen Privatkram machen sollst?«

Trotz Lutz' Protest schloss Schlaicher auch dieses Fenster. Dahinter waren aber noch weitere geöffnet. Das nächste zeigte ein vom Nutzer namens »Lefèvre« hochgeladenes YouTube-Video.

»Was ist das?«

Lutz druckste etwas herum, bevor er zugab: »Wohl auch Privatkram. Ich habe mir ein paar der anderen Shows angeschaut, weil ich diese Mathilde so süß fand. Ich glaube, die ist voll auf mich abgefahren.«

Schlaicher antwortete nicht, sondern startete das Video, ein Zusammenschnitt aus einer Show von vor drei Wochen in Basel. Alles lief genauso ab wie gestern hier im Karstadt. Fast alles, denn in Basel ließ Emanuelle Lefèvre die Schönheitsbehandlung an sich selbst durchführen. Als Mathilde einmal kurz im Hintergrund zu sehen war, zeigte Lutz auf sie. »Das ist doch mal 'ne Hübsche, oder?«

»Du hast gesagt, dass es noch mehr Shows auf Video gibt?«

»Ja, hier am Rand findest du die verwandten Videos.«

Schlaicher klickte sich durch. Die Filme waren alle in den vergangenen sechs Monaten an unterschiedlichen Orten aufgenommen worden. Einer in Zürich, einer in Berlin, andere in kleineren Orten. Allen gemein war der Ablauf der Präsentation, der dem der Show entsprach, die auch Schlaicher gesehen hatte. Eine weitere Gemeinsamkeit war, dass Emanuelle Lefèvre bei jedem Video selbst auf der Liege Platz nahm und sich von ihrer Mitarbeiterin behandeln ließ.

Nach dem fünften Film schloss Schlaicher das Fenster. Er lehnte sich in seinem Stuhl zurück und dachte nach. Die Polizei schien Gründe zu der Annahme zu haben, dass Tamara Brockmann ermordet worden sein könnte. Sonst würde Schlageter der Sache nicht nachgehen. Ungewöhnlich war, das verstand Schlaicher jetzt, dass Emanuelle Lefèvre ausgerechnet Tamara Brockmann nach vorne geholt hatte. Da sie nämlich normalerweise gar niemanden aus dem Publikum zu holen schien, sondern ihre Wundercreme an sich selbst demonstrieren ließ. Hatte Sie also etwas mit dem Tod der Frau zu tun? Abgesehen davon, dass es ihre Creme war, die den anaphylaktischen Schock ausgelöst hatte? Hatte sie vielleicht von Tamara Brockmanns Allergie gewusst und sie deshalb aus den mindestens fünfhundert Frauen ausgewählt? Sie war geradezu zielstrebig auf sie zugegangen, erinnerte sich Schlaicher. Aber warum sollte Emanuelle Lefèvre bei ihrer eigenen Show eine Frau umbringen? Der Schaden, den sie durch den Todesfall erlitt, war noch gar nicht zu beziffern, aber er würde sicherlich gewaltig sein, wenn die Medien erst einmal richtig darauf ansprangen. Zudem war es nicht gerade unauffällig, eine Frau vor Hunderten von Zeugen zu meucheln.

Schlaicher fiel wieder ein, dass es vor der verhängnisvollen Auswahl von Tamara Brockmann diesen kurzen Moment gegeben hatte, als die Lefèvre wohl nach ihrem Telefon griff. Ein Warnsignal? Im Anschluss hatte sie die Frau aus dem Publikum geholt. Ja, auch die Mädchen waren verwirrt gewesen. Offenbar hatte sie wegen des Anrufs den Ablauf der Show geändert. Was mochte so wichtig sein, dass sie alles über den Haufen warf, um jemanden zurückzurufen?

»Wenn alles so gelaufen wäre wie normal, dann wäre nichts passiert«, bemerkte Lutz. »Nada, niente, nothing. Weniger als nur das geringste bisschen.«

»Ja, das mag sein«, antwortete Schlaicher nachdenklich. Normalerweise hätte Emanuelle Lefèvre sich selbst auf die Behandlungsliege begeben, und nichts wäre passiert – außer ... ja, außer der Anrufer hätte sie gewarnt, das nicht zu tun, weil er wusste, dass es einen Anschlag auf ihr Leben geben würde. Diese Annahme setzte aber voraus, dass die Lefèvre und zumindest noch jemand anderes wussten, dass ihr jemand etwas Böses wollte. Viel wahrscheinlicher war es, dass sie einen wichtigen Anruf erwartet und darauf reagiert hatte.

»Ähm, was soll ich jetzt machen?«, fragte Lutz.

»Still sein«, befahl Schlaicher, doch er merkte schnell, dass er sich nicht mehr richtig konzentrieren konnte. Auf jeden Fall aber war er sich sicher, dass er eine Antwort auf all seine Fragen wohl nur von Emanuelle Lefèvre selbst bekommen konnte.

Gegen halb vier saß Schlaicher in seinem Wagen und fuhr nach Weil am Rhein, wo sich das Europalager der Emanuelle-Lefèvre-Kosmetik befand. Die Lefèvre hatte gestern Abend angedeutet, die nächsten Tage in ihrem Büro verbringen zu müssen, sodass er davon ausging, sie dort anzutreffen. Falls nicht, konnte er sich vielleicht mit ein paar Arbeitern unterhalten.

Zum Glück lenkte ihn sein Navi, denn ob er sonst die richtige Einfahrt im Hafenbereich gefunden hätte, bezweifelte Schlaicher doch sehr.

»Sie haben Ihren Bestimmungsort erreicht«, sagte die automatische Frauenstimme, doch damit konnte Schlaicher nicht allzu viel anfangen. Er befand sich in einer Straße, in der überall Lagerhallen standen, Lkws be- oder entladen wurden, Gabelstapler herumfuhren und Lageristen anderen Mitarbeitern Befehle zuriefen. Er stellte fest, dass an allen Gebäuden Namen der Unternehmen angebracht waren, und fuhr darum suchend in eine Seitenstraße hinein, in der er weitere Hallen sah. Eigentlich hätte er ein überdimensional großes Logo von Emanuelle Lefèvre erwartet, doch was er fand, war eine etwas kleinere, scheinbar namenlose Halle zwischen zwei ähnlich gebauten, vor der zwei Wagen geparkt waren. Einer davon war ein alter grüner Jaguar. Schlaicher stellte seinen Wagen daneben ab und stieg ein paar Stufen zu einer unscheinbaren Riffelglastür hinauf, wo er endlich an einer Klingel das Schild »Emanuelle Lefèvre Cosmetics« fand. Er klingelte allerdings noch nicht, sondern stieg die Treppe wieder hinab, um sich ein Bild von der Halle zu machen.

Etwas weiter links gab es eine Rampe, an die Lkw rückwärts anfahren konnten, um an- oder abzuliefern. Allerdings herrschte hier absolute Ruhe. Vor der benachbarten Halle, die zu einem anderen Unternehmen gehörte, war es im Moment deutlich belebter. Durch ein großes Rolltor sah er dort ein paar Männer in blauer Arbeitskleidung, die eine Palette voller Kartons mit Plastikfolie umwickelten und das Gesamtpaket dann zum Aufladen auf einen Kleinlaster fertig machten. Zwei andere Arbeiter standen an einer Tür weiter hinten und rauchten. Er drehte sich nach rechts. Hier war das nächste Gebäude deutlich weiter entfernt, es gehörte ebenfalls zu einer anderen Firma. Auf der betonierten Fläche davor konnten den weißen Markierungen auf dem Boden zufolge Lkws parken. Allerdings war kein Laster da, stattdessen nur ein dunkler BMW, in dem zwei dunkelhaarige Männer saßen. Schlaicher sah, dass der Fahrer eine Zeitung in der Hand hatte und Rauch durch die halb geöffnete Fensterscheibe blies. Er wandte sich wieder zurück zur Tür. Außer dem Umstand, dass die Lagerhalle noch nicht allzu alt sein konnte, war ihm nichts weiter aufgefallen. Er klingelte und stellte sich darauf ein, dass es etwas dauern konnte, bis man ihm öffnete. Schließlich erschien ein Mann in Arbeitskleidung, doch die sah viel sauberer aus als die der Männer aus der Nachbarhalle. Er war gut einen Kopf kleiner als Schlaicher und wahrscheinlich zehn Jahre älter. Sein vorstehender Bierbauch zeugte davon, dass er Gerste und Hopfen schätzte, und man sah ihm an, dass er nicht verweichlicht war, sondern trotz seiner Größe und seines Alters Schlaicher wahrscheinlich jederzeit zusammenfalten könnte, ohne aus der Puste zu geraten. Mit lustigen Augen schaute er ihn an.

»Guten Tag, Rainer Maria Schlaicher. Ich möchte zu Frau Lefèvre.«

»Kommen, kommen«, sagte er freundlich mit osteuropäischem Akzent und winkte Schlaicher hinter sich her. Sie marschierten durch die Halle, die mit zahlreichen Regalen vollgestellt war. Darin standen, ordentlich aufgereiht, Pappkartons unterschiedlichster Größe. Zwischen den nach beiden Seiten hin offenen Regalwänden war genug Platz, damit ein Hubwagen durchsteuern konnten, um auch die ganz oben, in etwa vier Metern Höhe, auf Paletten gelagerten Kisten herunterholen zu können. Sie passierten den Packbereich, wo zwei Frauen, etwa im gleichen Alter wie der Mann, Pakete füllten, diese mit Packband verschlossen und schließlich mit vorgedruckten Adressaufklebern versahen.

»Nicht viel los im Moment, oder?«, fragte Schlaicher seinen Führer. Die drei schienen die einzigen Arbeiter in der Halle zu sein und wirkten darin ziemlich verloren.

»Kommen an Montag, dann alles voll«, sagte der Mann, der erstaunlich schnell ausschritt und ihn zu einer Metalltreppe führte. Er wies hinauf, blieb aber mit den Worten »Pause vorbei« selbst unten und eilte zu einem der Gabelstapler.

Schlaicher fand sich auf einer kleinen Galerie wieder, die längs der Halle verlief und mit mehreren Türen versehen war. Große

Fenster ermöglichten es, aus den Räumen nach unten ins Lager zu schauen. Schlaicher ging am ersten Fenster vorbei, hinter dem zwei gelangweilt wirkende Männer an gegenüberstehenden Schreibtischen saßen und in ihre Computertastaturen hackten. Einer blickte auf und nickte ihm grüßend zu, bevor er sich wieder in den Stapel Papiere vertiefte, die er offenbar mit Angaben im Computer verglich. Durch das zweite Fenster brauchte Schlaicher gar nicht mehr zu schauen, denn schon an der Tür fand er den Namen »Emanuelle Lefèvre«. Darunter stand »Büro«, was eigentlich ziemlich offensichtlich war. Schlaicher klopfte an die Tür und trat auf ein undefinierbares Geräusch von drinnen hin ein.

Das Büro machte im Gegensatz zu dem der beiden Männer eben einiges her. Während die an recht einfachen Industrieschreibtischen gesessen hatten, thronte die Lefèvre hinter einem modernistischen Ungeheuer, auf dem ein Apple-Computer stand. An einer der Wände lenkte ein Showregal den Blick des Besuchers auf die unterschiedlichen Produkte der Kosmetiklinie. Überall sonst hingen Plakate mit Werbung für »Jeune«, auf denen auch die Lefèvre zu sehen war, die aber eher an die gestrige erinnerte als an die, die jetzt hinter dem Schreibtisch saß. Sie wirkte viel älter, das Haar schien spröder zu sein, und ihre Augen blickten müde aus dem fast faltenfreien Gesicht.

»Sie?«, war ihre Begrüßung, die ungläubig, überrascht und entsetzt zugleich klang, auf jeden Fall aber nicht nach freudigem Wiedersehen.

»Guten Tag. Bitte entschuldigen Sie, dass ich Sie stören muss«, sagte Schlaicher.

»Hat Gampp Sie geschickt?«

»Nein, ich komme auf eigene Faust.«

»Wieso? Ich habe überhaupt keine Zeit für Sie.«

»Ich nehme an, Sie können sich vorstellen, warum ich hier bin.«

»Ich weiß nicht im Geringsten, was ein Kaufhausdetektiv hier bei mir im Büro zu suchen hätte. Oder wollen Sie mir unterstellen, ich hätte etwas mitgehen lassen?«

»Das liegt mir fern«, sagte Schlaicher und schaute auf den

freien Stuhl vor Lefèvres Schreibtisch. Sie schien seinen Blick wahrzunehmen, bot ihm aber keinen Platz an.

Schlaicher ging dennoch auf den Stuhl zu.

»Ich bin so frei«, sagte er, was Emanuelle Lefèvre mit einem erneuten: »Ich habe keine Zeit für Sie«, quittierte.

Wenn sie es so eilig hatte, konnte er auch gleich ohne Umschweife auf den Grund seines Besuches kommen: »Kann es sein, dass Sie gestern Abend während der Show einen Anruf bekommen haben?«

»Ich wüsste nicht, was Sie das angeht. Wie kommen Sie denn darauf?«

»Mein Job ist es, genau zu beobachten. Und bei Ihnen ist mir aufgefallen, dass Sie kurz vor der Präsentation zusammengezuckt sind und mit der Hand in Ihre Tasche fuhren.«

»Ich weiß nicht, was Sie meinen. Und ich weiß auch nicht, was das Ganze hier soll. Ich wünsche Ihnen dennoch einen schönen Tag.« Sie setzte ihr gewinnendes Lächeln auf. Im Zusammenhang mit einem Rausschmiss fand Schlaicher es aber eher abstoßend.

»Kurz danach haben Sie die Frau aus der Menge ausgesucht und sind selbst im Personalbereich verschwunden«, erwiderte er ungerührt.

»Wie ich meine Show gestalte, kann Ihnen doch wohl egal sein.« Zwar lächelte Sie noch leicht, doch aus ihren Augen schienen Blitze zu schießen.

»Ich wundere mich nur, weil Sie die Behandlung doch sonst immer an sich selbst ausführen lassen.«

Sie antwortete nicht, sondern blickte ihn nur abwartend an.

»Und ausgerechnet dieses Mal«, fuhr Schlaicher fort, »suchen Sie eine Frau aus und verschwinden während des Höhepunktes Ihrer eigenen Show.«

»Was wollen Sie von mir?«, fragte sie nun scharf.

»Was glauben Sie?«, fragte er zurück.

»Ich glaube, dass Sie sich ziemlich viel herausnehmen und jetzt gehen sollten, weil ich sonst dafür sorgen werde, dass man Sie hinausbringt. Ich werde außerdem Herrn Gampp Bericht erstatten.«

»Tun Sie das«, sagte Schlaicher wenig beeindruckt und blieb sitzen. »Ich frage mich nur, ob auch etwas passiert wäre, wenn Sie anstelle von Tamara Brockmann auf der Liege gelegen hätten.« Emanuelle Lefèvre griff zu ihrem Smartphone und strich ein paarmal über dessen Oberfläche, bevor Sie es ans Ohr hielt. Was machte sie jetzt? Trommelte sie die Männer zusammen, um Schlaicher rauswerfen zu lassen? Oder rief sie die Polizei?

»Lefèvre. Ich muss sie leider bitten, noch einmal zurückzukommen. In meinem Büro befindet sich ein Herr, der mich belästigt.«

Schlaicher fragte sich, wer zurückkommen sollte.

»Gut. Ein paar Minuten halte ich noch durch«, ergänzte Emanuelle Lefèvre nach einer kurzen Pause. Dabei fixierte sie ihn mit ihrem Blick.

Schlaichers weitere Versuche, Emanuelle Lefèvre aus der Reserve zu locken, blieben absolut erfolglos. Sie sprach kein Wort mehr mit ihm, nachdem sie ihm nur noch einmal nahegelegt hatte, lieber von selbst zu verschwinden. Das hätte er vielleicht sogar gemacht, wenn er nicht neugierig gewesen wäre, wen sie angerufen hatte. Wenigstens das wollte er herausfinden und die Situation für die Lefèvre gleichzeitig ein bisschen unangenehm werden lassen.

Als die Angerufene zehn Minuten später in Begleitung einer zweiten Person eintrat, ärgerte sich Schlaicher, dass er nicht von allein darauf gekommen war: Es waren Martina und Weng.

»Der?«, rief Martina und klang dabei genauso ungläubig wie die Lefèvre bei seinem Eintreten.

»Danke, dass Sie so schnell zurückgekommen sind. Bitte entfernen Sie den Herrn von meinem Grundstück.«

Martina und Weng kamen auf Schlaicher zu, der aber von allein aufstand und den beiden Neuankömmlingen freundlich zunickte. Dann drehte er sich wieder um, blickte der Lefèvre in die Augen und hob demonstrativ beide Arme, damit sich die Sicherheitsfrauen unterhaken konnten. Martina dachte jedoch nicht daran, dieser stummen Aufforderung nachzukommen, sondern drehte ihm seinen rechten Arm schmerzhaft auf den Rücken.

»Hey, das tut weh«, beklagte er sich.

Obwohl Martinas Stimme kalt klang, als sie sagte: »Und jetzt raus hier, Freundchen!«, lockerte sie den Griff doch ein wenig.

»Was hast du hier verloren?«, fragte sie, nachdem sie Schlaicher an seinem Auto seine volle Bewegungsfähigkeit zurückgegeben hatte.

»Schön, dich zu sehen«, antwortete Schlaicher ohne Ironie.

Weng stand etwas abseits und beschäftigte sich intensiv mit ihrem Smartphone.

Martina sah wütend aus. »Warum hast du Frau Lefèvre belästigt?«

»Ich wüsste nicht, warum man sich durch mich belästigt fühlen sollte«, sagte Schlaicher.

»Da würden mir gleich ein paar Gründe einfallen. Also, was wolltest du von ihr?«

»Es geht um einen Mord.«

»Du meinst, weil die Frau gestern gestorben ist? Das war eine Verkettung unglücklicher Umstände.«

»Schlageter ermittelt in der Sache.«

Martina stutzte und rieb sich über ihren hübschen Nasenrücken, während sie nachdachte. Das war so typisch für sie. Schlaicher mochte das sehr.

»Du weißt, wie Schlageter ist, wenn er in einer Mordsache ermittelt«, ergänzte er.

»Ja, seine Nerven liegen blank, weil er befürchtet, dass du dich ungefragt mit reinhängst ...« Ein erstes leichtes Lächeln legte sich auf ihr Gesicht, das er erwiderte. Als sie das bemerkte, wurde sie sofort wieder ernst.

»Genau. Er tut zwar so, als wäre überhaupt nichts, aber gleichzeitig drängt er auf Informationen und will mich von eigenen Ermittlungen abhalten. Das kann nichts anderes bedeuten, als dass er Hinweise oder sogar Beweise dafür hat, dass Tamara Brockmann umgebracht wurde. Und ich frage mich, ob es da einen Zusammenhang zu deiner Lefèvre gibt.«

»Ehrlich gesagt, ist mir das jetzt ein bisschen zu blöde«, meinte Martina. »Es ist wirklich furchtbar, was dieser armen Frau passiert ist, aber ich glaube langsam, du bist irgendwie von Morden besessen. Hör einfach mal auf Schlageter und halt dich aus allem raus. Niemand braucht dich.«

Der letzte Satz war wie ein Schuss mit einer Kanonenkugel in Schlaichers Bauch.

»Um irgendwelche Morde aufzuklären«, setzte Martina noch nach, doch die Wunde war bereits geschlagen.

»Dann werde ich jetzt fahren«, brachte Schlaicher hervor. »Und lass dich hier nicht mehr blicken. Du hast Hausverbot. Das nächste Mal wirst du selbst ein Fall für die Polizei.«

Aus den Augenwinkeln sah Schlaicher, dass Weng mit versteinertem Gesicht direkt zu ihnen herüberblickte. Er setzte sich in den Wagen, während Martina mit traurigem Blick einfach stehen blieb. Bevor er losfuhr, ließ er die Seitenscheibe herab und sagte leise: »Nicht dass ich glaube, es könnte dich interessieren, aber Schlageter hat gemeint, er würde sich freuen, wenn du morgen um halb acht zu seiner Verabschiedung in die Polizeidirektion kommen würdest.« Ohne auf eine Antwort zu warten, ließ er die Scheibe wieder hochfahren und startete den Wagen. Als er vom Hafengelände fuhr, bog zeitgleich Schlageters Mercedes durch das Tor ein. Ihre Augen trafen sich für einen Moment. Beide stutzten.

8

Das konnte doch verdammt noch mal nicht sein. Was hatte Schlaicher hier zu suchen? Damit war ja wohl klar, dass an der Geschichte tatsächlich mehr dran war, als man auf den ersten Blick denken mochte.

Dass der Testdieb schon wieder schneller zu sein schien als er selbst, machte Schlageter richtig wütend. Auch der Anblick der beiden hübschen weiblichen Gestalten, die sich auf dem Parkplatz vor einer der Hallen unterhielten, beruhigte ihn nicht. Das war Martina Holzhausen, die sich mit einer Asiatin unterhielt. Moment, die zweite Frau hatte er doch gestern Abend im Karstadt auch kurz gesehen.

Schlageter bremste erst, als er mit den Vorderreifen schon fast die weiße Markierung auf dem Boden neben dem Jaguar erreicht hatte. Die Frauen schauten empört in den Wagen. Schlageter bemerkte, dass Martina ihn sofort erkannte, und stieg aus. »Was machen Sie hier?«, fragte er grob.

»Wir arbeiten«, antwortete Martina ebenso barsch.

»Und was wollte Schlaicher hier?«

»Wahrscheinlich dasselbe wie Sie.«

Na also, dachte Schlageter. Er ermittelt.

»Was arbeiten Sie denn hier, wenn man fragen darf?«

»Ich habe jetzt einen privaten Sicherheitsdienst«, antwortete Martina und kramte aus ihrer Tasche eine Visitenkarte hervor, die sie ihm reichte. Er steckte sie ungesehen in seine Jackentasche. Sie fuhr derweil fort: »Das ist meine Mitarbeiterin Weng Kirchhoff. Wir wurden von Frau Lefèvre engagiert, um bei der Show gestern aufzupassen.«

Schlageter wurde hellhörig. »Was hat sie denn befürchtet, was passieren könnte?«

»Es gab wohl schon des Öfteren Gedränge während und nach den Shows«, erklärte Martina.

»Aha«, sagte Schlageter ungläubig. »Ist sie da drin?«

Martina nickte.

»Ach so, hat Ihr Freund Sie schon wegen meiner Abschieds-feier morgen Abend angesprochen?«

»Ich habe im Moment keinen Freund.«

»Äh, ich dachte, Sie sind wieder mit Schlaicher zusammen?«

Schlageter bemerkte, dass die Asiatin gen Himmel blickte, als erhoffe sie spontanen göttlichen Beistand.

»Hat er das gesagt?« Martinas Stimme klang richtiggehend angriffslustig.

Schlageter überlegte kurz und musste dann zugeben: »Hmm, nein, ich glaube nicht.«

»Kann ich denn trotzdem kommen?«, wollte sie nun etwas ruhiger wissen.

»Ich würde mich freuen. Entschuldigen Sie, wenn ich eben vielleicht ein bisschen stürmisch war.«

»Kein Problem.«

Schlageter verabschiedete sich etwas besser gelaunt und ließ sich von einem kleinen, bierbäuchigen Typen durch die Halle zu einer Treppe führen, über die er die Galerie mit den Büros erreichte. Sie war hoch und steil und machte Schlageters nicht besonders guter Kondition ziemlich zu schaffen. Vollkommen außer Atem fand er die Tür zum Büro der Chefin. Er atmete noch einmal durch und klopfte kurz an, dann öffnete er die Tür.

Emanuelle Lefèvre saß an ihrem pompösen Schreibtisch und blickte Schlageter genervt entgegen.

»Guten Tag, Schlageter, Kripo Lörrach«, schnaufte er.

»Ja, wir haben uns doch gestern schon gesehen. Was wollen Sie noch hier? Ich habe mit Ihren Kollegen bereits alles besprochen.«

»Es haben sich aber noch ein paar Fragen ergeben, über die ich mich gerne mit Ihnen unterhalten würde.«

Emanuelle Lefèvre wies auf den Stuhl vor ihrem Schreibtisch, und Schlageter nahm, von den Treppen noch immer ein bisschen geschafft, Platz. Er seufzte erleichtert.

»Also, was wollen Sie wissen?«

»Was wollte Schlaicher von Ihnen?«

»Richtig, Sie kennen diesen Typen. Sie haben sich gestern Abend mit ihm unterhalten«, bemerkte sie nur.

Schlageter ging nicht darauf ein, sondern stellte die Frage erneut.

»Er hat mir wegen gestern ein paar Fragen gestellt. Anscheinend muss er für den Karstadt einen Bericht schreiben.«

»Worum ging es genau?«

»Ich konnte ihm nicht viel sagen. Außerdem können Sie sich vorstellen, dass ich im Moment ziemlich unter Druck stehe. Mit den Behörden rede ich gern, aber ich sah keinen Grund, mich über Gebühr mit einem Kaufhausdetektiv zu unterhalten, der im Übrigen so penetrant war, dass ich ihn von meinem Sicherheitsdienst entfernen lassen musste. Können wir jetzt zur Sache kommen? Es pressiert gerade ziemlich.«

»Was genau pressiert denn so?«

»Wollen Sie eine Kopie meines Terminkalenders? Sie meinen wohl, die Sache mit der toten Frau lässt mich kalt? Es hat noch nie Reaktionen dieser Art gegeben. Ja, vereinzelt gibt es Frauen, die auf ›Jeune‹ allergisch reagieren, aber niemals in einer solchen Art und Weise.«

»Die Tote war allergisch gegen Krustentiere«, bemerkte Schlageter. »Was haben denn Shrimps in Ihrer Creme verloren?«

»Sie finden in ›Jeune‹ mehr als siebzig Inhaltsstoffe, die entweder Wirkstoffe sind oder als Trägerstoffe fungieren«, begann die Lefèvre zu dozieren. »Dann gibt es noch Füllstoffe und Konservierungsmittel. Ein Bestandteil ist Krill.«

»Krill?«

»Ganz kleine Garnelen. Wale fressen die. Jetzt fragen Sie mich nicht, wieso, aber Krill ist günstig zu bekommen und dient als ein Füllstoff, der gleichzeitig dafür sorgt, dass die anderen Bestandteile sich gut miteinander verbinden. Das wurde im Labor so festgelegt. Krill ist aber nur in absolut geringen Mengen in ›Jeune‹ enthalten und vollkommen ungefährlich. Wie gesagt, es kann Unverträglichkeiten geben, jedoch niemals eine so starke Reaktion. Das habe ich Ihrem Kollegen alles schon gesagt.«

»Sie gehen also davon aus, dass die Frau nicht aufgrund der allergischen Reaktion verstorben ist?«

»Nein, das habe ich nicht gesagt. Wissen Sie, ich will mich nicht aus meiner Verantwortung herausreden. Aber ich produziere ›Jeune‹ nicht selbst, sondern lasse es in China herstellen. Letztlich ist der Transport günstiger, als hier vor Ort Leute dafür anzustellen. Natürlich habe ich gleich heute früh meinen Kontaktmann angemailt, dass er herausfinden soll, ob etwa aus Versehen eine höhere Krillkonzentration in die Creme gelangt ist. Ich meine, so etwas kann natürlich mal passieren. Die meisten Arbeiter sind ja nicht unbedingt sehr gebildet.«

Schlageter stellte seine Frage nun andersherum: »Sie gehen also davon aus, dass die Frau wegen ihrer Allergie gestorben ist?«

»Hören Sie, ich bin keine Ärztin, sondern eine Geschäftsfrau. Alles, wovon ich ausgehe, ist, dass ich ziemlich schlechte Publicity bekomme, wenn die Sache hochkocht. Zu Unrecht. ›Jeune‹ ist ein wirklich tolles Produkt, das viele Frauen sehr glücklich macht ...«

»... und Ihnen gute Gewinne beschert, nehme ich an.«

»Ist es verboten, Geld zu verdienen?«

Schlageter schüttelte den Kopf. »Darf ich fragen, ob Sie Tamara Brockmann persönlich kannten?«

»Nein, natürlich kannte ich sie nicht.«

»Warum haben Sie ausgerechnet sie ausgewählt?«

Emanuelle Lefèvre legte die Hände auf den Schreibtisch und verschränkte sie ineinander. Schlageter sah eine Menge Falten und sogar erste Altersflecken. Man kann noch so viel am Gesicht machen lassen, dachte er, die Hände zeigen doch immer das wahre Alter.

»Ich habe sie ausgewählt, weil sie in mein Kundinnenschema passte. Mittleres Alter, gut aussehend, affin, für Schönheit Geld auszugeben. Dass ich in ihre Richtung gegangen bin, war allerdings Zufall. Ich hätte die meisten der umstehenden Damen auswählen können. Und glauben Sie mir, es tut mir sehr leid, dass ich mich ausgerechnet für Tamara Brockmann entschieden habe. Ich würde das gern ungeschehen machen.«

»Wenn Sie sagen, sie war affin, für Schönheit Geld auszugeben, was meinen Sie damit?«

»Ihre Frisur saß perfekt, sie war also gerade beim Friseur gewesen. Sie trug Designerkleidung, ich bin nicht ganz sicher, glaube aber, es war Prada. Ihre Umhängetasche war von Chloé, und ihre Stirn war sehr faltenfrei, sodass ich davon ausging, dass sie sich regelmäßig spritzen lässt. Ach ja, an den Lippen ist wahrscheinlich auch etwas gemacht worden, allerdings sehr gut.«

Schlageter registrierte verwundert, was die Lefèvre in den wenigen Momenten so alles mitbekommen hatte. Ihm waren die Kleidung und die Marke der Tasche bei Frauen ziemlich egal, aber offenbar achteten sie untereinander darauf.

»Gehe ich recht in der Annahme, dass Sie fertig sind mit ihren Fragen? Wie gesagt, ich habe heute extrem viel zu tun.«

»Wann erfahren Sie denn von Ihrem Kontaktmann, ob zu viele Fischabfälle in Ihrer Creme waren?«

»Krill«, korrigierte Emanuelle Lefèvre. »Ich denke, dass ich Ihnen das bis Montag mitteilen kann. An wen soll ich mich denn dann überhaupt wenden? An Sie oder an diesen anderen?«

»Rufen Sie bei Faller an«, sagte Schlageter, der jetzt schon bereute, am Montag nicht mehr ins Büro gehen zu können. Er stand auf.

»Alles klar. Hier, nehmen Sie Ihrer Frau doch ein Pröbchen mit«, sagte Emanuelle Lefèvre und holte ein kleines Kunststoffbriefchen hervor, das Schlageter an eine Mayonnaise-Verpackung in der Pommesbude erinnerte, allerdings lange nicht so großzügig gefüllt war.

»Danke, aber wir haben keinen Bedarf an so was«, sagte er.

Der Besuch bei der Lefèvre hatte seine Ermittlungen nicht weitergebracht. Die Frau war ihm zwar nicht unbedingt sympathisch, aber sie hatte ihm auch keinen Anlass gegeben, an ihren Worten zu zweifeln. Wenn nur Schlaicher nicht da gewesen wäre ... Trotzdem, langsam fragte sich Schlageter, ob er sich nicht auf dem Holzweg befand. Bisher sprach wirklich alles dagegen, dass es sich um einen Mord handelte. Er hatte zwar eine Leiche und war geneigt, Schönhorsts Diagnose anzuzweifeln, musste jedoch in Betracht ziehen, dass der Arzt zufällig zum richtigen Schluss gekommen und Tamara Brockmann an einem anaphylaktischen Schock gestorben war. Damit hatte er keine Tat, kein Motiv, keine Möglichkeit und keinen Täter. Alles, was er hatte, war ein eigenartiges Gefühl in seiner Magengegend, das sich durch Schlaichers Ermittlungen deutlich verstärkte. Und kaum noch Zeit. Morgen sollte sein definitiv letzter Tag bei der Kripo sein, sein letzter Tag als Polizist und Mitglied der arbeitenden Bevölkerung. Er fragte sich, was er in Zukunft nur den ganzen Tag über machen sollte. Ja, er hatte etwas Angst vor der Zeit seiner Pensionierung.

Das Handy klingelte, als Schlageter mit seinem Wagen von Weil aus den Tüllinger Berg erklomm.

»Hallo, Hanspeter?«

»Werner! Und, wird es klappen?«

»Sagen wir so, es hat schon geklappt.«

»Du warst schon da?«

»Sag ich doch. Hast du die Unterschrift von den Verwandten?«

Das hatte er natürlich vollkommen vergessen. Und dass Brockmann ihm nach seinem letzten Besuch noch eine Unterschrift geben würde, wagte er zu bezweifeln. Er antwortete trotzdem, ohne zu viel zu verraten: »Kein Problem«, und fügte gleich an: »Und? Was gefunden? Lass mich raten: keine Auffälligkeiten.«

»Im Gegenteil«, antwortete Werner. Schlageter war von einer Sekunde auf die nächste vollkommen wach.

»Was heißt das?«

»Das heißt, dass ich eine erhöhte Konzentration von Botulismustoxin A festgestellt habe.«

»Toxin? Ein Gift? Was ist das für eines?«

»Das stärkste Gift, das es auf der Welt gibt«, erklärte Werner. »Mit nur einem Gramm könntest du hunderttausend Leute umbringen. Allerdings gibt es solche Mengen nicht.«

Schlageter war gerade an der Tumringer Höhe angekommen und bog nach links ab, um sich auf den Parkplatz stellen und in Ruhe telefonieren zu können.

»Du hast von dem Zeugs wahrscheinlich schon gehört: Es ist bekannt unter dem Namen Botox.«

Schlageter stellte den Motor ab und spürte, wie sein Kribbeln in der Magengegend wieder stärker wurde.

»Das, was man sich gegen Falten spritzen lassen kann?«, fragte er nach und dachte natürlich sofort an die Praxis von Peter Brockmann.

»Exakt. Die Tote hat allerdings keine normale Dosis bekommen. Entweder wurde ihr das Zeug konzentriert verabreicht, was eine ziemlich teure Art wäre, jemanden zu töten, oder sie hat vorher was Schlechtes gegessen.«

»Wie bitte?«

»Botulismustoxin heißt auch Wurstgift. Es bildet sich zum Beispiel in längst abgelaufenen Konserven. Allerdings sollte man eigentlich bemerken, dass man die nicht mehr essen kann, weil die Dosen dann meistens aufgebläht sind.«

»Kann es vielleicht sein, dass ihr Arzt ihr einfach mehr gespritzt hat, weil nach dem ersten Mal die Falten noch nicht weg waren?«

»Nein, dazu war die Konzentration zu hoch. Tiefe Falten bekommst du mit Botox allein sowieso nicht weg. Es ist ein Nervengift, das an die Muskelrezeptoren andockt und die Muskeln dadurch lähmt. Du kannst dann zum Beispiel die sogenannten Zornesfalten zwischen den Augen einfach nicht mehr bilden. Damit schon bestehende Falten weggehen, musst du sie auffüllen, zum Beispiel mit Hyaluronsäure.«

»Von welcher Konzentration sprechen wir genau?«, wollte Schlageter wissen.

»Es gibt verschiedene Präparate, die den Wirkstoff Botulismustoxin A beinhalten. Jeder Hersteller benutzt andere Konzentrationen je Einheit. Normalerweise werden daher je nach Faltentiefe und Konzentration bis zu fünfzig Einheiten gegeben. Die Tote hatte aber mindestens fünfhundert Einheiten der durchschnittlichen Konzentration intus. Außerdem ist das Toxin auch in die Blutbahn gelangt.«

»Was heißt das?«

»Intravenös ist das Zeug noch viel giftiger. Ein Gift, das die Muskeln lähmt, hat verheerende Auswirkungen, wenn die Blutbahn es überallhin transportiert«, erklärte Werner. »Es lähmt das Herz, das ein Muskel ist. Es lähmt die Atmung, die ebenfalls durch Muskeln gesteuert wird. Und schon ist man tot.«

»Meinst du, es wurde ihr absichtlich gespritzt?«

»Du weißt genau, dass ich dir dazu nichts sagen kann. Das ist dein Job. Es ist aber möglich. Die Dosis war jedenfalls hoch genug, um einen extrem schnellen Verlauf der Vergiftung zu bewirken. So schnell, dass man sie im Krankenhaus vielleicht nicht mehr rechtzeitig hätte feststellen können. Im vorliegenden Fall hätte die gleichzeitige Allergie dem Täter zusätzlich in die Hände gespielt, weil die Hautirritation alles andere in den Schatten gestellt hat. Wenn es ein Mordversuch gewesen sein sollte, wäre es aber dennoch ein ziemlich riskanter gewesen. In jedem Krankenhaus gibt es ein Gegengift.«

»Wie kommt man an dieses Botox-Zeug?«

»Das bekommst du nur als Arzt. Es gibt allerdings auch schwarze Produktionen. Da würde sich ein verantwortungsvoller Arzt natürlich nie eindecken, weil man nicht sicher sein kann, ob die Konzentration dem Aufdruck entspricht.«

»Aber wenn man auf schnelles Geld aus ist, lohnt sich das?«

»Kommt darauf an, wie viele Patienten man hat. Aber ja, man könnte wahrscheinlich ganz gut was sparen und die Mittel trotzdem teuer verkaufen.«

Schlageters Kribbeln im Bauch erinnerte jetzt an einen Schwarm wilder Hornissen. Sein Gefühl hatte ihn nicht getrogen. Jetzt hatte er neben der Leiche auch einen Beweis, dass es sich um Mord handelte. Fehlte noch der Mörder, wobei ihm auf Anhieb Peter Brockmann einfiel, der wegen seines Zugangs zu Botulismustoxin eindeutig die Möglichkeit gehabt hatte. Jetzt brauchte es nur noch ein Motiv und natürlich einen stichhaltigen Beweis. Wenn er Glück hatte, würde sein Wunschtraum Wirklichkeit werden und er morgen nicht nur verabschiedet, sondern als Lörrachs größter Ermittler aller Zeiten gefeiert. Wahrscheinlich würde er im Anschluss noch einen Orden bekommen. Zumindest aber würden Schönhorst und Danner eine Lektion in Sachen guter Polizeiarbeit erhalten.

»Das war übrigens noch nicht alles, was ich festgestellt habe«, sagte Werner und holte Schlageter damit in die Realität zurück. »Die Frau war schwanger.«

Damit hatte er nicht gerechnet. »Was? Wirklich?«

»Elfte oder zwölfte Woche.«

»Das muss ich jetzt erst mal verdauen«, sagte Schlageter. »Danke Werner. Ich habe dir sehr, sehr zu danken.«

»Schon gut. Spätestens morgen Abend bei deiner Party musst du mir aber den Obduktionsauftrag geben.«

Schlageter wählte Helbachs Nummer direkt im Anschluss.

»Polizeidirektion Lörrach, Helbach am Apparat«, erklang die gewohnt tiefe Stimme seines Assistenten.

»Helbach, wir müssen uns dringend unterhalten.«

»Chef! Wo stecken Sie den ganzen Tag?«

»Darum wird es gehen. Wissen Sie was, wir treffen uns bei mir zu Hause. Ich habe Neuigkeiten.«

»Gleich ist Feierabend«, sagte Helbach.

»Feierabend können Sie ab nächste Woche machen, wann immer Sie wollen. Aber noch bin ich Ihr Vorgesetzter«, murrte Schlageter ins Telefon. »Setzen Sie sich in den Wagen und fahren Sie zu mir. Ich bin auch gleich da.« Er legte auf, bevor es weitere Widerworte geben konnte.

Er mochte bisher allein eine grandiose Arbeit geleistet haben, aber ihm war klar, dass er für den Rest einen zweiten Mann brauchte. Und Helbach war der Einzige, dem er so weit vertrauen konnte, dass er bis morgen dicht hielt.

Schlageter fand einen Parkplatz genau neben Helbachs Wagen. Der war bereits ausgestiegen und wartete am Hauseingang. Man sah ihm an, dass er nicht glücklich darüber war, das Wochenende mit einem Besuch bei seinem Chef beginnen zu müssen. Allerdings vermutete er einen vollkommen anderen Grund für seine Anwesenheit, wie seine erste Bemerkung verriet: »Wenn es darum geht, irgendwas zu kochen, bin ich der falsche Mann.«

»Kochen? Ach, Sie meinen wegen der Party? Nein, das macht ein Partyservice.« Tatsächlich hatte sich auf Schlageters Heimfahrt der Inder gemeldet und das Catering für morgen bestätigt. Eine Sorge weniger.

»Sie haben echt noch jemanden gefunden?«

»Was meinen Sie denn. Nein, wir müssen uns dienstlich unterhalten. Es ist äußerst wichtig. Alles Weitere sollten wir drinnen besprechen.«

Schlageter schloss die Haustür auf und dann die Wohnungstür. Als er sie aufdrückte, war die Welt noch normal. Aber nur Sekunden später hatte er seine Pistole in der Hand und starrte angestrengt in den Flur, wo einige seiner Sachen auf dem Boden lagen. Helbach erschrak, als er die Pistole zog, und tat es ihm nach.

»Ein Einbrecher«, flüsterte Schlageter.

War er noch da? Schlageter war zu angespannt, um sich sofort über die umgeworfenen Sachen in seinem Büro und der Küche aufzuregen. Helbach sicherte das Badezimmer und das Schlafzimmer. Vor der Tür zum Wohnzimmer trafen sie wieder zusammen. Schlageter warf die Tür auf und stürmte hinein, Helbach folgte ihm dicht auf den Fersen. Nach nur zwei Schritten fand Schlageters linker Fuß jedoch keinen rechten Halt mehr und rutschte zu weit nach vorne. Der Kommissar spürte, wie sich sein Schwerpunkt nach hinten verlagerte, während ihm ein eigenartiger, unangenehm saurer Geruch in die Nase drang. Ihm fiel auf, dass niemand im Zimmer zu sein schien, und er dachte an die Pistole, deren Mündung er nach oben in Richtung der Zimmerdecke riss, die sich unterdessen immer mehr in sein Sichtfeld schob.

»Chef!«, rief Helbach, was Schlageter sehr gedehnt wahrnahm. Dann prallte er mit dem Hintern auf den Teppich. Im gleichen Moment löste sich ein Schuss, und der Geruch nach Pulver mischte sich in den stärker werdenden sauren Gestank. Putz rieselte von der Decke auf Schlageter hinab, der endlich komplett zum Liegen kam. »Chef!«, rief Helbach erneut und befand sich kurz darauf an seiner Seite. »Haben Sie sich was getan? Igitt!«

Was das letzte Wort sollte, wurde Schlageter erst klar, als er sich mit den Händen auf dem feuchten Teppich abstützte, um aufzustehen.

»Verdammter Dreck!«, schrie er mit aller Kraft seiner Stimme. Das war immerhin laut genug, um die im Treppenhaus aufkommende Unruhe für kurze Zeit zu übertönen. Er war in einer Lache Erbrochenem gelandet.

Helbach rannte nach draußen, um die wegen des Schusses verängstigten Hausbewohner zu beruhigen. Schlageter stand mühsam, aber durchgängig wild fluchend auf und streifte seine

Schuhe ab, damit er nicht noch mehr dreckig machte. Sein Weg führte ihn ins Schlafzimmer, das im Gegensatz zu dem, was er im Büro gesehen hatte, nahezu aufgeräumt wirkte. Dort suchte er sich mit der sauberen Hand neue Kleidung zusammen und lief damit ins Badezimmer, das von dem Einbrecher wohl am wenigsten frequentiert worden war. Als Erstes entledigte er sich der Hose und Unterhose, die sich beide vollgesogen hatten, und warf sie in die Badewanne. Er kippte schnell etwas Badezusatz Marke Latschenkieferessenz darüber und ließ Wasser einlaufen, bevor er sich den Rest auszog und in die Dusche stieg.

Erst als das heiße Wasser über seinen Körper lief, wurde ihm richtig bewusst, was hier passiert war. Ein Einbrecher in seiner Wohnung! Und das Arschloch hatte ihm auch noch ins Wohnzimmer gekotzt! Als ihm zu allem Überfluss noch die Seife aus den Fingern glitt und über Wand und Boden der Dusche rutschte, schrie er vor Wut laut auf.

»Chef?«, fragte Helbach durch die Tür.

»Ich wasche mich«, gab Schlageter lautstark zurück.

»Ja, das denke ich mir. Die Kollegen sind auf dem Weg.«

Natürlich. Jetzt lief die ganze Maschinerie an – und das auch noch doppelt. Nicht nur wegen des Einbruchs, sondern auch wegen des abgegangenen Schusses. Schlageter machte sich keine Sorgen, dass es Ärger geben würde, immerhin war es ein Unfall gewesen, doch jeder abgegebene Schuss bedeutete einen gewaltigen bürokratischen Aufwand. Es würden auch Kollegen von der Kripo kommen. Und das alles jetzt, am Tag vor seinem Abschied, wo er doch ohnehin kaum noch Zeit hatte, den Mordfall Tamara Brockmann vollständig aufzuklären.

Das heiße Wasser und die Unmengen Seife, die er seinem Körper angedeihen ließ, konnten das Gefühl des Ekels nicht wegwaschen. Das kleine Bad war voller Dunst, als er aus der Dusche stieg und sich mit einem großen Handtuch trocken rubbelte. Mittlerweile roch alles nach Latschenkiefer, doch der Gestank nach Erbrochenem schien immer noch durchzudringen, hatte sich in seiner Nase festgefressen.

Schlageter zog sich an und trat in dem Moment in den Flur, als Faller eintraf.

»Na das ist ja eine schöne Scheiße«, sagte der. Hinter ihm kam Westermann in die Wohnung, gefolgt von Kollegen des Ermittlungsdienstes. Einer begann gleich an der Tür, nach verwertbaren Fingerabdrücken zu suchen. Schlageter war sich ziemlich sicher, dass er nur seine Abdrücke finden würde.

»Kommt nicht alle Tage vor, dass bei einem Kollegen eingebrochen wird«, sagte Westermann nach einer kurzen, von Schlageter kühl gehaltenen Begrüßung.

Gemeinsam gingen sie ins Wohnzimmer. »Das gibt's ja gar nicht«, sagte Faller, als er die Bescherung sah. Das Fenster war mittlerweile geöffnet worden, um frische Luft herein- und den Gestank hinauszulassen. Helbach wahrscheinlich. Auch im Wohnzimmer war einiges unordentlich, am schlimmsten allerdings war der versaute Teppich. Auf das verwischte Erbrochene waren Putzstücke von der Decke gerieselt. Schlageters Pistole war nirgends mehr zu sehen. Offenbar hatte Helbach sie weggenommen. Schlageter war froh darüber, denn es hätte ihm gerade noch gefehlt, dass seine Waffe hier einfach so rumgelegen hätte.

Während Faller und Westermann noch mit einer Mischung aus Ekel und Belustigung den versauten Teppich betrachteten, schaute Schlageter zu Helbach, um sich über den Verbleib der Pistole zu versichern. Der reagierte auf seinen fragenden Blick mit einem beruhigenden Nicken.

»Und, was fehlt?«, fragte Faller, dessen zerbeulte Jeans etwas zu tief hing.

»Ähm, ich habe noch nicht geschaut. Auf den ersten Blick gar nichts.«

»Gut so. Ich würde sagen, wir gehen erst mal raus und lassen die Jungs ihre Arbeit machen«, schlug Faller vor. Schlageter, Helbach und Westermann folgten ihm vor die Tür.

»Am letzten Tag noch mal geballert, was?«, scherzte Faller. Westermann grinste.

»Verarschen kann ich mich allein«, schimpfte Schlageter los, was Westermann das Grinsen sofort austrieb. Faller jedoch legte Schlageter die Hand auf die Schulter, eine Geste, die der so überhaupt nicht leiden konnte, und meinte: »Klar, dass die Nerven blank liegen. Ist nicht so gemeint. Aber du kennst ja die

Vorschriften beim Gebrauch der Dienstwaffe. Warum hast du gefeuert?«

»Vielleicht, weil ich nach Hause gekommen bin und feststellen musste, dass ein Einbrecher in meiner Wohnung war? Ich habe gedacht, dass der noch da sein könnte, und bin mit gezogener Waffe rein.«

»Entsichert?«

Schlageter trat von einem Fuß auf den anderen. »Ja, entsichert. Wie denn sonst?«

»Und dann?«

»Wir haben die Zimmer gecheckt. Im Wohnzimmer bin ich ausgerutscht, und beim Fallen hat sich ein Schuss gelöst.«

»Sie sind mitten in der Kotze gelandet?«, fragte Westermann betont ernst.

»Wenn ihr irgendjemandem nur ein einziges Wort davon sagt, dann mache ich euch so was von alle«, drohte Schlageter.

»Ruhig, Brauner«, beschwichtigte ihn Faller. »Dein Geheimnis ist bei uns sicher.«

Schlageter wäre jede Wette eingegangen, dass er log. Wahrscheinlich hob er sich die Geschichte für die Party morgen auf. Noch ein Grund, den Mordfall schnell selbst zu lösen. Sein Triumph würde alle Unwägbarkeiten überdecken, so wie die Latschenkieferessenz den Gestank in seinen Klamotten übertünchte.

»Wo ist die Waffe jetzt?«

Helbach zog die Pistole aus der Jackentasche und übergab sie Faller, der kurz am Lauf roch und feststellte, dass sie kürzlich abgefeuert wurde.

»Du weißt ja, dass ich sie mitnehmen muss.«

»Ich weiß, ich weiß«, sagte Schlageter. »Kann ich jetzt schauen, was gestohlen worden ist?«

Faller und Westermann gingen noch einmal durch die Räume und sorgten dafür, dass der Ermittlungsdienst auch Fotos von der Wohnzimmerdecke schoss, dann wollten sie ins Büro zurück, um die Papiere aufzusetzen.

»Und wie steht es sonst?«, fragte Schlageter. »Was haben die Ermittlungen zu der Toten beim Karstadt ergeben?«

»Was sollen die schon ergeben haben?«, fragte Faller zurück.
»Ein blöder Unfall. Die Staatsanwaltschaft sieht keinen Grund,
das Ganze zu intensivieren. Also ein Tag voller Arbeit, an dessen
Ende alles geklärt ist. Du kannst beruhigt in den Ruhestand
gehen.«

Schlageter wunderte sich bei näherer Betrachtung über die un-
terschiedliche Behandlung der Räume durch den Einbrecher.
Teilweise hatte der die durchwühlten Sachen ordentlich zurück-
geräumt, teilweise alles wie wütend auf den Boden geworfen.
Am schlimmsten sah es in seinem Büro aus, wo sogar die verschlossenen Schubladen aufgebrochen und durchsucht worden
waren. Es machte nicht den Eindruck, dass der Einbrecher auf
Wertsachen aus gewesen war. Vielmehr wirkte es so, als habe
er etwas Bestimmtes gesucht. Aber was würde ein Einbrecher
in seinen Papieren finden wollen? Sogar die Fotos hatte er sich
angesehen.

Es würde ihn mindestens einen Monat kosten, alles wieder
ordentlich zurückzuräumen. Am meisten verwunderte ihn die
Sache mit dem Erbrochenen. Welcher Einbrecher stieg schon
mit einer Magen-Darm-Grippe in ein Haus ein? Oder nachdem
er etwas Schlechtes gegessen hatte? Unweigerlich musste er an
das Wurstgift denken.

»Chef?« Helbach kam rein. Er hatte sich im Haus umgehört,
ob jemandem der Einbruch oder irgendetwas Ungewöhnliches
aufgefallen war.

»Und? Gibt es Hinweise?«

»Eine Frau Schwörer hat etwas gesehen. Zwei Männer, sie
meint, es waren wohl beide Ausländer. Einer hat ihr die Einkäufe
hochgetragen.«

»Zwei Täter?«

»Vielleicht hat einer Wache gestanden«, meinte Helbach.

»Oder beide waren drin und einem ist schlecht geworden.«

»Wann hat sie die Männer gesehen?«

»Sie meint, es sei so gegen drei Uhr gewesen. Allerdings wäre
ich mit den ›Ausländern‹ doch eher vorsichtig. Sie hat gemeint,
sie hätten normales Deutsch gesprochen.«

»Hat sonst jemand etwas mitbekommen? Die Müller aus dem ersten Stock vielleicht?«

»Sonst gab es von niemandem etwas, außer dass die Leute nicht unbedingt gut auf Sie zu sprechen sind, weil Sie im Haus geschossen haben. Ich habe ihnen aber erklärt, dass nie jemand in Gefahr war.«

Schlageter bedankte sich bei Helbach, was dieser mit einem gewissen Erstaunen quittierte.

»Helbach, ich denke, es macht Sinn, wenn ich heute Nacht in ein Hotel gehe. Ich habe keinen Nerv, das jetzt noch aufzuräumen. Allerdings muss ich dringend mit Ihnen sprechen. Wissen Sie was? Ich lade Sie zum Essen ein.«

Kaum zwanzig Minuten später saßen Sie im Rhodos, dem Griechen in Lörrach-Haagen, und warteten auf ihr Essen. Schlageter merkte Helbach an, dass dieser etwas verunsichert war, weil er bisher nicht mit der Sprache hatte rausrücken wollen. Erst jetzt, nachdem die Bedienung die Getränke gebracht und er von seinem Naoussa genippt hatte, beugte er sich über den Tisch und sagte: »Helbach, ich brauche Ihre Hilfe.«

»Seit drei Wochen biete ich Ihnen jeden Tag meine Hilfe an, um die Party zu organisieren …«

»Nein, darum geht es nicht. Es geht um …« Schlageter schaute sich kurz um. Die Leute an den anderen Tischen waren in Gespräche vertieft, die griechische Hintergrundmusik war laut genug, trotzdem flüsterte er das nächste Wort: »Mord.«

Helbachs Stirn legte sich in Falten und demonstrierte seine Ungläubigkeit. »Was?«

»Wenn ich es Ihnen doch sage. Ich glaube, ich habe mich da in eine Situation manövriert, die ich nicht mehr ganz unter Kontrolle habe.«

»Als wäre das das erste Mal.«

Schlageter überhörte diesen Kommentar.

»Ich habe auf eigene Faust an der Toten vom Karstadt eine Obduktion durchführen lassen.«

Helbachs Gesichtszüge schienen sich noch mehr anzuspannen.

»Sie war schwanger. Und es wurde eine hohe Konzentration

Botox in ihrer Blutbahn gefunden. Eine tödliche Konzentration.«

Helbach griff nach seinem Weizenbier und nahm einen großen Schluck.

»Ich will diesen Mordfall bis morgen lösen und schaffe das wahrscheinlich nicht allein«, flüsterte Schlageter verschwörerisch.

»Sie sind total verrückt geworden«, sagte Helbach.

»Pssst!«, machte Schlageter, auch diese Frechheit überhörend. Helbach flüsterte jetzt auch: »Sie haben an der Staatsanwaltschaft vorbei eine Obduktion durchführen lassen?«

»Ich hatte keine andere Wahl. Am Anfang war es nur ein Gefühl, dass da etwas nicht stimmt, aber meine Ermittlungen haben das inzwischen belegt.«

»Ihre Ermittlungen. Soll das heißen, Sie waren den ganzen Tag unterwegs, um Fallers und Westermanns Job zu erledigen?«

»Ich bin immer erst nach Faller zu den Leuten gegangen, die haben gar nichts gemerkt.«

Der Chef des Restaurants, ein sehr freundlicher Grieche, der Männern immer einen besonders festen Händedruck zur Begrüßung gab, brachte das Essen persönlich. Mit einem netten Spruch stellte er jedem von ihnen einen ovalen Teller hin, auf dem sich aufgehäuft verschiedene gegrillte Fleischsorten und frittierte Kartoffelscheiben befanden. Schlageter und Helbach schwiegen während der ersten Bissen, doch der Kommissar merkte schnell, dass sein Assistent das reichliche und wie immer sehr gut schmeckende Essen nicht richtig genießen konnte. Und wieder einmal lag er richtig, denn nach einiger Zeit sagte Helbach leise: »Sie haben morgen Ihren letzten Tag. Ich habe noch einige Jahre vor mir. Bevor ich mir meine Zukunft versaue, müssen Sie mir alles genau erzählen. Und damit meine ich: ohne jegliche Auslassung.«

9

Mario hatte die Nase voll. Jetzt saßen sie schon seit einer halben Stunde im BMW gegenüber dem Haus, in dem dieser Schlaicher wohnte, und nichts passierte. Irfan war nach dem Einbruch zurück zum Birktalerhof gefahren und hatte sich mit Marios Notebook anderthalb Stunden in seinem Zimmer eingeschlossen. Als er wieder herauskam, hatte er Michael an die Hand genommen und war wie versprochen mit ihm zum Ballspielen nach draußen gegangen.

Mario hatte während der ganzen Zeit nicht einmal Lust auf einen Joint gehabt, und das wollte was heißen. Er war in die Scheune gegangen und hatte das Rollregal zur Seite geschoben, hinter dem sich die Metalltür in sein geheimes Reich befand. Darin war es taghell, obwohl es kein einziges Fenster gab. Das Licht stammte von Tageslichtlampen, die in langen Reihen an der Decke hingen. Ein paar silberfarbene Rohre verliefen über den auf Tischen angeordneten Pflanzreihen. Die dünnen waren für die Bewässerung da, die dicken für die Be- und Entlüftung. Die Pflanzen waren noch recht klein, sodass es noch nicht so stark roch, aber wenn die Blüten erst einmal kamen, würde die Luft hier drin reichen, um das ganze Wiesental wissen zu lassen, was er machte. Ein ausgeklügeltes Filtersystem ließ sie ohne den für Gras typischen »Geschmack« austreten.

Er hatte etwas lustlos die Pflanzen geprüft und die Bewässerung hochgeregelt, als es irgendwann an die Tür klopfte. »Maaariooo! Wir müssen faaahren!«, rief Michael. Mit dem »wir« hatte er einfach wiedergegeben, was Irfan ihm zu sagen aufgetragen hatte. Kurze Zeit später hatten Mario und Irfan zu Michaels Enttäuschung allein im BMW gesessen und sich auf den Weg nach Maulburg gemacht.

»Ich find's nett, dass du mit Michael gespielt hast«, sagte Mario, um das scheinbar ewig während Schweigen zu unterbrechen. Irfan starrte die ganze Zeit auf das schmutzig weiße Haus mit den grünen Fensterläden.

»Hmm«, gab er als Antwort zurück.

»Ich möchte nicht, dass meiner Familie etwas passiert.«

»Ja, ich weiß.«

»Vielleicht kann ich den Schaden ja abarbeiten. Ich meine, dann muss niemandem etwas passieren.«

Irfan schaute zu ihm rüber, gab aber keine Gefühlsregung von sich und sagte auch nichts dazu.

Ein paar Minuten später kam ein Wagen an, der in den Hinterhof des Anwesens fuhr.

Kurz darauf erschienen ein Mann mittleren Alters und ein jüngerer, dicklicher Typ. Beide schauten kurz in ihre Richtung, gingen dann aber die paar Stufen zur Tür hoch, und der Ältere schloss auf. Mario hatte das Gefühl, den anderen schon einmal gesehen zu haben, aber er konnte ihn nicht zuordnen. Sein Gesicht hatte er nur für den Bruchteil einer Sekunde erkennen können, weil Irfans Kopf im entscheidenden Moment in sein Blickfeld gerückt war, als dieser sich umdrehte und sagte: »Das ist er. Der Ältere.«

»Woher willst du das wissen?«

»Ich habe Bilder von ihm im Internet gesehen.«

Es dauerte nur eine halbe Minute, bis in den obersten Fenstern unter dem Dach ein Lichtschein anzeigte, dass dieser Schlaicher wohl dort wohnte.

»Und jetzt? Gehen wir rein?«, fragte Mario.

»Ich würde ihn mir lieber vornehmen, wenn er allein ist«, antwortete Irfan.

Kurz darauf hielt noch ein Wagen an dem Haus, ein kleiner Peugeot, aus dem zwei wirklich gut aussehende Frauen stiegen. Mario und Irfan starrten sie an. Als die beiden sie bemerkten, gaben sie vor, im Auto nach etwas zu suchen, bis die Frauen durch die Tür verschwunden waren.

»Da kommt einer«, sagte Irfan direkt im Anschluss und zeigte nach vorn.

Sie parkten vor einer Scheune, an die ein Haus mit einer außen angelegten Treppe grenzte. Die stieg gerade ein etwa fünfundsechzig Jahre alter Mann mit Vollbart herab, der einen gehörigen Bierbauch vor sich hertrug. Der Mann schaute auf ihren Wagen und ließ ihn nicht aus dem Blick, sondern marschierte schnurstracks auf sie zu.

»Lass mich reden«, sagte Irfan und ließ mit den Knöpfen an seiner Armlehne Marios Seitenscheibe herab.

»Noobe middenand. Darf mr frooge, was ihr do mached?«

»Bitte?«

»Ob mr frooge dürfi, was ihr do mached?«, wiederholte der Mann. Mario merkte, dass Irfan ihn offenbar überhaupt nicht verstand.

»Er fragt, was wir hier machen«, übersetzte er.

»Dürfen wir hier nicht stehen?«, fragte Irfan, ohne die Frage zu beantworten.

Der Mann überlegte kurz und sagte: »Vo mir uss chönned Ihr jo scho do schdoo, aber ihr mached doch öbbis, verdooria? Dr Laade'n'isch zue, wenns daas isch.«

»Danke schön«, sagte Irfan und nickte lächelnd. Nein, der Türke verstand kein Wort. »Wir müssen aber sowieso gleich weiter.« Er ließ die Scheibe hochfahren, was von dem Mann mit einem Klopfen an dieselbe quittiert wurde. Irfan reagierte nicht darauf, sondern startete den Motor, doch das Klopfen wurde stärker, sodass Mario sein Knöpfchen in der Armlehne drückte, um das Fenster einen Spalt zu öffnen.

»Wo geht es nach Rheinfelden?«, fragte er den Mann, der vermutlich etwas anderes hatte sagen wollen, nun aber innehielt und erwiderte: »Aha, do wännd'r aane. Also, do über Adelhuuse. Drnoo chönned'r über Eichsel duurab oder Meisele.«

»Vielen Dank«, sagte Mario, während Irfan schon anfuhr.

★★★

Dr. Watson kriegte sich gar nicht mehr ein, seit Martina kurz nach seinem Herrchen durch die Tür getreten war. Der Basset, sonst doch eher gemächlich unterwegs, sprang an ihr hoch und ließ sich durch nichts davon abbringen, seiner Freude durch lautes, tiefes Bellen Ausdruck zu verleihen. Martina konnte gar nicht anders, als den Hund an den schweren Ohren zu packen und diese zu kneten, was Dr. Watson schließlich beruhigte und ihm ein wohliges Grunzen entlockte. Schlaicher stand etwas benommen an der Tür und begrüßte Weng, die diese Begrüßungsszene offenbar sehr lustig fand. Lutz stand etwas abseits und fuhr sich durch die Haare. Schlaicher wettete, dass er gerade bereute, sie nicht gewaschen zu haben.

»Hallo, Rainer«, sagte Martina endlich, als sie sich von Dr. Watson abwandte, was diesen erneut dazu veranlasste, zu bellen und mehr Streicheleinheiten einzufordern.

»Hallo. Das ist aber echt eine ziemliche Überraschung.«

»Und zwar eine, die schöner nicht sein könnte«, beeilte sich Lutz zu sagen. Das hätte ja ausnahmsweise mal gut geklungen, wenn er nicht außerdem angefügt hätte: »Zwei sexy Bienen für zwei coole Hornissen.«

»Wenn er jetzt noch was von seinem Stachel sagt, bringe ich ihn um«, bemerkte Weng, während sie an Schlaicher vorbeiging. Das wirkte. Lutz sagte nichts mehr, sondern holte zwei zusätzliche Gläser aus dem Küchenschrank.

»Wer parkt denn da beim Erwin an der Scheune?«, fragte Martina, die Schlaichers ausgestreckte Hand geflissentlich übersah.

»Keine Ahnung. Vielleicht jemand von seinem Club.«

»Was für ein Club?«

»Er hat einen Vollbartverein gegründet«, erklärte Schlaicher.

»Die Typen in dem BMW hatten aber keine Bärte.«

Es war die Nennung des Markennamens, die Schlaicher plötzlich unruhig werden ließ. Er ging in sein Schlafzimmer, um durch das Fenster auf die Straße zu schauen. Da stand Erwin Trefzer und schaute in Richtung Adelhausen dem BMW hinterher. Schlaicher öffnete das Fenster.

»Hallo, Erwin! Waren das Freunde von dir?«

Trefzer schaute hoch und winkte. »Nai, diä ha'n'ich gar nidd chennd. Sie hänn g'said, sie wodde uff Rhyfelde aabe. Zwei Dunggelhoorigi.«

Das passte zu den Typen im BMW, den Schlaicher auf einem der Lkw-Parkplätze bei der Lefèvre-Lagerhalle stehen gesehen hatte. Er hatte dieser Beobachtung eigentlich keine Bedeutung beigemessen, doch jetzt wurde ihm etwas mulmig. Was machten die hier? Wenn es wirklich die gleichen Typen waren, konnte es kein Zufall sein, dass sie ausgerechnet vor seinem Haus standen.

»Komischi Kerli. Die hä'mr gar nidd g'said, was sie do wölle. Faschd e Stund sin sie do ummeg'hänggd.«

»Du hast dir nicht zufällig das Kennzeichen gemerkt?«

Beide warteten einen Kleinlaster ab, der an Trefzer vorbei die Straße entlangfuhr. Als es wieder ruhig war, rief Erwin: »He nai, warum au?«

»Ist schon in Ordnung. Schönen Abend.«

»Es isch uff jede Fall chaine von doo gsii. 'S hedd e'n'F voorne draa g'haa.«

Frankfurt am Main, dachte Schlaicher. »Alles klar, danke!«, rief er nach unten.

»Hesch Besuech vom Martina?«

»Ich muss jetzt. Grüß deine Frau!«

Bevor Trefzer noch etwas darauf sagen konnte, schloss Schlaicher schnell das Fenster und ging zurück in die Küche. Irgendwie war gerade alles etwas viel für ihn. Dass Martina nach so langer Zeit wieder in seiner Wohnung war, die Tote bei der Ladies Night, die anscheinend umgebracht worden war, seltsame dunkelhaarige Typen, die in einem BMW mit Frankfurter Kennzeichen saßen und seine Wohnung beobachteten. In der Martina war.

Sie saß neben Weng auf der Bank, auf dem Platz, der in ihrer gemeinsamen Zeit ihr Lieblingsplatz gewesen war. Lutz hatte sich Weng gegenübergesetzt und plapperte irgendwelches Zeug, was weder Sinn machte noch jemanden interessierte.

»Und? Kennst du die?«, erkundigte sich Martina.

»Erwin hat sie wohl gerade vertrieben«, antwortete Schlaicher und nahm die Weinflasche, um Martinas und Wengs Gläser zu füllen. Lutz trank seines schnell aus und hielt es ihm ebenfalls hin.

»Du warst lange nicht mehr hier«, bemerkte Schlaicher wehmütig, als er sich setzte.

Martina blickte zu ihrer Sitznachbarin.

»Befeuchte deine Lippen mit diesem edlen Wein, dann sollen diese Lippen mein nächster Zielort sein. Prost!«

»Lutz«, sagte Schlaicher scharf.

»Ich mein ja nur.«

Weng hatte ihr Glas nach dem Trinkspruch unangetastet zurück auf den Tisch gestellt. Martina hatte ihres noch gar nicht angerührt.

»Wir sind gekommen, weil ich etwas mit dir zu besprechen habe«, sagte Martina endlich. Ihre Stimme klang dabei ein wenig unsicher, fast bröckelnd. »Wenn du und Schlageter am selben Tag unsere Klientin besucht, hat das einen Grund. Ich möchte wissen, was dahintersteckt. Wir können es uns nicht leisten, gleich mit unserem ersten größeren Auftrag in ein schlechtes Licht zu kommen. Was war das für ein Gerede, dass es um Mord geht? Stimmt das?«

Schlaicher nippte an seinem Glas. Es schadete nicht, einen kleinen Moment zum Nachdenken zu gewinnen, doch Martinas wunderschöne Augen raubten ihm die Konzentration, sodass er schließlich doch einfach drauflosredete.

»Okay. Fangen wir vorne an. Wir wissen, dass Tamara Brockmann, die Frau, die eure Klientin bei der Show aus der Menge ausgewählt hat, im Krankenhaus an einem anaphylaktischen Schock, also einer äußerst heftigen Allergiereaktion gestorben ist. Schlageter ermittelt. Und du weißt, dass Schlageter nur an Mord wirklich interessiert ist. Vor allem so kurz vor seinem Abschied. Ich habe bei der Ladies Night außerdem eine eigenartige Beobachtung gemacht: Emanuelle Lefèvre ist meiner Meinung nach während der Show angerufen worden und hat dann spontan jemanden aus dem Publikum ausgewählt, um Gelegenheit für einen Rückruf zu haben. Im Internet gibt es ein paar Videos von der Show, bei der sie die Behandlung immer an sich selbst vornehmen lässt. Dieses Mal ist sie aber nach hinten verschwunden.« Er zwang sich, seinen Blick von Martina abzuwenden. »Weng, wir haben uns kurz unterhalten, als sie weg war.«

Worüber sie gesprochen hatten, sagte er natürlich nicht, stattdessen erklärte er: »Ich bin ihr hinterher und habe ein paar Fetzen von ihrem Telefonat mitgehört. Irgendwas mit ›verhaften‹ und ›Speeren‹ und ›nicht mehr liefern‹. Auf jeden Fall klang sie ganz anders als vorher. Zuerst herrisch wie sonst, dann aber plötzlich eingeschüchtert.«

Martina schaute ihn immer noch zweifelnd an.

»Okay, der Mord. Könnte es nicht vielleicht sein, dass gar nicht diese Frau Brockmann, sondern die Lefèvre die Behandlung bekommen sollte?«

»Bitte? Jetzt verstehe ich aber ein paar Sachen nicht«, ging Martina dazwischen. »Warum sollte es sich denn überhaupt um einen Mord handeln?«

»Ich weiß es nicht. Aber wenn Schlageter sich so reinhängt … Oder meinst du, der hat einfach vor, sich für seinen Ruhestand mit ›Jeune‹ die Falten aus dem Gesicht zu bügeln?«

»Dann wäre es aber erst einmal ein Mord an Tamara Brockmann«, stellte Weng richtig fest.

»Genau. Die Sache ist die, dass ich keine Ahnung habe, wie die Polizei darauf gekommen ist, dass es ein Mord war. Vielleicht war die Creme für die Behandlung mit irgendeinem Gift versetzt, um die Lefèvre umzubringen.«

»Du springst wieder«, sagte Martina. »Tamara Brockmann ist gestorben, nicht Frau Lefèvre.«

»Ja, schon, aber niemand konnte wissen, wen die Lefèvre für die Behandlung auswählen würde.«

»Dein Verdacht beruht also darauf, dass Frau Lefèvre während der Show rausgegangen ist?«

»Genau. Weil sie den Ablauf ihrer sonst immer gleich choreographierten Show nach dem Anruf spontan geändert hat.«

»Woher weißt du, dass sie angerufen wurde?«

»Ich habe gesehen, wie sie gezuckt und hektisch in ihre Tasche gegriffen hat. Im Anschluss ist sie ziemlich schnell verschwunden, um zu telefonieren. Ich habe sie heute Mittag natürlich gefragt, ob sie angerufen wurde, was sie so heftig verneint hat, dass ich sicher bin, dass es doch der Fall war. Was kann das für ein wichtiger Anruf gewesen sein, dass sie dafür alles stehen und liegen lässt?«

»Du meinst, es war eine Warnung«, tippte Martina.

»Ja, vielleicht. Oder sie hat etwas zu verbergen. Warum sonst hat sie nichts gesagt, als ich sie danach gefragt habe? Gar nichts?«

»Und das ist selten, dass eine Frau still bleibt«, warf Lutz ein, was bei Weng zu Augenrollen, bei Martina zu absoluter Nichtbeachtung und bei Schlaicher zu einem Blick führte, der töten könnte.

»Um mal wieder sachlich zu werden«, begann Martina, »warum hätte sie denn überhaupt mit dir reden sollen? Ich meine, du bist nur ein Kaufhausdetektiv, der einfach so bei ihr im Büro vorbeikommt und haltlose Behauptungen vorbringt.«

»Ein Kaufhausdetektiv, den keiner braucht, wie du sagst«, erwiderte Schlaicher. »Aber vielleicht darf ich dich daran erinnern, dass du vorbeigekommen bist, weil du nun doch etwas von mir willst.«

»Wollen tue ich von dir gar nichts«, gab Martina gereizt zurück.

Schlaicher wollte eben zu einer noch gereizteren Erwiderung ansetzen, als Weng den aufkommenden Streit im Keim erstickte, indem sie sagte: »Jetzt kommt mal wieder runter. Natürlich wollen wir was von Ihnen, Herr Schlaicher.«

Martina wollte etwas sagen, aber Weng sprach weiter. »Nein, Martina. Genau so ist es. Und ich denke, wir können uns wie erwachsene Menschen unterhalten, die wir ja auch sind. Ausnahmen bestätigen die Regel.« Beim letzten Satz blickte sie auf Lutz, der ihr als Antwort grinsend eine Kusshand zuwarf. »Sie meinen also, dass es ein Verbrechen gibt, mit dem Frau Lefèvre irgendwie in Verbindung steht«, sagte sie an Schlaicher gewandt.

»Ja, genau das meine ich. Ich kann nichts beweisen, aber es sprechen einige Indizien dafür.«

Weng und Martina blickten sich an und nickten einander zu.

»Wir haben auch ein paar eigenartige Beobachtungen gemacht«, sagte Martina.

Schlaicher rückte etwas näher an den Tisch. Selbst Lutz schien nun gebannt zuzuhören.

»Wo fange ich an? Also: Frau Lefèvre hat uns engagiert, um bei ihrer Show ein Auge darauf zu haben, dass alles gesittet abläuft. Eigentlich sollte unser Job gestern Abend vorbei sein, aber sie hat nach der Show gefragt, ob wir verlängern können. Außerdem hat sie gefragt, wie wir bewaffnet sind.«

»Ihr seid bewaffnet?«, fragte Schlaicher baff.

Martina stellte ein Pfefferspray auf den Tisch. »Ich damit, aber nur für Notfälle. Und Weng braucht keine Waffen.«

»Sie hat die Waffen einer Frau?«, fragte Lutz grinsend, doch keiner schenkte ihm Beachtung.

»Sie ist eine Martial-Arts-Spezialistin, wir haben uns bei einem Taekwondo-Kurs kennengelernt, den sie leitet.«

»Aber das war der Lefèvre nicht genug …«, tippte Schlaicher.

»Na ja, sie hat es sich nicht anmerken lassen, dann aber so nebenbei gefragt, ob wir auch Personenschutz mit ›richtigen‹ Waffen machen würden.«

»Also fühlt sie sich bedroht.«

»Wir haben uns zuerst nichts dabei gedacht«, übernahm Weng, »aber inzwischen haben wir angefangen, uns zu fragen, ob nicht doch mehr dahintergesteckt haben könnte. Und dann ist da noch die Sache mit dem Lagerraum.«

»Genau«, bestätigte Martina. »Unterhalb der Büros ist in der Lagerhalle ein abgetrennter Bereich, der immer verschlossen ist. Ich habe sie gefragt, was sich darin befindet, aber sie hat darauf ziemlich eigenartig reagiert.«

»Was hat sie gesagt?«

»Dass ›Jeune‹ da lagert. Und weil es so teuer ist, bleibt es ihren Worten nach im abgeschlossenen Bereich. Aber Weng hat von dem alten Polen, der heute da war, eine kleine Führung bekommen. Dazu gehörte auch das Regal, in dem ›Jeune‹ lagert. Im offenen Bereich.«

»Die gute Frau scheint ein Geheimnis zu haben«, bemerkte Schlaicher. »Und es würde mich wundern, wenn es ihr einziges ist. Was meint ihr, was da drin sein könnte?«

»Der Pole wusste es jedenfalls nicht«, sagte Weng. »Er hat gemeint, dass nur die Chefin einen Schlüssel hat. Er hat auch noch nie gesehen, dass irgendetwas hinein- oder herausgebracht worden ist. Er war noch nie drin.«

»Sonst noch etwas Mysteriöses?«

Martina, die gerade ihren ersten Schluck Wein genommen hatte und endlich etwas entspannter wirkte, sagte: »Na ja, komisch ist es schon, dass sie uns am liebsten mit Waffen gebucht hätte, uns dann aber nur bis heute, fünfzehn Uhr, anstellt, um in der Zeit in ihrem Büro im Lager rumzusitzen. Ich meine, der halbe Tag war gut bezahlt, aber wenn sie Angst hat, warum dann nur heute, und warum nur tagsüber?«

»Vor allem, wo ich um halb vier einfach so reinspazieren konnte und man mich sogar noch zu ihr führte«, bemerkte Schlaicher. »Dabei ist mir allerdings noch etwas aufgefallen: Auf dem Lkw-Parkplatz stand ein dunkler BMW, in dem zwei dunkelhaarige Männer saßen. Und eben parkte ein dunkler BMW vor meiner Haustür. Trefzer hat gesagt, dass zwei dunkelhaarige Männer drin waren.«

»Ganz schön düster hier bei euch«, witzelte Lutz.

Sie sprachen alles wieder und wieder durch. Niemand wusste, was der geheime Lagerraum beinhalten könnte – oder ob das überhaupt wichtig war. Nur dass die Lefèvre ein Geheimnis daraus machte, war sicher. Unklar war auch, ob all die Eigenartigkeiten, die sie erlebt hatten, wirklich auf ein düsteres Verbrechen hindeuteten. Sie kamen überein, weiter darüber nachzudenken und sich gegenseitig zu informieren, falls dies zu einem Ergebnis führen sollte.

Lutz hatte sich nach und nach etwas erwachsener verhalten, wenn er sich ein paar Gelegenheiten für den einen oder anderen schlechten Kalauer auch nicht entgehen ließ. Doch im Laufe des Abends war selbst Weng ihm gegenüber etwas gnädiger geworden. Sie hatte sogar den Anflug eines Lächelns auf den Lippen gehabt, als er sie mit einem schlecht nachgemachten fränkischen Akzent fragte, ob sie beide sich »Apropos Weng, vielleicht amal a weng dreffen« könnten. Trotzdem hatte er natürlich eine eiskalte Abfuhr bekommen – und sie mit dem Spruch definitiv auch verdient.

»So, dann fahren wir jetzt«, sagte Martina.

»Du, kann ich dich vielleicht noch ganz kurz unter vier Augen …«

Sie dachte nach. »Okay.«

Schlaicher spürte, wie sich sein Magen leicht verkrampfte. Er war eher einer Eingebung gefolgt, als dass er wirklich etwas zu sagen hatte. Auf der anderen Seite würde das, was er ihr zu sagen hatte, sicher nicht »ganz kurz« möglich sein.

»Sollen wir in mein Schlafzimmer gehen?«

»Aber so was von garantiert nicht!«

Er hatte gar nicht daran gedacht, dass das verfänglich klingen könnte. »Dann in Lars' Zimmer?«, fragte er, und sie folgte ihm, während Weng und Lutz in der Küche zurückblieben.

Lars' Zimmer sah aus wie ein Skelett in der Wüste. Das Bett war nicht bezogen, die Regale und der Schrank leer. Nur noch ein paar Heftzwecken zeigten, wo früher einmal seine Poster gehangen hatten. Am Schreibtisch, der bis auf das Kamera-Equipment und ein paar Kabelbündel ebenfalls leer geräumt war, stand ein Bürostuhl, der schon etwas staubig wirkte.

»Willst du dich setzen?«

»Nein, danke. Ich stehe lieber.«

Schlaicher schloss die Tür und hatte keine Ahnung, was er jetzt sagen sollte. Aber Martina übernahm die Initiative: »Wie geht es Lars?«

»Ziemlich gut. Ich war gerade in Frankfurt und habe ihn besucht. Wir arbeiten jetzt wieder zusammen.«

»Wie, hast du in Frankfurt eine Filiale aufgemacht?«

Schlaicher musste lachen. Auch Martinas gestresst wirkende Gesichtszüge lockerten sich ein wenig.

»Nein. Er hat mit zwei Freunden eine Softwareschmiede aufgemacht. Sie haben mir ein Programm geschrieben, mit dem Kameras selbstständig nach Dieben suchen können.«

»Und das funktioniert?«, fragte sie überrascht.

»Sieht so aus.«

»Freut mich für euch, ehrlich. Grüß ihn bitte ganz lieb von mir, wenn du ihn mal wieder sprichst.«

»Klar.«

Eigentlich hatte Schlaicher Martina nicht für Small Talk um ein Gespräch unter vier Augen gebeten, aber es schien ein guter Beginn zu sein. Er wurde jetzt mutiger und sagte: »Also, weshalb ich mit dir reden wollte …«

»Ja?« Sie wirkte wieder vorsichtiger, leicht abweisend verschränkte sie die Arme vor der Brust.

»Du weißt, dass es mir sehr leid tut.«

Martina drehte sich weg, doch Schlaicher sprach trotzdem weiter. Das Schwerste hatte er jetzt hinter sich. »Ich wollte dir nur noch mal sagen, dass ich mich selbst hasse für das, was ich dir angetan habe. Ich habe es mittlerweile verstanden. Es ging nicht um den Kuss, sondern darum, dass ich dich belogen habe.«

»Bist du fertig?«

»Martina. Alles, was ich will, ist, dass es dir gut geht. Ich will dich nicht anbetteln, mir noch eine Chance zu geben, ich will mich nicht erklären, aber ich möchte dich aus ganzem Herzen bitten, mir zu verzeihen.«

Martina ging an ihm vorbei, öffnete die Tür und ließ Schlaicher allein im Zimmer stehen.

Wenig später rief Weng: »Tschüss!«, dann waren die beiden aus der Wohnung verschwunden.

»Mensch, was für ein Exemplar von einer Frau«, sagte Lutz, als Schlaicher wieder in die Küche kam. »Ich glaube, ich hab mich verliebt.«

Schlaicher setzte sich und nahm einen großen Schluck Wein.

»Sag mal, hast du mit der Martina mal was am Laufen gehabt?«

»Ich möchte nicht darüber sprechen«, sagte Schlaicher mit einer derartigen Schärfe, dass sich Lutz auf seinem Stuhl ganz klein machte. »Ich denke, wir sollten jetzt die restlichen Arbeiten erledigen, und dann ist Feierabend angesagt.«

»Chef?«

»Ja?«

»Wenn ich gewusst hätte, dass es so coole und spannende Jobs gibt und dazu noch so einen guten Chef, hätte ich wahrscheinlich schon früher zu arbeiten angefangen. Ich wollte nur mal Danke sagen.«

Schlaicher musste lächeln. »Ich danke dir.«

★★★

Mario und Irfan waren nach der Begegnung mit Schlaichers Nachbar erst einmal um die nächste Ecke gefahren und hatten dort erneut angehalten. Glücklicherweise war Irfan ihm nicht böse gewesen, dass er auf die Idee gekommen war, nach dem Weg zu fragen. Sie hofften, dass sie so davongekommen waren, ohne den Nachbarn noch mehr auf sich aufmerksam zu machen.

Mario war schließlich ausgestiegen und zurück zu der Kreuzung gegangen, um zu sehen, ob der Nachbar noch draußen war. Er konnte ihn nirgends entdecken. Also hatte Irfan gewendet, und sie waren langsam an Schlaichers Haus vorbeigefahren. Oben brannte noch immer Licht.

Als sich Mario gerade fragte, was Irfan nun vorhaben mochte, überraschte der ihn mit einem unerwarteten Vorschlag: »Wir müssen uns die ganze Sache mal aus einem anderen Blickwinkel betrachten. Hast du auf dem Hof noch etwas zu rauchen?«

»Und ob!«, sagte Mario.

Irfan überraschte Mario erneut, als er ihm in seinem Zimmer das Gras, den Tabak und die Blättchen abnahm und selbst begann, einen richtig fetten Joint zu drehen. »Ich hätte gerne einen schwarzen Tee«, sagte er, und Mario ging kopfschüttelnd nach unten, um zu schauen, ob noch welcher da war. Im Wohnzimmer lief der Fernseher. Opa Georg und Onkel Michael schauten sich eine deutsche Komödie an und reagierten kaum, als er Hallo sagte und, den Tee in der einen und eine Colaflasche in der anderen Hand, wieder nach oben ging.

Irfan hatte ein Prachtstück von einem Joint gedreht, der auf dem kleinen Tisch vor Marios Fernseher lag. Er hatte sich die Schuhe und das Jackett ausgezogen und lümmelte in dem abgewetzten braunen Sessel. Mario musste zugeben, dass der so durchgesessen war, dass er eine andere Haltung auch kaum noch zuließ.

»Das ist also dein Ernst?«, fragte er sicherheitshalber noch einmal. Er hatte kurzzeitig den Gedanken gehabt, Irfan wolle ihn vielleicht testen, nachdem er ihm das Kiffen doch verboten hatte. Dass er jetzt bestätigend nickte, beruhigte ihn doch ungemein.

»Vielen Dank für den Tee. Du willst keinen?«

»Cola«, sagte Mario.

Irfan trank einen Schluck von seinem Tee und griff nach dem

Joint, den er mit einem der herumliegenden Feuerzeuge anzündete. Er inhalierte tief, behielt den Rauch lange drin und atmete dann mit einem wohligen Stöhnen aus. Nach dem zweiten Zug reichte er die Tüte an Mario weiter, der es Irfan nachtat. Der ausgeatmete Dunst legte eine Glocke über die Alltagswelt. Mario konnte nicht sagen, ob Irfan besonders großzügig dosiert hatte oder ob die heftige Wirkung daran lag, dass er in letzter Zeit deutlich weniger als sonst geraucht hatte. Wahrscheinlich lag es ein bisschen an beidem. Auf jeden Fall fand er es auf einmal richtig lustig, mit Irfan in seinem Zimmer zu hocken. Der Typ war witzig. Das sagte er ihm auch.

»Nein, du bist witzig«, antwortete Irfan. Zum ersten Mal, seit das Schicksal sie zusammengebracht hatte, lachten beide.

Im Hinterkopf war Mario dennoch bewusst, dass dieses Lachen nicht aus Freundschaft entstanden, sondern der Wirkung des Joints zuzuschreiben war, der bei jeder Übergabe an den anderen ein Stückchen kürzer wurde.

»Ich mag deine Familie«, sagte Irfan grinsend.

»Ich auch«, antwortete Mario. »Zumindest den Rest, den ich noch habe.«

»Was ist mit deinen Eltern passiert?«

Mario nahm den letzten tiefen Zug, bei dem er die Hitze nicht mehr nur in Mund und Lunge spürte, sondern auch in den Fingerspitzen, die die Zigarette kaum noch halten konnten. Er drückte den Rest im Aschenbecher aus und schaute durch sein Zimmer. Im dichten Rauch konnte er das Foto, das auf seinem alten Schreibtisch stand, kaum erkennen. Aber er kannte das Bild auswendig, hatte sich früher immer wieder jede Kontur der Gesichter seiner Eltern eingeprägt, weil er Angst gehabt hatte, sie sonst zu vergessen. Seine Mutter war eine wunderschöne Frau gewesen, mit wachen braunen Augen, die ihn immer liebevoll und gütig angeblickt hatten, vollen Lippen, die sie nur geschminkt hatte, wenn sie am Samstagabend mit seinem Vater zum Tanzen ging. Lange dunkelbraune Haare, die schwer über ihre Schultern fielen und von ihr oft hochgesteckt wurden. Mario hatte als kleines Kind so gerne in diese Haare gegriffen.

»Ich war sechs, als es passiert ist. Ich weiß noch genau, wie ein Polizeiwagen auf den Hof gefahren ist. Zwei Polizisten sind rausgekommen. Sie haben mich ganz mitleidig angeschaut. Einer ist rein zur Oma, der andere ist mit mir draußen geblieben, und ich durfte mich in den Polizeiwagen setzen. Aber ich habe schon irgendwie gemerkt, dass etwas nicht stimmt.«

Das Gras ließ Mario ganz tief in Erinnerungen eintauchen, die er sonst zu verdrängen suchte. Aber ein Blick auf Irfan, der ihm gebannt zuhörte, ließ in weitererzählen.

»Nach einiger Zeit kam der andere Polizist mit Oma raus. Ich hatte sie vorher nie so gesehen. Sie war total gebrochen und konnte kaum gehen. Sie hat geweint, und ich musste deswegen auch heulen.« Mario spürte, dass auch jetzt Tränen in seine Augen stiegen. »Sie hat mich so fest in den Arm genommen, dass es mir wehgetan hat.«

Mario setzte einen Moment aus, weil er die Umarmung beinahe spüren konnte. Er griff nach der Colaflasche und nahm einen großen Schluck.

»Sie hatten einen Unfall. Nur zwei Kilometer von hier entfernt. Anscheinend war Papa zu schnell unterwegs gewesen und ist in einer Kurve von der Straße abgekommen. Das Auto soll sich mehrfach überschlagen haben und nur noch ein Haufen Schrott gewesen sein. Das hat mir später jemand erzählt, der mit der Feuerwehr vor Ort war, um meine Eltern freizuschneiden. Beide sind direkt beim Unfall gestorben. Es muss schnell gegangen sein. Opa hatte einen Nervenzusammenbruch, als er davon erfahren hat. Er ist nicht mehr derselbe seitdem.«

»Und dein Onkel?«, unterbrach ihn Irfan zum ersten Mal.

»Der war verschwunden. Wahrscheinlich hatte er irgendwo mitbekommen, was passiert ist, und sich versteckt. Das ganze Dorf hat ihn gesucht, und erst zwei Tage später ist er wieder aufgetaucht, weil er Angst hatte, dass seine Hühner sonst verhungern.« Mario lächelte. »Es war eine verdammt harte Zeit danach. Für uns alle. Aber es hat uns ganz eng zusammengeschweißt.«

Beide schwiegen eine längere Zeit und hingen ihren Gedanken nach. Dann griff Mario nach der Fernbedienung seiner Anlage und startete die CD, die darin lag. Es war der gute alte Bob Marley, der davon sang, dass man aufstehen und für seine

Rechte kämpfen sollte. Nach ein paar Takten begannen beide, im Reggae-Rhythmus mit dem Kopf zu nicken. Beim zweiten Lied, »I shot the Sheriff«, stand Mario auf, tanzte ein wenig und sang mit. Irfan trank noch seinen Tee aus und stieß erst bei »No Woman, no Cry« dazu.

10

Schlageter und Helbach hatten gestern beim Griechen ordentlich Wein und Bier fließen lassen. Der Metaxa, der ihnen mit der Rechnung gebracht worden war, hatte beiden den Rest gegeben. Im Taxi hatte Schlageter beschlossen, die Nacht einfach auf dem Feldbett im Büro zu verbringen. Nach mehrfachem nächtlichem Aufwachen – der Grund war eine Mischung aus zu viel Grillfleisch, zu viel Retsina und einem Kopf voller Sorgen – hatte er um fünf Uhr achtundfünfzig die Nacht für beendet erklärt. Erholt fühlte er sich nicht, eher gerädert. Und er hatte einen Durst, als könnte er einen ganzen Kasten Wasser auf einmal austrinken.

Er legte die Wolldecke zusammen, verstaute das wieder zusammengefaltete Feldbett im Schrank und ging zuerst in den Herrenwaschraum, wo er ein paar Hände voll Wasser aus dem Hahn trank und eine heiße Dusche genoss. Seine Lebensgeister kehrten aber erst dann wirklich zurück, als er einen Kaffee aufgesetzt und die Wartezeit bis zum ersten Schluck erfolgreich hinter sich gebracht hatte. Es war Samstag. Seine Wohnung war versaut. Heute fand das Abschiedsfest statt. Außerdem hatte er noch einen Mordfall aufzuklären. Schlageter hätte auf diesen Tag am liebsten verzichtet. Stattdessen startete er vorsichtig Helbachs Computer und gab dessen nicht gerade kreatives Kennwort ein: »Polente«.

Schlageter versuchte, sich über die polizeilichen Programme ein Bild von Brockmann zu machen. Er fand einen Eintrag wegen Telefonierens ohne Freisprechanlage, zwei kleinere und eine heftige Geschwindigkeitsübertretung und eine Anzeige wegen eines Kunstfehlers, die allerdings zurückgezogen worden war. Natürlich interessierte ihn diese Verfehlung besonders. Zweieinhalb Jahre war der Vorfall her. Es hatte sich um eine Frau gehandelt, die in Basel lebte und auf der hiesigen Seite der Grenze zu einem Bruchteil der Basler Kosten etwas für ihre Schönheit hatte tun wollen. Botox. Dieses Zeug schien eine wahre Goldgrube zu sein. In den Berichten hatte die Frau angegeben, ihr sei zu viel gespritzt worden. Der Beamte hatte als Kommentar dazu geschrieben, dass sie kaum noch das Gesicht bewegen konnte, und auf ein Foto verwiesen, das Schlageter nach einigem Suchen auch im Computer fand. Die Dame sah wirklich gruselig aus, geschwollen an Stirn und Lippen, die Wangen rot und straff. Dazu musste man sagen, dass sie wohl auch vorher keine sonderliche Schönheit gewesen war. Wie Schlageter aber las, hatte nicht nur Brockmann, sondern auch der Amtsarzt bescheinigt, dass die Schwellungen bald zurückgehen würden. Zudem hatte die Frau eine Patienteninformation unterschrieben, auf der stand, dass es in seltenen Fällen zu solchen und ähnlichen unerwünschten Nebenwirkungen kommen könnte. Brockmann war das also nicht anzulasten. Und das zu schnelle Fahren oder Telefonieren während der Fahrt machte auch keinen Mörder aus ihm.

Helbach kam um kurz nach neun und wunderte sich, seinen Vorgesetzten an seinem Computer zu finden. Man merkte ihm den Alkohol von gestern nicht an, er fragte Schlageter aber sogleich, ob er einen Kater habe. Schlageter verneinte knurrend, was gelogen war.

Helbach hatte sich auf Schlageters Geheiß über einen guten Kontakt die Steuerunterlagen von Brockmanns Praxis besorgt und diese grob durchgeackert.

»Und, etwas Interessantes gefunden?«

»Wenn ausgerechnet *ich* etwas finden würde, was mein Kumpel beim Finanzamt übersehen hat, dann wäre ich in der Wirtschaftskriminalität längst ein großes Tier«, antwortete Helbach. »Was ich allerdings rauslesen kann, ist die Tatsache, dass der Mann ziemlich viel verdient mit seiner Praxis.«

»Ach ja? Dabei sagen die Ärzte doch immer, es sei so schwierig geworden.«

»Offenbar macht er mit den Schönheitsgeschichten ein hervorragendes Geschäft. Immerhin zahlt er für seine selbstständige Tätigkeit mehr an Einkommensteuer, als wir beide zusammen verdienen.«

Schlageter horchte auf.

»Am Geld sollte es also nicht liegen«, meinte Helbach. Doch Schlageter widersprach umgehend.

»Als ob ein Raffzahn den Hals je vollbekommen würde …«
Helbach stimmte ihm nickend zu.

Schlageter war froh, sich mit ihm über den Fall austauschen zu können. Er hatte Helbach gestern beim Griechen alles erzählt, was passiert war. Dass er auf definitiv nicht rechtskonformem Weg eine Obduktion veranlasst hatte, war von Helbach zwar heftig kritisiert worden. Dass die genaue Untersuchung der Leiche aber tatsächlich einen großen Verdacht auf ein Delikt mit Tötungsabsicht warf, hatte die Einwände etwas relativiert. Allerdings hatte er Schlageter nur unter der Bedingung seine Mitarbeit zugesichert, dass dieser im Falle von Ärger die Schuld auf sich nehmen würde. Schlageter hatte es versprochen, und die Sache war damit abgemacht.

»Na gut, dann gehen wir doch einmal die möglichen Motive durch. Bleiben wir zunächst beim Geld«, sagte Schlageter.

Helbach nahm den Ball an und erwiderte: »Seine Frau will sich von ihm scheiden lassen, und er würde die Hälfte seines Vermögens verlieren.«

»Oder er will sie verlassen und hat nicht vor, einen Großteil seines Geldes an seine Exfrau abzutreten.«

»Kann gut sein. Der Mann hat es die ganze Zeit über mit Frauen zu tun. Vielleicht hat eine seiner Patientinnen mehr von ihm gewollt, als sich nur die Lippen aufspritzen zu lassen. Also, das finde ich eklig.«

»Was?«

»Ich habe das noch nie verstanden. Ich kenne keinen Mann, der auf Schlauchbootlippen steht. Also ich mag Frauen am liebsten, wenn sie natürlich sind.«

Schlageter stimmte ihm zu, versuchte dann aber schnell wieder zum eigentlichen Thema zurückzukommen: »Dann gibt es da noch die Lebensversicherung …«

»Hab ich geprüft. Die Police sieht zweihundertfünfzigtausend Euro vor. Das ist richtig viel, aber bei seinem Verdienst nicht die Welt. Sein für die Einkommensteuer relevantes Einkommen betrug im vorletzten Jahr rund vierhunderttausend Euro.«

»Das sind dreißigtausend Euro im Monat«, stöhnte Schlageter nach kurzem Überschlagen im immer noch leicht pochenden Kopf. Das war wirklich viel Geld. Besonders für einen Kriminalkommissar, der trotz seiner vielen Dienstjahre und der Besoldungsstufe A12 auf gerade mal fünftausend Euro im gleichen Zeitraum kam. »Sie sagen, die Werte sind aus dem vorletzten Jahr?«

»Ja, die Einkommensteuererklärung fürs letzte Jahr liegt noch nicht vor.«

»Vielleicht ist das Geschäft ja eingebrochen? Er hat weniger verdient, doch seine Frau blieb bei ihren hohen Ansprüchen. Da hat er sich gedacht, wenn sie verschwindet, hat er zwei Fliegen mit einer Klappe geschlagen. Vielleicht hat er an der Börse spekuliert und alles verloren? Können wir das überprüfen?«

»Wir müssten auf jeden Fall die Staatsanwaltschaft einschalten«, mahnte Helbach. »Vorher können wir nicht an aktuellere Geschäftszahlen rankommen. Mein Kontakt kann mir nur die abgeschlossenen Verfahren geben.«

»Treten Sie am Montag an die Staatsanwaltschaft heran«, schlug Schlageter vor. »Heute werden wir noch versuchen, ob wir auch so etwas mehr herausfinden. Die gute, alte, ehrliche Polizeiarbeit. Ich brauche sowieso noch eine Unterschrift von Brockmann, dass er der Obduktion zustimmt.«

»Wie wollen Sie die denn bekommen?«

»Wenn ich das nur wüsste.«

Ein weiterer Blick ins Internet zeigte, dass die Praxis heute geschlossen war. Weil sein Mercedes noch beim Griechen parkte, Schlageter aber unbedingt seinen eigenen Wagen nehmen wollte, mussten sie zuerst mit Helbachs Karre nach Haagen fahren und dann wieder zur Direktion, wo Helbach umstieg. Nun konnten sie endlich los zum Haus der Brockmanns.

★★★

Schlaicher hatte nicht gut geschlafen. Wenn er nicht gerade an Martina gedacht hatte, war ihm das Geheimnis um die Lefèvre und um den vermeintlichen Mord durch den Kopf gegangen.

Ihm wurde immer bewusster, dass Martina ihm noch sehr viel bedeutete. Sie wieder in seiner Wohnung gesehen zu haben, erinnerte ihn an die Zeit, in der sie nahezu hier bei ihm gelebt hatte, an die glücklichen Momente, morgens neben ihr aufzuwachen, die gemeinsam verbrachten Abende, leidenschaftliche Küsse und mehr. Manchmal hatte er einfach nur wach dagelegen, den Kopf ganz nah an die Stelle zwischen ihrer Schulter und ihrem Hals gelegt und an ihr gerochen. Das war das Paradies.

Schlaicher war zweimal aufgestanden und hatte schließlich sogar ein Glas Rotwein getrunken. Aber auch der hatte ihn nicht müde gemacht. Stattdessen war er ins Grübeln gekommen. Es war klar, dass mit der Lefèvre etwas nicht stimmte. Es war auch klar, dass er wirklich mehr als versucht war, das Geheimnis dieser Frau aufzudecken. Zumal er nur zu gern gewusst hätte, was das für Männer gewesen waren, die erst bei ihr am Lager im Auto gesessen hatten und dann vor seinem Haus. Das ließ auf eine Gefahr schließen, die mit seinem Interesse an der Lefèvre auf ihn übergangen war. Erst als er beschlossen hatte, sich am nächsten Tag noch einmal vor Ort umzusehen, war er schließlich eingeschlafen.

Am Morgen sah die Welt irgendwie viel besser aus. Die Sonne schien in die Wohnung hinein, Schlaicher frühstückte zum ersten Mal in diesem Jahr auf seinem Balkon, und auch Dr. Watson bekam eine dick mit Leberwurst beschmierte Scheibe Brot – die absolute Lieblingsspeise des Bassets. Schlaichers nächste Aufmerksamkeit galt der Badischen Zeitung. Natürlich schlug er zuerst die Seite mit den Nachrichten aus Lörrach auf. Und da stand es auch schon: »*Unfall beendet Ladies Night*« war der Titel des Vierspalters. Darunter stand: »Frau stirbt nach allergischem Schock / Veranstaltung soll weitergeführt werden.« Schlaicher erfuhr nicht sonderlich viel Neues, außer dass die Tote eine Lörracher Bürgerin war. Ob die Lefèvre das so hingedreht hatte, oder ob die Zeitung von sich aus auf die Nennung des Markennamens verzichtete, wusste Schlaicher nicht. Es war immer nur die Rede davon, dass die Frau »im Rahmen einer Vorführung wahrscheinlich auf Inhaltsstoffe einer Creme allergisch reagierte«. Dies habe ein Sprecher der Polizeidirektion Lörrach bestätigt. Ein paar Kundinnen wurden in dem Artikel zitiert, »furchtbare Sache« und »ganz schrecklich« waren beliebte Äußerungen. Auch Gampp kam zu Wort, der seine große Bestürzung kundtat und »tausende Kundinnen« beruhigen konnte, dass es die Ladies Night als Service des Karstadt Warenhauses auch weiterhin geben werde.

Schlaicher war fast ein wenig enttäuscht, dass kein Wort darüber in der Zeitung stand, dass die Polizei in einem Mordfall ermittelte oder wenigstens prüfte, ob es andere Hintergründe als die Allergie geben könnte. Aber womöglich hatte Schlageter dem Pressesprecher untersagt, dies an die Presse weiterzugeben, weil zu viel Aufmerksamkeit die Ermittlungen gestört hätten.

Das Leberwurstbrot war ein Fehler gewesen. Dr. Watson saß nun die ganze Zeit bettelnd neben ihm. Dem Hund etwas zu geben, brachte keine Ruhe, sondern ließ ihn eher noch mehr erwarten. Dabei hatte er schon einen vollen Napf verschlungen. Schlaicher reichte ihm trotzdem den Rest seines Brotes, weil er das Gefühl hatte, seinen Hund in letzter Zeit etwas vernachlässigt zu haben. Zum Glück hatte Erwin, seit er seinen Laden schließen musste, mehr Zeit und ging regelmäßig mit ihm raus. Dr. Watson brauchte den Auslauf, und Erwin tat es auch gut, sich etwas zu bewegen. Dass sein Nachbar jetzt einen Schlüssel für die Wohnung besaß, führte zwar dazu, dass er manchmal unangekündigt vorbeikam, es ließ Schlaicher aber gleichzeitig etwas mehr Freiraum für seine Geschäfte. Er musste nicht ständig schauen, dass er zu Dr. Watsons Gassizeiten zu Hause war.

Die Morgenrunde blieb aber nach wie vor Schlaichers Pflicht. Bei dem heutigen Wetter – die Sonne strahlte angenehm wärmend an einem mit kleinen Schäfchenwolken gesprenkelten Himmel – wurde die Pflicht zum Vergnügen. Der Basset freute sich mächtig, als sein Herrchen ihm nach dem Wegräumen des Frühstücks das Halsband anlegte und sie in Richtung Friedhof marschierten. Für Schlaicher waren die Spaziergänge stets auch eine Möglichkeit nachzudenken. Als seine Gedanken sofort wieder zu Martina schweiften, zwang er sich, erst einmal geschäftlich zu bleiben.

Etwas Gutes hatte die Ladies Night gebracht. Die Kameras

funktionierten, und die Bewegungserkennung war grundsätzlich in Ordnung. Es gab sicher eine ganze Menge Kaufhäuser, die Interesse an dem Überwachungssystem zeigen würden. Natürlich mussten er und die Jungs sich die Erfindung noch patentieren lassen. Lars, seine Freunde und Schlaicher selbst würden damit vermutlich eine schöne Stange Geld verdienen.

Dr. Watson, den er nach dem Bauernhof von der Leine gelassen hatte, marschierte plötzlich unter einem Elektrozaun für die Rinder durch, und Schlaicher musste laut brüllen, damit er langsam, aber sicher wieder zurückkam.

Eine der Kühe war auf den Besucher aufmerksam geworden und trottete ihm nun gemütlich hinterher, bis sie am Zaun halten musste. Mit einem lauten Muhen machte sie ihrem Ärger Luft, dem Hund nicht weiter folgen zu können. Schlaicher und Dr. Watson setzten ihren Weg nach oben fort, und kurz bevor sie am Friedhof ankamen, überlegte Schlaicher wieder konzentriert, was man sonst noch mit den Kameras anfangen könnte. Würde man Gewalthandlungen vielleicht irgendwann auf dieselbe Weise festhalten können? Lars und die Jungs waren gut. Wenn sie dem Computer beibringen konnten, dass eine schnelle Bewegung mit der Hand oder dem Fuß in Richtung einer zweiten Person ein Schlag war, könnte das System die Großaufnahmen liefern, wenn es in einer U-Bahn-Station zu einer Prügelei käme. Vielleicht sogar inklusive einer automatischen Information an die Polizei, die den Täter damit schneller festsetzen konnte.

Dann überlegte er, was solche Kameras überhaupt alles können sollten – und durften. Installierte man sein Überwachungssystem, stellte man damit im Kaufhaus alle Kunden unter Generalverdacht, mögliche Diebe zu sein. Wobei – das machte man mit dem bisherigen Einsatz von Kaufhausdetektiven und gewöhnlicher Technik ja auch. Auch im öffentlichen Raum wurden Kameras heutzutage an ziemlich vielen Orten eingesetzt, ob die Menschen, die sich dort aufhielten, es wollten oder nicht. Der Unterschied war, dass man die bisherigen Systeme sehen konnte, zumindest wenn man darauf achtete. Die Technik war noch recht klobig, was durch die Motoren noch verstärkt wurde, die es brauchte, um die Kameras steuern zu können. Der Einsatz der winzigen Webcams, die Lars und seine Freunde aus Laptops ausgebaut und modifiziert hatten, ermöglichte eine deutlich kleinere, geradezu unsichtbare Form der Überwachung. Doch egal, ob sie es selbst machen würden oder darauf warteten, dass ihnen jemand anderes das Geschäft vor der Nase wegschnappte: In Zukunft würde man bald gar keine Chance mehr haben, zu wissen, ob man beobachtet wurde oder nicht, da war Schlaicher sicher. Wirklich glücklich machte ihn das nicht. Zu viel Überwachung war auch nicht gut für eine Gesellschaft. Allerdings brachte es ihn auf eine Idee, wie er in seinen Ermittlungen weiterkommen könnte. Von dem Gedanken elektrisiert, wollte er sofort anfangen, diese Idee umzusetzen.

Schlaicher drehte sich um und lief wieder in Richtung der immer noch am Zaun stehenden und wiederkäuenden Kuh. Dr. Watson folgte ihm etwas widerwillig, er wäre wohl gern noch etwas weiter den Berg hochgegangen. Das könnte er aber später noch mit Trefzer machen.

Samstagvormittags waren die Straßen in Grenznähe oft voller als an Werktagen. Neben dem normalen Verkehr gab es Ausflügler und natürlich ziemlich viele Einkäufer, die nicht nur aus der direkten Nachbarschaft stammten, sondern seit der Stärke des Frankens gegenüber dem Euro zu einem großen Teil auch aus der Schweiz kamen. Je weiter man sich der Grenze näherte, umso mehr Autos mit CH-Kennzeichen sah man. Denn zum einen waren die Preise in Deutschland sowieso niedriger als die der Eidgenossen, zum zweiten führte der Wechselkurs zu einer wundersamen Geldvermehrung, und zum dritten erhielt man in den Läden die sogenannten »grünen Zettel«, mit denen man sich am Zoll die Berechtigung zur Mehrwertsteuerrückerstattung geben lassen konnte. Während der Schweizer Einzelhandel mittlerweile fast kämpfen musste, waren die Geschäfte in Südbaden voll. Und gerade an Samstagen bildeten sich vor den kleineren Grenzübergängen zurück in die Schweiz oft größere Staus.

Eines der Zentren des Schweizer Einkaufs war Weil am Rhein, wo man sich im Ortsteil Friedlingen, direkt an der Grenze, gut auf die Besuche der Nachbarn eingestellt hatte. Schlaicher war darum froh, als er abbiegen konnte und nun in Richtung des Weiler Hafens fuhr, wo wieder entsprechend weniger Verkehr herrschte. Er bog auf das Hafengelände, orientierte sich aber nicht in Richtung des Lagers von Emanuelle Lefèvre, sondern parkte auf dem Kundenparkplatz einer anderen Firma. Da noch genügend Plätze frei waren, ging er davon aus, dass man ihn nicht abschleppen würde. Im schlimmsten Fall würde es einen Zettel geben oder einen Pförtner, der bei seiner Rückkehr schimpfte. Da Schlaicher ohnehin nicht vorhatte, lange zu bleiben, wäre das schnell durchgestanden.

Er spazierte in Richtung des Lefèvre-Lagerhauses, wo er bereits von Weitem den dunkelgrünen Jaguar vor dem Haupteingang stehen sah. Sie war also da. Als Nächstes wollte er kontrollieren, ob auch noch jemand anderes hier war.

Schlaicher ging an dem Gebäude vorbei und schaute auf die hintere Parkfläche. Da stand er: der dunkle BMW. Nur dass dieses Mal keiner drinsaß. Er beschloss, sich den Wagen genauer anzuschauen, und näherte sich ihm, indem er ziemlich nahe an der Wand blieb. Die wenigen Fenster an dieser Seite des Gebäudes waren ziemlich verschmutzt, trotzdem duckte er sich leicht beim Vorbeigehen. Am dritten Fenster blieb er stehen und schaute hinein. Der Blick ging in den Lagerbereich, allerdings gab es nichts weiter zu sehen als ein vollgepacktes Regal. Schlaicher setzte seinen Weg zum Wagen fort. Das Kennzeichen war aus Frankfurt. Er konnte sich nur schwer mit dem Gedanken anfreunden, dass das ein Zufall sein sollte.

Schlaicher merkte sich das Nummernschild. Ein Blick ins Wageninnere brachte nicht viel. Im Fußraum lag eine Plastikflasche Wasser, ansonsten sah bis auf den geöffneten und mit einer Unzahl von Kippen gefüllten Aschenbecher alles aufgeräumt und sauber aus.

Vom Wagen aus waren es höchstens noch zehn Meter bis zum Ende der Halle. Er musste sich also gerade ziemlich in der Nähe des abgetrennten Bereiches befinden. Schlaicher stellte sich auf die Zehenspitzen, um einen Blick durch das letzte Fenster werfen zu können – und tatsächlich gab es von diesem Standort aus etwas mehr zu sehen. Vor sich sah Schlaicher die Packstraße, die heute offenbar nicht besetzt war. Dahinter machte er die Treppe aus, die nach oben führte, und rechts darunter die Tür, die in den hinteren, abgeschlossenen Bereich führte. Schlaicher nahm den Rucksack vom Rücken und holte eine der Kameras heraus.

Seine Idee war so einfach wie genial. Wenn diese Kameras schon die totale Überwachung ermöglichten, brauchte er sie nur hier anzubringen und konnte im Anschluss gemütlich von zu Hause am Computer aus beobachten, was sich am Wochenende in der Lagerhalle tat. Oder sogar über sein Handy einen Blick hineinwerfen. Im Karstadt hatten sie die Kameras sicherheitshalber verkabelt. Damit man nicht Gefahr lief, dass die Batterien irgendwann ausfielen. Die Steuerung funktionierte so außerdem schneller und präziser. Aber die Kameras konnten auch kabellos senden und empfangen. Das kostete zwar mehr Energie, würde aber vermutlich trotzdem lange genug funktionieren.

Schlaicher hatte anstelle der automatischen Diebstahlerkennung nur den zugrunde liegenden, sehr einfachen Bewegungsmeldermodus aktiviert und reckte sich nach oben, um einen guten Platz für die Kamera zu finden. Am Fensterrahmen gab es eine glatte Fläche, die geeignet war. Er hatte daheim ein neues Klebepflaster aufgebracht und zog nun die Schutzfolie ab. Dann brauchte es nur noch einen Handgriff und etwas Druck, um die Kamera zu befestigen. Sie war zwar mit den Batterien nicht so klein, wie sie in der zweiten Generation wahrscheinlich sein könnte, aber wenn man nicht bewusst auf das Fenster schaute, würde die zigarettenschachtelgroße Box schon nicht auffallen.

Schlaicher holte sein Handy heraus und startete die App der Jungs, die nach dem Laden feststellte, dass eine Kamera online war. Schlaicher wählte sie an und sah wenig später auf seinem Handy das Bild vom Inneren des Lagerhauses. Allerdings wirkte alles ziemlich unscharf. Er reckte sich noch einmal hoch und wischte die schmutzige Scheibe vor der Linse sauber. Der Kontrollblick auf das Handy zeigte, dass es etwas besser geworden war. Allerdings hätte man die Scheibe auch von innen putzen müssen, um das Bild wirklich klar zu bekommen. Schlaicher aktivierte testweise den Zoom und erreichte ein annehmbares

Ergebnis. Genaue Gesichtszüge würde man wahrscheinlich nicht erkennen, aber Bewegungen sollte die Kamera registrieren, sich scharf stellen und die Bilder versenden. Schlaicher hatte zu Hause seinen Computer angelassen. Er sollte ab der Aktivierung speichern, was die Kamera aufnahm. Gab es für mehr als eine Minute keine für die Sensoren erkennbare Bewegung, schaltete sich der Aufnahmemodus ab, nur der Bewegungsmelder blieb aktiv in Suchposition. Unter Volllast funktionierten die Batterien bis zu vier Stunden. An einem Ort mit wenig Bewegung – wozu das Lager an den Wochenenden offensichtlich gehörte, würden sie zwei bis drei Tage halten.

Schlaicher wollte nicht länger als nötig bleiben. Vor allem nicht hier, in der Nähe dieses Wagens. Den Besitzern würde er nur ungern begegnen. Auf der anderen Seite hatte er noch eine zweite Kamera dabei und fragte sich, ob er diese nicht auch noch anbringen könnte. Vielleicht an einem Ort, wo kein Schmutz die Aufnahmen vermasseln konnte.

Schlaicher ging fest davon aus, dass Emanuelle Lefèvre und die Typen aus dem BMW gerade oben im Büro zusammensaßen. Wenn er doch nur wüsste, was sie da besprachen. Er verspürte eine Regung, die er mittlerweile gut einordnen konnte. Es war dieser Druck im Hinterkopf, verbunden mit einem heftigen Herzschlag und beschleunigter Atmung. Das bedeutete bei Schlaicher große Aufregung, wenn er beschloss, etwas zu tun, was er besser nicht tun sollte.

Das Lager schien leer zu sein. Sicherlich gingen die Lefèvre und die BMW-Typen nicht davon aus, dass heute jemand kommen und sie stören würde. Warum also nicht versuchen, einzusteigen und vielleicht ein Geheimnis zu lüften? Er musste nur irgendwie in den Bau kommen und einen guten Platz für die zweite Kamera finden …

»Doppelt gemoppelt hält besser«, hatte seine Großmutter immer gesagt. Die letzten Jahre ihres Lebens hatte sie fast ausschließlich in Form von Sprichwörtern und Redensarten mit anderen kommuniziert.

»Guten Morgen, Oma.«

»Morgenstund hat Gold im Mund.«

»Wie geht's dir?«

»Was muss, das muss.«

»Also gut?«

»Es könnte besser sein.«

»Ich muss mich beeilen. Die Schule wartet.«

»Ja, Lehrjahre sind keine Herrenjahre.«

So waren die meisten Gespräche abgelaufen. Schlaicher hatte die alte Dame geliebt, aber damals nur sehr wenig mit ihr anfangen können. Es hatte zwei Jahrzehnte gedauert, bis er begann, sich selbst dabei zu erwischen, dass er sich an ihre Sprüche erinnerte und sie oft besser und richtiger fand als während seiner Pubertät.

Ja, ein bisschen pubertär kam er sich vor, als er wieder nach vorne schlich. Er nahm die paar Stufen zu der Tür, die er gestern benutzt hatte, doch die war erwartungsgemäß geschlossen. Also ging er auf der Rampe nach links und näherte sich den herabgelassenen Rollläden an der Laderampe. Alles dicht. Am Ende der Rampe befand sich noch eine Tür. Schlaicher vermutete, dass auch sie verschlossen war, und behielt recht. Allerdings sah er dem Schloss auf den ersten Blick an, dass es nicht so sicher gebaut war wie das an der Haupttür. Seinen elektronischen Dietrich hatte er schon geraume Zeit nicht mehr eingesetzt. Er kramte ihn aus dem Rucksack und hoffte, dass er nach langer Zeit ohne Üben noch das notwendige Fingerspitzengefühl dafür hatte, auch wenn das bei der elektronischen Variante nicht ganz so entscheidend war wie beim traditionellen Modell.

Schlaicher schaute sich verstohlen um. In der Halle nebenan wurde gearbeitet. Das Rolltor dort stand offen, und ab und zu war das Dröhnen eines Gabelstaplers in unterschiedlichen Lautstärken zu hören. Menschen waren jedoch keine zu sehen. Er setzte den Dietrich also an und versuchte, möglichst so zu stehen, dass es den Eindruck erweckte, als würde er einen ganz normalen Schlüssel benutzen. Es dauerte knapp zwanzig Sekunden, also bedeutend länger als ein echter Schlüssel, bis er neben dem leisen Summen des Geräts das Klicken hörte, das ihm zu verstehen gab, dass das Schloss sich öffnete. Er zog die Tür gerade so weit auf, dass er hindurchhuschen konnte, dann brauchten seine Augen einen Moment, um sich an die Lichtverhältnisse im Inneren der Halle anzupassen.

Sein erster Blick galt einer Deckung, wovon es zum Glück ziemlich viel gab. Er beeilte sich, die offene Fläche bis zum nächststehenden Hochregal zu überwinden, und blieb erst einmal hinter einigen großen Kisten stehen. Wenn er um das Regal herumschaute, konnte er zwar nicht die Treppe sehen, aber die Galerie mit ihren ausladenden Fensterscheiben. Es stand niemand an den Fenstern. Doch! Jetzt trat eine Gestalt an das zweite Fenster. Das war das Büro von Emanuelle Lefèvre. Schlaicher zog den Kopf ein, spähte aber trotzdem weiter. Wenn er jetzt entdeckt würde, wäre er blitzschnell wieder aus dem Gebäude heraus.

Die Person war eindeutig männlich und besaß dunkles Haar. Er blickte in die Halle, zeigte aber keine Reaktion. Das Gesicht konnte Schlaicher nicht erkennen, dafür war die Entfernung zu groß, und auch die Lichtverhältnisse stimmten nicht. Der Mann drehte sich schließlich um und verschwand langsam aus seinem Blickfeld. Er schien Schlaicher nicht bemerkt zu haben.

Schlaicher entschied, es jetzt zu wagen. Regal um Regal rückte er weiter vor und nahm sich ab und zu die Zeit, nach oben zur Galerie zu spähen. Doch je weiter er sich der Treppe näherte, umso steiler wurde der Winkel. Schlaicher würde den Mann erst sehen, wenn er bereits direkt an der Scheibe angekommen wäre.

Eigentlich war er davon ausgegangen, dass es in einem Lagerhaus für Kosmetik nach Rosencreme duftete, doch hier roch es nach alten Holzpaletten, Öl und Plastik. An einer Reihe von Regalen, die nahezu leer waren, blieb er erneut stehen. Für Schlaicher bedeutete die fehlende Deckung zum Glück kein Problem mehr, weil ihn der Mann hier nur noch sehen könnte, wenn er ganz vorne an der Brüstung der Galerie stehen würde. Das Fenster war bereits außer Sicht.

Da er sonst nirgends jemanden bemerkt hatte, lief Schlaicher aufrecht weiter und machte erst wieder an der Tür zu dem geheimen hinteren Bereich halt. Ab jetzt würde er im Fall einer Entdeckung nur noch einen geringen Vorteil haben. Die anderen mussten noch die Treppe runterkommen, aber das verschaffte ihm nicht viel Vorsprung. Zudem war er nicht der beste Läufer. Schlaicher schaute sich die Metalltür an, an der er stand. Sie war breit genug, um einen Hubwagen bequem hindurchsteuern zu können. Seinen elektronischen Dietrich konnte er getrost im Rucksack lassen, denn diese Tür hatte ein deutlich besseres Schloss und war außerdem durch eine Zahlenkombination geschützt, wie ihm das Tastenfeld an der rechten Wand neben der Tür zeigte. Sicherlich war es ein vierstelliger Code. Das wäre die gängige Ausführung. Aber da er die Zahlen nicht kannte, brauchte er gar nicht versuchen, den Dietrich einzusetzen. Sicherlich wäre das keine Sache von dreißig Sekunden, sondern würde eher zehn Minuten dauern. Wenn er es überhaupt hinbekam.

Auf der linken Seite gab es unter der Galerie noch eine weitere Tür. Schlaicher machte sich vorsichtig auf den Weg. Sehen konnte ihn jetzt niemand, also ging er aufrecht, allerdings bedacht darauf, die Füße möglichst leise aufzusetzen. Seine Sohlen führten nämlich zu einem leichten Quietschen auf dem Boden, das ihm in seiner Aufregung ziemlich laut vorkam.

Die andere Tür verfügte nicht über ein Zahlenfeld. Und sie war offen. Schlaicher schob sie sehr vorsichtig auf, um bei einem Knarren schnellstmöglich einhalten zu können, aber die Tür saß in geölten Angeln. Er spähte hindurch und sah, dass sie nicht in einen geheimnisvollen Raum führte, sondern in einen Flur, von dem aus die Mitarbeiter zu den Toiletten, Duschen und Sozialräumen gelangten. Mitarbeiter waren zum Glück keine da, allerdings entdeckte er eine weitere verschlossene und mit einem Zahlenschloss versehene Tür, die ebenfalls aus Metall war. Ein zweiter Eingang in den geheimen Bereich. Diese Tür war normal breit. Ein Hubwagen hätte es hier schwer.

Schlaicher überlegte, ob es Sinn machte, seine zweite Kamera hier zu positionieren, entschied sich aber schnell dagegen. Wollte die Lefèvre in den hinteren Lagerbereich gelangen, würde sie sicherlich die größere Tür benutzen. Das Problem war, dass er sein Glück vielleicht überstrapazierte, falls er die Kamera wirklich draußen anbrachte. Eine versteckte Stelle, an der sie nicht sofort auffallen würde, wäre sicherlich zu finden, aber damit sie ihm einen Blick in den hinteren Bereich ermöglichen konnte, musste er die Kamera auf der einsehbaren Fläche, also quasi direkt unter den Augen der Männer im Büro anbringen.

Vielleicht unterhalb der Treppe? Wenn die Kamera dort angebracht werden konnte und er die Linse auf den Türbereich richtete, könnte er mit dem Zoom vielleicht sogar die Tastatur des Zahlenschlosses erkennen. Er holte das Handy aus der Tasche und schaltete es ein. Die App war schnell wieder da, was sie mit einem viel zu lauten Piepen meldete. Schlaicher zuckte erschrocken zusammen und lauschte. Nichts zu hören. Keine Reaktion von oben. Auf dem Display sah er, dass die am Fenster montierte Kamera gerade aufzeichnete, weil der Bewegungssensor seine Bewegungen mitbekommen hatte. Er sah sich selbst recht unscharf, wie er unter der Treppe stand und auf sein Smartphone blickte. Dass die Kamera jetzt lief, kostete zwar Batterie, aber so wusste er wenigstens, dass alles funktionierte.

Er wählte die Treppenstufe mit dem besten Blick auf die Metalltür, drückte die Klebefläche extra fest an und hoffte, dass sie ihre Last auch dann halten würde, wenn jemand auf die Stufe trat. Dann aktivierte er die Kamera und setzte seinen Rucksack wieder auf.

Jetzt aber raus hier. Er suchte nach einer Route, die ihn möglichst wenigen Blicken von oben aussetzen würde. Da hörte er etwas. Schlaicher fror sofort ein. Stimmen von oben. Er bekam sie nur am Rande des Wahrnehmbaren mit, war sich aber sicher, dass oben im Raum relativ laut gesprochen wurde. Würde gleich jemand auf die Galerie hinaustreten und ihn entdecken? Nein, so sehr er sich auch anstrengte, er hörte nur, dass eine Männerstimme brüllte und eine Frau dagegenhielt. Das war gut. Solange die dort oben miteinander beschäftigt waren, würde es ein Leichtes für ihn sein, unbemerkt das Lager zu verlassen.

11

Mario stieg auf den Beifahrersitz, und Irfan brauste los, als wollte er die verschlafene Zeit aufholen. Während Mario an die Nachwirkungen seines Grases gewöhnt war, merkte man Irfan an, dass sie ihm ziemlich zu schaffen machten. Der Türke war knurrig und unkonzentriert, was andererseits auch daran liegen mochte, dass er darauf bestanden hatte, sofort und ohne Frühstück loszufahren. Gegen halb elf war Mario als Erster wach geworden und hatte Irfan kurz darauf durch Klopfen an die Tür geweckt. Seit er ihm die Uhrzeit genannt hatte, war Irfan unausstehlich, auch zu Opa und Michael.

»Ähm, ich nehme an, wir fahren jetzt zu diesem Schlaicher und holen uns die Würste?«, versuchte Mario, ein Gespräch in Gang zu bringen. So nett der Abend gestern gewesen war, er freute sich auf die Zeit, die es nach dieser Geschichte hoffentlich für ihn geben würde. Zu Beginn ihres gemeinsamen Kifferlebnisses hatte Mario den Eindruck gewonnen, dass Irfan doch nicht so hart war, wie er sich gab. Der weitere Verlauf des Abends hatte dann aber doch eher auf das Gegenteil hingedeutet. Nach der Marley-CD hatte Irfan sich Marios Gitarre genommen und darauf verschiedene Lieder gespielt. Er war wirklich gut. Mario hatte gefragt, wieso er nicht Musiker geworden sei, und erfahren, dass Irfan davon träumte, ein Geschäft mit türkischen Instrumenten zu eröffnen. So weit, so wenig hart. Allerdings wirkte diesem Wunsch seine Tätigkeit für *Babacıgım*, seinen Onkel Umut, entgegen. Umut schien mehr als nur ein bisschen Einfluss in Frankfurt und Umgebung zu besitzen und war immer noch scharf auf seine Sucuk. Trotz seines benebelten Geistes hatte ihm Irfan nicht verraten, was es mit den Würsten auf sich hatte. Aber er war anderweitig ins Erzählen gekommen und hatte Mario berichtet, mit welchen Mitteln die Familie vorging, um zu erreichen, was Onkel Umut wollte. Die Beschreibungen waren so gar nicht nach Marios Geschmack gewesen. Nur ein Zug an einem neuen Joint hatte seinen Magen wieder etwas beruhigt, als Irfan auf Marios Frage, wie viele Menschen er getötet habe, lange überlegen musste, während sich seine Finger mitzählend bewegten, und er schließlich »zu viele« geantwortet hatte. Er gab zwar die Zahl nicht preis, bekannte im nächsten Moment jedoch freimütig dass die »Entsorgung« meist ein Problem darstellte. Dankenswerterweise hatte er das nicht weiter ausgeschmückt. Mario wurde jetzt noch schlecht, wenn er sich überlegte, dass vielleicht ein Feind der Familie in diesen Sucuk verarbeitet worden war und er dessen Überreste im Koffer bei sich getragen hatte. Auch der Gedanke, dass dieser Schlaicher die Würste angeschnitten haben könnte, brachte seinen Magen fast wieder zur Revolte. Zum Glück war er selbst auch nicht zum Frühstücken gekommen.

»Genau. Wir fahren zu Schlaicher, kommen irgendwie rein und nehmen die Sucuk mit«, sagte Irfan nach einer geraumen Pause. Mario hatte schon gar nicht mehr mit einer Antwort gerechnet.

»Und wenn sie nicht mehr da sind?«

»Dann wird er uns sagen müssen, wo sie sind. Bevor wir die Sucuk nicht in den Händen halten, werden wir keine Ruhe geben.«

»Warum sagst du mir nicht endlich, was es mit den Würsten auf sich hat?«, versuchte es Mario erneut. Und er staunte nicht schlecht, als Irfan tatsächlich antwortete.

»Eine davon ist tatsächlich eine Sucuk, wie Onkel Umut sie am liebsten mag. Die anderen sind eher eine Verpackung.«

»Drogen?«, fragte Mario und hoffte, dass die andere Möglichkeit nur seiner Phantasie entsprungen war.

Irfan nickte. »Ja, und zwar deutlich wertvollere als dein Gras.«

Den Rest der Fahrt über blieben sie still. Irfan fluchte nur einmal über einen Traktor, der vor ihnen auf der B 317 fuhr und kurz vor Maulburg einen kleinen Stau auslöste. Ausgerechnet am Glasturm bog der Traktor ab, sodass sie ihm weiter im Schneckentempo folgen mussten.

Als sie endlich an Schlaichers Haus angekommen waren, fuhr Irfan daran vorbei und bog an einem gelben Gebäude nach links ab. Es gab dort ein Geschäft mit mehreren Parkplätzen.

Sie gingen zurück bis zu dem Haus mit den grünen Fensterläden, nahmen die paar Stufen bis zur Tür und klingelten. Irgendwo im Haus erwachte ein tiefes Bellen.

»Scheiße, ein Hund«, sagte Mario. Aber Irfan ignorierte ihn und klingelte erneut, was dazu führte, dass aus dem Bellen ein lautes Jaulen wurde. Sonst passierte nichts.

»Er ist wohl nicht zu Hause«, meinte Irfan erfreut und drückte auch schon die nächste Klingel.

»Ja?«, fragte eine Frauenstimme durch die Sprechanlage.

»Können Sie uns bitte aufmachen? Wir sind wegen der Heizung da.«

»Müssen Sie zu uns rein?«

»Nein, nur ins Haus.«

Dsssssss. Die Tür war offen. Mario war immer wieder überrascht, mit welcher Frechheit Irfan seine Ziele verfolgte. Allerdings fürchtete er, die nächste Dreistigkeit schon zu kennen. Wenn Schlaicher nicht da war und Irfan trotzdem ins Haus wollte, konnte das nur bedeuten, dass er gleich wieder seine Plastikkarte auspacken würde, die ihm bereits gestern bei dem Bullen als Ersatzschlüssel gedient hatte.

Und so war es auch. Noch während sie die Treppe hochstiegen und die Namen auf den Türschildern inspizierten, holte Irfan sein Portemonnaie heraus.

Im obersten Stock gab es drei Türen. An einer stand der Name Schlaicher. Dahinter waren Bewegungen zu hören. Das musste der Hund sein. Es klang nach einem großen Tier. Mario hatte keine Angst vor Hunden, aber der Gedanke, gleich möglicherweise einem ausgewachsenen Rottweiler gegenüberzustehen, bereitete ihm doch etwas Sorge. Er schaute Irfan an, der die Plastikkarte herauskramte. »Was ist mit dem Hund?«, fragte er flüsternd.

Irfan wechselte die Hand, in der er die Karte hielt, und griff in seine Jacketttasche. Mario schluckte, als er den Kunststoffgegenstand erkannte: Es war ein Elektroschocker, der bei seiner Aktivierung ein leises Brizzel-Geräusch von sich gab. Irfan stellte den Schocker wieder aus und reichte ihn Mario.

»Sobald die Tür auf ist, setzt du den Hund damit schachmatt«, raunte er ihm zu. Routiniert steckte er die Karte in den Schlitz zwischen Türblatt und Zarge. »Mach das Ding an«, flüsterte Irfan, als Mario sich nicht rührte.

Mario war selbst wie geschockt. Er legte den kleinen Schalter um, und wieder war das Geräusch einer unglaublichen Stromkraft zu hören. Das Gerät hatte vorne zwei Spitzen aus Metall. Auch wenn er so etwas bisher nur in Filmen und Serien gesehen hatte, wusste er doch, dass er jetzt nur noch mit dem vorderen Teil den Hund berühren musste. Dann flog die Tür auf. Mario hielt den Schocker in Rottweilerhöhe vor sich und hoffte, das Tier zu treffen, bevor sich der kraftvolle Kiefer um seinen Arm schloss. Doch die Höhe stimmte nicht. Einen kraftvollen Kiefer gab es zwar, aber der Hund schaute sie nur neugierig an. Und was für ein Hund!

Mario hatte keine Ahnung, wie diese Tiere hießen. Schwer herabfallende Ohren von der Größe einer XXL-Bauarbeiterhand, so viel Haut, Fell und Falten, dass sich ein zweiter Hund mühelos darin verstecken könnte, und kurze, aber stämmige Beine wie die eines genmanipulierten Zwergelefanten. Dazu eine lange, tiefrosarote Zunge, die dem Hund unter einer schwarzen, ledrig-feuchten Nase aus dem Maul hing. Mario stellte den Schocker wieder aus und ging einfach in den gekachelten Flur hinein, ohne dass der Hund Anstalten machte, sie anzufallen. Gleich darauf hatte Irfan die Tür hinter ihnen geschlossen und betrachtete ebenfalls den niedrigen Hund mit Überlänge, der seinen Blick freudig wedelnd erwiderte.

»Ja, wer bist du denn?«, fragte Mario eher sich selbst, während er dem Tier den Rücken seiner freien Hand zum Schnuppern anbot. Der Hund roch nur ganz kurz daran und schien Marios Hand nicht weiter interessant zu finden. Er war noch lahmer als der alte Gustav, Opas altersschwacher Berner Sennenhund. Von einer Sekunde auf die nächste ließ das Tier sich platt auf den Boden fallen. Hätte es sie mit der gleichen Geschwindigkeit angesprungen, hätten sie keine Chance gehabt. Es schien aber zum Glück eher ein Freund der Schwerkraft zu sein. Mario bückte sich und packte in das schwarze Fell, das sich weich und etwas fettig anfühlte. Ein deutlicher Hundegeruch ging von dem Tier aus, das jetzt grunzte und sich auf die Seite legte.

»Ich glaube, wir brauchen uns keine Sorgen zu machen«, sagte Mario und gab den Schocker zurück.

»Dann holen wir uns jetzt endlich Onkel Umuts Sucuk«, entschied Irfan.

Sie befanden sich in einer Wohnung, die sich über zwei Etagen erstreckte. Eine Holztreppe mit Metallgeländer führte auf eine Galerie direkt unter dem Dach. Die Einrichtung war modern, aber einfach. Ikea, nicht unbedingt die neueste Generation. Auf der rechten Seite des Flures gab es zwei Türen, eine weitere lag geradeaus, und eine vierte befand sich am Ende auf der linken Seite. Davor öffnete sich der Flur in ein Wohnzimmer, das in eine Küche überging. Die war Irfans erstes Ziel.

An einem Haken hing eine der Würste. Von den Ausmaßen entsprach sie genau denen, die Mario transportiert hatte. Aber sie war angeschnitten.

»*Allah kahretsin*«, murmelte Irfan und roch an der Wurst. »Ja, definitiv eine Sucuk. Riechst du den Knoblauch?« Er hielt sie Mario hin, der sich aber schnell wegdrehte. »Jetzt fang bloß nicht wieder an zu kotzen«, schimpfte Irfan leise. »Such lieber die anderen Würste. Ich schaue hier in der Küche nach.«

Mario begann seine Suche oben. Neben einer gemütlich wirkenden Couch samt niedrigem, aufgeräumten Tisch und Fernseher fand er einen Computer, auf dessen Monitor der Bildschirmschoner lief. Eine Diashow, die Fotos von diesem Schlaicher und einer der Frauen zeigte, die gestern Abend hier gewesen waren. Offenbar waren die beiden ein Paar. Sie hielten sich nahezu auf jedem Bild im Arm oder küssten sich. Es gab auch Fotos von ihr allein, wie sie gerade dem Fotografen eine Kusshand zuwarf. Mario bewegte die Maus ein kleines bisschen, und die Fotos verschwanden und gaben den Blick auf ein Video-programm frei, auf dem ein verwaschenes Bild von einer Lager-halle zu sehen war. Er setzte sich. Die Bildqualität war mies, wie von einer schlechten Webcam oder einer Überwachungskamera. Im Vordergrund konnte er metallene Laufbänder ausmachen, eine Menge Kartons standen daneben. Weiter hinten waren hohe Regale angebracht. Rechts war eine Treppe zu sehen, allerdings konnte man nicht mehr ausmachen, wohin sie führte. Das lag außerhalb des Sichtfeldes. Oben am Bildschirmrand gab es eine Zeitanzeige. Mario stellte fest, dass die Uhrzeit auf dem Monitor mit der auf seiner Armbanduhr übereinstimmte. Er rief Irfan zu sich, der leise vor sich hin fluchend die Treppe hinaufkam. »Nur diese eine Wurst! Was hast du?«

»Sieh dir das mal an.«

Irfan beugte sich vor und betrachtete den Bildschirm. »Und?«

»Irgendeine Lagerhalle, als Live-Übertragung.«

»Sieht aus, als würde dieser Schlaicher im Sicherheitsbereich arbeiten«, sagte Irfan. »Los, genug geglotzt. Hilf mir endlich, die anderen Sucuk zu finden.«

Der Hund bellte auf einmal wieder. Dann hörten sie, dass unten die Tür geöffnet wurde.

»Jo, de Watson«, sagte eine Männerstimme.

Irfan huschte lautlos in die hinterste Ecke des Galeriebereiches, die von unten nicht einsehbar war, und winkte Mario heftig, ihm zu folgen. Der stand vorsichtig von seinem Stuhl auf, hob ihn dabei geräuschlos an und stellte ihn ein paar Zentimeter hinter sich ebenso leise wieder ab. Dann drehte er sich um und schlich langsam in Irfans Richtung.

»E Feine bisch du. Jo, mr gönn glii uuse.«

Mario atmete erleichtert aus. Offenbar war der Mann gekommen, um mit dem Hund rauszugehen, würde also sofort wieder verschwinden.

»Aber erscht emol nimm i noo'n'e Chiirswässerli.« Der Hund gab einen tiefen Beller von sich, der wie eine Antwort klang. Mario verdrehte die Augen. Er war fast bei Irfan angekommen, als er sich in einem der auf dem Boden liegenden Kabel verheddderte, was ein Geräusch auf dem Parkett verursachte.

»Rainer? Bisch duu doo?«, kam sofort die Stimme von unten.

Irfan bedachte Mario mit exakt dem gleichen Blick wie gestern, nachdem er sich in der Wohnung des Polizisten übergeben hatte.

»Rainer?«

Mario duckte sich.

»Isch do öbber umme?«

Der Mann kam die Treppe hinauf. Mario hörte jeden Schritt, und sein Herz schlug in vielfachem Takt in seiner Brust. Fast wurde ihm wieder übel. Dann schaute ein bekanntes Gesicht um die Ecke. Der Nachbar.

»Was mached denn ihr doo?«, rief der Mann laut.

Irfan sprang nach vorne, der Mann brüllte, man hörte ein Brizzeln und ein verzerrtes Stöhnen, dann das Geräusch des auf dem Boden zusammensinkenden Mannes.

»Verdammte Scheiße!«, fluchte Irfan und legte noch ein paar türkische Worte nach, die sicherlich nicht aus der schöngeistigen morgenländischen Literatur stammten.

»Hast du ihn umgebracht?«

»Quatsch. Wir müssen ihn fesseln. Er wird gleich wieder zu sich kommen.«

»Fesseln? Hauen wir nicht einfach ab?«

»Verdammt, jetzt mach, was ich dir sage!« Irfan klang überhaupt nicht mehr wie jemand, der ein Musikgeschäft aufmachen wollte, sondern eher so, als könnte er jederzeit ein Messer herausholen, um damit genüsslich Marios Kehle aufzuschlitzen. Mario war von der Situation so geschockt, dass immerhin seine Übelkeit verschwunden war. Er schaute sich um, und sein Blick fiel auf die Kabel, die sie verraten hatten.

Als Schlaichers Nachbar wach wurde, lag er immer noch auf dem Boden, war aber mit Irfans Hilfe von Mario an den Hand- und Fußgelenken gefesselt worden. Der Ausweis in seinem Geldbeutel identifizierte ihn als Erwin Immanuel Trefzer. Der Hund saß neben dem Mann und schien sich zu bemühen, die ungewohnte Situation zu analysieren.

»Was sind ihr für Lüdd? Iibrächer?«, waren Trefzers erste, fast nur geschnaufte Worte, als er die Augen öffnete.

»Was weißt du über die Sucuk?«

»Was? Was hännd ihr midd miir gmacht? Mir dued alles weh. Hilfe!« Das letzte Wort versuchte er zu schreien, aber Irfans drückte blitzschnell seine Pistole an die Stirn des Gefesselten und legte ihm die zweite, freie Hand mit starkem Druck über den Mund. Er kam Trefzers Gesicht mit seinem ganz nah.

»Noch ein Ton, und du wirst nie mehr etwas sagen. Haben wir uns verstanden?«

Trefzer starrte ihn mit vor Angst geweiteten Augen an und nickte langsam.

»Also, wo sind die Sucuk?« Irfan nahm die Hand von Trefzers Mund, beließ aber die Pistole an seinem Kopf.

»Jedz hör uff midd dämm Saich. I weiß nidd, wo diini Suschuggs sinn. Lönnd mi goo. Ich verrood chainem öbbis, niememerm! Ich schwöör drs bi miim Lääbe.«

Verwirrt schaute Irfan zu Mario. »Er weiß es nicht?«

»Er hat keine Ahnung.«

»Wo ist dieser Schlaicher?«, fragte Irfan Trefzer drohend. Der schien sich noch immer in einem Schockzustand zu befinden.

»Jo, schaffe wohrschiinlich. Aber er chunnd gwiis glii wieder zrugg«, sagte er und hoffte wohl, dass sie der letzte Satz zur Flucht veranlassen würde. Aber Irfan war es nur recht, wenn der Typ bald zurückkehrte. Das würde ihm endlich die Möglichkeit eröffnen, den Job abzuschließen und zu seiner Familie zurückzufahren.

Mario fühlte sich wie in einen skurrilen Mafia-Film gebeamt. Mit einem Joint vor dem Fernseher in seinem Zimmer mochte er die ganz gern, aber in Realität war es einfach nur furchterregend.

»Was hännd'r midd mir voor?«, fragte Trefzer.

»Verdammt, wir sind nicht hier, um deine Fragen zu beantworten, alter Mann«, spuckte ihm Irfan entgegen. »Du, knebele ihn.«

»Womit soll ich das machen, Irfan?«

»Keine Namen!«, stieß Irfan wütend hervor.

Mario zuckte zusammen. Oh Gott! Was hatte er getan? In den Filmen war von diesem Moment an klar, dass der Gefesselte am Ende mit einer Kugel im Kopf am Boden liegen würde. Trefzer lag jetzt schon, und die Pistole blickte ihm unbarmherzig ins Gesicht.

»Ich haa nüdd g'höörd«, flehte er.

»Sorry. Ich wollte nicht …«

»Knebeln!«, befahl Irfan. »Warum läuft mit dir nur immer alles schief? Ich sollte dir einfach eine Kugel in dein verkifftes Hirn ballern. Dann wäre endlich Ruhe.«

Unten fand Mario in einer Schublade ein braunes T-Shirt.

Er brachte es Irfan, der es Trefzer aus lauter Wut sehr unsanft in den Rachen stopfte und mit einem weiteren Stück Kabel den Knebel befestigte.

»So, jetzt sei still. Ich muss nachdenken. Du bleibst bei dem hier und passt auf, dass er keinen Unsinn macht. Wenn doch, sorgst du dafür, dass ich nicht gestört werde.« Damit gab er Mario den Schocker und ging, etwas auf Türkisch murmelnd, nach unten.

★★★

»Eigentlich ist er ganz nett«, flüsterte der junge Kerl Erwin Trefzer zu. »Es tut mir wirklich leid, dass wir jetzt in so einer doofen Situation sind.«

Trefzer lag ungemütlich auf der Seite. Das Gewicht seines Oberkörpers ruhte schwer auf seinem Arm. Die Kabel, mit denen er gefesselt worden war, hielten seinen vorsichtigen Versuchen, sie zu lösen, stand. Am Schlimmsten aber war dieser Knebel, den ihm der Ältere der beiden tief in den Mund gedrückt hatte. Trefzer konnte nur noch durch die Nase atmen, seine Zunge wurde von dem sich vollsaugenden Stoff nach unten gedrückt, seine Kehle fühlte sich schon ganz trocken an, und der weit geöffnete Kiefer schmerzte. Hinzu kam, dass er das T-Shirt kannte. Er hatte es Schlaicher vor einem knappen Jahr selbst verkauft. Der Einkaufspreis hatte knapp unter drei Euro gelegen. Eine Fehllieferung aus China, von der er sich gleich vierhundert Stück sichern konnte. Für fünf Euro pro Stück hatte er die Teile weitergegeben. Wenn er damals gewusst hätte, dass er irgendwann einmal in Schlaichers Wohnung liegen und Angst haben würde, an diesem T-Shirt zu ersticken, hätte er auf den mickrigen Gewinn lieber verzichtet.

»Und dass Sie jetzt auch in der Geschichte mit drinstecken«, flüsterte der Junge. Er wirkte ehrlich betroffen.

Trefzer konnte es gar nicht richtig begreifen. Eben noch hatte er gemütlich eine Speckvesper eingenommen, jetzt lag er bei Schlaicher in der Wohnung und lief Gefahr, von zwei absolut durchgeknallten Einbrechern umgebracht zu werden … Nicht mal sein Kirschwasser hatte er vorher trinken können.

»Hmmm«, machte er.

»Psst!« Der Junge legte einen Finger auf den Mund. »Bleiben Sie ganz ruhig, dann wird Ihnen nichts passieren.«

Sag das mal deinem Kollegen, dachte Trefzer. Der Typ im Anzug wirkte nicht so nett wie der etwas dämlich erscheinende Knabe hier. Der Junge war nur ein harmloser Handlanger, das war ihm klar, der andere aber ein richtiger Verbrecher. Irfan. Das klang türkisch und passte auch zu dem Aussehen des Mannes. Trefzer wünschte nur, der Handlanger hätte den Namen nicht gesagt. Er war sich nicht sicher, ob es gut war, gefesselt und geknebelt am Boden zu liegen und die Verbrecher nicht nur gesehen zu haben, sondern auch den Namen des Hauptgangsters zu kennen. Warum hatte der blöde Junge nicht auch den Nachnamen dazugesagt? Das hätte ihn gleich noch mehr in die Bredouille gebracht!

»Jetzt schauen Sie nicht so böse«, flüsterte der Junge. »Ich bin übrigens Mario.«

Herrgottsaggramendaaberau, naai!, dachte Trefzer und presste beide Augen fest zu. Innerlich stöhnte er noch lauter, als es durch den Knebel zu hören war.

Erst jetzt schien dem Jungen klar zu werden, was er gesagt hatte. »Vergessen Sie's einfach«, flüsterte er in einem fast bettelnden Tonfall.

Trefzer versuchte, sich ein wenig zu drehen, um dem Druck auf den Arm und sein Handgelenk etwas zu lockern, doch das funktionierte nicht. Der Junge hatte den Elektroschocker mittlerweile ausgeschaltet und neben sich auf den Boden gelegt. Mit diesem Ding wollte er nicht noch mal Bekanntschaft machen. Es fühlte sich an, als würde man von einem D-Zug überrollt. Die Stelle an seiner Brust, wo er getroffen worden war, kribbelte immer noch ganz unangenehm. Stärker jedoch prickelten im Moment seine Füße, die durch die festgezurrten Kabel um seine Gelenke wohl nicht mehr ordentlich mit Blut versorgt wurden und einschliefen.

»Wir wollen eigentlich nur die Sucuk«, flüsterte dieser Mario erneut.

Hätte Trefzer unwissend mit den Schultern zucken können,

hätte er das getan, so zog er nur den Kopf ein und kniff die Augen etwas zusammen. Er hatte so was von keine Ahnung, was eine Suschugg sein sollte. Nie gehört! War das überhaupt ein Wort? Wahrscheinlich irgendetwas Türkisches, eine Wasserpfeife oder so was.

»Du sollst nicht mit ihm reden!«, rief Irfan von unten.

»Entschuldigung. Ich komme mir nur so blöd vor.«

»Du bist blöd«, kam als Entgegnung.

»Vielen Dank«, sagte Mario ironisch und fügte an: »Was machen wir denn jetzt?«

»Sei still und pass auf.«

»Ich muss aber mal.«

Trefzer rollte mit den Augen. Der Knabe schien wirklich nicht der Hellste zu sein und musste wohl noch lernen, dass man den Türken besser nicht reizen sollte.

»Halt ein«, schimpfte der und ließ ein paar türkische Worte folgen, die stark nach Beleidigung klangen.

★★★

Es dauerte etwas, bis jemand zur Tür kam, um zu öffnen. Es war Brockmann selbst.

»Sie schon wieder?«

»Herr Brockmann, das ist mein Kollege Helbach.«

»Mein Beileid«, sagte Helbach.

Brockmann nickte.

»Wir müssten uns noch einmal kurz mit Ihnen unterhalten. Ich hoffe, Sie können ein paar Minuten aufbringen.«

Brockmann trug eine legere, anthrazitfarbene Jeans und ein schwarzes Hemd, vermutlich als Ausdruck seiner Trauer. Sein Gesichtsausdruck ließ allerdings eher auf Wut schließen.

»Worum geht es?«

»Natürlich um den Tod Ihrer Frau.«

»Das ist klar«, schnauzte Brockmann. »Haben Sie etwas Neues herausgefunden?«

»Vielleicht können wir das drinnen besprechen? Ich meine, so zwischen Tür und Angel …«

Brockmann wirkte nicht so, als würde er Helbach und Schlageter gern hineinbitten, doch er kam wohl zu der Einschätzung, dass ihm nichts anderes übrig blieb. »Treten Sie ein, verehrte Herren Kommissare«, sagte er laut. »Ich bin gespannt, was es Neues gibt. Ein Besuch von zwei Kommissaren am Samstagmorgen, das hat man auch nicht alle Tage. Ich hoffe nur, dass es wirklich wichtig ist, ich habe nämlich mit der Planung der Beerdigung alle Hände voll zu tun.«

Brockmann führte sie in den Raum, in dem Schlageter mit der Putzfrau Lavali gesprochen hatte, und bot ihnen an, auf dem Sofa Platz zu nehmen. Schlageter setzte sich, Helbach blieb stehen und betrachtete interessiert das Kunstwerk an der langen Wand, das strenge geometrische Formen in klaren Farben zeigte. Moderne Kunst gefiel Helbach genauso wenig wie Schlauchbootlippen, das wusste Schlageter aus den Jahren, die sie zusammenarbeiteten. Er blieb stehen, um den Raum und die Gesprächssituation aus einem anderen Blickwinkel in Augenschein nehmen zu können. Zudem war es für einen Verdächtigen immer sehr beunruhigend, wenn er sich mit einer sitzenden Person unterhielt, während sich eine zweite Person im Raum, vielleicht sogar in seinem Rücken aufhielt. Und da sie momentan niemand anderen hatten, war Brockmann ihr Hauptverdächtiger.

Auf dem Tisch befanden sich Prospekte zweier Beerdigungsinstitute und Muster einer Sterbeanzeige. Dazu eine Aufstellung der zu erwartenden Kosten. Ein tragbares Telefon lag ebenfalls auf der Glasplatte, daneben stand eine dickwandige Tasse Kaffee, die fast leer getrunken war.

»Wollen Sie einen Kaffee?«, fragte Brockmann, als er Schlageters Blick auf die Tasse bemerkte.

»Wenn es Ihnen nicht zu viele Unannehmlichkeiten bereitet …«

»Es ist nur ein Knopfdruck. Sie auch?«

»Nein danke«, sagte Helbach.

Brockmann ging in die Küche und kam nach etwas Geklapper und einem anschließenden lauten Brummen des Kaffeevollautomaten zurück. Er trug ein verchromtes Tablett, auf dem sich auch kleine Kondensmilchdöschen befanden, wie Schlageter erfreut feststellte. Dazu ein Zuckerschälchen und eine Tasse frisch gebrühten Kaffees, der so heiß war, dass er noch dampfte.

Während Brockmann den Kaffee hinstellte, sagte Schlageter: »Wir haben die Lebensversicherung Ihrer Frau geprüft.«

Beim Abstellen schwappte etwas von dem Kaffee über den Tassenrand auf die Untertasse.

»Was wollen Sie damit sagen?« Brockmann klang feindselig.

»Was denken Sie, was ich sagen will?«, fragte Schlageter.

Es dauerte ein paar Sekunden, bis der Arzt leise antwortete: »Ich denke, dass Sie mich aus irgendeinem mir völlig schleierhaften Grund beschuldigen wollen.«

»Will ich das?«

»Wieso fallen Sie in meine Praxis ein, stellen mir in unerhörter Art und Weise Fragen, wie man sie einem Mörder stellen würde, und kommen jetzt zu mir nach Hause, um mit mir über die Lebensversicherung meiner Frau zu sprechen? Tamara und ich haben beide die gleiche Police abgeschlossen. Das ist fünfzehn Jahre her. Ich weiß ja noch nicht einmal mehr, wie hoch die Versicherung war!«

»Das wissen Sie nicht?«

»Hören Sie auf mit diesen dämlichen Fragen. Meinen Sie, ich weiß nicht, was Sie vorhaben?«

»Was habe ich denn Ihrer Meinung nach vor?«

Brockmann kochte vor Wut. »Sie wollen mir irgendetwas entlocken, was es gar nicht gibt. Mensch, meine Frau ist gerade gestorben. Ich bin in Trauer!«

»Trauer kann sich sehr unterschiedlich manifestieren«, bemerkte Schlageter, der sich durch Brockmanns feindseligen Tonfall veranlasst sah, nun ebenfalls etwas härter vorzugehen. »Aber ich habe selten jemanden in Trauer erlebt, der das so gut wegsteckt wie sie.«

»Das alles findet also nur statt, weil ich gestern nicht weinend vor Ihnen auf dem Boden herumgekrochen bin? Ist es das, was Sie wollen?«

»Herr Brockmann, ich will Ihnen nicht zu nahe treten«, nahm Schlageter das Tempo jetzt wieder zurück. »Ich glaube, wir haben uns hier in etwas hineinmanövriert, was so nicht laufen sollte. Und ich entschuldige mich bei Ihnen in aller Form dafür. Vielleicht können wır noch einmal von vorne anfangen.« Er nahm die erstaunlich schwere Tasse hoch, streifte die Unterseite an der Untertasse ab und trank einen Schluck. Er verbrannte sich die Lippen. Das Zeug kochte fast noch. Helbach stand derweil am Durchgang zur Küche und warf einen neugierigen Blick hinein.

»Ihr Verhalten ist nicht zu entschuldigen«, sagte Brockmann, klang dabei aber etwas ruhiger.

»Ich weiß. Bitte lassen Sie uns trotzdem noch einmal von vorne anfangen. Ich muss diese Fragen leider stellen. Das ist eine dieser dämlichen Dienstvorschriften, wenn es um höhere Lebensversicherungen geht.«

»Höher? Ich glaube nicht, dass wir da größere Werte haben.«

»Zweihundertfünfzigtausend Euro sind für die meisten Leute eine ganze Stange Geld.«

»Zweihundertfünfzigtausend? Für die meisten mag das ja zutreffen. Aber ich bin weiß Gott nicht auf zweihundertfünfzigtausend Euro angewiesen. Es ist wirklich eine Frechheit, dass Sie mir so etwas unterstellen. Ich werde mich am Montag bei Ihren Vorgesetzten beschweren. Hallo, Sie da?« Der letzte Satz ging an Helbach, der ganz nebenbei in der Küche verschwunden war. »Kommen Sie zurück! Was haben Sie da zu suchen?«

»Sie haben wirklich eine sehr schöne Einrichtung«, sagte Helbach, der wieder zum Sofa kam. »Entschuldigung.«

»Sie sind also nicht auf zweihundertfünfzigtausend Euro angewiesen«, stellte Schlageter fest.

»Ich verlange, dass Sie mein Haus verlassen«, sagte Brockmann und verlieh seinen Worten Nachdruck, indem er aufstand. »Und ich möchte Sie beide nie mehr hier sehen. Sie werden schon mitbekommen, was Sie davon haben.«

Schlageter nippte schnell noch einmal an seinem Kaffee, der sich leider weiterhin gerade im flüssigen Aggregatzustand hielt. Er hätte sich nicht gewundert, wenn er inzwischen verdampft wäre. Dann stand er mühsam auf.

»Eines würde ich vorher gerne noch geklärt haben«, sagte er. »Genauer gesagt sind es zwei Sachen. Erstens: Im Blut Ihrer leider verstorbenen Frau wurde eine extrem hohe Dosis an Botulismustoxin A nachgewiesen.«

Brockmann, der eben noch wütend geschaut hatte, war plötzlich sehr aufmerksam, fast geschockt. »Was? Das kann nicht sein.«

»Es ist aber so. Es handelt sich um eine Dosis, die von der einer normalen Behandlung weit entfernt ist.«

»Das ist aus ärztlicher Sicht nicht möglich«, sagte Brockmann.

»Und doch ist es so. Wie könnte das Zeug in die Blutbahn Ihrer Frau gelangt sein?«

»Ich muss mich setzen«, sagte der Arzt.

Schlageter wartete einen Moment. »Also? Wie kann das sein?«

Brockmann schaute den Kommissar von unten prüfend an. »Es wurde eine Obduktion durchgeführt?«

Schlageter fand, dass der Moment gekommen war, die Zügel noch etwas straffer zu ziehen. Sein Ton war ziemlich laut, als er sagte: »Ich stelle hier die Fragen, und ich will von Ihnen wissen, ob Sie eine Idee haben, was das Zeug im Blut Ihrer Frau zu suchen hat.«

Brockmann reagierte jedoch gar nicht auf Schlageters Tirade, sondern meinte: »Im Blut? Aber das würde ja heißen, dass Tamara …«

»… umgebracht wurde?«, ergänzte Helbach betont sachlich.

»Nein, Selbstmord begangen hat«, korrigierte ihn Brockmann streng. »Sie hat in letzter Zeit an Depressionen gelitten. Aber sie hat nie etwas Derartiges angedeutet.«

»Selbstmord halte ich für unwahrscheinlich«, meinte Schlageter. »Zumal sie schwanger war.«

»Was?« Zum ersten Mal zeigte Brockmanns Gesicht echten Schrecken. »Nein, Sie wollen mich nur quälen.«

»Sie wussten es nicht?«

Brockmann schüttelte langsam den Kopf. Er wirkte jetzt wirklich betroffen.

»Mitte dritter Monat. Ich denke, man kann davon ausgehen, dass Ihre Frau über ihre Schwangerschaft Bescheid wusste.«

»Mein Gott!« Brockmann stand auf und ging auf und ab. Schlageter und Helbach ließen ihn nachdenken. Auch Schlageter grübelte. Wenn Brockmann wirklich nichts von der Schwangerschaft gewusst hatte, ging ihm jetzt vielleicht auf, dass er sein eigenes ungeborenes Kind ebenfalls getötet hatte. Man sah dem Arzt regelrecht an, wie er sich mehr und mehr über die Konsequenzen seiner Tat bewusst wurde. Als er plötzlich genau vor Schlageter stehen blieb, dachte dieser schon, dass jetzt endlich das Geständnis folgen würde.

Doch Brockmann sagte mit starrem Blick: »Verlassen Sie mein Haus, sonst sorge ich dafür, dass mein Anwalt Sie entfernen lässt.«

Schlageter, der vor Anwälten weniger Angst hatte als vor einem Eichhörnchen – er konnte nur beide nicht leiden –, wollte gerade explodieren, da packte Helbach ihn fest am Arm und sagte: »Lassen Sie uns gehen.«

»Was sollte das?«, meinte er, als sie in den Wagen stiegen.

»Ich glaube, wir haben so eine deutlich bessere Chance, den Typen heute noch dingfest zu machen«, sagte Helbach. »Brockmann war nämlich nicht allein in der Wohnung.«

Schlageter schaltete den gerade erst gestarteten Motor sofort wieder aus. »Was? Wie kommen Sie darauf?«

»In der Küche stand, halb hinter der Kaffeemaschine verborgen, noch eine Tasse. Gerade als ich sie entdeckt hatte, wollte er unbedingt, dass ich aus der Küche rauskomme.«

»Vielleicht hatte er vorher schon eine Tasse getrunken.«

»Seine Tasse war die im Wohnzimmer. Darin war ein Rest von Kaffee mit Sahne. In der zweiten Tasse in der Küche war ein Rest schwarzen Kaffees ohne Milch.«

Schlageter nickte. Helbach hatte ein gutes Auge für solche Kleinigkeiten.

»Wahrscheinlich war vor uns jemand da, der ihm die Prospekte von den Bestattungsunternehmen gebracht hat«, riet der Kommissar und war gespannt, was Helbach dazu zu sagen haben würde.

»Das müsste sehr kurz vor uns gewesen sein. Bevor ich aus der Küche raus bin, habe ich den Finger in den Kaffee getaucht. Er war noch warm.«

»Potzblitz!«, sagte Schlageter. »Das Zeug war aber auch heiß! Los, wir gehen noch mal rein.«

»Oder wir bleiben im Wagen und schauen, wer außer ihm gleich aus dem Haus rauskommt«, schlug Helbach mit überlegenem Lächeln vor. »Wenn an der ganzen Sache nichts dran ist, würde ich ungern Hausfriedensbruch oder gar eine illegale Hausdurchsuchung in meiner Personalakte stehen haben.« Schlageter überlegte kurz und überschlug die Zeit, die ihnen blieb. Es waren nur noch wenige Stunden, bis er den Mordfall gelöst haben wollte. »Na gut, aber wenn in einer Stunde niemand rausgekommen ist, stehen wir noch mal bei Brockmann auf der Matte.«

★★★

Peter Brockmann schloss die Tür hinter den beiden Polizisten und lief zwei Stufen auf einmal nehmend die Treppe hinauf. Franziska stand im Durchgang zwischen Küche und Wohnzimmer. Sie hatte die ganze Zeit in der Speisekammer ausgeharrt.

»Das hast du großartig gemacht«, sagte sie.

»Das ist eine riesige Scheiße!«, schimpfte er.

»Komm her, mein Schatz.« Sie nahm ihn in den Arm, und Brockmann spürte ihren bebenden Atem. Er drückte sie weg.

»Du hast alles gehört?«

Sie nickte.

»Was sollen wir jetzt machen? Ich hab dir doch gesagt, dass es nichts als verdammtes Glück war, dass sie nicht auf das BTA gekommen sind. Und das hat uns eben verlassen.«

»Wenn wir zusammenhalten, schaffen wir das.«

»Scheiße.« Brockmann ging in die Küche und holte sich ein Whisky-Glas, das er mit einem Talisker halb füllte. Er kippte den Hochprozentigen fast vollständig weg und genoss die Reizung, die der Whisky in der Kehle, und die Hitze, die er im Magen verursachte.

»Peter …«

Er holte ein zweites Glas und füllte es für Franziska. Sie nahm es, trank aber nicht.

»War es dein Kind?«, fragte sie mit brüchiger Stimme.

»Verdammt, nein!«, stieß er ohne Zögern hervor. Etwas ruhiger sagte er: »Du weißt doch, dass da seit einem Jahr nichts mehr gelaufen ist. Die Schlampe hat mich betrogen. Scheiße, warum hast du sie nur umgebracht? Ich hätte mich einfach von ihr scheiden lassen können!«

Er kippte den Rest hinunter.

»Aber wir hatten das doch besprochen.«

»Ich habe es dir vorhin schon gesagt: Das war einfach so dahergeschwätzt! Ich wollte doch nicht, dass du es machst! Vor allem nicht so. Scheiße, kein Wunder, dass dieser Schlageter mich verdächtigt. Botox im Blut. Wo soll das Scheißzeug denn sonst herkommen?«

Ja, sie hatten darüber gesprochen, wie sie Tamara loswerden konnten. Sie hatten alles durchgespielt. Er hatte aber nicht gedacht, dass Franziska das so wörtlich nehmen würde. Ihrem Plan zufolge hatte es eigentlich wie ein Selbstmord aussehen sollen. Die Frau eines Arztes, die sich selbst eine Überdosis Botox spritzte. Aber es war nur das Denken des Undenkbaren gewesen, was ihn im Kokainrausch so angemacht hatte. Und der Umstand, ein junges, scharfes Ding neben sich zu haben, mit dem er sich das genüsslich und offen ausmalen konnte. Alles zusammen hatte ihn so scharf gemacht, dass er Franziska danach hart genommen hatte. Sie mochte das. Mochte es sogar, wenn er sie beim Sex ohrfeigte, nachdem sie gekokst hatten. Ein halbes Jahr lief das jetzt mit ihnen. Sie war neu in der Praxis gewesen, ein perfekter Körper, beim Gesicht hatte er etwas nachgeholfen. Er war ja vom Fach.

Er hatte schnell gewusst, dass sie sich Hoffnungen machte, die neue Frau Brockmann zu werden. Er hatte sie auch darin bestätigt, so wie es ein Mann nun einmal machte, wenn er wollte, dass eine Frau ihm auch weiterhin alle seine sexuellen Wünsche erfüllte. Jetzt war alles anders. Es war passiert, sie hatte es getan, und durch dieses dumme Mädchen stand er nun mit einem Fuß im Knast. Er hätte sie auffliegen lassen sollen, gleich nachdem Tamara starb, aber er steckte selbst in der Sache zu tief drin. Jetzt mussten sie es hinbekommen, dass ihnen niemand etwas nachweisen konnte.

Brockmann hatte mit Franziska einen Plan ersonnen, der

den Mord an seiner Frau wie Selbstmord hätte aussehen lassen. Er hatte sogar angefangen, ihn umzusetzen, und eine größere Menge des Botulismustoxins aus Bulgarien organisiert. Das Zeug war dort richtig billig. Natürlich ging das zu Lasten der genauen Dosierung, aber er hatte bei seinen Behandlungen kaum Probleme damit gehabt. Sogar Franziska hatte er solche schwarzen Einheiten gegeben. Und für ihre Sex-Phantasie sollte die Dosis ja ohnehin tödlich sein.

Letzte Woche hatten sie das Zeug gemeinsam konzentriert. Der Gedanke, es tatsächlich seiner Frau zu spritzen, war so erregend gewesen, dass sie die Wartezeiten mit der Unterstützung von Kokain und den kleinen blauen Pillen immer wieder mit Sex überbrückt hatten. Gott, war das gut gewesen! Für ihn jedoch einfach nur die Erfüllung fleischlicher Gelüste. Seine Pläne hatte er nur ausgefeilt, weil es ihn so erregte. Franziska hingegen hatte sie für bare Münze genommen.

Sie hatte das Zeug genommen, sich zur Ladies Night gestohlen und es Tamara gespritzt. Die Kanüle war äußerst fein. Wenn Tamara überhaupt etwas gemerkt hatte, konnte sie sich höchstens kurz gefragt haben, was das war. Spritze rein, ein ganz leichter Druck, Spritze raus, in nur Bruchteilen einer Sekunde. Bei Einsetzen der Wirkung hätte sie sich zunächst nur etwas unwohl gefühlt und sich ein Taxi gerufen, um nach Hause zu fahren. Wäre das passiert, hätte er immerhin noch seinen Plan umsetzen können. Er hätte sie ins Bett verfrachtet, alle Spuren gelegt, wäre noch einmal in die Praxis gefahren, um dort lange mit Franziska zu »arbeiten«, und hätte bei seiner Rückkehr daheim die tote Tamara gefunden. Probleme hätte er höchstens deswegen bekommen, weil er das Botox nicht sicher genug lagerte, sodass seine Frau es stehlen konnte.

Aber nein, Tamara war für diese Kosmetik-Behandlung ausgewählt worden. Ausgerechnet sie hatte diese blöde Gesichtsmaske bekommen und vor aller Augen eine Extremreaktion wegen ihrer Allergie gehabt. Als sie danach im Krankenhaus gestorben war, hatte er das noch als Glück angesehen, weil in der ganzen Hektik das Toxin nicht festgestellt und die Symptome der Allergie zugeschrieben worden waren. Er hatte selbst dafür gesorgt, dass niemand zu intensiv nachschaute. Man kannte ihn. Warum sollte irgendjemand zweifeln, wenn er die Symptome als typisch für seine Frau einordnete? Nur seien sie noch nie so heftig gewesen. Und dann war Schönhorst gekommen. Perfekt. Trotz des Mundwassers hatte man seine Fahne riechen können, und die Leichenschau war ein kurzer Schulterblick geworden.

Als am Morgen danach dieser erste Polizist bei ihm aufgetaucht war, Faller, war er sich sicher gewesen, dass er ungeschoren aus der Geschichte herauskommen würde. Aber dann musste dieser Schlageter auftauchen. Wie hatte es zu einer Obduktion kommen können, ohne dass er darüber informiert worden war? Schwanger! Dieses Miststück hatte ihn betrogen. Wer war der Kerl? Jemand aus dem Tennisclub? Kannte er ihn vielleicht sogar?

Eines jedenfalls war sicher: Das Kind konnte nicht von ihm sein. Brockmann war unfruchtbar. So unfruchtbar wie ein Korn, das nur aus einer Hülse besteht. Franziska wusste das nicht, Tamara allerdings schon. In den ersten Jahren ihrer Ehe hatten sie sich Kinder gewünscht und bei einer Untersuchung die traurige Wahrheit erfahren. Tamara hätte ihm nicht einmal einen Kuckuck unterjubeln können. Seither war es bergab gegangen mit ihrer Beziehung. Dass er sie nicht befruchten konnte, schien ihr auch die Lust genommen zu haben, mit ihm zu schlafen. Sie wurden beide immer gereizter, stritten anfangs noch heftig, bis sie sich dann irgendwann sogar so egal waren, dass sie nicht einmal mehr Wut als Emotion füreinander empfanden. Nur noch Langeweile. Was ihn am meisten erschütterte, war die Tatsache, dass er spätestens in einem Monat von ihrer Schwangerschaft erfahren hätte. Dann wäre er sie ohnehin los gewesen. Er hätte sie rausgeschmissen, und sie hätte keinen Cent von ihm bekommen.

Franziska riss Brockmann aus seinen Gedanken, indem sie sich an seiner Hose zu schaffen machte.

»Willst du mich?«, fragte sie.

Er wollte. Aber vorher zog er noch eine Nase durch.

Als sie anschließend hechelnd auf dem Küchenboden lagen, war Brockmann vollkommen aufgedreht. Er würde es hinbekommen. Niemand würde einen Beweis gegen ihn finden. Jeder achtete ihn. Die Menschen brauchten ihn. Ihm war unterbewusst klar, dass die Droge noch wirkte und ihm diese Zuversicht schenkte, aber es war gut so. Er fühlte sich wie ein Gott, der kein Leben, aber Schönheit schenken konnte.

»Wir schaffen das«, sagte er zu Franziska, die sich in seinen Arm gekuschelt hatte.

»Ich liebe dich«, erwiderte sie.

»Ich dich auch«, war seine automatische Antwort.

»Wir stehen das zusammen durch, oder?«

»Ja, Franzi, ja.«

»Ich muss dir was sagen …«

»He, was? Hast du noch jemanden umgebracht?« Er lachte kalt.

»Nein. Es ist etwas Schönes. Ich bin schwanger. Wir bekommen ein Kind.«

Brockmann sagte nichts dazu.

★★★

Nach etwas mehr als einer Stunde Wartezeit im Auto machte sich bei Schlageter der Kaffee bemerkbar. Irgendwann, meistens ganz plötzlich, bildete sich nach dem Genuss von zwei oder mehr Tassen ein Druck in seiner Blase, der keinen Aufschub zu dulden schien.

»Wir gehen jetzt rein«, sagte er bestimmt, doch genau in dem Moment öffnete sich das Garagentor von Brockmanns Anwesen. Ein weinroter Maserati setzte rückwärts heraus und hielt sich dann rechts.

Man konnte aus der Entfernung nur erkennen, dass da tatsächlich noch eine Person auf der Beifahrerseite saß. Schlageter fluchte, dass Brockmann ausgerechnet jetzt kam, ließ aber den Motor an und fuhr dem Maserati in gebührender Entfernung nach.

Brockmann fuhr recht schnell in Richtung Innenstadt, sodass Schlageter etwas mehr Gas gab, um ihn nicht zu verlieren. Helbach ließ es sich nicht nehmen, die Verfolgung sachlicher zu kommentieren: »Von der Teich- nach rechts in die Gugelheimer Straße, das Fahrzeug beschleunigt.«

»Helbach, das sehe ich auch«, sagte Schlageter.

»Ich glaube, es war eine Frau.«

»Im Wagen?«

»Ja, es war zu weit weg, aber ich glaube, es war eine Frau.«

Als Schlageter der Zielort klar wurde – sie näherten sich immer eindeutiger dem Gebäude, in dem die Praxis untergebracht war –, hielt er wieder etwas mehr Abstand.

»Von der Spitalstraße fährt die Zielperson nach rechts in die Straße Senser Platz, der Fahrtrichtungsanzeiger bleibt angeschaltet«, schnarrte Helbach trotz Schlageters Mahnung weiter. »Biegt ab in die …« Er hielt nach einem Straßenschild Ausschau. »Aha, ins Riesgässchen«, murmelte er. Schlageter fuhr nur noch Schrittgeschwindigkeit. Vorne endete die Straße, und er wusste bereits, wohin Brockmann mit dieser Frau unterwegs war. Es musste in seine Praxis gehen.

Als sie den Parkplatz erreichten, stand der Maserati direkt an einer Hauswand. Ein paar Meter entfernt führte eine Tür in eines der Häuser. Das war die Rückseite des Ärztehauses. Die Tür fiel gerade hinter Brockmann zu.

»Helbach, sie bewachen diese Tür. Ich werde Brockmann und der mysteriösen Frau vom Haupteingang aus einen Besuch abstatten«, sagte Schlageter und stellte den Wagen auf einem Schattenplatz ab.

★★★

»Jetzt sag endlich, was mit dir los ist. Freust du dich nicht? Du wirst Papa!«

»Wenn wir nicht im Visier der Polizei wären, würde ich mich wahrscheinlich mehr freuen, Vater zu werden«, sagte Brockmann. »Aber jetzt müssen wir dafür sorgen, dass das konzentrierte Botulinumtoxin verschwindet. Und auch der normal dosierte Rest von dem illegalen Zeug.«

»Ich hätte es dir besser etwas später sagen sollen mit dem Baby, oder?«, fragte Franziska.

Was hatte sie erwartet? Dass er bei der Nachricht, einen Bastard untergeschoben zu bekommen, freudig aufsprang?

»Wahrscheinlich wäre es besser gewesen«, log er. »Es tut mir leid. Ich freue mich, dass du *mein* Kind in dir trägst.« Er schaute ihr tief in die Augen. Sie lächelte schüchtern. »Darum hast du vorhin nicht von dem Whisky getrunken und auch keine Nase genommen?«, fragte er.

»Ja.«

»Weißt du was, wir müssen in Zukunft etwas vorsichtiger sein, wenn wir miteinander schlafen.« In besorgtem Tonfall fügte er hinzu: »Und du musst dich mehr ausruhen. Aufregung ist gar nicht gut für dich.«

Jetzt strahlte Franziska doch. »Du bist süß, aber ich muss mich noch nicht ausruhen.«

»Keine Widerworte. Ich werde schon dafür sorgen, dass du dich schonst. Ich kümmere mich jetzt um das bulgarische Zeug, während du dich hier auf die Liege legst und es dir gemütlich machst. Du wirst ganz sanft ruhen.«

★★★

Er war da. Schlageter hatte noch schnell beim Eiscafé in der Fußgängerzone Station gemacht, die Toilette aufgesucht und sich als kleine Belohnung seines wahrscheinlich gleich folgenden Triumphs zwei Bällchen in der Waffel gegönnt: Schokolade und Joghurt. Eins für den Geschmack und eins für die Gesundheit. Er knabberte den letzten Rest seiner Waffel weg, als er am Ärztehaus ankam. Gerade als er auf den Klingelknopf drücken wollte, läutete sein Handy.

»Schlageter hier. Wer da?«

»Chef? Sind Sie schon drin?«

»Helbach! Wenn Sie mich nicht dauernd anrufen würden, wäre ich wahrscheinlich längst drin«, grollte er.

»Aber ich habe Sie doch bis jetzt gar nicht angerufen«, meinte Helbach verwirrt.

»Und ich telefoniere hier wohl mit dem Heiligen Geist? Genug davon. Sie bleiben auf Ihrer Position, falls Brockmann beschließen sollte, hintenrum abhauen zu wollen. Oder falls er seine Begleitung wegschickt.«

»Verstanden. Ende.«

Schlageter hob die Hand erneut, um endlich zu klingeln.

★★★

Franziska Richter war zufrieden mit sich. Peters erste Reaktion war zwar nicht die gewesen, die eine werdende Mutter sich von ihrem Zukünftigen erhoffte, doch jetzt verhielt er sich auf einmal richtig süß. Ausruhen musste sie sich zwar wirklich noch nicht. Aber wenn er es unbedingt wollte, konnte sie auch hier liegen und ihrem Bald-Ehemann zusehen, wie er die Fläschchen mit dem falschen Botox wegschüttete.

»Wir werden es schaffen. Ich werde es schaffen«, sagte er immer wieder. Er klang aufgeregt. Kein Wunder. Die Situation war heftig und die Polizei hinter ihnen her. Doch das würde sie nur noch mehr zusammenschweißen. Er wusste, was er sagte. Das wusste er immer. Wer sollte ihnen denn auch etwas beweisen können? Keiner von ihnen würde je etwas verraten. Dieses Geheimnis würden sie mitnehmen bis ins Grab, ein Schwur, der ihre Schicksale noch mehr verband als einer in der Kirche es jemals könnte. Sie liebten sich.

Franziska Brockmann. Sie ließ sich ihren neuen Namen auf der Zunge zergehen. Ein weißes Kleid, ein gewaltiges Fest. Sie würde reich sein und sich um das Baby kümmern, Peter würde ruhiger werden, jetzt, wo dieses Weib nicht mehr da war. Er wäre bestimmt ein guter Vater. Wahrscheinlich war er ja auch der Vater. Nur sicher war sich Franziska nicht.

Vor anderthalb Monaten war sie Aaron auf einer Party in Basel begegnet. Er war neunundzwanzig, genauso wie sie. Es war passiert, als Peter mit diesem Weib nach Berlin zu einem Kongress gefahren war, wo man seine Frau kannte.

Eigentlich war Franziska nur mit Aaron nach Hause gegangen, weil sie es Peter hatte heimzahlen wollen, dass er mit Tamara wegfuhr. Peters Frau, nein, tote Exfrau, hatte das Leben geführt, das Franziska sich wünschte, hatte den Mann gehabt, der ihr gehören sollte. Als Peter wieder da war, hatten sie wunderbaren Sex gehabt. Peter war richtig zärtlich gewesen. Ohne Drogen. Und Franziska war sich fast sicher, dass das Baby seins war. Es musste so sein. Eine Mutter spürt so etwas, dachte sie. Er würde jetzt bestimmt das Kokain weglassen und ruhiger werden. Manchmal machte er ihr ein bisschen Angst, wenn er unter der Droge stand. Er konnte dann so selbstsüchtig sein. Na gut, sie kam dabei auch auf ihre Kosten.

»Liegst du gemütlich?«, fragte Peter. Er schaute wirr in ihre Richtung.

»Ja.« Was sollten diese dauernden Fragen?

»Ich bin sehr froh, dass du mich so liebst«, meinte er mit einer eigenartigen Betonung auf »liebst«.

»Und ich, dass du *mich* so liebst«, antwortete sie verunsichert.

»Du hast mein Leben ganz schön durcheinandergebracht.« Er zog eine Spritze auf.

»Was machst du da?«, fragte sie besorgt.

»Ach, ich will dir nur ein paar Vitamine geben.«

»Nein, ich brauche keine …« Sie richtete sich auf.

»Bleib liegen!«, befahl er. Franziska erschrak so sehr, dass sie nicht auf ihn hörte. Sie wollte aufstehen. Da sah sie, wie er ausholte und seine Hand auf ihr Gesicht zudonnerte. Er traf sie mit ungeahnter Wucht. Sie schrie auf vor Schreck, Angst und Schmerz. »Das magst du doch«, sagte er aggressiv und drückte sie auf die Liege.

»Du tust mir weh!«

»Ach, tue ich das?«

Es klingelte. Peter schaute sich konfus um, dann wandte er sich wieder ihr zu. Aus seinem Gesicht sprach düstere Entschlossenheit.

»Lass mich los!«, schrie sie ihn an und versuchte aufzustehen, doch er drückte sie nieder mit seiner Kraft. »Lass mich los«, wiederholte sie, diesmal aber leise und verführerisch. »Ich will dich. Jetzt gleich.« Sie gab vor, aus Erregung heraus schwer zu atmen, Wachs zu werden in seinen Händen, doch innerlich verspürte sie Panik.

»Du verarschst mich nicht mehr.«

Es klingelte erneut.

»Arschloch!«, brüllte Peter in Richtung Tür. Seine Hand legte sich um ihre Kehle. Franziska riss ihre Knie hoch und schlug um sich, traf ihn auch, aber ihre Schläge schienen ihn nicht zu beeindrucken. Stattdessen drückte er fest zu und befahl: »Bleib still.« Instinktiv versuchte sie, ihren Bauch zu schützen.

Je mehr sie zappelte, umso fester drückte er. Franziska schossen Tränen in die Augen. Was war los mit ihm?

Es klingelte jetzt mehrmals hintereinander.

Sie brachte nur ein Röcheln heraus, als er sie wieder zu Luft kommen ließ.

»Was ist denn?«, stöhnte sie weinend.

Er setzte ein verzerrtes Grinsen auf, und sie spürte einen feinen Stich am Hals, der sofort vorüber war. Franziska konnte gar nicht sagen, ob es wirklich ein Stich gewesen war. Doch dann hielt er ihr die leere Spritze vors Gesicht.

Es sind nur Vitamine, dachte sie. Er spielt mit dir. Will dir Angst machen. Er würde ihr doch nichts tun? Ihr und ihrem Kind! Nein, sie sah die Erregung in seinen Augen, die jetzt ganz nah an den ihren waren. Er wollte sie jetzt nehmen. Sie spürte seine Lippen hauchzart auf ihrer Wange und atmete erleichtert aus. Er hatte nur mit ihr gespielt.

»Herzlichen Glückwunsch«, flüsterte er ihr zärtlich ins Ohr. Seine Hand fuhr ihr durchs Haar, wanderte unters Kinn. Mit seinem Zeigefinger strich er ihr über die Lippen, die sich öffneten und seinen Finger aufnahmen, daran saugten. Es war nur ein Spiel gewesen.

Er zog den Finger zurück, presste die Handfläche auf ihren Mund, blickte ihr ganz tief in die Augen und hauchte: »Übrigens: Ich bin unfruchtbar.«

★★★

Sie machten einfach nicht auf. Schlageter probierte es mit Dauerklingeln, aber auch das führte zu keiner erkennbaren Reaktion. Hatten Brockmann und seine Begleiterin vielleicht mitbekommen, dass sie verfolgt wurden? Oder hatten sie den Wagen nur abgestellt und waren vorne aus dem Praxisgebäude direkt wieder rausgegangen? Schlageter wurde nervös, doch dann öffnete sich die Tür. Eine Frau in seinem Alter kam heraus.

»Sie werden nicht viel Glück haben. Heute ist hier alles dicht«, sagte sie und wollte die Tür schon wieder hinter sich schließen.

»Und Sie?«

»Ich wüsste nicht, was Sie das angeht. Oh, Polizei.« Sie schaute sich den gezückten Dienstausweis genau an. »Ich habe oben meine Praxis. Dr. Marietta Fleck, Hals, Nasen, Ohren.«

»Und was haben Sie hier gemacht, wenn doch heute alles dicht ist?«

»Die Post durchgeschaut, mit ein paar Patienten telefoniert und ansonsten ganz viel Bürokram. Hat die Polizei damit ein Problem?«

»Äh, nein. Also, ich wollte nicht … Egal. Wissen Sie, ob Dr. Brockmann auch da ist?«

Sie inspizierte ihn von oben nach unten mit einem prüfenden Blick. »Sie sind kein Patient, nehme ich mal an. Na ja, ich will nicht neugierig sein. Er scheint da zu sein. Streitet sich wohl mit jemandem. Ist jedenfalls ziemlich laut da oben.«

»Danke«, rief Schlageter, der schon hineinlief und schnurstracks auf den Fahrstuhl zusteuerte. Offenbar ging es gerade zur Sache. Er wollte unbedingt hören, was da gesagt wurde, und erfahren, wer die Frau war. Er trat in den Aufzug und drückte den Knopf für die Etage. Ungeduldig wartete er darauf, dass die Tür sich endlich schloss. Schließlich war es so weit, der Aufzug setzte sich unendlich träge in Bewegung. Er blickte auf die Anzeige und sah eine »1« aufleuchten. Er hoffte inständig, dass Brockmann und die geheimnisvolle Frau jetzt nicht durch das Treppenhaus nach unten abhauten. »2«. Er kaute auf seiner Unterlippe und begutachtete sich im Spiegel, woraufhin er sich das Hemd auf seiner rechten Seite etwas tiefer in die Hose steckte. »3«. Endlich. Schlageter machte sich bereit. Die Tür glitt auf.

Der Eingang zu Brockmanns Praxis war verschlossen. Es war auch nichts zu hören. Und nichts zu sehen. Der Empfangsbereich lag verlassen da, das Licht war aus. Dann hörte er einen Schrei. Den Schrei einer Frau: »Hilfe!«

Schlageter wollte instinktiv zur Pistole greifen, aber die war ja weg. Also hämmerte er gegen die gläserne Tür und schrie: »Aufmachen. Polizei! Herr Brockmann, machen Sie auf. Verdammt noch mal! Sie machen es nur schlimmer.«

Er trommelte mit beiden Fäusten auf das Sicherheitsglas, aber niemand kam. Doch, jetzt tat sich etwas. Brockmann. Er kam langsam in Richtung Tür. Schlageter erkannte einen irren Blick in seinen Augen. Er trat einen Schritt zurück und bereitete sich darauf vor, sich mit den Fäusten gegen den jüngeren Mann zur Wehr zu setzen. Aber Brockmann schloss einfach nur auf, drehte sich um und schlurfte weiter in Richtung Wartezimmer.

Schlageter drückte die Tür auf.

»Herr Brockmann. Was ist hier los?«

»Zweites Behandlungszimmer. Rechter Gang hinten. Da finden Sie Ihre Mörderin«, sagte Brockmann, während er sich setzte und auf den toten Bildschirm starrte.

»Sie kommen mit.«

»Nein. Ich bleibe hier. Ich werde Ihnen schon nicht weglaufen.«

Das sollte er mal versuchen. Schlageter ging nach hinten und zückte dabei sein Handy.

»Helbach?«

»Ja? Sind Sie endlich drin?«

»Sie können die Stellung verlassen. Kommen Sie schnellstmöglich rein und organisieren Sie Verstärkung.« Bevor er auflegte, sagte er noch: »Und einen Krankenwagen.«

Im Zimmer vor ihm lag die Sprechstundenhilfe. Wie hatte Brockmann sie genannt? Seine *hôtesse d'accueil*. Die Empfangsdame. Sie lag auf einer mit hellem beigefarbenem Leder bezogenen Liege, zuckte leicht mit Armen und Beinen und rang nach Luft. Auf dem Boden vor ihr lag eine winzige Spritze.

12

Lutz wohnte am Rand von Brombach in einem heruntergekommenen Mehrfamilienhaus. Auf dem Beton vor der Haustür spielten zwei einfach gekleidete Kinder mit einem Plastikball Fußball. Schlaicher klingelte und kickte den Kids den Ball zurück, der zu ihm gerollt war. Er klingelte erneut. Offenbar war Lutz nicht da.

»Hey, Chef!«, hörte er ihn rufen und drehte sich um. Lutz schleppte zwei prall gefüllte alte Jutetaschen pro Hand und war vollkommen verschwitzt, schien sich aber zu freuen, dass Schlaicher ihn besuchte. Klar, er wusste ja auch noch nicht, dass der Chef kam, um ihn zum Arbeiten abzuholen.

»Komm, ich nehm dir was ab«, sagte Schlaicher und übernahm zwei der ziemlich schweren Taschen.

Lutz atmete erleichtert aus. »Danke. Sauschwer, echt heavy, nahezu nicht mehr tragbar.« Zum Glück ging ihm die Puste für weitere Synonyme aus.

»Du hast ganz schön viel eingekauft«, bemerkte Schlaicher.

»Nur ein bisschen was davon ist für mich«, antwortete Lutz, grinste den spielenden Kids zu, stellte seine Taschen vorsichtig ab und schloss die Tür auf. »Das meiste ist für Oma Mine.«

»Deine Oma wohnt auch hier?«

»Nein, nein, meine Omas sind tot. Die Sachen sind für eine Nachbarin. Alle hier im Haus nennen sie Oma Mine, eigentlich Wilhelmine. Sie hat niemanden mehr. Ich helf ihr immer ein bisschen. Blöderweise wohnt sie im vierten Stock.«

Das Treppenhaus wirkte sauber, auch wenn man auf den ersten Blick ein paar Schäden erkennen konnte, die ein guter Hausmeister längst repariert hätte. Als sie im vierten Stock ankamen, schwitzte Schlaicher auch.

Lutz klingelte Sturm. Trotzdem kamen beide wieder zu Atem, bevor die Tür endlich geöffnet wurde.

»So, Oma Mine. Deine Einkäufe sind da«, brüllte Lutz.

»Wer isch daas?«, fragte die alte Frau.

»Mein Chef.«

»Ahhh. Chömmed iine.«

Sie trat zur Seite. Lutz ging durch einen mit teils schäbigen, teils antik und wertvoll wirkenden Schränkchen vollgestopften Flur voraus in eine Küche, die wie das Haus aus den Siebzigern stammen musste. Die feinen weiß und hellgrau karierten Oberflächen der Einbauschränke waren einmal glänzend gewesen, über die Jahrzehnte aber mattgeputzt worden.

»Heute musst du selbst auspacken, Oma Mine«, brüllte Lutz der Dame zu, die in einer blauen Kittelschürze und rosafarbenen Puschelpantoffeln direkt neben ihm stand. Sie war bestimmt achtzig Jahre alt.

»'s Wasser im Bad laufd schlächd ab«, bemerkte die Frau.

»Mache ich morgen. Ich muss mich jetzt um meinen Chef kümmern. Hier ist dein Restgeld.« Er legte ihr einen Fünfeuroschein, ein Fünfzigcentstück und zwei Zweicentstücke auf den Tisch.

»Se doo«, sagte sie und reichte ihm den Geldschein, aber Lutz winkte ab.

»Ich mach dir morgen den Siphon sauber.«

»Was?«

»Ich mach dir morgen den Siphon sauber, Oma Mine«, schrie er.

»Du bisch e Schadz.«

Sie verließen die Wohnung wieder.

»Du hilfst ihr öfter?«

»Ich hatte ja sonst nicht viel zu tun in letzter Zeit.«

»Das finde ich schön. Aber sonst nimmst du doch Geld von ihr?«

»Was? Nee. Oma Mine hat doch selbst kaum genug zum Leben.« Lutz wirkte echt empört.

Schlaicher war beeindruckt. Ein Gefühl, das sich nicht wiederholte, als er in Lutz' Wohnung im Souterrain eintrat. Anders als bei Oma Mine, die wohl in einer Vierzimmerwohnung lebte, hatte Lutz ein Zimmer mit einer Kochecke. Toilette und Bad lagen außerhalb der Wohnung. Lutz hatte im Vorbeigehen auf eine Tür gezeigt, die sich direkt neben der zum Heizungskeller befand. Das Zimmer selbst verfügte über einen Flachbildfernseher, eine Schlafcouch älteren Datums, auf der zerknülltes Bettzeug lag, und einen Kleiderschrank, dessen Türen schief in den Scharnieren hingen. Der Boden war mit einem niedrigflorigen grauen Teppich ausgelegt. Unter dem flachen, aber hoch angebrachten Fenster, durch das man auf den unteren Teil einer steilen Böschung schauen konnte, stand ein rollbarer Computertisch mit einem alten Schätzchen, das sogar noch einen richtig klobigen Monitor hatte. Im Sitzen konnte man beim Blick nach draußen wahrscheinlich einen Streifen Himmel erkennen. Neben dem PC stand ein Regal, in dem eine ganze Menge saubere T-Shirts, teilweise in Plastikfolie verschweißt, gestapelt lagen.

»'tschuldigung, ich hab nicht aufgeräumt«, sagte Lutz und packte seine eigenen spärlichen Einkäufe aus, die er in den laut brummenden Kühlschrank räumte.

»Kein Ding«, sagte Schlaicher. »Du hast es ganz nett hier.«

»Nett? Das ist ein Loch! Aber ich musste es bisher nicht selbst bezahlen und darf dann wahrscheinlich auch nicht wählerisch sein. Kostet hundertfünfzig warm. Ein Kellerraum ist auch noch dabei. Wenn du mich behältst und ich ein gesichertes Einkommen habe, nehme ich die nächste Wohnung, die weiter oben frei wird.« Er faltete den Jutebeutel zusammen und legte ihn in den Unterschrank der Spüle.

»Wegen deines Jobs bin ich da«, begann Schlaicher. »Du weißt ja, dass ich heute und morgen die Berichte machen muss. Ich habe aber noch ein … sagen wir mal, Projekt am Laufen. Und ich hätte gern, dass du die Kameras überwachst. Ich habe das Programm dabei.«

»Keine Chance«, sagte Lutz und ging zu seinem Computer rüber. »Erste Pentium-Generation, der reicht gerade noch zum Surfen. Deine Software läuft da nicht drauf.«

»Und wenn du mit zu mir kommst? Du kannst die Stunden natürlich später frei nehmen.«

»Logo«, sagte Lutz zu Schlaichers Freude.

Er holte das Handy raus und warf einen Blick auf die Kamera-App. Die Bewegungsmelder waren die ganze Zeit über nicht angesprungen, aber anscheinend war etwas passiert, während er bei Lutz war. Die Außenkamera lief.

»Hey, das geht auch aufs Handy?«

»Testversion der Testversion. Scheint aber ganz gut zu funktionieren«, sagte Schlaicher.

Lutz schaute ihm über die Schulter, als die außen am Lagerfenster angebrachte Kamera nun zwei Männer und eine Frau zeigte, die, während sie sich unterhielten, die Treppe hinabgingen und in Richtung Ausgang strebten, wo sie aus dem Sichtfeld verschwanden. Das Lager war jetzt also wahrscheinlich leer.

»Das war doch die Lefèvre. Wo ist das?«, wollte Lutz neugierig wissen.

»Das ist ihr Lager in Weil.«

»Was? Du hast da eine Kamera angebracht?«

Schlaicher nickte und sagte: »Nimm dir kein Beispiel an mir.« Dann fiel ihm etwas ein. »Hast du Lust, heute Abend mit auf eine Party zu kommen?«

»Äh, ist das dein Ernst?«

Schlaicher nickte erneut. »Aber du brauchst ordentliche Klamotten dafür.«

Beim Blick in Lutz' Kleiderschrank merkte Schlaicher schnell, dass die Sachen, die sein neuer Mitarbeiter bis jetzt angehabt hatte, wohl tatsächlich seine besten waren. Lutz erzählte ihm, dass er versuchte, ein Geschäft mit bedruckten T-Shirts aufzuziehen, was aber nur sehr mager lief. Schlaicher konnte sich das gut vorstellen, denn eigentlich konnte jeder selbst bei irgendwelchen Internetanbietern ein T-Shirt nach Wahl bedrucken lassen. Und die Sprüche von Lutz waren nicht so gut, dass man sie unbedingt auf dem Leib tragen musste. Auf dem einen T-Shirt im Regal hatte er lesen können: »Von dir bekomme ich immer so schmutzige Gedanken!«

Er überlegte. Da er jetzt Hilfe hatte, würde er nachher noch ein bisschen – und vor allem morgen – an den Berichten arbeiten können, während Lutz die Lagerkameras im Auge hatte. Und da die Handy-App funktionierte, mussten sie jetzt nicht einmal besonders schnell nach Hause fahren, um zu sehen, ob sich etwas bei der Lefèvre tat. Ein kleiner Umweg, um Lutz in Lörrach ein paar ordentliche Klamotten für Schlageters Party zu besorgen, war definitiv drin.

★★★

Mario schmierte für sich und Trefzer Leberwurstbrote. Für Irfan belegte er eines mit Käse. Schlaichers Nachbar saß mittlerweile oben auf dem Sofa und hatte sich etwas beruhigt. Seine Hände waren noch gefesselt, aber jetzt hatten sie das andere Ende des Kabels an dem Sofa befestigt, sodass es etwas bequemer war und sie ihm wenigstens die Beine frei lassen konnten. Als sie ihn losgebunden hatten, konnte er erst gar nicht stehen und hatte dann über seine »iig'schloofeni Fiäß« geklagt.

Irfan war bei ihm, ebenso der Hund. Sie schauten sich Pinky und der Brain an, eine Zeichentricksendung über zwei Labormäuse, die die Weltherrschaft übernehmen wollen. Die beiden Männer schienen sich zu amüsieren, den Hund namens Dr. Watson interessierten ambitionierte Labormäuse offenbar nicht.

Dieser Schlaicher lässt sich gehörig Zeit, dachte Mario. Es war nun schon halb fünf, sie warteten seit Stunden. Mario war sogar mit Dr. Watson spazieren gegangen, als der zu sehr gewimmert hatte, weil er musste. Irfan hatte darauf bestanden, dass sich einer von ihnen immer unten aufhielt, damit sie von Schlaichers Rückkehr nicht überrascht würden. Der Elektroschocker lag für den Ernstfall auf dem Küchentisch bereit.

»Die Brote sind fertig«, rief Mario und läutete damit den Wachwechsel ein. Irfan kam nach unten, und Mario nahm die Leberwurstbrote und den Elektroschocker und setzte sich neben Trefzer aufs Sofa, wo er ihn mit dem Brot fütterte.

»Psst!«, zischte Irfan plötzlich. Wie besprochen, stellte Mario den Fernseher auf stumm und aktivierte den Schocker. Er zeigte ihn Trefzer, der aber gerade so viel Brot im Mund hatte, dass er es ohnehin erst hätte ausspucken müssen, um laut schreien zu können. Beide lauschten angestrengt nach unten.

Ein Schlüssel drehte sich im Schloss, zwei Männerstimmen waren zu hören, die Tür ging wieder zu, dann wurden beide

Männer schlagartig still. Jetzt sprach Irfan: »Hände hoch und keinen Mucks.«

Wenn die Lage nicht so erst gewesen wäre, hätte Mario gelacht. Es klang wie in einem Gangsterfilm über die Olsen-Bande. Und er war mittendrin.

»Hey, was ist hier los? Nehmen Sie die Waffe runter! Wer sind Sie?«, fragte einer der Männer.

»Niemandem muss etwas passieren, wenn ihr euch ruhig verhaltet und ich bekomme, was ich will«, antwortete Irfan.

»Gehören Sie zur Lefèvre?«, fragte der Mann.

»Äh, nein. Zu wem?«

Mario hörte Irfan an, dass ihn diese Frage verwirrte. Er stand auf und schaute über das Geländer der Galerie.

»Mario?«, sagte der zweite Typ, der wie der andere die Hände in die Luft reckte.

»Lutz?«

Mario wunderte sich, dass ihm der Name eingefallen war. Er kannte den Typen kaum. Lutz war zweimal zusammen mit anderen bei ihm auf dem Hof gewesen und hatte Gras gekauft. Da Opa Georg es nicht mochte, wenn seine Kunden lange blieben, hatte Mario sich abgewöhnt, die Leute ins Haus zu lassen und mit ihnen eine Testtüte zu rauchen. Er hatte Lutz also zweimal für wahrscheinlich nicht länger als insgesamt fünf Minuten in einer Gruppe von Leuten gesehen. Trotzdem war ihm dieser verdammte Name sofort eingefallen. Und viel schlimmer noch: Lutz hatte Mario erkannt. Waren sie jetzt alle dem Tod geweiht?

»Ihr kennt euch?«, fragten Irfan und Schlaicher gleichzeitig. Auch die Antwort kam unisono: »Äh, ja.«

In dem Moment stapfte Dr. Watson an Mario vorbei die Treppe hinab. Er hatte Marios Leberwurstbrot im Maul und hielt kauend auf sein Herrchen zu. Der Hund wirkte als Einziger in der Wohnung wahrhaft glücklich.

★★★

»Was machst du denn hier?«, fragte Mario nach unten.

»Ich arbeite hier«, antwortete Lutz. »Und du?«

»Haltet gefälligst die Fresse«, drohte der Typ mit der Pistole. Schlaicher merkte schnell, dass er es hier mit jemandem zu tun hatte, der die Situation genau durchdacht hatte. Nur dass sich Lutz und sein Begleiter kannten und erkannten, schien nicht zu seinem Plan gehört zu haben. Und das hielt Schlaicher nicht unbedingt für ein gutes Zeichen. Er überlegte fieberhaft, wie die Männer in seine Wohnung gekommen waren, was sie von ihm wollten und wie er am besten aus dieser Situation herauskommen könnte. Die beiden schienen, obwohl sie auch dunkelhaarig waren, nicht die Männer zu sein, die er bei der Lefèvre gesehen hatte. Sonst hätte der mit der Pistole bei seiner Frage nach der Kosmetik-Chefin nicht so überrascht reagiert. Das wiederum wertete Schlaicher erst einmal als gutes Zeichen. Eins zu eins, damit war er so weit wie zuvor.

»So, ihr geht jetzt da hoch.« Der Mann zeigte auf die Treppe. Sein Anzug sah aus, als hätte er um einiges mehr gekostet als die Klamotten, die Schlaicher Lutz und sich selbst gerade im Karstadt auf Mitarbeiter-Konditionen spendiert hatte.

Als weiteres gutes Zeichen wertete Schlaicher, dass Dr. Watson quietschfidel war. Er hatte gerade den Rest von irgendetwas heruntergeschlungen und begrüßte und beschnüffelte nun freudig wedelnd sein Herrchen. Schlaicher merkte dem Hund die Enttäuschung an, dass er die Arme nicht herunternahm, um die Begrüßung zu erwidern, sondern stattdessen die Treppe hochstieg, direkt gefolgt von Lutz. Dr. Watson machte kurz entschlossen auch wieder kehrt. Als Letzter ging der Fremde hoch, die Pistole wahrscheinlich weiterhin auf sie gerichtet.

Oben wartete die nächste Überraschung auf sie. Im Fernseher lief eine stumm geschaltete Zeichentrickserie, vor der ein gefesselter Erwin Trefzer saß. »Es dued mr leid. I haa di nidd chönne warne«, sagte er.

»Setzt euch auf das Sofa«, befahl der Anzugträger. Der andere, Mario, schien mit ihm hier zu sein, fühlte sich allerdings sichtbar unwohl. Er war ganz blass im Gesicht. Der junge Mann setzte sich auf Schlaichers Bürostuhl am Computer und beobachtete die Situation. Der mit der Pistole blieb stehen. »Endlich haben wir dich gefunden«, sagte er zu Schlaicher.

»Ich wusste nicht, dass ich gesucht wurde.«

»Wo sind die Sucuk?«

»Sucuk?«, fragte Schlaicher verwirrt.

»Jo, das frooge si mi au scho allfurzlang.«

»Das war *dein* Koffer?«, fragte Schlaicher, dem langsam dämmerte, was hier los war.

»Auf jeden Fall war es nicht deiner. Also: Wo sind die Sucuk? Ich habe nur eine gefunden.«

Klar, die eine Wurst, die Trefzer angeschnitten und ihm unten in die Küche gelegt hatte. Schlaicher hatte sie aufgehängt, da Dr. Watson versucht hatte, dranzukommen.

»Ich will die anderen haben«, ergänzte Irfan.

»Bitte, es ist wirklich wichtig.« Der Junge auf dem Bürostuhl erntete für diesen Satz einen vernichtenden Blick und schrumpfte zusammen.

Wenn diese Typen ihn ausfindig gemacht hatten – wie, konnte Schlaicher sich beim besten Willen nicht vorstellen –, bei ihm einbrachen und drei Geiseln nahmen, mussten diese blöden Würste ihnen wirklich sehr wichtig sein. Sie ihnen einfach zu geben, würde aber wahrscheinlich nicht wirklich helfen, sicher aus der Sache rauszukommen. Es machte eher den Eindruck, als würden sie alle zum Dank eine Kugel in den Kopf bekommen, wenn die Gangster erst einmal hatten, was sie wollten. Vielleicht konnte er irgendwie Zeit schinden. Schlaicher hatte dabei nur eine Sorge, und die hieß Erwin Trefzer. Wenn der jetzt verriet, dass er die Würste in seiner Scheune aufgehängt hatte, um sie bei seinem nächsten Vollbart-Treffen anzubieten, wäre jeglicher Vorteil wieder dahin. Er musste seine Antwort sehr präzise formulieren.

»Wenn ich dir sage, wo die Sucuk sind, was haben wir dann für eine Garantie, dass uns nichts passiert?«

Der Anzugträger überlegte kurz und sagte: »Ich gebe euch mein Wort.«

»Das ist mir nicht genug. *Ihr werdet von uns nicht erfahren, wo die Würste sind*«, betonte er.

Trefzer schaute auf. Er schien jetzt zu begreifen, dass Sucuk Würste waren. Ob er verstand, dass der letzte Satz mehr an ihn gerichtet war als an den Kerl mit der Pistole, wusste Schlaicher allerdings nicht. Also sprach er schnell weiter. »Ihr verschwindet jetzt von hier, und ich werde euch die Würste an einen Ort bringen, an dem eine sichere Übergabe stattfinden kann.«

Trefzer senkte den Kopf wieder, und Schlaicher atmete innerlich auf.

»Ich kenne Mittel und Wege, um euch zum Sprechen zu bringen«, meinte der Dunkelhaarige.

Bevor Schlaicher etwas erwidern konnte, sagte der Junge: »Hey, Irfan, da passiert was in diesem Lager.«

Aha, er heißt also Irfan, dachte Schlaicher im Aufstehen. Das passierte so automatisch, dass er sich erst danach bewusst wurde, dass der Typ immer noch die Pistole auf ihn richtete. Er verharrte. Statt ihn anzuherrschen, sich wieder hinzusetzen, sagte Irfan allerdings fast flehend zu Mario: »Habe ich es denn wirklich nicht oft genug gesagt: Keine Namen.«

»Kann ich mir das kurz anschauen?«, fragte Schlaicher.

Irfan seufzte. »Dann geht halt alle da rüber«, befahl er, fuchtelte mit der Waffe und folgte ihnen. »Was ist das für ein Ort da auf dem Bildschirm?«, wollte er wissen.

»Sie haben ja vermutlich schon herausgefunden, dass ich als Privatdetektiv arbeite«, erklärte Schlaicher, während er Mario über die Schulter schaute. »Das ist das Lager einer Frau, von der ich denke, dass sie in ein Verbrechen verwickelt ist.«

Zu sehen war das Bild der Fensterkamera, das bei der einsetzenden Dämmerung noch schlechter war als zuvor. Fünf Personen standen an der Tür, die in den geheimen Bereich führte. Vier Männer und eine Frau, die nur die Lefèvre sein konnte. Der automatische Zoom der Kamera quälte sich ab und versuchte, die Gruppe scharf zu stellen, was aber schon allein wegen der schlechten Lichtverhältnisse nicht mehr funktionierte. Man konnte eher erahnen als erkennen, wie sich die Tür öffnete und die vier Männer Emanuelle Lefèvre in den eben noch verschlossenen Raum folgten. Der Zoom schaltete zurück.

»Wir müssen auf die andere Kamera umschalten«, sagte Schlaicher und griff nach der Maus. Fast rechnete er damit, vom Computer wegbefohlen zu werden, aber offensichtlich fanden auch alle anderen den geheimen Live-Einblick interessant. Dieser Irfan zumindest sagte nichts. Und er war der mit der Waffe.

Schlaicher tauschte den Platz mit Mario und stellte auf die zweite Kamera um, die deutlich besser mit dem Licht zurechtkam. Wahrscheinlich auch deshalb, weil keine verschmierte Scheibe zwischen ihrem Objektiv und dem Aufnahmeziel war. Der Zoom hatte sich bereits aktiviert und gab durch die geöffnete Tür einen Einblick in den geheimen Bereich dahinter.

»Was sind das für Kisten?«, fragte Lutz.

»Keine Ahnung«, antwortete Schlaicher gebannt. Er hatte vergessen, dass er eigentlich gerade mit einer Pistole bedroht wurde.

Jetzt trat einer der Männer mit einer Brechstange ins Blickfeld und machte sich an den Deckeln der Kisten zu schaffen. Ein anderer Mann sprach im Hintergrund mit der Lefèvre und drehte sich dabei immer mehr in Richtung der Kamera. Schlaicher hörte Irfan die Luft einziehen. Im gleichen Moment holte ein weiterer Mann etwas aus der mit der Brechstange geöffneten Kiste, was auch Schlaicher den Atem raubte. Es sah aus wie ein Maschinengewehr, das Lefèvres Gesprächspartner gereicht wurde. Der Mann hob das Gewehr mit beiden Händen an und betrachtete es prüfend. Er war, soweit man das über den Monitor erkennen konnte, um die fünfundfünfzig Jahre alt, schlank und hochgewachsen. Er trug kurzes Haar und einen Anzug ohne Krawatte.

★★★

Bogdan Petrov Lalev! Der General.

Irfan kannte diesen Mann. Es war wahrscheinlich leichter, bei der Kanzlerin einzubrechen, als an Lalev heranzukommen. Ein wirklicher General war er nie gewesen, er hatte aber früher einmal einen hohen Posten im KDS besetzt gehabt, dem Komitee für Staatssicherheit. Nach dem Zusammenbruch des sozialistischen Regimes hatte der Bulgare ein Vermögen angehäuft. Irfan wusste, wodurch: Er hatte seine alten Beziehungen genutzt und war bei der Bulgarenmafia eingestiegen. Seit zwei Jahren machte er Umut in Frankfurt Ärger. Seine Leute fassten dort Fuß und scherten sich einen Dreck darum, dass die Familie die älteren Rechte hatte. Der General hatte das Geld und die Ressourcen. Wanderte einer seiner Leute in den Bau, kamen zwei neue aus Bulgarien nach. Bisher hatte Umut gedacht, dass sich die Gruppe um den General auf Drogen und Mädchen spezialisiert hatte, aber offenbar war er auch im Waffengeschäft aktiv. Und jetzt war er hier, direkt vor seiner Nase.

Bogdan Petrov Lalev reichte das Gewehr an einen anderen Typen weiter, der es in die Kiste zurückpackte. Lalev ging zwei Schritte zur Seite und war damit aus dem Blickfeld der Kamera verschwunden. Die Frau folgte ihm.

★★★

»Die Lefèvre macht in Waffen«, sagte Lutz. Schlaicher bemerkte, dass ihm der Mund offen stand. Das war also das düstere Geheimnis? Kaum zu glauben. Es war düsterer, als Schlaicher sich es je hätte vorstellen können. Jetzt verstand er den einen Begriff, den er bei dem belauschten Telefonat gehört zu haben glaubte, erst richtig: Sie hatte nicht »Speere« geflüstert, sondern »Gewehre«. Hatten diese Typen sie angerufen? Die sahen auf jeden Fall nicht so aus, als sei mit ihnen gut Kirschen essen. Die Männer wirkten organisiert. Und anscheinend gab es eine klare Hierarchie, in der der Mann in dem Anzug ganz oben stand.

Leider waren jetzt alle im hinteren Bereich verschwunden, sodass die Kamera nach einer Minute wieder auf Weitwinkel schaltete und auch nicht mehr zurücksprang. Offenbar waren Emanuelle Lefèvre und die Männer länger in den Tiefen des Lagerraums beschäftigt. Was mochte dort noch alles versteckt sein?

Hatte die tote Tamara Brockmann vielleicht gar nichts damit zu tun? Schlaicher fand mittlerweile keine Zusammenhänge mehr, außer dass Schlageter ermittelt hatte. Aber vielleicht war es dem Kommissar bei seinen Ermittlungen ja auch gar nicht um die Tote gegangen, sondern um die Lefèvre?

»Verdammt, wer sind diese Typen?«, murmelte Schlaicher,

aber niemand antwortete ihm. Alle starrten wie gebannt auf den Monitor, der jetzt wieder aus seiner Ruhephase erwachte. Die Kamera erfasste eine kleine Gruppe von Leuten, die vom Eingang der Lagerhalle her ins Bild getreten waren. Zwei große Kerle trieben unsanft zwei zierliche weibliche Gestalten vor sich her. Der Zoom schaltete sich ein und zeigte nun die Hinterköpfe der Männer. Von den Frauen war hinter den massigen Typen nur kurz etwas zu sehen, mattrote Punkte zeigten an, wo sich ihre Köpfe befanden.

»Hey«, rief Lutz. »Ist das nicht Weng?«

Schlaicher saß da wie erstarrt. Weng? Dann musste die andere Frau …

Die zwei Schränke schubsten die Frauen aus dem Sichtbereich der Kamera. Nun war wieder der Typ mit dem Anzug zu sehen, ebenso wie Emanuelle Lefèvre, die erstaunt aussah. Sie sagte etwas, aber der Mann gab ihr mit einer Handbewegung zu verstehen, dass sie still sein sollte.

»War sie das?«, fragte Lutz aufgeregt, während Irfan wissen wollte, wer Weng sei, und Mario ebenfalls zu reden begann.

»Chönnd mi villiichd emool öbber abbinde? Ich wodd au emool luege!«, rief Trefzer dazwischen.

Schlaicher beachtete sie kaum. Er spürte, wie sein Herz so schnell schlug, dass er Angst bekam. Nein, er befand sich längst inmitten einer lähmenden Panikattacke. Er riss sich zusammen, schaltete auf die Fensterkamera um und spulte die Aufnahme zurück bis zum Start der Sequenz. Ungeduldig wartete er auf den Zoom. Endlich schoss das Objektiv auf die Gesichter der Leute zu. Seine Befürchtung wurde trotz der miesen Bildqualität sofort zur Gewissheit: Diese Typen hatten Martina und Weng.

13

»Wir müssen sofort die Polizei rufen«, forderte Schlaicher laut.

»Keine Bullen«, sagte Irfan streng. Er bekräftigte das durch einen sehr bestimmten Tonfall, der keine Widerrede zuließ. Dann sah er wieder auf den Bildschirm. Die beiden Frauen, die gestern hier gewesen waren, wurden von den Bulgaren in den Lagerraum mit den Waffen geführt. Eine von ihnen musste Schlaichers Freundin oder Frau sein.

Schlaicher drehte sich zu ihm um. Er wirkte verzweifelt. »Wir müssen sofort etwas unternehmen. Wir machen einen Deal. Ich sage dir, wo die Würste sind, ihr verschwindet, und wir haben euch nie gesehen. Aber ich muss die Polizei alarmieren.«

»Ich muss nachdenken«, sagte Irfan und verzog sich auf das Sofa. Die Hand mit der Waffe legte er auf seinem Schoß ab.

»Hey, chönndsch die noime'n'anders hii heebe?«, fragte Trefzer erschrocken.

»Sei still, ich muss mich konzentrieren«, erwiderte Irfan, drehte aber die Mündung von ihm weg.

»Konzendrier di besser emool, dassde mi nidd abchnallsch mit diinere Chanone!«

»Er muss nachdenken, Erwin«, mahnte jetzt auch Schlaicher. Trefzer knurrte kurz, blieb aber still.

Schlaichers Angebot klang vielversprechend, fand Irfan. Aber ob er sich daran halten würde? Das Letzte, was er jetzt gebrauchen konnte, war eine Horde Bullen auf seinen Fersen. Viel entscheidender aber war, dass er wusste, wo der General im Moment steckte. Es war extrem unwahrscheinlich, dass der Bulgare lange dort bleiben würde. Ja, eigentlich war es noch viel unwahrscheinlicher, dass er überhaupt vor Ort war, um ein Geschäft zu überwachen. Es musste sich um einen verdammt fetten Deal handeln. Und packte er es richtig an, konnte es ein Geschenk für ihn sein, ein Ausgleich für die frustrierenden letzten Tage hier in Süddeutschland.

Onkel Umut hatte ihm versprochen, ihn in Zukunft außen

vor zu lassen, was die Geschäfte der Familie anging. Aber was, wenn er ihn doch irgendwann wieder brauchte? Das konnte ziemlich schnell der Fall sein. Umut hatte viele Feinde, es gab Rivalitäten und Intrigen innerhalb der Familie, die Polizei dachte sich ständig neue Schweinereien aus, und außerdem war da der immer gefährlicher werdende Ärger mit den Leuten des Generals. Wie man gerade eben über diese Überwachungskameras hatte sehen können, besaßen sie uneingeschränkten Zugang zu militärischen Waffen. Der Deal bewegte sich garantiert in einem hohen zweistelligen Millionenbereich, wenn nicht eher sogar dreistellig. Irfan war sich sicher, dass die Waffen nicht für den General selbst gedacht waren, sondern weiterverkauft werden sollten. Wahrscheinlich würden sie zuerst nach Bulgarien und von dort weiter in den Nahen Osten gebracht werden. Konflikte gab es mehr als genug auf der Welt. Das Ausmaß dieses Deals zeigte Irfan, dass die Bulgaren eine sehr konkrete Gefahr für die Familie darstellten, die man nicht unterschätzen durfte.

Möglicherweise gab es einen anderen Weg. Angenommen, die Bande würde zerschlagen und die finanzielle Struktur der Gruppe schmerzlich dezimiert. Bei Onkel Umuts Sucuk ging es um eine halbe Million. Viel Geld, aber die Familie hatte schon für deutlich weniger Leute umgebracht. Nichtsdestotrotz wäre eine halbe Million im Notfall zu verschmerzen. Doch bei Allah, rund hundert Millionen würden die Bulgarenmafia empfindlich treffen. Noch nachhaltiger würde sich der Tod des Generals auswirken. Der Mann, der das vollbrachte, würde von Onkel Umut alles verlangen können. Es wäre sein Weg hinaus aus dem Geschäft – mit einer Garantie für immer. Irfan fasste einen Entschluss.

»Die Typen verschwinden«, meldete Mario vorsichtig. »Die Frauen lassen sie in dem Lagerraum zurück.«

Irfan ging zu den anderen und sah, wie die Tür zum hinteren Bereich zugezogen wurde.

»Ich habe einen Gegenvorschlag«, sagte er zu Schlaicher. »Du sagst mir, wo die Sucuk sind, und ich helfe dir, die Frauen da rauszuholen. Aber es gibt keine Polizei. Friss oder stirb.«

Schlaicher schien Irfans Vorschlag spontan zustimmen zu

wollen, aber Irfan hatte den Mann richtig eingeschätzt. Selbst in einer emotionalen Situation agierte er nicht vollkommen kopflos.

»Was heißt es genau, dass ihr uns helft?«

Irfan erklärte ihm seinen noch sehr groben Plan: »Die Typen sind weg, wir gehen rein und holen die Frauen raus. Mein junger Freund und ich verlassen euch, und ihr lasst die Typen auffliegen.« Die Polizei würde die Waffen finden, während er sich dem General an die Fersen heftete. Eine Kugel in dessen Kopf würde seine Fahrkarte in eine friedliche Zukunft sein.

»Und wie sollen wir reinkommen?«, fragte Schlaicher.

»Ich bekomme die Tür schon auf, darauf kannst du dich verlassen.«

»Ihr lasst Erwin und Lutz frei, dann können wir los«, stimmte Schlaicher zu.

»Nein. Erst die Sucuk. Und die beiden kommen mit.«

Schlaicher dachte nach. Dann sagte er: »Ich habe den Eindruck, dass wir in einer ziemlich schlechten Situation wären, wenn ihr eure Würste habt und wir alle mit euch fahren müssen. Wer garantiert, dass ihr uns nicht irgendwohin bringt und uns einfach alle erschießt?«

Ein schlauer Mann. Irfans Respekt vor ihm wuchs. Er kannte genug Männer, die in einer solchen Situation nach jedem Strohhalm gegriffen hätten, aber Schlaicher bedachte auch die Konsequenzen. Tatsächlich wäre seine Einschätzung der Lage für Irfan unter normalen Umständen keine ungewöhnliche Vorgehensweise gewesen. Was gingen ihn diese Frauen an. Wenn er die Sucuk hatte, könnte er genau so verfahren. Drei Leichen, niemand, der der Polizei etwas über ihn erzählen konnte, keine Spur vom Täter. Danach ein anonymer Hinweis wegen der Waffen des Generals. Eine saubere Geschichte, alle Probleme gelöst. Aber genau das wollte Irfan nicht mehr. Er hatte genug vom Töten. Nicht dass er es nicht tun würde, wenn es nötig wäre, aber die drei Männer hier fingen sogar an, ihm richtig sympathisch zu werden. Ich werde alt, dachte er.

»Was schlägst du vor?«, fragte er gespannt.

»Ihr lasst Erwin und Lutz hier. Sie sind sozusagen meine

Lebensversicherung. Wenn Martina, Weng und ich nicht zurückkommen, werden sie die Polizei alarmieren.«

»Wer garantiert mir, dass sie die Polizei nicht sowieso alarmieren?«

»Ihr habt mich. Und ich will die Frauen da raus haben. Verdammt, können wir das jetzt nicht einfach so machen? Wir brauchen eine halbe Stunde bis dahin, und wer weiß, wann die Typen zurückkommen ...«

Irfan fand diesen Kompromiss annehmbar. »Dann machen wir es so«, entschied er und reichte Schlaicher die Hand. »Wenn ihr im Anschluss der Polizei nur ein Wort über mich erzählt, werden meine Leute euch finden. Darüber solltet ihr euch im Klaren sein.«

Aber auch Lutz hatte noch etwas zu sagen: »Ich komme auch mit.«

»Nein, das wird gefährlich«, sagte Schlaicher.

»Keine Chance, Chef. Ich lasse dich nicht allein. Und ich lasse die Ladies nicht im Stich.«

Irfan zuckte bloß mit den Schultern. Je mehr, desto besser. Für den Fall, dass sie überrascht wurden, hätten die Bulgaren einen mehr umzubringen, bevor sie sich ihm zuwenden konnten.

»Binded mi dann jedz endlich emool öbber loos?«, fragte Trefzer in den allgemeinen Aufbruch hinein.

★★★

Schlageter befand sich in einer Stimmung, die zwischen Euphorie und Depression schwankte. Brockmann war geradezu kooperativ gewesen. Ob seine Geschichte aber stimmte, würde ein Richter entscheiden müssen. Mit dem Mord an seiner Frau wollte er abgesehen von der Verschleierung der Tat nichts zu tun haben. Das Kind sei nicht seines gewesen. Wessen Kind es war, wisse er nicht, hatte er dem Kommissar erklärt. Er schob alle Schuld auf Franziska Richter, mit der ihn angeblich nur eine Affäre verband. Die vergiftete Frau war sofort ins Krankenhaus gebracht worden, man ging davon aus, sie retten zu können.

Was Brockmann dazu getrieben hatte, nun seine Geliebte

töten zu wollen, verriet er nicht. Rache für den Tod seiner Frau konnte sich Schlageter schwerlich als Grund vorstellen, denn Brockmann hätte Franziska Richter gleich zu Beginn der Ermittlungen ans Messer liefern können. Stattdessen hatte er unterstützt, dass das Ganze als anaphylaktischer Schock abgetan wurde.

Faller und Westermann waren kurz nach dem Krankenwagen eingetroffen und hatten kleinlaut veranlasst, dass Brockmann von zwei Beamten in die Untersuchungshaft abgeführt wurde. Der Arzt leistete keinerlei Widerstand.

Es war vorbei. Er hatte es geschafft, an seinem letzten Tag im Dienst einen Mord an einer schwangeren Frau aufzuklären, aber richtig glücklich fühlte Schlageter sich trotzdem nicht. Das Leben war einfach so ungerecht. Ein Kind, ein Leben im Bauch seiner Mutter, war mit ihr zerstört worden, ohne dass es eine Chance gehabt hatte, seinen ersten Atemzug zu tun. Wem sollte so etwas nicht nahegehen? Aber Schlageter hatte genug Tote und Verbrecher in seinem Arbeitsleben gesehen, die ihm alle irgendwie nachhingen. Vielleicht war es gut, jetzt einen Schlussstrich zu ziehen. Einen Abschluss, wie ihn wahrscheinlich kein Kommissar je wieder hinbekommen würde.

In der Direktion waren er und Helbach von Danner, Faller und Westermann erwartet worden, die sich in einer Mischung aus Wut, Scham und Bewunderung angehört hatten, wie es ihm gelungen war, in letzter Sekunde einen Fall zu lösen, den sie als gar nicht existent abgetan hatten. Danner hatte es trotzdem nicht lassen können, ihm die eigenmächtige Anordnung einer Obduktion vorzuhalten: »Und Sie mögen noch so sehr recht behalten haben, kein Staatsanwalt wird sich dermaßen von Ihnen auf der Nase rumtanzen lassen. Sie werden sehen, Schlageter, das wird ein Nachspiel haben. Für Sie und den Arzt, den sie dazu überredet haben.«

Schlageter hatte einen Zettel aus seiner Hosentasche gefischt, den er Brockmann noch während seines Geständnisses hatte unterschreiben lassen, und ihn vor Danner auf den Schreibtisch gelegt.

»Sie haben also eine Einverständniserklärung von Brockmann

bekommen? Die wird Ihnen jeder Anwalt zerpflücken«, war dessen Antwort.

Das glaubte Schlageter jedoch nicht, denn er hatte das Schreiben rückdatiert. Und Brockmann würde, da das Einverständnis zu einer Obduktion auch ihn entlastete, sicherlich keinem auf die Nase binden, dass er das Datum nicht selbst eingetragen hatte. Diesen Umstand hatte Schlageter Danner allerdings nicht aufs Pausenbrot geschmiert, sondern interessiert mit angehört, was der zu Faller und Westermann zu sagen hatte, die gleich darauf ebenfalls ihr Fett wegbekommen hatten. Danner fand es unverantwortlich, wie die beiden mit dem Fall umgegangen waren. Als hätte ausgerechnet er von Anfang an große Zweifel gehabt.

Der Nachmittag rückte voran, und schließlich wurden die Getränke geliefert. Ein Inder, der sich als Rajesh Bhatnagar vorstellte, Lavalis Mann, schleppte mit einem ebenfalls originär vom indischen Subkontinent stammenden Helfer Unmengen an Warmhalteplatten, Geschirr und Besteck in den Keller. Auch die ersten Mitglieder der Badischen Beamten-Band trafen ein, um auf der Bühne ihre Instrumente und die Soundanlage aufzubauen. Schlageter war überall und nirgends. Für jeden hatte er eine Anweisung, einen guten Rat oder zumindest einen schlauen Kommentar übrig. Er bemerkte selbst, dass er mehreren Leuten bereits gehörig auf die Nerven ging. Auch Danner registrierte das und schickte ihn schließlich nach Hause, damit er sich endlich dem feierlichen Anlass entsprechend in Schale werfen konnte.

★★★

Schlaicher hatte dem von seinen Fesseln befreiten Trefzer eingebläut, auf keinen Fall die Polizei zu informieren, es sei denn, er würde sich nicht innerhalb der nächsten drei Stunden bei ihm melden. Trefzer war dann gemeinsam mit Mario verschwunden, um mit ihm die Wurstübergabe durchzuziehen. Fünf Minuten später war Mario mit einer vollgepackten Aldi-Tüte zurückgekommen. Irfan überzeugte sich, dass seine Sucuk nicht angeschnitten waren, und wirkte zufrieden. »Wir können fahren«, sagte er.

»Einen Moment noch«, meinte Schlaicher. Er ging noch einmal zum Computer und rief den Speicher der Treppenkamera auf. Wie erhofft, war der Zoom stark genug, um der Lefèvre bei der Eingabe der Zahlenkombination über die Schulter schauen zu können: 8228. Das konnte er sich merken.

»Watson, du hältst besser hier die Stellung«, sagte Schlaicher, als er den anderen nach draußen folgte.

Sie nahmen zwei Autos. Irfan setzte sich neben Schlaicher auf den Beifahrersitz, während Mario Irfans BMW steuerte und Lutz mitnahm.

Schlaicher fuhr schnell. Irfan warf während der Fahrt immer wieder einen Blick auf das Smartphone und informierte ihn über den aktuellen Stand im Lagerhaus: Die Kameras waren beide im Ruhemodus, die Bulgaren demnach noch nicht zurückgekehrt. Schlaicher hatte trotzdem das Gefühl, dass sie sich besser beeilen sollten.

»Was sind das nur für Typen?«, dachte er laut.

»Bulgarenmafia«, antwortete Irfan.

Schlaicher schluckte. Er hatte bislang nicht daran gedacht, dass es einen Zusammenhang zwischen den Typen im Lager und Irfan und Mario geben könnte. Aber Irfan hatte so direkt geantwortet, dass sich die Überlegung nun quasi aufdrängte.

»Woher willst du das wissen?«, fragte er.

»Ich habe einen der Männer erkannt.«

»Und?«

»Wichtig ist nur, dass du dir darüber im Klaren bist, dass die keine Gnade kennen. Wenn wir ihnen begegnen sollten, musst du dich darauf einstellen, sie zu töten, wenn du nicht selbst dran glauben willst. Und glaub mir, bei der Art und Weise, wie die Leute um die Ecke bringen, würdest du dir wünschen, dass sie dich nur erschießen.«

Schlaicher trat das Gaspedal bis zum Anschlag durch. Auf der A 98 fuhr er hundertneunzig statt der erlaubten hundertzwanzig Stundenkilometer. Der von Mario gesteuerte BMW klebte problemlos an seinem Heck. Schlaicher dachte ständig an Martina.

Bei dem Gedanken, dass die Bulgaren ihr etwas antun könnten, verspürte er tiefsten Schmerz und schärfsten Hass zugleich.

Sie wechselten auf die A 5 und fuhren an der Ausfahrt Friedlingen ab. Irfan schaute wieder auf das Handy. »Nichts Neues«, sagte er. »Hoffen wir, dass sie noch etwas Zeit brauchen, egal, was sie gerade machen. Wir sollten uns allerdings darauf einstellen, dass vielleicht eine Wache zurückgeblieben ist, die außerhalb deiner überwachten Zone sitzt.«

Schlaicher bremste heftig, weil ein Wagen vor ihm links abbiegen wollte und warten musste. »Wir müssen vor allem Martina da rausholen«, sagte er. Nichts anderes zählte.

Auf dem Hafengelände fuhr er fast quälend langsam. Zusammen mit Irfan scannte er die Umgebung. An einigen Hallen wurde noch gearbeitet, weiter hinten in Richtung Containerhafen war sogar richtig viel los. Wahrscheinlich wurde gerade ein Schiff beladen. Im Umfeld von Lefèvres Halle dagegen war alles still. Es war Samstagabend, neunzehn Uhr dreißig. Die Schatten wurden schon viel länger, und dass sich eine Wolkenfront von Frankreich aus über den Himmel schob, tat sein Übriges. Schlaicher fuhr an der Halle vorbei.

»Kein Licht zu sehen«, stellte Irfan fest. Nur Lefèvres dunkelgrüner Jaguar stand auf dem Parkplatz. Wahrscheinlich hatten die Männer sie in ihrem BMW mitgenommen.

Schlaicher stellte den Wagen auf einem von einer anderen Halle verdeckten Parkplatz ab. Mario manövrierte sich direkt neben ihn, und sie stiegen aus. Irfan ließ sich von Mario den Autoschlüssel geben und holte eine Tasche aus seinem Kofferraum, wofür er erstaunlich lange benötigte. Schlaicher hatte seinen Rucksack dabei und nahm von Irfan nun wieder sein Smartphone entgegen.

Lutz und Mario traten aufgeregt von einem Fuß auf den anderen. Schlaicher war nicht weniger nervös. Er wünschte sich sogar, Lutz würde einen seiner flachen Witze raushauen. So aufgeregt, wie sie alle – vielleicht mit Ausnahme des Türken – waren, hätten sie bestimmt gern gelacht. Zumindest hätte das die Anspannung etwas gelöst. Aber Lutz war offenbar zu nervös.

Der Dietrich knackte das Schloss der kleinen Tür oben auf der Rampe noch schneller als heute Vormittag. Es kam Schlaicher vor, als sei das schon Tage her. Alles war jetzt anders. Was hatten Martina und Weng hier gemacht? Warum waren sie entdeckt worden? Wie ging es ihnen jetzt?

Bevor er die Tür aufzog, gab ihm Irfan ein Zeichen, kurz zu warten.

»Kannst du damit umgehen?« Er holte aus der Tasche eine schwarze Pistole hervor.

»Nichts für mich«, sagte Schlaicher. Es stimmte. Selbst wenn er gewusst hätte, wie man so eine Waffe bediente, würde er wahrscheinlich nicht einmal ein Scheunentor damit treffen.

»Dann nehme ich die«, sagte Lutz. »Ich bin einer der letzten Jahrgänge, die zur Bundeswehr mussten«, erklärte er auf Schlaichers überraschten Gesichtsausdruck hin.

Irfan gab ihm die Pistole und war durch die Tür verschwunden, kaum dass der Spalt groß genug war. Lutz sprang ihm nach, als wisse er, was zu tun war. Schlaicher hoffte, dass dem so war.

»Sauber«, hörten sie Irfan sagen.

»Sauber«, wiederholte Lutz.

Die Halle war leer.

★★★

Weng Kirchhoff hatte bereits wunde Handgelenke. Alle Versuche, sich von den Handschellen zu befreien, hatten ihr außer Schmerzen nichts eingebracht. Sie saß auf dem Betonboden im hinteren Bereich des Lagerraumes, die kurze Kette zwischen den Schellen um ein Metallrohr befestigt, das direkt neben ihr aus dem Boden kam und in der Decke wieder verschwand. Mehrere metallische Verstrebungen befestigten es so sicher an der Wand, dass sie es nicht einmal zum Wackeln bekam. Martina kauerte ein Rohr weiter. Sie hätten sich gerade so mit den Füßen berühren können, wenn das irgendetwas gebracht hätte.

Die beiden Riesen, denen sie draußen auf dem Parkplatz in die Arme gelaufen waren, hatten ihnen festes Gewebeklebeband über den Mund und einmal rund um den Kopf gewickelt. Es war unmöglich, es zu lockern. Sie atmeten seit gefühlten drei Stunden nur noch durch die Nase. Es war ihnen nicht einmal möglich, außer mit Blicken miteinander zu kommunizieren. Martina sah aus, als könnte sie jeden Moment durchdrehen. Das Weiß in ihren Augen war trotz des nur knappen Lichts einer Deckenlampe deutlich zu erkennen. Und Weng hatte bestimmt genauso viel Angst wie sie. Nüchtern betrachtet, stand ihnen keine rosige Zeit bevor.

Sie hatten gestern Abend nach dem Gespräch mit Schlaicher und Lutz bei Martina noch etwas getrunken, über Männer und Morde geredet und kurz nach Mitternacht ziemlich spontan beschlossen, der Lefèvre heute zu folgen. Die war zum Lager gefahren, und sie hatten beobachtet, wie sie sich hier mit mehreren nicht gerade nett wirkenden Männern traf. Neben ihrem grünen Jaguar parkte der dunkle BMW, von dem Schlaicher gesprochen hatte, außerdem ein schwarzer Mercedes, der aussah wie eine Staatskarosse, und ein kleinerer, silberfarbener Benz. Alle Autos hatten Frankfurter Kennzeichen. Sie waren wohl zu neugierig geworden, denn nachdem die Tür der Lagerhalle sich hinter der Gruppe wieder geschlossen hatte, waren sie zu einem Fenster geschlichen, um einen Blick in die Halle werfen zu können. Weng verfluchte sich dafür, dass sie nicht besser aufgepasst hatte. Plötzlich, wie aus dem Nichts aufgetaucht, waren da diese beiden gewaltigen Männer gewesen und hatten ihnen in stark osteuropäisch eingefärbtem Deutsch und vor allem mit ihren Pistolen zu verstehen gegeben, dass sie ihnen folgen sollten. Weng hatte genauso wenig eine Chance gesehen, aus der Situation zu entkommen, wie Martina. Die beiden Typen, groß und breit wie Schränke, wirkten nicht so, als würden sie Spaß verstehen.

Man hatte sie in die Halle zu den anderen Männern gebracht. Da war auch die Lefèvre gewesen. »Sie wissen zu viel«, waren ihre einzigen Worte, die sie mit einem kalten Blick wie ein Todesurteil vorbrachte. Gerichtet waren sie an einen Mann, der einen extrem teuer wirkenden Anzug trug und penetrant nach einem erdigen Parfüm roch. Weng schätzte ihn auf zwischen fünfzig und sechzig Jahre, obwohl sein Körper gestählt war.

Sicher trainierte er regelmäßig. Die anderen Kerle kuschten vor ihm wie kleine Sünder vor dem Satan.

Als die beiden Riesen sie auf Befehl des anderen an die Rohre gekettet hatten, musste Weng sich auch noch lüsterne Blicke gefallen lassen. Der Typ hatte ausgesehen, als würde er sie lieber wirklich und nicht nur mit Blicken ausziehen. Sein Boss, dem gegenüber sich auch Emanuelle Lefèvre ungewohnt unterwürfig benahm, hatte in einer osteuropäisch klingenden Sprache, die sie nicht näher zuordnen konnte, etwas zu ihm gesagt. Der Große hatte ihr daraufhin seinen riesigen Zeigefinger unters Kinn gelegt und ihren Kopf hochgeschoben. In seinem Grinsen steckte eine unbändige sadistische Lust. Und die Sprache brauchte sie nicht zu verstehen, um zu fürchten, was er sagte. Dann waren alle gegangen und hatten sie allein gelassen. Jede Minute der folgenden Ewigkeit fürchtete Weng, dass ihre Peiniger zurückkehren könnten.

»Hmmm«, stöhnte Martina. Weng schaute zu ihr und folgte ihrem Blick zur Tür. Sie konnte jetzt auch etwas hören: Jemand machte sich daran zu schaffen. Sie schaute Martina in die Augen, und die beiden Frauen nickten einander zu. Wenn Wengs stumme Botschaft von Martina verstanden worden war, hatte sie gerade zugestimmt, jede Möglichkeit zur Flucht zu nutzen, die sie bekommen würden. Und falls nötig, auch zu töten.

★★★

Schlaicher tippte noch mal die 8228, aber die Tür öffnete nicht. Dabei war er sich doch ganz sicher gewesen, die Kombination richtig gesehen zu haben. Vielleicht konnte man sie nur eingeben, wenn im Hauptschloss ein Schlüssel steckte?

»Die Tür nimmt den Code nicht an«, sagte Irfan. Lutz und Mario waren im vorderen Bereich geblieben, um sie warnen zu können, falls die Bulgaren zurückkamen.

»Ich schätze wir müssen erst einmal hoch in das Büro von der Lefèvre und einen Schlüssel suchen«, schlug Schlaicher vor.

»Keine Zeit«, sagte Irfan und kramte wieder in seiner Tasche. Schlaicher fragte sich, was da wohl alles drinstecken mochte. Mit dem, was der Türke schließlich daraus hervorholte, konnte er allerdings erst mal gar nichts anfangen. Es handelte sich um ein Stück rosafarbene Knete. Dazu hatte er ein durchsichtiges Tütchen mit kurzen Drähten in der Hand, die an jeweils einer Seite ein würfelgroßes Kästchen besaßen. Irfan nahm Schlaichers Position an der Tür ein und drückte das Knetzeug auf Höhe des Schlosses in die Kante zwischen Tür und Zarge.

»Das geht nicht«, sagte Schlaicher empört, als ihm klar wurde, was er vorhatte. »Wir können die Tür doch nicht sprengen! Die Frauen sind da drin.«

»Die Menge reicht hoffentlich gerade, um die Tür aufzubekommen. Vertrau mir. Es ist nicht das erste Mal, dass ich so etwas mache.«

Schlaicher hatte keine andere Wahl. Er folgte Irfan, der sich einige Meter entfernte und hinter einem Metallschrank bei der Verpackstation Deckung suchte. Er zog Schlaicher hinter sich und holte dann einen kleinen Sender aus der Tasche, der aussah wie eine Fernbedienung für ein automatisches Garagentor.

»Ohren zu«, sagte er, und Schlaicher hatte gerade die Hand gehoben, da gab es auch schon einen gewaltigen Knall. Durch die Explosion konnte man zuerst gar nichts sehen, aber der Rauch und der Staub legten sich schnell.

»Hey! Alles klar bei euch?«, rief Mario besorgt. Irfan lief bereits mit gezogener Waffe auf die Tür zu, deren Schloss einfach verschwunden zu sein schien. Die Tür war aus den Angeln gehoben worden und nach außen auf den Boden gekippt.

Schlaicher rannte ihm hinterher.

»Hey!«, rief nun Lutz durch die ganze Halle und folgte ihnen.

Schlaicher machte Martina und Weng auf Anhieb ganz hinten an der Wand aus. Beide starrten mit aufgerissenen Augen auf ihre Retter.

»Martina!«, rief er und beugte sich über sie. Sie war mit Handschellen an ein Rohr gefesselt und trug einen Knebel aus Klebeband. Da er ohnehin nichts an den Handschellen machen konnte, begann er, das Ende des Klebebands zu suchen und fummelte daran herum, um es abzuziehen. »So, ich hab's. Gleich kannst du wieder normal atmen. Mein Gott, ich hatte so eine Angst um dich.«

Lutz lief an Schlaicher vorbei zu Weng. Auch er kniete sich vor sie und sagte: »Keine Angst, ich bin ja da.«

Das Problem waren die Haare. Als Schlaicher so viel Band entfernt hatte, dass die Klebefläche die Haare direkt erreichte, kam er kaum noch voran. Martina stöhnte vor Schmerzen und Wut, weil er ihr die Haare ausriss.

»Hier, nimm das«, sagte Irfan. Er reichte Schlaicher ein Springmesser mit perlmuttverziertem Griff. »Die Haare müssen ab, Schätzchen«, sagte er zu Martina.

Schlaicher legte das Messer auf den Boden, weil er sich nicht traute, Martina einfach eine Kurzhaarfrisur zu verpassen. Er befürchtete zudem, mit dem Messer abzurutschen und sie zu verletzen. Stattdessen versuchte er, vorne am Mund den Rand des Klebebandes zu packen zu bekommen, und schaffte es schließlich, das Klebeband etwas von der zarten Haut um ihre Lippen zu lösen. Jetzt nahm er das Messer, schnitt vorsichtig mit der Spitze einen kleinen Spalt in das Klebeband und zerrte daran, um den Spalt zu vergrößern. Es funktionierte, er bekam ihren Mund frei. Der Rest des Klebebands baumelte am Ende in ihren Haaren.

»Danke!«, stöhnte sie glücklich und nahm einen tiefen Atemzug. »Wie kommst du hierher?«

»Später. Jetzt müssen wir dich erst mal losbekommen.«

Schlaicher sah, dass Lutz es irgendwie geschafft hatte, Weng ganz von dem Klebeband zu befreien. Sein neuer Mitarbeiter, der entgegen aller Erwartungen durchaus seine Qualitäten zu haben schien, sprang auf und lief an den Holzkisten vorbei zu einem an der anderen Wand stehenden Werkzeugschrank. Es dauerte nur Sekunden, bis er mit einem schweren Bolzenschneider zurückkehrte.

»Ich hab was!«, rief er stolz.

Im selben Moment kam Mario in den Lagerraum gerannt. »Da fahren gerade mehrere Autos auf den Hof«, rief er warnend.

★★★

Irfan hatte sich die geöffnete Kiste, an der der General gestanden hatte, genauer angeschaut, während Schlaicher und Lutz sich um die Frauen kümmerten. Die Sturmgewehre darin, deutsche Produktion, waren definitiv für den militärischen Einsatz produziert worden. Neben den Gewehren lagen verpackt ein paar gefüllte Magazine in der Kiste. Als er Marios Ankündigung hörte, war ihm sofort klar, dass ihnen wahrscheinlich nur der Einsatz dieser Waffen noch helfen konnte. Mit seiner Pistole allein konnte er gegen den General und seine sechs Männer nicht viel ausrichten. Die Gewehre waren neu, aber schussbereit. Zumindest so weit er das auf die Schnelle beurteilen konnte. Dieser Lutz kannte sich mit Waffen aufgrund seiner Bundeswehrzeit vermutlich ein wenig aus, allerdings schien er nicht unbedingt ein Kämpfer zu sein. Vor allem hatte Irfan keine Ahnung, wie er reagieren würde, wenn er jemanden wirklich erschoss. Bei Schlaicher war das leider nicht anders. Doch es blieb ihnen nichts anderes übrig. Konzentriert lud er das erste Gewehr und rief Schlaicher zu sich.

★★★

Das Gewehr war nicht so schwer, wie Schlaicher gedacht hatte. Dennoch empfand er das Gewicht als erdrückend. Lutz hatte die Kette an Wengs Handschellen durchgeschnitten, was ihm ein erleichtertes »Danke« einbrachte, und lief weiter zu Martina.

»Nein, hierher«, befahl Irfan. »Mario, du machst die andere Frau los. Und du schiebst eine Kiste vor die Tür, als Deckung.«

Schlaicher legte gehorsam das Gewehr ab und nahm sich zwei schon aufeinanderstehende Holzkisten vor. Er wollte sie anheben, bekam sie aber allein nicht hoch. Darum schob er sie kräftig und mit lauten Kratzgeräuschen vorwärts, bis sie in der richtigen Position waren und ihnen eine Deckung von etwa ein Meter zwanzig Höhe boten. Er rannte zurück zu Irfan und nahm sein Gewehr wieder auf.

»Was ist mit mir?«, fragte Weng, die dazugestoßen war.

Irfan reichte ihr das zweite fertige Gewehr.

»Wo müssen wir drücken?«, wollte Schlaicher wissen.

»Es steht auf Einzelfeuer. Draufhalten, zielen, Abzug ziehen, fertig. Und selbst immer in Deckung bleiben, klar?«

Irfan war dabei, das dritte Gewehr mit einem Magazin zu bestücken, als man draußen in der Halle hören konnte, dass Leute hereinkamen, die natürlich sofort das Loch in der hinteren Wand entdeckten.

»Los, Schlaicher, an die Tür und am besten schon mal einen Warnschuss rausgeben. Aber nichts sagen!«

Das dritte Gewehr ging an Lutz, der es routiniert entgegennahm. Mario hatte es endlich geschafft, Martina loszubekommen. Schlaicher blickte sie an, hob das Gewehr und versuchte, dabei möglichst zuversichtlich auszusehen, aber exakt in dem Moment löste sich ein Schuss und schlug fast genau über Irfan und Lutz in die Decke ein. Lutz quietschte auf, Martina ging in Deckung. Weng war schon an der Tür angekommen und hämmerte vier Schuss nach draußen, ohne zu zielen. Man hörte männliche Stimmen, die sich auf Bulgarisch Warnungen zubrüllten.

Schlaichers rechte Schulter pochte genauso wie seine Ohren. Er hatte die Waffe ganz locker getragen und war vom Rückstoß überrascht worden. Er würde aufpassen müssen, dass er nicht noch einen seiner Freunde oder sich selbst erschoss. Während er zur Tür hastete, warf sich Weng auf den Boden und robbte hinter Schlaichers Deckung sehr schnell auf die andere Seite. Er übernahm ihren Platz und drückte das Gewehr fest an seinen Körper, bevor er, ohne irgendjemanden zu sehen, den Lauf über die Kisten hielt und zum ersten Mal bewusst den Abzug des Automatikgewehrs durchzog. Der Lauf vorne schlug hoch. Wie hatte Weng das gemacht, gleich viermal nacheinander schießen zu können?

Lutz postierte sich neben Schlaicher, und erneut gab es Feuer, diesmal allerdings von der anderen Seite. Mehrere Pistolenschüsse knallten durch die Luft, und Schlaicher hörte ein Splittern, als eine Kugel die Ecke des oberen Gewehrkastens traf.

»Ihr habt keine Chance!«, rief ein Mann von draußen. »Legt die Waffen weg und kommt raus.«

Weng antwortete mit einer Salve. Das Feuer wurde von der

anderen Seite erwidert, doch sie war schon wieder in Deckung. Irfan kam bei ihnen an und sagte leise: »Nicht schießen jetzt.« Er trug ebenfalls eines der Gewehre bei sich.

Lutz warf sich auf den Boden und rollte rüber zu Wengs Seite der Tür. Schlaicher fragte sich, ob er der Einzige war, der keine Ahnung hatte, was er machen sollte. Wenn ihn der Schmerz in seiner Schulter nicht so ablenken würde, hätte er sich wahrscheinlich schon in die Hose gemacht. Er drehte sich um und sah, dass Martina sich die Pistole nahm, die Lutz für das Gewehr zurückgelassen hatte.

»Hey, General!«, rief Irfan laut.

Draußen hörte man undeutlich Stimmen, dann wurde eine lauter.

»Wer bist du?«

»Dein Alptraum, Bogdan Petrov Lalev! *Ihr* solltet die Waffen weglegen, dann lassen wir euch am Leben.«

Schlaicher war baff. Er hätte nie gedacht, ein solches Gespräch einmal in echt zu hören. So etwas gab es doch nur in Filmen! Außerdem kam er sich total blöd vor, weil er ohnehin nichts mit der Waffe anzustellen wusste. Er legte das Ding darum ab und startete sein Handy. Vielleicht brachte es ihnen einen Vorteil, dass sie sehen konnten, wo die anderen waren und was sie machten.

»Kenne ich dich?«, fragte die Stimme des Generals. Er fügte belustigt hinzu: »Nicht dass es wichtig wäre. Du bist nämlich so gut wie tot.«

»Wir sind uns einmal begegnet, aber du wirst dich nicht an mich erinnern«, rief Irfan zurück.

Schlaicher hatte jetzt das Bild der Fensterkamera aktiviert, das die Totale zeigte. Eine Frauengestalt lief gerade die Treppe hinauf. Hinter Regalen und bei der Verpackstation waren insgesamt sechs weitere rote Punkte markiert. Schlaicher hätte sie sonst teilweise nicht gesehen. Drei Punkte waren relativ weit weg von der Tür und wurden von dem Objektiv gerade noch so erfasst. Schlaicher ahnte, dass der dort stehende Mann in der Mitte der General sein musste, denn er gab Handzeichen, während er mit Irfan sprach, die stets dazu führten, dass andere

Punkte sich bewegten und schließlich auch einer seiner Bewacher verschwand. Schlaicher ahnte sofort, was sie vorhatten.

»Sie versuchen, von der Seite her näher an den Eingang zu kommen. Zwei rechts, zwei links«, flüsterte Schlaicher.

Irfan schaute kurz zu ihm, sah auf das Display und nickte. »Wir brauchen mehr Deckung. Schieb mit den anderen hinten ein paar Kisten zusammen.« Er richtete den Blick wieder nach vorn. »Du hättest die Frauen in Ruhe lassen sollen, Lalev. Das war dein Fehler, der dich heute das Leben kosten wird«, rief er.

»Gehörst du zu Viktor?«

»Viktor kann mich mal.« Irfan beugte sich über die Deckung und gab einen Schuss ab, der links an der Außenwand entlanglief. Er schnellte sofort wieder zurück, gerade rechtzeitig, bevor ein wahrer Kugelhagel auf die Tür abgegeben wurde. Ein Mann schrie. Ein anderer brüllte etwas. Schlaicher sah auf dem Display, dass Irfan wohl getroffen hatte, denn eine liegende Person wurde von einem anderen Mann weggeschleppt.

»Du hast einen von ihnen getroffen«, flüsterte er.

»Deckung bauen«, zischte Irfan. Er klang sehr angespannt.

Schlaicher, Mario und Martina schoben mehrere Kisten zusammen und erhöhten die Deckung, indem sie weitere darauf stapelten. Zwischen den Kisten ließen sie schmale Schießscharten frei, während die Pattsituation an der Tür anhielt. Der General verlegte sich jetzt aufs Drohen und malte ihnen bildhaft aus, was sie zu erwarten hatten, wenn sie erst überwältigt wären. »Aber es muss niemandem etwas passieren«, rief er dann. »Kommt einfach mit erhobenen Händen raus, dann könnt ihr gehen.«

»Hey, was meinst du?«, fragte Mario in Irfans Richtung.

Der schüttelte stumm den Kopf.

»Wir wollen nur die Kisten. Ihr seid uns eigentlich egal. Lasst euch ruhig einen Moment Zeit, denkt in Ruhe darüber nach.«

Irfan gab als Antwort ein paar Schüsse ab und befahl Weng und Lutz, sich hinter die rückwärtige Deckung zurückzuziehen. Beide robbten im Schutz der Kisten nach hinten, als von außen erneut eine Salve von Schüssen in das Holz einschlug. Dann erfolgte der Angriff.

Zwei Männer sprangen innerhalb eines Bruchteils einer Sekunde über die Kisten. Einer landete auf Wengs Oberarm. Sie brüllte vor Schmerz laut auf. Martina schrie nur vor Schreck, während der Angreifer zuerst sein Gleichgewicht und schließlich im Fallen die Pistole verlor. Der zweite Mann kam zum Stehen und verschaffte sich mit erhobener Waffe einen Überblick. Er feuerte sofort mit einer Pistole in Irfans Richtung. Der riss sein Gewehr hoch und drückte ab. Auch der Mann feuerte erneut, bevor eine von seinem Kopf ausgehende Blutfontäne durch den Raum spritzte und er wie ein gefällter Baum langsam umkippte.

Der erste Angreifer hatte sich noch im Fallen von der Überraschung erholt, falsch aufgekommen zu sein. Instinktiv rollte er seinen massigen Körper ab und bekam auch seine Pistole im nächsten Moment wieder zu fassen. Die Hand mit der Waffe schnellte hoch und feuerte in Richtung Irfan, doch der Türke wich dem ungezielten Schuss mit einer unmittelbaren Bewegung aus. Schlaicher sah, wie der Mann erneut feuerte, aber Irfan war bereits über die Kisten nach draußen gehechtet und damit aus seinem Sichtfeld verschwunden.

Der verdutzte Mann wartete einen Bruchteil einer Sekunde zu lang. Der kurze Moment, in dem er realisierte, dass sein Partner tot am Boden lag, ermöglichte es Lutz, auf die Füße zu kommen und einen Schuss auf ihn abzufeuern. Der Mann flog fast einen Meter nach hinten, wo er regungslos liegen blieb. Blut quoll unter seinem Oberkörper hervor.

Lutz wandte sich Weng zu, die noch am Boden lag und sich mit schmerzverzerrtem Gesicht den Oberarm hielt. Draußen ging das Gefecht weiter.

Schlaicher dachte nicht nach, sondern folgte einem Gefühl, einem Instinkt. Er packte Martina mit seiner freien Hand am Hinterkopf, küsste sie kurz, aber intensiv auf ihre Lippen und rannte dann nach vorne, um Lutz dabei zu helfen, Weng in Sicherheit zu bringen.

Hab ich das eben wirklich getan?, fragte er sich und vergaß, dass er jeden Moment von einer Kugel getroffen werden konnte. Wenn er jetzt sterben würde, musste er nichts bereuen.

Er fasste Wengs Bein und half Lutz, sie zu Martina und Mario in Deckung zu ziehen. Sie hatte starke Schmerzen im Oberarm, er schien aber nicht gebrochen zu sein. Lutz sagte: »Ich hoffe, aus uns wird noch was!«, schnappte sich sein Gewehr und war aus der Tür, bevor sie reagieren konnten.

★★★

Irfan war keine andere Wahl geblieben als der Angriff. Draußen zischte sofort eine Kugel an seinem Kopf vorbei. Der Mann, der auf ihn schoss, würde irgendwann treffen, während Irfan mit dem Gewehr auf die Distanz nicht schnell genug reagieren konnte. Er rannte daher auf einen Gabelstapler zu, warf sich drei Meter davor mit Schwung auf den Boden und rutschte so in Deckung. Er schaltete auf Dauerfeuer um und sprintete wieder los, wobei er die Mündung in die Richtung hielt, wo sich der General aufhalten musste. Er traf niemanden, dafür setzte kurz das Feuer auf ihn aus. Die anderen brachten sich aus der Schusslinie. Jetzt war er der Angreifer, eine Rolle, in der sich Irfan viel wohler fühlte, die er bis zur Perfektion beherrschte. Trotzdem war er sich mit jeder Faser seines adrenalindurchfluteten Körpers bewusst, dass er während der Attacke am verwundbarsten war. Irfan stoppte an einem vollbeladenen Regal in der Nähe der Packstation und sah im Gang vor sich den Mann liegen, den er vorhin aus dem Lagerraum heraus angeschossen hatte. Ein Glückstreffer, aber nicht glücklich genug. Der Mann lebte und starrte ihn mit ängstlichem Blick an. Gleichzeitig riss er seine Pistole hoch. Das ging wiederum ganz langsam. Irfan war wie in einer mit Gelee gefüllten Blase gefangen, die Bewegungen nur in Zeitlupe zuließ. Es war ein Schneckenrennen darum, wer von beiden seine Mündung zuerst auf den anderen ausrichten konnte. Die Augen seines Gegenübers spiegelten das gleiche Erleben wider. Was mochte der Mann in ihm sehen? Ein Opfer, das gleich blutend neben ihm am Boden liegen würde? Oder den letzten Menschen, den er in seinem Leben erblickte?

Mit dem Lärm der Schüsse implodierte die Blase. Die Zeit hetzte weiter. Die Kugel des Mannes verfehlte knapp Irfans Kopf, seine eigene Salve jagte dem Gegner eine gerade Linie von sich rot füllenden Löchern in die Brust. Irfan ließ den Abzug erst los, als das Magazin leer war. Von rechts hörte er bereits wieder laute Befehle.

Zwei waren weg. Er konnte nur hoffen, dass die anderen mit dem Mann hinten fertig geworden waren. Das wäre Nummer drei. Das hieß, dass drei weitere in der Halle darauf warteten, ihre Kameraden zu rächen. Endlich hatte er das Magazin gewechselt. Dann sah er den General.

Bogdan Petrov Lalev wollte im Schutz von zwei riesigen Männern nach draußen gelangen. Er war genau auf der anderen Seite der Halle und lief geduckt in Richtung Ausgang, während die beiden Bewacher mit ihren Pistolen seinen Rückzug deckten.

Irfan sprintete los. Er war all diese Risiken nicht eingegangen, um den General entkommen zu lassen. Er musste ihnen den Weg abschneiden. Die Schüsse, die der eine Bewacher auf ihn abgab, kamen nicht einmal in seine Nähe. Es waren zu viele Regale voller Kartons zwischen ihnen, sodass die Kugeln auf ihrer Flugbahn einfach irgendwo stecken blieben. Schießt nur, dachte er und stürmte noch einen Tick schneller nach vorne, bis er an eine größere freie Fläche kam und scharf abbremste. Die anderen hatten ihn erwartet, und er wäre genau in die Kugeln gelaufen, wenn er sein Tempo beibehalten hätte. So aber überlebte er nicht nur, sondern konnte das Feuer erwidern, was den General zwang, seine Flucht auszusetzen und sich zu verstecken.

Ein wilder Schrei drang aus Richtung des Waffenlagers an sein Ohr, gefolgt von einer wilden Salve aus einem Sturmgewehr. Irfan duckte sich instinktiv. Wenn das der Bulgare war, der ihn zur Flucht gezwungen hatte, wäre es vorbei. Irfans einziger Vorteil war die bessere Waffe gewesen. Von einer baugleichen Waffe auf der einen und Pistolen auf der anderen Seite eingekesselt zu sein, würde sein sicheres Ende bedeuten. Ein kurzer Blick über die Schulter nach hinten zeigte ihm, dass es kein Bulgare war, sondern Lutz. Er atmete auf.

Der General hatte die halbe Sekunde der Ablenkung genutzt, um loszulaufen und sich von Deckung zu Deckung näher an den Ausgang heranzuarbeiten. Auch ihm musste klar sein, dass seine beiden Bodyguards einen einzelnen Mann mit Sturmgewehr möglicherweise abhalten konnten, dass aber eine zweite automatische Waffe die Waagschale deutlich anders ausschlagen ließ. Einer der Männer flüchtete mit ihm, der andere hielt die Stellung. Er hatte Irfan damit festgesetzt und hielt dem General den Rücken frei.

Lutz stürmte vor wie ein ungeduldiger Spieler eines Ego-Shooters, der jederzeit den letzten Speicherstand wiederherstellen konnte. Im echten Leben ging das nicht. Allerdings galt das auch für den Bulgaren, der von einem von Lutz' Schüssen getroffen wurde. Dabei hatte der nicht einmal in seine Richtung gezielt. Er musste mit einem Abpraller unverschämtes Glück gehabt haben.

Der Sturz des Mannes war noch nicht beendet, da rannte Irfan schon weiter. Zeitgleich ratterte das Maschinengewehr von Lutz wieder los. Das Feuer sorgte dafür, dass der General und sein letzter Bewacher ihre Flucht erneut unterbrechen und eine Deckung suchen mussten. Irfan ließ sein eigenes Gewehr eine Salve spucken, die die beiden dazu zwang, die Köpfe unten zu lassen. Während sie sich duckten, kam Irfan endlich auf ihrer Höhe an. Er sprang um die Ecke, und da waren die beiden: auf einer geraden Linie knapp fünfundzwanzig Meter entfernt. Der General schob ein neues Magazin in seine Waffe, der Bodyguard schoss in die Richtung, aus der Lutz sich ihnen näherte. Irfan durfte keine Zeit verlieren. Das war seine einzige Chance, und wahrscheinlich auch die letzte für Lutz. Es kam einem Wunder gleich, dass er nicht schon getroffen war. Irfan hob das Gewehr, als der General gerade nachgeladen hatte und in seine Richtung blickte. Trotz der Entfernung erkannte Irfan das Entsetzen in seinem Blick. Am liebsten hätte er ihm noch »Grüße von Umut« zugerufen, aber sein Zeigefinger legte sich schon um den Abzug und ließ nicht wieder los.

Mit jeder kleinen Explosion im Inneren der Waffe hämmerte dem General ein tödliches Geschoss aus ihrem Lauf entgegen. Und mit den Kugeln erreichte ihn das einzige Mittel der Welt, das wirklich vor dem Altern schützte: ein vorzeitiger Tod.

Er prallte mit schockierender Wucht nach hinten gegen eine metallene Regalstütze. Einen Moment verharrte er da, seine

Hände auf die Wunde gepresst, und starrte argwöhnisch an sich herab. Dann sank sein Körper zu Boden.

Der Bodyguard hatte sich offenbar auch eine Kugel eingefangen. Er glotzte auf seinen linken Arm, der unvermittelt schlaff an seiner Seite baumelte, stieß einen wutentbrannten Schrei in Irfans Richtung aus und rannte mit wirrem Blick und vollem Tempo auf ihn zu. Nach außen hin vollkommen ruhig, setzte Irfan das Sturmgewehr neu und zum ersten Mal gezielt an, nahm den großen Körper des immer schneller werdenden Bulgaren ins Visier und drückte ab. Doch alles, was er hörte, war ein Klicken, das im gefährlich laut gewordenen, hasserfüllten Brüllen des anderen unterging. Das Magazin war leer. Im nächsten Moment donnerten sie zusammen, und Irfan wurde durch die Wucht die Luft aus den Lungen getrieben.

★★★

Lutz war durch die Tür nach draußen gesprungen, wo heftig gekämpft wurde. Schlaicher fühlte sich wie im Krieg. Im Moment galt das Feuer Gott sei Dank nicht mehr der Tür. Er half Weng auf die Beine und zog sie noch etwas weiter nach hinten. Eine Weile war es draußen still, dann gab es ein Brüllen von Lutz und wieder Schüsse. Sie schienen sich langsam zu entfernen. Ein Schmerzensschrei ertönte, gefolgt von Lauten, die sich nach einem wütenden Bären anhörten. Es folgte ein letzter Schuss, dann herrschte endgültig Stille.

★★★

Um Punkt neunzehn Uhr stand Schlageter in einem dunklen Anzug mit Hemd und Krawatte im von unbekannten Zauberhänden geschmückten Keller und begrüßte die ersten Gäste. Er hatte den Anzug kurz vor Jacquelines Abfahrt mit ihr zusammen extra für diesen Anlass gekauft und erhielt einige Kommentare zu seinem außergewöhnlichen Aussehen.

»Ich hätte schwören können, dass Sie Karos anhaben«, meinte der Oberstaatsanwalt und nahm ihn kurz zur Seite. »Gut gemacht, Schlageter. Aber über die Sache mit der Obduktion reden wir noch mal, wenn das hier vorbei ist.«

Helbach war noch vor Schlageter hier gewesen, und der Kommissar vermutete, dass es ihm zuzuschreiben war, dass der Gewölbekeller noch stimmungsvoller wirkte als sonst. Jetzt huschte er umher und bot den Gästen Getränke an. Schlageter winkte ihn zu sich.

»Und, läuft doch prima«, freute sich Helbach.

»Kann man sagen. Helbach, ich möchte mich bei Ihnen bedanken. Von ganzem Herzen. Nicht nur für das hier«, dabei machte er eine die ganze Party einschließende Geste, »sondern vor allem für die Zeit, die wir zusammengearbeitet haben. Ich glaube, ich habe mich noch nie dafür bedankt.« Er reichte ihm die Hand.

»Chef, Sie werden sentimental.« Helbach schien trotzdem gerührt zu sein.

»Sie werden Ihren Weg machen. Vielleicht sogar ganz weit nach oben. Bei Ihrem Potenzial …«

Etwas verlegen sagte Helbach: »Da kommen Gäste, die von Ihnen begrüßt werden wollen.«

Schlageter kam der Aufforderung gern nach.

Das Essen, das zusammen mit den letzten Gästen und Lavali eintraf, der Frau des Kochs, roch phantastisch. Schlageter hätte am liebsten sofort das Büfett eröffnet, aber zuvor war natürlich der offizielle Teil hinter sich zu bringen. Um neunzehn Uhr dreißig startete die Band ihren Auftritt mit einem alten Pink-Floyd-Hit, bevor Danner auf der Bühne das Mikrofon übernahm.

»Hanspeter«, begann er und schaute suchend umher, bis er ihn mit der Hilfe anderer Gäste ausgemacht hatte. »Ah, da bist du. Ich hatte schon Angst, du würdest dich verstecken.«

Ein paar Leute lachten leise.

»Hanspeter«, fuhr Danner nach einer wohlgesetzten Pause fort, »eines muss ich dir endlich einmal sagen. Und wann sollte man das sonst tun, wenn nicht an deinem letzten Arbeitstag?« Danner betonte jedes Wort des nun folgenden Satzes und zeigte dabei wie ein Auktionator immer wieder auf den Ehrengast: »Du – bist – ein – gerissener – Hund!«

Damit hatte Danner alle Lacher und den Applaus auf seiner Seite. Schlageter wunderte sich, warum Schlaicher und Martina noch nicht da waren.

»Ich habe die letzten beiden Tage damit verbracht, eine Rede über dich zu schreiben, die dir gerecht wird. Aber nach dem, was heute passiert ist, habe ich die Rede noch einmal komplett umwerfen müssen.«

»Hoffentlich ist sie nicht zu lang geworden«, rief Frank Klamm, der Spaßvogel vom Dienst. Es gab ein paar zustimmende Rufe.

»Keine Sorge«, wehrte Danner ab. »Ich werde nicht auf jeden einzelnen Fall eingehen, den Hanspeter Schlageter in seiner Laufbahn gelöst hat. Das würde nämlich ewig dauern. Aber ich möchte an dieser Stelle allen, die es vielleicht noch nicht gehört haben, mitteilen, dass dieser Mann«, er zeigte erneut auf Schlageter, »noch heute, an seinem letzten Tag, da wiederhole ich mich gern, einen Mord aufgeklärt hat.«

Alle drehten sich zu Schlageter. Der Applaus hallte im ganzen Gewölbekeller wider. Der Kommissar lächelte etwas verlegen und kam sich verdammt bescheuert vor, als er die Arme hob wie ein Pfarrer, der den Segen des Herrn für seine Gemeinde erbitten wollte.

Doch bevor er etwas erwidern konnte, riss ein uniformierter Kollege die Tür auf und brüllte: »Alle verfügbaren Kräfte nach Weil. Schwerer 121 im Hafenareal!«

Frank Klamm rief in den darauf folgenden kurzen Moment der Stille: »Ballermann am Rhein, oder was?«

Aber diesmal lachte niemand. Stattdessen begannen alle gleichzeitig zu sprechen, manche Kollegen rannten umgehend aus dem Keller, und alle, die keine Polizisten waren, wollten wissen, was ein 121 war und warum er die Beamten so in Alarm versetzte. Der Uniformierte lief zu Danner, der von der Bühne stürmte. Schlageter kam wie einige andere Kollegen dazu.

»Wir haben mehrere Notrufe bekommen. Eine Explosion und bald darauf ein wildes Feuergefecht«, sagte der Kollege leise, sodass nur die Nächststehenden es verstehen konnten. »Eine Frau hat etwas später gemeldet, dass in ihrem Lager eine Schießerei stattfindet. Es müssen bereits massenhaft Tote herumliegen. Wir haben die Schüsse durchs Telefon gehört. Maschinengewehre.«

★★★

Es dauerte ein paar quälend lange Sekunden, bis sie Irfan von draußen rufen hörten: »Die Luft ist rein. Nicht schießen, wir kommen zurück!« Alle blieben in ihren Verstecken, bis sie Irfan und Lutz über die Kisten an der Tür steigen sahen. Irfans Anzug hatte die Schlacht nicht überlebt. Die Hose war aufgerissen, das Sakko an den Nähten geplatzt. Lutz allerdings sah viel furchteinflößender aus. Er war voller Blut.

»Ihr lebt«, rief Weng und lief auf die beiden zu. Auch Mario kam aus der Deckung. Schlaicher kniete sich neben Martina, die weinend auf dem Boden saß.

»Alles okay bei dir?«, fragte er und nahm ihre Hände in seine. Sie beruhigte sich etwas und nickte ihm zu. »Und du?«, fragte sie zurück.

»Ich fühle mich fast wie neu«, antwortete er.

»Woher wusstest du, dass wir hier sind?«

»Ich war heute früh schon mal hier und habe versteckte Kameras mit Bewegungssensoren eingebaut. Und gesehen, wie sie euch gefangen genommen haben.«

»Du bist hergekommen, um mich zu retten«, sagte Martina. Schlaicher nahm sie etwas unbeholfen in den Arm.

»Bei Allah! Wir haben keine Zeit zum Flirten«, rief Irfan und beraubte sie so dieses Moments. »Los, alle zusammenkommen.«

Schlaicher half Martina auf, und auch die anderen drei folgten Irfans Appell.

»Hier, das warst du«, sagte der Türke und drückte Schlaicher sein Sturmgewehr in die Hand. »Du hast geschossen. Mario und mich hat keiner von euch je in seinem Leben gesehen. Ist das klar?«

»Hast du sie alle erledigt?«, fragte Schlaicher.

Irfan sagte: »Fast«, und umarmte dann Lutz. »Du hast mein Leben gerettet. Ich stehe in deiner Schuld.«

Lutz wirkte gerührt, stellte aber umgehend fest: »Und du hast unser aller Leben gerettet. Ich würde sagen, wir sind quitt.«

Irfan sammelte seine beiden Pistolen ein und verstaute sie in seiner Tasche. »Habt ein gutes Leben. Allah sei mit euch. Los, Mario, komm.«

Er lief zur Tür und sprang agil, als wäre nichts geschehen, über die Kisten. Mario schaute etwas unschlüssig in die Runde. Er entschied dann wohl, dass es besser war, Irfans Aufforderung Folge zu leisten. »Adieu. Macht's gut!«

★★★

Das war ein Abgang nach Schlageters Geschmack. Neben ihm saß Helbach, und in einer richtigen Polizeikolonne rasten sie nach Weil, wo gerade die Kollegen des dortigen Reviers am Tatort ankamen, wie sie über Funk mithörten. Er hoffte, dass die Kollegen vorsichtig waren und es zu keinen Verletzten oder Toten kam – aber selbst konnte er es kaum erwarten, am Ort der Schießerei einzutreffen. Er war mordsgespannt, was da los war. Auf seine Rückfrage hatte der uniformierte Kollege den Namen Lefèvre als den der alarmierenden Person genannt. Schlageter war sofort klar gewesen, dass die Schießerei in ihrem Lagerhaus stattfand, in dem er selbst gestern noch ermittelt hatte. Das konnte kein Zufall sein.

Die Party war wohl vorbei. Helbach schien das auch so zu sehen. Er sagte: »Es tut mir wirklich leid. Und das alles an Ihrem letzten Tag.«

»Ich weiß«, antwortete Schlageter und musste doch innerlich grinsen.

★★★

Rajesh Bhatnagar stand neben dem Büfett und schaute seine Frau Lavali bekümmert an. Er hatte mit zwei Helfern gestern und den gesamten heutigen Tag eingekauft, vorbereitet, gekocht und die Sachen hierhergebracht. Er war froh gewesen, so überraschend ein Geschäft machen zu können, auch wenn er es Lavali zuerst nicht geglaubt hatte. Als die Reden begannen, hatte er gedacht, dass es gleich losgehen würde, aber dann war mit einem Schlag die Hälfte der Gesellschaft weggelaufen. Sogar ein paar Musiker hatten ihre Instrument weggelegt und waren verschwunden. Niemand hatte ihm irgendetwas gesagt. Auch die Gäste, die geblieben waren, wussten nicht, was los war. Sie wirkten genauso verwirrt wie er. Aber sollte deshalb jetzt sein gutes Essen verkommen? Er nahm sich ein Herz und ging auf die Bühne, wo er das Mikrofon ergriff.

»Entschuldigen Sie bitte«, sagte er leise. »Entschuldigen Sie«, wiederholte er lauter, bis sich die rund dreißig verbliebenen Gäste zu ihm wandten. »Ich weiß nicht, was los ist, aber ich glaube, das Büfett ist jetzt eröffnet. Danke.«

★★★

Irfan und Mario waren seit gerade einmal fünf Minuten weg, als sie die ersten Sirenen hörten. Der Lärm, der hier in der letzten Viertelstunde geherrscht hatte, musste meilenweit zu hören gewesen sein. In Schlaichers Ohren war immer noch ein leises Rauschen zu vernehmen.

»Was machen wir jetzt?«, fragte Martina.

»Ihr alle gar nichts. Ihr setzt euch hierher. Wenn die Polizei reinkommt, macht keine schnellen Bewegungen. Die dürften ziemlich nervös sein und wissen ja nicht, dass wir die Guten sind. Ansonsten wie besprochen, Irfan und Mario waren nie hier, nur wir vier. Ich muss mich noch schnell um etwas kümmern. Aber ich nehme es auf mich, die alle erschossen zu haben.«

»Du vier, ich zwei«, sagte Lutz. »So weit sollten wir bei der Wahrheit bleiben.«

Schlaicher löschte über sein Handy alle Aufnahmen aus dem Zentralspeicher, die bei ihrem Eintreffen zusammen mit Mario und Irfan aufgezeichnet worden waren. Die Ankunft der Bulgaren und die beginnende Schießerei ließ er drin, löschte aber wieder ab dem Moment, in dem Irfan nach draußen gelaufen war. Schlaicher wollte gerade das Handy wegstecken, als ihm einfiel, dass es noch etwas zu tun gab. Er ließ das Smartphone wählen.

»Rainer, bisch du's?«

»Erwin. Ja, alles in Ordnung. Bleib, wo du bist, ruf niemanden an. Ich muss auflegen.«

»Ist hier jemand?«, schallte es vom Eingang her durch die Halle.

»Hilfe! Hier oben!«, rief eine Frauenstimme. Es war die von Emanuelle Lefèvre. Schlaicher hatte sie vollkommen vergessen.

»Wir sind hier hinten«, rief Schlaicher. »Können wir herauskommen?«

»Waffen weg und Hände über den Kopf. Treten Sie einzeln in unser Sichtfeld. Machen Sie keine schnellen Bewegungen und auch sonst keine Dummheiten«, ließ die sehr markante Stimme von draußen hören, diesmal schon ein gutes Stück näher.

»Die gefährlichen Typen sind alle tot. Ich heiße Rainer Maria Schlaicher. Ich bin ein Bekannter von Kommissar Hanspeter Schlageter von der Kripo.«

»Jaja, kommen Sie nur raus.«

Schlaicher schaute die anderen an. Martina hatte Angst, dass einem der Polizisten der Finger zu locker am Abzug liegen könnte, das sah er ihr deutlich an. Sie machte einen Schritt auf ihn zu, nahm seine Hände, blickte ihm direkt in die Augen und flüsterte: »Ich habe nie aufgehört, dich zu lieben.«

In Schlaichers Kopf drehte sich alles. Er schien nach vorne zu kippen, sie auch, und schließlich trafen sich ihre Lippen.

»Hey, was ist da los? Kommen Sie!«

Schlaicher ließ von Martina ab und sagte: »Bis gleich.« Viel lauter rief er: »Ich hoffe, Sie haben sich unter Kontrolle. Ich will nicht, dass irgendjemand abdrückt. Ich komme jetzt raus.« Er legte die Hände hinter den Kopf, wie man das aus amerikanischen Filmen kannte, schob sich an den Kisten vorbei und trat aus der Tür. Aus nahezu jeder Richtung starrten ihn die Mündungen der verschiedensten Schusswaffen an.

Ein paar Sekunden später wurde Schlaicher von zwei Männern mit schusssicheren Westen zu Boden geworfen und durchsucht. Das Handy verschwand sofort.

★★★

Als per Funk nach ihm gefragt wurde, drückte Schlageter den Sprechknopf.

»Wir haben hier einen Siegfried, Cäsar, Heinrich, Ludwig, Anton, Ida, Cäsar, Heinrich, Emil, Richard. Er sagt er kennt sie.«

Schlageter sah Helbach zusammenzucken.

»Sagen Sie nicht, dass ausgerechnet er der Beteiligte ist!«

»Positiv.«

Er hätte es wissen müssen. »Er ist eigentlich harmlos, auch wenn er gehörig nerven kann«, knurrte er in das Funkgerät. »Tun Sie ihm nichts. Wir sind in ein paar Minuten da.«

★★★

Einer der Polizisten beugte sich über Schlaicher, der noch immer auf dem Rücken lag.

»Sie können aufstehen. Wir haben eben mit Schlageter gesprochen. Er bestätigt, Sie zu kennen.«

Er half ihm auf und meinte: »Schlageter hat gesagt, Sie seien harmlos. Wenn ich mich hier so umschaue, frage ich mich allerdings, ob er damit nicht vielleicht falschliegen könnte. Was war hier los, verdammt noch mal?«

»Diese Typen habe meine Freundin und ihre Mitarbeiterin gekidnappt. Mein Mitarbeiter und ich haben versucht, sie zu befreien«, erklärte Schlaicher. »Dann kamen die Entführer zurück.«

»Woher hatten Sie die Waffen, um die fertigzumachen?«, fragte der Beamte streng.

»Schauen Sie mal in den Lagerraum. Der ist bis fast unter die Decke voll mit Waffen und Munition.

Als Nächstes kam Martina heraus, die von zwei Beamtinnen durchsucht wurde. Weng folgte.

»Hey!«, rief eine der Polizistinnen. »Ich kenne die Frau. Das ist meine MA-Trainerin.«

Der Polizist, der bei Schlageter und Martina stand, nickte kritisch. Auch Weng wurde durchsucht und durfte sich zu ihnen gesellen.

Lutz war der Letzte. »Nicht erschrecken, Freunde! Das Blut ist nicht von mir«, rief er.

★★★

Tatsächlich war nicht nur Schlaicher an der Schießerei beteiligt gewesen, auch Martina Holzhausen stand vor der Halle. Sie hielten sich an den Händen. Schlageter bemerkte zwei weitere Personen, von denen er die Frau als Martinas Mitarbeiterin identifizieren konnte. Er hatte sie im Karstadt gesehen. Den Mann, der neben ihr stand und auf sie einredete, kannte er nicht.

Das Hafengelände war von den Kollegen um die Halle herum weiträumig abgesperrt worden. Trotzdem war alles voll. Überall waren Streifenwagen der Weiler Kollegen und der Bundespolizei abgestellt. Es gab zwei Krankenwagen, deren Besatzung allerdings nur untätig zusammenstand und interessiert den Trubel verfolgte.

»Schlaicher!«, rief er.

»Schlageter!«

»Was war hier los, verdammt noch mal?«

Schlaicher berichtete ihm in kurzen Sätzen eine absolut unmögliche Geschichte.

»Sie und dieser Typ haben sechs Leute erschossen?«, fragte Schlageter ungläubig. »Wer soll Ihnen das glauben?«

»Wenn ich mein Handy zurückbekomme, kann ich es beweisen«, sagte Schlaicher. »Ich habe alles auf Video. Die Entführung und den Angriff.«

Schlageter schüttelte den Kopf und sagte: »Das werden wir noch sehen.«

Danner war nach ihrem Eintreffen in die Halle gestürmt, um sich persönlich ein Bild von der Katastrophe zu machen. Jetzt kam er mit der Lefèvre und dem Einsatzleiter heraus, den Schlageter gut kannte. Hermann Klein, ein fähiger Mann. Er ging zu ihnen.

»Verdammte Sauerei da drin«, sagte Danner zu Schlageter.

»Frau Lefèvre? Ich bin gespannt, wie Sie das erklären wollen«, sagte Schlageter.

»Das ist die Frau, die uns alarmiert hat«, übernahm Klein. »Sie hat sich während des Vorfalls in ihrem Büro versteckt.«

»Ich hatte keine Ahnung, was in den Kisten war«, sagte die Lefèvre und setzte einen kindlichen Tonfall auf. Schlageter kam es vor, als sei sie im Gegensatz dazu seit gestern noch mal um zehn Jahre gealtert. Sie brauchte wohl selbst mal eine gehörige Portion ihrer Shrimps-Creme. »Ich habe nur einen Teil meiner Lagerfläche einem potenziellen Geschäftspartner zur Verfügung gestellt«, betonte sie, ohne danach gefragt worden zu sein.

Martina Holzhausen und Schlaicher hatten offenbar mitgehört. »Das ist nicht wahr«, rief Martina wütend. Sie stellte sich direkt vor die Lefèvre und gab ihr eine so schallende Ohrfeige, dass Danner die Kosmetikherstellerin festhalten musste, damit sie nicht umkippte. Klein ergriff Martinas Oberarm. Sicher fürchtete er, sie würde weiter auf die andere einprügeln. Doch Martina fügte nur abfällig hinzu: »Das war dafür, dass sie den Typen gesagt haben, Weng und ich wüssten zu viel.«

»Das haben Sie gesagt?«, fragte Schlageter die Lefèvre scheinbar freundlich. Seine Neugierde war geweckt. »Wissen Sie was? Ich würde sagen, wir bringen Sie erst einmal alle in die Direktion und sprechen dann noch einmal in Ruhe darüber, was hier passiert ist.«

Danner schaltete sich ein. »Schlageter, ich muss Sie aber nicht daran erinnern, dass sie aus dem aktiven Dienst ausgeschieden sind ...«

»Noch bin ich ein paar Stunden im Dienst«, korrigierte Schlageter ihn. »Und ich garantiere Ihnen, dass ich die mir verbleibende Zeit nutzen werde.«

14

Schlaicher, Martina, Lutz und Weng wurden mit einem Mannschaftswagen nach Lörrach transportiert. Die Lefèvre hatte man sicherheitshalber in ein anderes Fahrzeug gesteckt. Sie schwiegen während der Fahrt, aber Schlaicher hielt Martinas Hand, und das fühlte sich verdammt gut an. Sie hatte ihm gesagt, dass sie ihn liebte. Was konnte es Schöneres geben?

In der Direktion wurden sie in verschiedene Räume gebracht. Schlaicher saß in Schlageters Büro, das sich seit seinem letzten Besuch bis auf den Schreibtisch des Kommissars kaum verändert hatte. Die Tassen waren weg, und die Aktenberge, die man hier sonst hatte sehen können, waren entweder ins Archiv zurückgebracht oder in die grauen Metallschränke geräumt worden. Schlageter und Danner, Schlaicher hatte mittlerweile erfahren, dass er der Leiter der Direktion war, verhörten ihn. Aus dem Keller konnte man rockige Klänge hören. Schlageters Abschiedsparty lief anscheinend auch ohne den Ehrengast weiter. Er wurde den Eindruck nicht los, dass der Kommissar damit kein großes Problem hatte.

Sie sprachen insgesamt anderthalb Stunden miteinander. Schlageter stellte Fragen, Schlaicher beantwortete sie mehr oder weniger wahrheitsgemäß. Der Kommissar war ungewohnt entspannt, fiel Schlaicher auf. So verlief das Verhör auch eher wie ein angenehmes Gespräch. Danner hingegen war nicht so gut drauf. Er wurde mehrmals von einem uniformierten Kollegen aus dem Raum gerufen und schaute jedes Mal ein bisschen grimmiger, wenn er wieder hereinkam. Ansonsten hörte er größtenteils konzentriert und mit bekümmerter Miene zu. Ganz selten warf er eine Verständnisfrage ein.

Schlaicher erzählte ihnen, wie er die Lefèvre bei der Ladies Night belauscht hatte und wie er herausgefunden hatte, dass sie eigentlich immer selbst die Behandlungen an sich durchführen ließ. Er berichtete, wie sein Besuch bei ihr – und Schlageters offensichtliches Interesse – ihn glauben gemacht hatten, dass es sich beim Todesfall Tamara Brockmann um mehr als eine Verquickung unglücklicher Umstände gehandelt haben könnte. Er war bass erstaunt, als Schlageter ihm erklärte, dass Letzteres zwar tatsächlich stimmte, er den geständigen Mörder aber längst gefasst habe.

»Ich war auf der richtigen Spur und Sie auf dem Holzweg, Schlaicher«, sagte Schlageter triumphierend.

»Ganz ohne Folgen ist dieser Holzweg aber nicht geblieben«, zwang Danner sie wieder zum Thema zurück. »Wie ist es denn jetzt zu dieser Entführung gekommen?«

Schlaicher erzählte weiter. Von Martinas und Wengs Besuch bei ihm und von deren verdächtigen Beobachtungen. Kurz überlegte er, ob er den Einbruch in das Lagerhaus irgendwie weniger illegal darstellen könnte, entschied sich dann aber, die Wahrheit zu sagen.

»Schlaicher, Schlaicher, Schlaicher«, mahnte Schlageter.

Je weiter er mit seinem Bericht vorankam, umso komplizierter wurde es für Schlaicher, die Lügen angemessen unterzubringen. Dass er zu Hause von einem Türken und einem ziemlich harmlos wirkenden Jungen überrascht worden war, die Trefzer gefesselt hatten, um an Würste heranzukommen, konnte und wollte er der Polizei nicht auf die Nase binden. Stattdessen erzählte er, dass nur er und Lutz auf dem Monitor bei ihm zu Hause die Entführung gesehen und sich auf eigene Faust aufgemacht hatten, um die Frauen zu retten.

»Warum in Gottes Namen haben Sie nicht die Polizei angerufen?«, fragte Danner.

»Weil ich dachte, dass es sicherer für die Frauen wäre. Außerdem hatte ich Angst wegen der Kameras. Das war ja nicht ganz legal.«

Schlageter atmete tief ein. Schlaicher erkannte das als untrügliches Anzeichen für den Start einer seiner Schimpftiraden, aber dann überraschte ihn der Kommissar. Er ließ die Luft mit einem rasselnden Ton wieder entweichen, ohne laut zu werden, und hörte weiter zu.

»Und wie haben Sie die Tür aufgesprengt?«

Zum Glück hatte er das mit den anderen abgesprochen, bevor

die Polizei eingetroffen war. »Wir haben das Zeug vorne am Eingang gefunden. Wahrscheinlich hatte einer der Typen das dabei und da verloren. Als ich leider feststellen musste, dass mein Plan, die Tür mit der von der Kamera beobachteten Kombination zu öffnen, nicht funktioniert, haben wir den Sprengstoff angesetzt.«

»Sie sagen uns also«, begann Schlageter, »dass Sie beim Einbrechen einfach so eine Ladung fertig zur Sprengung vorbereitetes C4 finden, und noch dazu erkennen, was das überhaupt ist. Sie nehmen dieses tödliche Zeug, bei dem sich zufällig auch der Sender für die Zündung befindet, und sprengen damit eine Tür auf, ohne zu wissen, wie stark die Explosion ist?«

»Genau so war es. Ich schätze, ich habe einfach Glück gehabt.«

Schlageter blickte ziemlich skeptisch drein. Es klopfte. Ein Beamter brachte Danner einen Ausdruck, der aus zwei Blatt Papier bestand. Er las gespannt, während Schlaicher den Moment der Ablenkung nutzte, um das Thema zu wechseln. Er berichtete, wie Lutz und er die beiden Frauen befreit hatten, wie die Fremden überraschend zurückgekommen waren und er dann zusammen mit Lutz im Kampf auf Leben und Tod gesiegt hatte.

»Wie ich das geschafft habe, kann ich aber beim besten Willen nicht sagen. Seit dem Moment, in dem die beiden ersten Männer bei uns eingedrungen sind, habe ich einen vollkommenen Blackout.«

Danner blickte von seinem Ausdruck auf und fragte: »Sie hatten also wirklich keine Ahnung, mit wem sie es zu tun hatten?«

Schlaicher verneinte.

»Ich habe hier eine E-Mail vom BKA. Bundeskriminalamt.«

»Ja, ich kenne die Abkürzung.«

»Einer der Toten war Bogdan Petrov Lalev, ein ›Geschäftsmann‹ aus Bulgarien. Er bekleidete während des Kalten Krieges einen recht hohen Rang beim bulgarischen Geheimdienst und hat seine Kontakte im Anschluss daran zu nutzen gewusst. Der Typ wird auf hundert Millionen Euro geschätzt. Die Kollegen gehen aber davon aus, dass es in dunklen Kanälen noch viel mehr gibt. Zwei der anderen Männer waren seine Bodyguards, die übrigen drei sind in Berlin nicht bekannt.« Er suchte den richtigen Passus im Ausdruck. »Da: ›Er steht unter Verdacht, dem organisierten Verbrechen nahezustehen und in der Bulgarenmafia eine führende Position einzunehmen.‹ Nur die Beweislage war wohl immer ziemlich dünn. Hier steht außerdem, dass man sich mit Ihnen unterhalten möchte, Schlaicher.«

»Da kann ich nur hoffen«, sagte Schlaicher, »dass meine Kameras alles richtig aufgenommen haben. Die Dinger sind noch im Testbetrieb und manchmal etwas unzuverlässig. Dann werden komplette Szenen nicht aufgezeichnet.«

»Soso«, sagte Schlageter.

»Da fällt mir ein, dass ich wahrscheinlich sogar eine Aufnahme von der Frau habe, die Tamara Brockmann die Spritze verpasst hat.«

»Was?« Schlageter klang sehr erstaunt.

»Ja, es fällt mir gerade ein, wo wir über die Kameras sprechen. Ich erinnere mich, dass wir in unseren Aufnahmen über einen Ausschnitt gestolpert sind, in dem eine Frau zu sehen war, die eine ziemlich kleine Spritze in der Hand hielt. Ich weiß ja nicht, wie Ihre Täterin aussieht, aber wenn sie es ist, dürfte kein noch so geschickter Anwalt sie aus der Sache rausboxen können.«

Schlaicher war das tatsächlich eben erst eingefallen.

Ein lautes Pochen an der Tür störte das weitere Gespräch. Eine Frau schaute durch den Spalt. Schlaicher kannte sie.

»Jacqueline!« Schlageter sprang – für seine Verhältnisse erstaunlich behände – auf, präsentierte ihr mit einem Wink seinen Anzug und gab ihr einen dicken Kuss. Sie hatte ein kleines, in goldfarbenes Glanzpapier verpacktes Geschenk in der Hand, das sie ihrem Hanspeter nun reichte. »Herzlichen Glückwunsch zur Pensionierung«, sagte sie mit Basler Akzent.

Jacqueline Ribeau fand es gar nicht lustig, dass sie sich vom Abschlussfest ihres Lehrgangs abgesetzt hatte, um dann zu einer Party zu kommen, bei der eine Band vor nur halb vollem Keller spielte. Und bei der der Ausrichter und Ehrengast in Personalunion fehlte, weil er es anscheinend vorzog, bis spät in die Nacht zu arbeiten. Ihrer Forderung, wenigstens die letzte Stunde bis Mitternacht gemeinsam mit ihrem Freund auf der Party zu verbringen, hatten weder Schlageter noch Danner etwas entgegenzusetzen.

»Ich denke«, sagte Schlageter zu Danner, »dass es darüber hinaus unproblematisch sein sollte, Schlaicher und die anderen mitfeiern zu lassen. Sie waren sowieso eingeladen.«

Zu Schlaichers Überraschung stimmte Danner zu. »Sie und Ihre Freunde …«

»… verlassen nicht die Gegend«, vervollständigte Schlaicher den Satz. »Logisch.«

»Das ist nicht alles. Es wurde eine komplette Nachrichtensperre über die Sache verhängt. Wenn Sie über die Ereignisse des heutigen Abends sprechen, machen Sie sich strafbar.«

Schlageter war jetzt offiziell seit einer Dreiviertelstunde kein Polizist mehr. Ein nach Rauch schmeckender Kuss seiner Liebsten hatte den Beginn des Endes seiner polizeilichen Karriere eingeleitet. Sie hatten sich im Anschluss etwas um die Gäste gekümmert, endlich selbst von dem großartig schmeckenden Essen probiert und saßen nun händchenhaltend auf einer Bank, im Takt der Rockklassiker mit den Köpfen wippend, und schauten den anderen beim Tanzen zu. Westermann machte direkt neben der Bühne mit der jungen Frau rum, die er ihnen als seine Freundin vorgestellt hatte, und Fallers Frau verbot ihrem Mann, sich noch ein Bier zu holen. Sein Gang hatte tatsächlich schon etwas Schwankendes an sich. Schlaicher und seine Martina tanzten eng umschlungen und ohne auf die Musik zu achten, während Lutz mit Weng in einer etwas ruhigeren Ecke saß. Sie schienen sich gut zu unterhalten. Schlageter gefiel die Party. Am meisten aber genoss er es, Jacqueline neben sich zu wissen und ihre Hand in seiner zu spüren. Obwohl er einen Aufbruch vor sich hatte, kam es ihm doch gleichzeitig so vor, angekommen zu sein.

»Darf ich Sie noch kurz stören?« Schlageter hatte gar nicht mitbekommen, wie Danner sich ihnen genähert hatte.

»Ich wollte sowieso eine rauchen gehen«, sagte Jacqueline und erhob sich.

»Bleiben Sie nur, Frau Ribeau.«

Doch sie hörte das schon nicht mehr.

Die beiden obersten Knöpfe von Danners Hemd standen

offen, vom Tanzen hatte er Schweißflecken unter den Armen und am Rücken. Offenbar hatte ihm auch noch niemand gesagt, dass er etwas vom Curry im Mundwinkel kleben hatte. Schlageter hatte ebenfalls nicht vor, das zu übernehmen.

»Ich habe ganz vergessen, Ihnen das hier zu geben«, sagte Danner und setzte sich neben Schlageter.

»Was ist das?« Er nahm das längliche Geschenk entgegen.

»Die Urkunde dazu liegt noch hinter der Bühne, die habe ich jetzt ganz vergessen.«

Schlageter öffnete das edel wirkende Etui und fand darin einen goldenen Kugelschreiber, in den das Wappen Baden-Württembergs eingraviert war. Im Etuideckel stand auch etwas: *»Für seine treuen Dienste an Hanspeter Schlageter. Der Innenminister.«*

»Danke«, sagte er und steckte das Etui samt Kuli in seine Hemdtasche.

Danner hatte wohl mehr Enthusiasmus erwartet.

»Wie geht es jetzt für Schlaicher weiter?«, fragte Schlageter unvermittelt.

»Eigentlich dürfte ich Ihnen das ja nicht mehr sagen«, meinte Danner und lachte. »Na ja, bis auf die Lefèvre haben alle ziemlich stringente Aussagen gemacht. Es sieht nicht so aus, als würden sie sich widersprechen. Aber das BKA wird von hier an übernehmen.«

»Apropos: Was hat es mit dieser Nachrichtensperre auf sich?«

»Ich habe die dienstliche Anweisung bekommen, dass wir von einer Übung sprechen sollen. Anscheinend ist es denen ganz weit oben verdammt wichtig, dass nichts über diesen Lalev und die Waffengeschäfte nach außen dringt. So, jetzt gehe ich aber noch ein bisschen tanzen! Tanzen Sie nicht?« Er stürzte sich ins Getümmel, ohne die Antwort abzuwarten.

»Hey, ganz allein?«, drang Schlaichers Stimme an sein Ohr. Martina stand neben ihm. Die beiden hielten Händchen wie zwei Teenager.

»Nur kurz«, sagte Schlageter lächelnd.

»Wir wollten uns verabschieden«, meinte Martina.

»Kann ich mir vorstellen, nach der ganzen Aufregung«, sagte Schlageter und stand auf. »Schön, dass Sie beide da waren.«

»Ja«, sagten Martina und Schlaicher gleichzeitig. Sie schauten sich an und grinsten selig. Dann ließ Schlaicher ihre Hand los und reichte sie dem Kommissar. »Ich wünsche Ihnen alles Gute«, sagte er.

»Ich Ihnen auch«, gab Schlageter zurück.

»Werden Sie denn mit dem Ruhestand zurechtkommen?«, fragte Schlaicher, während Martina Schlageter zum Abschied ein Küsschen auf die Wange gab.

»Ah ja, ganz gut, schätze ich«, murmelte Schlageter. »Tatsächlich habe ich mir gedacht, dass Sie ja vielleicht, na ja, ab und zu im personellen Bereich Unterstützung gebrauchen könnten.«

»Sie wollen bei mir als Testdieb anfangen?«, fragte Schlaicher entsetzt.

»Nein, nicht so. Ich dachte da eher an eine Art Kooperation – von Ermittler zu Ermittler.«

»Auf keinen Fall! Aus Ermittlungen halte ich mich von nun an raus.«

Jacqueline kehrte kurz nach Schlaichers und Martinas Abgang zurück und blieb vor Schlageter stehen. Sie fragte: »Und? Gehen wir zu dir?«

Der Ex-Kommissar grinste. »Und ob!« Erst im Aufstehen fiel ihm der Zustand seiner Wohnung ein. »Vielleicht gehen wir besser zu dir«, meinte er.

Kommissar a. D. Schlageter verließ die Polizeidirektion Lörrach, ohne einen Blick zurückzuwerfen.

Epilog

»Ah, meine Sucuk!« Onkel Umut strahlte unter seinem dicken Schnurrbart. »Mein Junge, komm in meine Arme.« Er umschlang seinen Neffen und küsste ihn mehrmals auf beide Wangen. Mario verstand von der darauffolgenden Lobhudelei des Familienoberhaupts nur zweimal den Namen »Lalev«.

Irfan hatte die Neuigkeit schon auf der Fahrt nach Frankfurt an seinen Onkel durchgegeben. Jetzt löste er sich aus der Umarmung, und Umut wandte sich Mario zu. »Du!« Er packte ihn bei den Schultern und verpasste auch ihm einen Bruderkuss.

Trotz Irfans Beteuerung, dass ihm nichts passieren würde, stand Mario mit einem sehr unguten Gefühl in Umuts Hinterzimmer. Jussef hatte ihn im Vorraum noch sehr kritisch beäugt, was vielleicht auch seiner Sorge um den neuen Teppich geschuldet war. Aber dass Umut sich ihm gegenüber nun fast herzlich benahm, beruhigte ihn doch etwas.

»Dein Vater wäre so stolz auf dich, Neffe«, sagte Umut zu Irfan, als sie schließlich mit ein paar anderen Männern am Tisch saßen und am dampfenden Tee nippten. »Ich weiß aber nicht, ob er es verstanden hätte, dass du deiner Familie den Rücken kehren möchtest.«

Nach allen ihren gemeinsamen Erlebnissen und vor allem der Schlacht im »Jeune«-Lager hatte Irfan sich Mario gegenüber richtig nett verhalten. Seit sie den Hafen verlassen hatten, war er nahezu entspannt. Seine einzige Sorge war gewesen, ob Umut Wort halten und ihn ein neues Leben beginnen lassen würde. Sie hatten die Nacht in Irfans Haus verbracht und waren am nächsten Morgen ganz früh zu Umut aufgebrochen.

»Babacıgım, ich werde meiner Familie nie den Rücken zuwenden, aber dem Geschäft.«

»Die Familie ist das Geschäft, Irfan«, sagte Umut streng.

»Nicht mehr meines«, gab er standhaft zurück. »Wir haben dir gebracht, was du wolltest, und dir ein Abschiedsgeschenk gemacht, wie es der Brauch verlangt.«

»Lalev.« Umut grinste und nickte. »Wem soll man noch glauben können, wenn Umuts Wort nicht gilt?«, fragte er und beantwortete das selbst: »Niemandem.«

»Dein Wort gilt also?«

»Mein Wort gilt, auch wenn mein Herz schmerzt, wenn ich mir vorstelle, wie mein eigenes Fleisch und Blut in einem Geschäft sitzt und Musikinstrumente verkauft.«

»Dann gilt dein Wort auch für meinen Freund?«

»Freund?« Umut blickte Mario an. »Ich habe ihm versprochen, dass ihm nichts passiert, wenn du meine Sucuk wiederbeschaffst. Ich werde mich daran halten, wenn du das wünschst, Neffe.«

»Das tue ich. Onkel Umut, danke für den Tee.«

»Das lief ja wohl ziemlich gut. Genau!« Mario fiel ein Stein vom Herzen, als sie wieder auf der Straße vor dem Istanbul-Grill standen. »Dann heißt es jetzt wohl Abschied nehmen?«

Irfan verbeugte sich leicht vor Mario. »Es wäre mir eine Freude, wenn du weiterhin mein Gast sein möchtest.«

»Echt?«

»Es ist so, wie ich es sage.«

»Das ist voll nett«, sagte Mario. »Aber ich möchte jetzt endlich in Ruhe nach Hause fahren. Oma, Opa und Onkel Michael machen sich bestimmt schon Sorgen, genau. Opa flippt wahrscheinlich schon aus, weil er Angst hat, dass ich nicht pünktlich zu seinem Jahreskonzert da bin. Und außerdem habe ich immer noch nicht die Wiesen gemäht.«

Irfan lachte. »So ist das Leben.«

Mario lachte auch. »So kann es sein. Genau. Mach's gut, Irfan.«

»*Güle Güle*, Mario!«

ENDE

Danksagung

Immer wieder werde ich gefragt, wie ich auf meine Ideen komme. Dieses Mal lag eine sprichwörtlich auf der Straße in Form einer alten, verdreckten Salami auf dem Lörracher Busbahnhof. Ich fragte mich, wie sie wohl dorthin gekommen sein mochte, und war so in Gedanken, dass ich fast einen falschen Koffer gegriffen hätte. Bald entwickelte sich aus diesem Erlebnis das Skelett einer Geschichte – und dann ging es um die Wurst. Nicht nur für Schlaicher und Schlageter oder Irfan und Mario, sondern auch für mich, weil die ganzen einzelnen Ideenfäden zu einer stabilen Schnur zusammengesponnen werden wollten. Viele liebe Menschen haben mich bei der Verwirklichung dieses Romans unterstützt, denen ich danken möchte.

An erster Stelle steht meine Frau, Daniela Bianca, die mir auch dann mit Kommentaren und guten Ratschlägen zur Seite steht, wenn ich sie nicht direkt danach gefragt habe. Doch ich muss zugeben: Meistens hat sie recht.

Unter Männern läuft Kommunikation anders. Mein Sohn Thimo war ebenfalls ein wertvoller Gesprächspartner bei der Entwicklung der Handlung.

In jedem meiner Schlaicher-Romane hat Bernhard Vallentin die Alemannisch-Passagen geduldig und mit wunderbaren Feinheiten übersetzt. Auch in diesem. Erwin Trefzer wäre ohne ihn nicht der, der er ist.

Joachim Langanky von der Polizeidirektion Lörrach hat mich bei Fragen zur Polizeiarbeit unterstützt und sofort recherchiert, wenn ich skurrile Fragen hatte – etwa, wie viele Tote ein Kommissar wie Schlageter in seiner Dienstzeit gesehen haben könnte. Alles, was im Buch nichts mit der wirklichen Polizeiarbeit zu tun hat, ist auf meinem Mist gewachsen.

Mit der Figur des Irfan wurde es nötig, einen Muttersprachler zu Rate zu ziehen. Nurettin Turan hat mir zu ungewöhnlicher Zeit sehr freundlich bei Fragen zur türkischen Sprache Auskunft erteilt.

Wer definitiv nicht fehlen darf in dieser Rubrik, ist meine Lektorin Marit Obsen. Es ist mir immer eine Freude, mit ihr zusammen am Feinschliff eines Buches zu arbeiten, das durch ihre äußerst aufmerksame Art immer deutlich gewinnt.

Dass sich die Schlaicher-Krimis zu einer erfolgreichen Marke entwickelt haben, ist auch den Buchhändlerinnen und Buchhändlern zu verdanken, die sich mit viel Liebe zu Büchern, bester persönlicher Beratung und auch durch die Ausrichtung von Veranstaltungen gegen die Konkurrenz aus dem Internet behaupten.

Ja, und Schlaicher wäre nie ohne Sie, liebe Leserinnen und Leser, über den ersten Teil hinausgekommen. Darum gilt Ihnen der größte Dank.

Ralf H. Dorweiler
MORD AUF ALEMANNISCH
Broschur, 224 Seiten
ISBN 978-3-89705-470-7

»*Ganz schön viel Action fürs beschauliche Wiesental – doch keine Sorge: Dorweiler gibt ganz zum Schluss richtig Gas: Nach Hercule-Poirot-Manier gibt's im Kreise aller Verdächtigen den großen Showdown. Ein locker und leicht zu lesendes Kriminalstück.*«
Badische Zeitung

»*Der Leser erfreut sich einer höchst bekömmlichen Krimizubereitung, die Lust auf Nachschlag macht.*«   www.bad-bad.de

Ralf H. Dorweiler
EIN TEUFEL ZU VIEL
Broschur, 256 Seiten
ISBN 978-3-89705-518-6

»Leichthändig und humorvoll bietet Dorweiler einmal mehr vergnügliche Krimi kost.« Dreisamtäler

»Was für ein Schauplatz, was für ein spektakulärer Mord, der das Wiesental aufschreckt. Jede Menge Spannung und Action, viel Zwischenmenschlich-›Tierisches‹ und ein bisschen Sektentum hat Dorweiler in seinem neuen Kriminalroman verpackt. Eine unterhaltsame Krimilektüre.« Badische Zeitung

www.emons-verlag.de

Ralf H. Dorweiler
SCHWARZWÄLDER SCHINKEN
Broschur, 304 Seiten
ISBN 978-3-89705-608-4

»Das beliebteste und erfolgreichste Gespann der regionalen Krimilandschaft ermittelt wieder. Locker, lebendig und humorvoll.«
Badische Zeitung

»Der Autor lässt einem Schlaicher im Lauf der Reihe immer mehr ans Herz wachsen.« Der Sonntag

www.emons-verlag.de

Ralf H. Dorweiler
BADISCHE BLUTSBRÜDER
Broschur, 272 Seiten
ISBN 978-3-89705-683-1

»Spannung plus Humor, originelle Charaktere und ein ungewöhnlicher Kriminalfall: Dieses Erfolgsrezept gilt auch für Dorweilers
vierten Krimi.« Badische Zeitung

»Eine unterhaltsame, spannende Geschichte, die im Dorweilerty-
pischen Showdown endet und in der sich Basset Watson einmal
mehr ins Herz wedelt.« Der Sonntag

www.emons-verlag.de